Le papillon des ténèbres

GENA SHOWALTER

Le papillon des ténèbres

BestSellers

Titre original : THE DARKEST LIE

Traduction française de BARBARA VERSINI

HARLEQUIN®
est une marque déposée par le Groupe Harlequin

BEST-SELLERS®
est une marque déposée par Harlequin S.A.

83/85, boulevard Vincent-Auriol, 75646 PARIS CEDEX 13.
Tél. : 01 42 16 63 63
Service Lectrices — Tél. : 01 45 82 47 47
www.harlequin.fr
ISBN 978-2-2802-2439-0 — ISSN 1248-511X

Cette dédicace n'est pas rédigée à la manière de Gideon, gardien de Tromperie, qui dit toujours exactement ce qu'il pense, et dont le langage franc et direct ne m'a posé aucun problème.

Je ne dédie donc pas ce livre à Margo Lipschultz, qui ne m'aide en rien.

Et encore moins à trois hommes que je méprise plus que tout : Jill Monroe, Kresley Cole et P.C. Cast.

Ni à Max, mon époux tant haï.

Prologue

Gideon baissa les yeux vers la femme qui dormait sur le couvre-lit bleu.

Sa femme.

D'après ce qu'elle prétendait.

Ses cheveux d'un noir d'encre s'emmêlaient autour de son visage plein et sensuel. L'ombre de ses longs cils s'allongeait sur ses joues bien dessinées. L'une de ses mains reposait sur sa tempe, et ses ongles bleu azur brillaient sous la lueur dorée de la lampe. Son nez était irréprochable, parfait, autant par la forme que par la taille. Elle avait le menton volontaire, des lèvres pulpeuses et rouges — les plus rouges qu'il ait jamais vues.

Elle s'appelait Scarlet, prénom qui lui allait à merveille, sans doute à cause des courbes de son corps qui invitaient au péché. Gideon dévora d'un œil gourmand ses seins d'une rondeur diabolique, le creux de sa taille svelte, ses hanches si féminines, ses jambes fines et longues…

Cette femelle était la créature la plus adorablement obsédante qu'il lui eût jamais été donné de contempler et, plongée dans ce sommeil surnaturel, elle avait quelque chose de la Belle au bois dormant.

Mais elle ne le remercierait certainement pas d'un sourire s'il osait la réveiller d'un baiser, car elle n'était pas une princesse, mais un démon. Elle était possédée.

Au sens propre. Comme Gideon. Ils étaient tous deux possédés par un démon de la boîte de Pandore.

« Sauf que j'ai mérité le mien. Pas elle. »

Autrefois, il y avait bien longtemps, Gideon avait ouvert la boîte de Pandore avec ses compagnons, libérant ainsi les démons qu'elle contenait. Ils avaient commis une erreur, certes… Mais une erreur, ça se pardonnait. Du moins de son point de vue, mais pas de celui des dieux : les guerriers impliqués dans le complot avaient été condamnés à garder un démon. On leur avait donc attribué de sympathiques moitiés comme Mort, Désastre, Passion, Maladie. Et d'autres.

La boîte contenant plus de démons qu'il n'y avait de guerriers à punir, les dieux s'étaient tournés vers les prisonniers de Tartarus pour trouver un gardien à ceux qui restaient. Scarlet avait passé le plus clair de sa vie à Tartarus. C'était là qu'elle avait reçu un démon en partage.

Gideon était le gardien de Tromperie. Scarlet celui de Cauchemar.

Pas de doute, Gideon avait tiré la courte paille, dans l'affaire des démons. Il était en train de s'enticher de Scarlet, qui dormait le jour, comme les vampires, et s'insinuait la nuit dans les rêves des gens. Lui, il ne pouvait prononcer un seul mot vrai sans souffrir le martyre. Par exemple, pour ne parler que du problème qui le préoccupait en ce moment, il n'avait pas le droit de dire à Scarlet qu'il la trouvait jolie sans qu'une coulée d'acide se répande dans ses veines, dissolvant ses organes, le vidant de toute énergie, lui ôtant même tout désir de vivre.

« Tu es affreuse… »

Voilà comment il s'y prenait pour courtiser les femmes. En général, l'intéressée fondait en larmes et le quittait. Au cours des siècles, il en avait vu pleurer un certain nombre, et ça ne lui faisait plus rien.

Mais Scarlet, c'était différent… Est-ce que Scarlet se mettrait à pleurer s'il prétendait la trouver affreuse ?

Il tendit le bras et suivit du bout de l'index la ligne volontaire de sa mâchoire. Elle avait la peau tiède et douce comme de la soie. Quelle serait la réaction de cette belle endormie s'il la traitait de laideron ? Eclaterait-elle de rire ? Lui trancherait-elle la gorge ?

Ou bien prendrait-elle tout simplement ses jambes à son cou, comme les autres ?

Il était malade d'angoisse à l'idée qu'il risquait de la blesser, de la mettre en colère, de la perdre.

Il laissa retomber son bras et serra les poings.

« Et si je lui disais la vérité ? Si je la couvrais de compliments ? »

Non, ça, il ne pouvait pas se le permettre, car il le paierait trop cher.

Il avait récemment commis l'erreur de parler franchement quand des chasseurs lui avaient annoncé la mort de Sabin, gardien de Doute, celui de ses compagnons auquel il tenait le plus. Il avait explosé de rage et de désespoir, oubliant toute retenue, hurlant à ces salauds qu'il les haïssait, jurant de venger Sabin en les étripant. Ça lui aurait probablement pris des siècles pour tenir cette promesse, mais là n'était pas la question : il avait lâché la vérité, ce qu'il pensait vraiment, et il l'avait payé très cher. A la seconde où les mots étaient sortis de sa bouche, il s'était effondré au sol en gémissant de douleur.

Amun était intervenu pour le calmer, le faire taire, limiter les dégâts. Mais les chasseurs avaient tout de même profité de sa faiblesse pour le torturer.

Ils l'avaient frappé au visage, inlassablement, lui faisant cracher plusieurs dents, jusqu'à ce que ses yeux soient tellement enflés qu'il avait renoncé à les ouvrir. Ensuite, ils lui avaient glissé des aiguilles sous les ongles, lui avaient envoyé des décharges électriques, lui avaient gravé au couteau le signe de l'infini — leur signe de ralliement — sur le dos. Et pour conclure, comme il refusait tout de même de parler, ils lui avaient coupé les mains. Là, il avait cru que c'était la fin. Jusqu'à ce que Sabin vienne le libérer.

Ses mains n'avaient pas encore fini de repousser… Au début, il s'était impatienté, parce qu'il avait hâte de prendre sa revanche sur les chasseurs. Mais depuis que Scarlet, la brune des ténèbres qui prétendait avoir été sa femme, se trouvait dans le château, il avait totalement oublié ses désirs de revanche.

Il ne se souvenait pas d'avoir rencontré Scarlet autrefois et encore moins d'avoir été son époux, mais il avait eu, au cours des siècles, des visions fugitives de son visage — le plus souvent quand il se laissait retomber sur une femme, après l'orgasme, en sueur, pas totalement satisfait, rongé par un étrange sentiment de manque, comme s'il regrettait quelque chose ou quelqu'un qu'il n'arrivait pas à nommer.

Mais peu importait : Scarlet se trompait, il n'avait jamais été son époux et il faudrait bien qu'elle finisse par le reconnaître.

Et si elle refusait… Il serait obligé d'admettre qu'il avait abandonné celle à qui il avait juré un amour éternel, puis qu'il avait trompée sans vergogne.

Et, surtout, il serait obligé d'envisager l'hypothèse que quelqu'un s'était amusé à effacer de sa mémoire certains événements de sa vie.

Il avait demandé à Scarlet des précisions, bien sûr. Il aurait voulu savoir comment ils s'étaient rencontrés. S'ils s'étaient beaucoup aimés. S'ils avaient été heureux. Comment ils en étaient arrivés à se séparer. Mais Scarlet était têtue et avait refusé de lui fournir le moindre détail.

Lui non plus n'aurait pas accepté de coopérer avec quelqu'un qui le gardait enfermé dans un cachot. C'était pour cela qu'il s'était décidé à une solution radicale pour venir à bout du mutisme de Scarlet. Il l'avait sortie du donjon, ce matin, pendant qu'elle dormait, oublieuse du monde qui l'entourait, plongée dans cette catalepsie qui devait durer tant que le soleil brillerait. Il l'avait prise dans ses bras pour l'emmener dans un hôtel de Budapest. Et maintenant, il attendait qu'elle se réveille.

Il n'allait pas tarder à avoir ses réponses.

1

Quelques heures plus tôt

Gideon parcourait d'un pas décidé et presque joyeux les couloirs du château de Budapest.

Il serait bientôt fixé. Enfin.

Le ronron de Tromperie résonna dans sa boîte crânienne, ce qui signifiait que celui-ci se réjouissait aussi. Apparemment, Tromperie appréciait Scarlet, leur présumée épouse, mais sans doute pas pour les mêmes raisons que lui. Lui, il aimait son corps et sa langue bien pendue… Langue qui était peut-être entraînée aux mensonges… Difficile à dire. En tout cas, Tromperie exprimait sa joie chaque fois qu'elle ouvrait sa jolie bouche — une bouche capable de faire des choses dont un homme oserait à peine rêver —, manifestation qu'il réservait d'ordinaire aux menteuses de grande envergure. Pourtant, tout démon de la tromperie qu'il était, il n'arrivait pas à déterminer si Scarlet racontait ou non des craques.

Et ça, ça rendait Gideon nerveux.

Scarlet était-elle oui ou non une mythomane ? Il se posait la question tout en ayant parfaitement conscience de l'ironie de la situation. Lui, un homme qui ne laissait que des mensonges sortir de sa bouche, se plaignait de ce qu'une femme essayait peut-être de lui faire gober le plus gros mensonge qu'il ait jamais entendu.

Etaient-ils oui ou non mari et femme ? Avaient-ils oui ou non vécu ensemble ? Il avait besoin de savoir. Sinon, il allait devenir fou à force d'essayer de deviner. Il en avait plus qu'assez de passer son temps à analyser ce qu'elle avait dit, ce qu'il avait dit, ce dont il croyait se rappeler, ce qu'il ressentait en sa présence.

Mais quand il lui réclamait des faits, des faits simples, clairs, nets et précis, elle ne répondait pas.

C'était ce qui l'avait décidé à prendre le risque de la sortir de sa cellule.

Il espérait que le geste lui inspirerait de la reconnaissance, que la reconnaissance engendrerait la confiance, laquelle confiance la pousserait à répondre aux questions qu'il lui posait.

— Tu ne peux pas faire ça, Gid, fit brusquement la voix de Strider qui venait d'apparaître à son côté pour lui emboîter le pas.

« Pas lui. Surtout pas lui. »

Strider était le gardien de Guerre et il ne supportait pas de perdre, ou plutôt il souffrait le martyre s'il perdait, exactement comme Gideon souffrait s'il osait dire la vérité. Il fallait donc éviter de lui lancer des défis, et encore plus de le battre, même à la Xbox, ce qui posait justement un petit problème entre eux, en ce moment, car Gideon, qui cherchait un moyen de se distraire et de dégourdir ses nouveaux doigts, qu'il fallait bien entraîner, avait mis Strider au défi de faire mieux que lui à *Assassin's Creed*.

Jeu vidéo mis à part, Strider et lui se surveillaient mutuellement. Il ne s'étonna donc pas de ce que son ami vienne se mêler de ses affaires et manifeste l'intention de le sauver de lui-même. Il n'eut pas non plus l'hypocrisie de lui demander à quoi il faisait allusion.

— Cette femme est dangereuse, ajouta Strider. Elle va te planter un couteau dans le cœur quand tu t'y attendras le moins.

Oui, en effet, Scarlet était dangereuse. Elle se glissait dans les rêves des dormeurs pour leur inspirer des cauchemars. Quelques semaines plus tôt, il avait eu droit à une démonstration de son talent. Elle l'avait attaqué dans ses rêves avec une gigantesque araignée. Et, justement, il avait la phobie des araignées… Il en frissonnait encore.

Scarlet n'avait pas harcelé ses compagnons. Elle ne s'en était prise qu'à lui. Elle aurait pu détruire tous les habitants du château pendant leur sommeil, mais elle ne l'avait pas fait. Quelque chose l'avait retenue. Quoi, et pourquoi ?

— Cesse donc de m'ignorer, lança Strider avec irritation. Tu sais bien que mon démon a horreur de ça.

Il donna un violent coup de poing sur sa gauche et un affreux craquement se fit entendre, en même temps que s'élevait un nuage de poussière. Il avait encore abîmé le mur. Gideon soupira. Ce vacarme allait attirer les autres, qui ne tarderaient pas à arriver pour voir ce qui se passait. Mais peut-être pas. Au fond, ils étaient tous des violents et les bruits de coups ne surprenaient plus personne.

— Je ne suis pas du tout désolé…, commença Gideon.

Il jeta un coup d'œil du côté de son compagnon et embrassa d'un seul regard ses cheveux blonds, ses yeux bleus, son visage aux traits faussement innocents qui, finalement, ne jurait pas tant que cela avec son corps de guerrier large et musclé. Bien des femmes le trouvaient beau et jugeaient qu'il avait toutes les qualités de l'Américain moyen — pourquoi justement un Américain, ça, c'était une autre histoire. Ces mêmes femmes détournaient les yeux de lui, Gideon, comme si elles craignaient d'assombrir leur âme en contemplant ses tatouages et ses piercings. Et elles n'avaient pas tort.

— Mais tu as raison, je ne peux pas libérer Scarlet, acheva-t-il.

Ce qui signifiait, et Strider le comprit fort bien, qu'il avait la ferme intention de la libérer.

— Très bien, dit sèchement ce dernier. Tu peux, mais tu ne le feras pas. Pour moi. Parce que tu sais qu'à la minute où tu sortiras du château avec cette femme je commencerai à me faire des cheveux blancs. Et comme tu aimes mes cheveux tels qu'ils sont…

— Dis donc, mon vieux, tu ne me fais pas du chantage affectif… Tu n'es pas amoureux de moi, ou quoi ?

— Crétin, murmura Strider en réfrénant visiblement une envie de rire.

Gideon ricana.

— Tu es un amour, vraiment…

Cette fois, Strider ne put s'empêcher de sourire.

— Tu m'agaces quand tu deviens sentimental, marmonna-t-il d'un ton indulgent qui démentait ses paroles.

Ils traversèrent l'un des nombreux petits salons du château. Il était vide. A cette heure matinale, les Seigneurs de l'Ombre étaient encore au lit avec leur compagne, probablement en train de prendre du bon temps, pour bien entamer la journée.

Gideon balaya la pièce du regard. De nombreux portraits d'hommes nus y étaient accrochés, une idée de la déesse de l'anarchie, dont le sens de l'humour était aussi tordu que le sien. Elle était meublée de fauteuils de cuir rouge, couleur choisie pour Reyes, gardien de Douleur, qui passait son temps à se mutiler et laissait des traces de sang partout. Les étagères chargées de livres étaient pour Paris, gardien de Luxure, qui se gavait de romans d'amour. D'étranges lampes argentées s'enroulaient autour des fauteuils, les vases étaient garnis de fleurs fraîchement coupées.

Gideon inspira profondément l'air frais et embaumé de

la pièce mais, malheureusement, une vague de culpabilité vint gâcher sa joie. Cela lui arrivait souvent, ces derniers temps. Dès qu'il se sentait bien, ou un peu mieux, il songeait que son ex-femme croupissait dans le donjon. Elle avait déjà passé le plus clair de sa vie dans la prison de Tartarus, ce qui rendait encore plus injuste et cruel son enfermement d'aujourd'hui.

Quel genre d'homme était-il pour laisser sa femme dans un cachot ? Un salaud, voilà ce qu'il était. Et même le roi des salauds. Car il avait l'intention de la ramener dans ce donjon dès qu'il aurait réussi à la faire parler.

Mais, d'un autre côté, elle était trop dangereuse pour qu'on la laisse en liberté. Quand elle entrait dans vos cauchemars, vous étiez à sa merci et vous pouviez même en mourir. Si elle décidait d'aider les chasseurs, les Seigneurs de l'Ombre seraient condamnés à ne plus fermer l'œil. Ils avaient besoin de repos, comme tout le monde, pour ne pas se transformer en bêtes sauvages et hargneuses.

Et justement, Gideon n'avait pas dormi depuis des semaines.

« Ralentis, dit soudain son démon. Tu marches trop vite. »

Le plus souvent, Tromperie se contentait d'une présence silencieuse, quelque part dans sa tête. Il ne se manifestait que lorsque ses besoins n'étaient pas satisfaits, toujours en disant le contraire de ce qu'il pensait ou désirait, bien entendu. Il fallait donc comprendre qu'il demandait à Gideon de se dépêcher de rejoindre Scarlet.

« Si tu avais des ailes, comme le démon d'Aeron, j'aurais pu aller plus vite », répliqua sèchement Gideon, tout en accélérant le pas.

Il s'adressait à son démon sans passer par le mensonge, privilège qu'il avait gagné au prix d'une lutte sans merci, et auquel il n'aurait renoncé pour rien au monde.

A l'instant où Tromperie était entré en lui, il avait sombré dans le chaos et les ténèbres. Pendant des siècles, il avait été esclave de ce compagnon et de ses désirs néfastes. Il avait torturé des humains pour le seul plaisir de les entendre hurler. Il avait brûlé des maisons et leurs habitants jusqu'à ce qu'il n'en reste que des cendres. Il avait tué sans discernement, tout en riant de la souffrance de ses victimes.

Pendant tout ce temps, il avait lutté intérieurement pour se frayer un chemin vers la lumière. Cela lui avait pris quelques centaines d'années, mais il avait fini par réussir. A présent, il contrôlait le monstre, il avait réussi à le mater. Jusqu'à un certain point.

Strider laissa échapper un gros soupir.

— Gideon, mon pote, écoute-moi… Je te le répète, tu ne peux pas faire sortir cette femme du château. Elle te filera entre les doigts et tu le sais. Les chasseurs sont en ville, et ils tenteront aussitôt de la capturer pour la convaincre de travailler pour eux. Et si elle refuse, ils la tortureront, comme ils t'ont torturé.

Strider exagérait. Gideon se sentait capable de maîtriser la brune des ténèbres pendant quelques jours. Et puis zut, elle n'essayerait pas de s'enfuir. Il allait la séduire. Lui donner du plaisir et lui faire passer l'envie de lui fausser compagnie. Si elle avait été sa femme comme elle le prétendait, elle tenait forcément à lui.

— Je sais ce que tu penses, reprit Strider en soupirant de nouveau. Tu te dis que tu la retrouverais si elle t'échappait.

— Tu te trompes.

Il mentait, bien sûr, car il venait justement d'y penser.

— Durant la journée, elle dort, elle a besoin de protection, poursuivit Strider qui ne lâchait pas aisément le morceau. Qui la protégera ?

Strider venait de mettre le doigt sur un point sensible.

Dès que le soleil se levait, le démon de Scarlet la plongeait dans un sommeil cataleptique dont elle ne sortait qu'à la nuit tombée. Gideon avait tenté une fois de la réveiller, mais elle avait été prise de convulsions et il n'avait plus recommencé.

— Nous avons eu de la chance de la débusquer dans sa crypte, assura Strider. Et, sans l'aide de l'ange d'Aeron, nous n'aurions jamais réussi. La libérer serait une folie.

— Tu ne me l'as pas déjà dit, fit froidement remarquer Gideon. De plus, Olivia ne vit pas au château.

Elle y vivait, bien sûr.

— Et elle ne pourra pas nous aider de nouveau à la localiser, si besoin est.

Elle les aiderait, bien entendu.

— Je te déteste, Strider. Et surtout, continue à tenter de me convaincre, tu y es presque.

Ce qui signifiait : « Je t'aime bien, mais boucle-la. »

Strider poussa un grognement sourd, tout en entamant avec lui la descente de l'escalier menant au donjon. Ici, plus de fenêtres et plus de vitraux ; juste des murs de pierres en ruines et tachés de rouge. L'air s'était brusquement épaissi. Ça sentait l'urine, la sueur et le sang. Scarlet n'était pas l'unique prisonnière du donjon. Elle le partageait avec quelques chasseurs qui attendaient leur heure, laquelle ne manquerait pas de sonner. Ils auraient droit à leur petite séance de torture, comme les autres.

— Et si elle t'a menti ? insista Strider.

Décidément, il ne savait pas s'arrêter. Ou plutôt, hélas, son démon le lui interdisait. Gideon le savait. Aussi se retint-il de lui envoyer son poing dans la figure, ce qui n'aurait fait qu'aggraver la situation.

— Si elle n'avait jamais été ta femme ?

Gideon ricana.

— J'ai oublié de te dire que j'étais incapable de détecter un mensonge.

Il ne précisa pas qu'il en était justement incapable avec cette femme-là.

— Oui, sauf avec elle, rétorqua Strider.

Bon sang, il avait dû lâcher le morceau dans un moment de désespoir, et cet enquiquineur de Strider ne l'avait pas oublié !

— Elle ne peut pas avoir été ma femme, je le sais, rétorqua Gideon.

Elle pouvait l'avoir été.

— Et donc, je ne suis pas obligé de l'interroger pour m'en assurer.

Est-ce que ce lourdaud de Strider allait comprendre, à la fin, dans quelle délicate position il se trouvait ?

Quand Scarlet s'était insinuée dans ses rêves pour lui ordonner de venir la retrouver dans le donjon, il n'avait pu s'empêcher d'obtempérer parce qu'une partie de lui-même avait désiré la voir, plus que tout, comme s'il l'avait reconnue. Et quand elle lui avait avoué qu'ils s'étaient autrefois embrassés, qu'ils avaient fait l'amour, qu'ils avaient été mari et femme, il s'était senti heureux et comblé.

Même s'il ne s'en souvenait pas !

Et pourquoi, bon sang, pourquoi ne s'en souvenait-il pas ?

Il avait échafaudé plusieurs théories pour répondre à la question.

La première : les dieux avaient effacé Scarlet de sa mémoire. Pourquoi auraient-ils fait ça ? Et pourquoi trafiquer uniquement la mémoire de l'époux, et pas celle de l'épouse ?

Deuxième théorie : il avait lui-même œuvré pour faire disparaître ce souvenir. Mais pourquoi ? Et comment ? Il y avait tant d'autres choses qu'il aurait bien voulu oublier…

Troisième théorie : son démon avait rayé Scarlet de son esprit quand il était entré en lui. Mais pourquoi Scarlet et rien qu'elle ?

Il s'arrêta avec Strider devant la première cellule, celle où Scarlet était enfermée depuis plusieurs semaines. Elle dormait sur son lit de camp, comme il s'y était attendu. Et, comme chaque fois qu'il posait les yeux sur elle, sa beauté lui coupa le souffle.

Et pourtant…

Avait-il vraiment envie d'en faire sa femelle ?

Non, sûrement pas. Il n'était pas disposé à se compliquer la vie à ce point-là. Ses compagnons passaient avant tout. Il n'avait pas envie que cela change.

Il avait tout de même pris soin d'elle et s'était assuré qu'elle eût à boire, à manger, et de quoi se laver. Il lui servait trois repas par nuit. Et il les lui servirait encore quand il la ramènerait dans sa cellule.

« Prends ton temps ! hurla Tromperie, qui était tellement excité qu'il bondissait à l'intérieur de son crâne. Prends ton temps ! N'ouvre pas sa cellule tout de suite ! »

« La paix ! Je vais l'ouvrir. »

Il était paralysé. Il avait l'impression d'avoir attendu ce moment depuis si longtemps… Il n'osait pas… Il…

Décidément, il se comportait comme une midinette.

« Détourne les yeux avant d'avoir une érection », fit dans son crâne une voix qui n'était pas celle de Tromperie, mais celle de la décence.

Ça, au moins, c'était une réaction de mâle. Il détourna prudemment le regard vers les murs de pierres, du côté des aûtres cellules. Celle de Scarlet se trouvait un peu à l'écart. Elle ne pouvait voir les chasseurs. Et eux non plus ne la voyaient pas. Tant mieux. Il n'aurait pas supporté que ces chiens la souillent de leurs regards lubriques.

Les chasseurs, justement, les fixaient en ce moment

avec des yeux apeurés, tout en reculant au fond de leurs cellules. Ils ne parlaient plus. Ils retenaient leur respiration. Ils étaient morts de peur.

Et ils avaient toutes les raisons d'avoir peur.

Ces chasseurs avaient récemment séquestré d'innocentes immortelles pour s'accoupler avec elles et créer une race de semi-mortels destinés à combattre les Seigneurs de l'Ombre. Gideon et ses compagnons les avaient arrêtés à temps.

Avec ses doigts neufs et encore gauches, Gideon tira de sa poche la clé de la cellule de Scarlet. Puis il tendit le bras.

— Attends, dit Strider en lui posant une main sur l'épaule.

Gideon aurait pu facilement se défaire de cette main, mais, pendant quelques secondes, il laissa à Strider l'illusion d'avoir remporté une petite victoire sur lui.

— Tu pourrais lui parler ici. Obtenir dans cette cellule les réponses dont tu as tant besoin.

Il se trompait. Ici, ils n'étaient pas seuls et Scarlet ne pourrait pas se détendre. Et si elle ne se détendait pas, elle ne se laisserait pas caresser. Et lui, il voulait la caresser. D'autant plus qu'il n'avait aucune chance de la séduire avec de beaux discours, puisqu'il était condamné à lui déclarer qu'elle était moche et qu'il ne la désirait pas.

— Continue à t'exciter, mon gars, dit-il à Strider. Comme je ne te l'ai pas dit des milliers de fois, je n'ai pas la moindre intention de ramener Scarlet dans cette cellule une fois que je n'aurai pas obtenu les réponses aux questions qui ne m'intéressent pas.

— A supposer que tu puisses la ramener…

— Je ne serai pas prudent. Tu n'as pas ma parole. Et je n'ai pas besoin de l'interroger. Ça n'est pas du tout important pour moi.

Mais Strider avait la dent dure. Il n'était pas encore convaincu.

— Ce n'est pas le moment de nous lâcher, protesta-t-il. Nous possédons trois des quatre objets de pouvoir. Galen est fou de rage parce qu'on lui en a piqué un. Il va chercher à se venger.

Galen, chef des chasseurs, était également un guerrier immortel possédé par un démon. Il avait réussi à convaincre ses troupes qu'il était un ange et que les Seigneurs de l'Ombre étaient responsables de tous les maux de la terre. Il se servait du pouvoir de son démon, Espoir, pour leur faire miroiter un futur idyllique pour lequel ils étaient prêts à se battre jusqu'à la mort.

Olivia, la compagne d'Aeron, un ange femelle, un vrai, avait volé récemment à Galen la Cape qui rend invisible, l'unique objet de pouvoir qu'il avait réussi à se procurer. Pour trouver la boîte de Pandore, il fallait en réunir quatre : la Cage de force, qui se trouvait dans le château, l'Œil qui voit tout, qui se trouvait aussi dans le château, la Cape, rapportée dans le château par Olivia, et une Baguette, qui ne tarderait pas à rejoindre les trois autres si tout se passait bien. Mais Galen allait chercher à récupérer sa Cape et, tant qu'il y était, à voler les deux autres objets.

Et donc, les hostilités ne tarderaient pas à monter d'un cran. Strider avait raison.

Mais toutes les bonnes raisons de la terre n'auraient pu détourner Gideon de son but. Il avait la sensation que sa vie dépendait des réponses de Scarlet et il était bien décidé à les obtenir.

— Gid… Mon pote…

Gideon glissa un regard mauvais du côté de son compagnon, tout en ricanant.

— Strider, mon ennemi, je crois que tu veux que je t'embrasse.

Quelques minutes s'écoulèrent dans un silence de mort.

— Très bien, murmura enfin Strider en levant les mains en signe de reddition. Puisque tu la veux à ce point-là, vas-y, prends-la.

Enfin ! Ce n'était pas trop tôt.

— Je n'avais pas l'intention de la prendre sans ta permission et j'apprécie tes encouragements, dit Gideon d'un ton méfiant.

Quelque chose ne tournait pas rond chez Strider. Il venait de céder et son démon aurait dû le lui faire payer cher. Pourquoi n'était-il pas terrassé par la douleur ?

— Tu comptes revenir quand ? demanda Strider.

Gideon haussa les épaules.

— Je ne pensais pas avoir besoin de toute une semaine.

Il lui faudrait bien une semaine pour soutirer des confidences à Scarlet. Pour l'instant, elle se montrait carrément hostile, mais il aurait raison de cette hostilité. Il ignorait pourquoi il tenait tellement à l'amadouer, ni pourquoi il prenait de tels risques avec elle. Il ne put s'empêcher de sourire en songeant qu'elle devait aimer les types qui savaient prendre des risques.

— Je te donne trois jours, dit Strider.

On en venait à présent aux négociations. Voilà pourquoi Strider ne se roulait pas par terre. Il ne se considérait pas comme vaincu ; il tentait une nouvelle stratégie. Gideon se sentait coupable de laisser Scarlet dans cette cellule, mais coupable aussi d'abandonner ses compagnons alors qu'ils avaient tant besoin de lui. Une fois qu'il serait parti avec Scarlet, cette culpabilité allait le dévorer.

— Cinq ne me suffiraient pas, rétorqua-t-il.

— Quatre.

— Le marché n'est pas conclu.

— Parfait, approuva Strider en souriant.

Il avait donc obtenu quatre jours pour approcher la

belle Scarlet. Quatre jours, ça irait. Il avait remporté de plus dures batailles en moins de quatre jours. Du moins, il lui semblait, mais il n'aurait pas su dire lesquelles. Un trou de mémoire, peut-être.

Il se demanda s'il ne souffrait pas d'une sorte d'amnésie sélective qui porterait sur ses batailles et sur Scarlet.

— J'en informerai les autres, conclut Strider. Mais laisse-moi au moins t'accompagner à l'endroit où tu veux la transporter.

— Merci, oui, j'accepte avec plaisir, répondit Gideon tout en ouvrant la cellule de Scarlet. Je n'ai pas envie d'y aller seul et ça m'est complètement égal que tout le monde sache où je suis.

Strider poussa de nouveau un grognement de frustration.

— Tu es vraiment borné, protesta-t-il. J'ai besoin de savoir que tu es arrivé à bon port et en sécurité, sinon je ne pourrai pas me concentrer sur les chasseurs. Et tu sais que si je n'en tue pas un par jour, je tombe malade.

— Je ne te téléphonerai pas pour te rassurer, répondit Gideon en s'approchant du corps endormi de Scarlet.

Elle ne s'enveloppait plus de ténèbres pendant qu'elle dormait. Comme si elle avait voulu que Gideon la voie. Comme si elle se sentait en confiance avec lui.

Du moins, c'était ce que Gideon se plaisait à croire.

— Bon sang ! s'exclama Strider. Dire que je suis complice d'un truc pareil ! Je t'ai déjà dit que tu étais une tête brûlée ?

— Non, jamais, marmonna Gideon tout en soulevant la belle endormie.

Elle soupira doucement en frottant sa joue contre son cœur, lequel se mit à battre furieusement, et encore plus quand elle se pelotonna contre lui. Parfait.

Elle mesurait environ un mètre soixante-dix, soit vingt centimètres de moins que lui ; elle était mince, mais très musclée. Elle avait refusé les vêtements qu'il avait proposé de lui prêter, et portait donc le même jean et le même T-shirt que le jour de son arrivée.

De nouveau, il inspira profondément, mais, cette fois, aucune vague de culpabilité ne vint ternir son bonheur. Scarlet exhalait une odeur propre et fleurie de savon qui le consumait littéralement et il se demanda si elle avait porté un parfum spécial, autrefois, quand ils étaient mari et femme. Fleuri, comme celui d'aujourd'hui, ou plus épicé, plus exotique, plus en rapport avec sa personnalité à la fois sombre et sensuelle. Un parfum qu'il avait peut-être savouré tout en la léchant et…

« Mais comme tu as l'esprit mal tourné, mon pauvre Gideon ! » Ce n'était pas le moment de s'abîmer dans ce genre de pensées.

Il se détourna en serrant un peu plus fort Scarlet contre lui. Il la protégerait de tout et de tous. Y compris de ses compagnons. Il se sentit vaguement piégé dans une toile de contradictions, entre ses intentions lubriques et ce besoin ridicule de prendre soin d'elle… Mais bon… Tant pis, il décida de s'accommoder des deux tendances.

Strider le contempla avec une expression inquiète, mais résignée.

— Va, dit-il. Et sois prudent.

Gideon lui fut reconnaissant de son soutien.

— Tu as la mine d'un chat qui vient d'avaler un bol de crème, ajouta Strider en secouant la tête. Ce n'est pas très rassurant. J'ai l'impression que tu ne mesures pas vraiment les conséquences de tes actes.

Probablement pas. Cela faisait bien longtemps qu'il n'avait pas éprouvé des sentiments aussi forts pour une femme, et il aurait dû s'en inquiéter. Mais tout de même, ce n'était pas à Strider de lui en faire la remarque.

— Merci encore de te mêler de ce qui te regarde, marmonna-t-il.

— Oui, ça va, j'ai compris, mais n'oublie pas : tu as quatre jours et pas un de plus. Si tu ne rentres pas au bout de quatre jours, je viendrai te chercher.

Pour toute réponse, Gideon lui envoya un baiser du bout des lèvres.

Strider leva les yeux au ciel.

— Tu te moques de moi, je vois ça… Mais je vais prier les dieux pour que tu reviennes vivant avec cette fille. Et aussi pour que tu ne sois pas déçu par ce qu'elle t'aura appris. Et enfin pour que tu sois rassasié d'elle, et que tu l'oublies au plus vite.

Eh bien… Avec un tel programme, il allait passer le plus clair de son temps à prier…

— Oh, merci, vraiment ! s'exclama Gideon en ricanant. Tu aurais dû devenir prêtre, je l'ai toujours dit ! Et puis les dieux répondent toujours à nos prières, comme tu ne le sais pas.

Strider n'avait encore jamais prié de sa vie. Quant aux dieux, ils exauçaient rarement les prières des Seigneurs de l'Ombre et se contentaient en général de les ignorer.

Il y avait bien Cronos, le terrible roi des Titans, qui régnait de nouveau sur l'Olympe, et qui faisait des apparitions régulières au château pour leur donner des ordres. Mais Cronos n'accordait pas aisément ses faveurs. Quand Aeron avait été décapité, ils l'avaient supplié de leur dire où errait son esprit, mais ce salaud de Cronos ne s'était pas laissé attendrir. Il leur avait tranquillement répondu que cette mort leur donnait une leçon d'humilité qui leur serait profitable.

Heureusement, Aeron était de nouveau parmi eux grâce à Olivia et à son dieu, le Seul et Unique, qui lui avait rendu un corps sans démon.

— Devenir prêtre, soupira Strider d'un air songeur. Pourquoi pas ? J'ai déjà fait entrevoir le paradis à pas mal de femmes.

Il n'était pas le seul. Gideon songea que lui aussi était capable d'emmener une femme au septième ciel, et qu'il comptait justement y emmener Scarlet.

Il sortit de la cellule en souriant aux anges et en emportant avec lui son précieux fardeau.

2

Dès que le soleil disparaissait derrière l'horizon, le démon de Scarlet était chassé du pays des rêves. Elle reprenait brutalement conscience, sans transition, comme si l'on avait rebranché son cerveau après l'avoir débranché.

Elle se réveilla en sursaut et se redressa, haletante et en sueur, les yeux exorbités, encore aveugle à ce qui l'entourait. Son esprit n'avait pas tout à fait quitté le royaume des dormeurs et elle avait encore leurs visions devant les yeux : des flammes crépitantes, des chairs calcinées, des cendres noires qui dansaient doucement dans la brise.

Cauchemar avait joué avec le feu, mais elle n'avait fait que le regarder d'un œil distrait, car toutes ses pensées étaient accaparées par un guerrier aux cheveux bleus, le beau Gideon, celui qui la rendait littéralement folle.

Pourquoi ne se souvenait-il pas d'elle ?

Comme chaque fois qu'elle pensait que Gideon l'avait tout bonnement oubliée, un violent désir de tuer l'envahit… Oubliée… Elle serra les dents à en avoir mal à la mâchoire.

« Ta colère met en danger ceux qui t'entourent. Calme-toi. Pense à autre chose. »

« Nous ne sommes plus dans le château », avertit Cauchemar qui, lui, avait déjà identifié l'endroit.

Les flammes moururent lentement et Scarlet put enfin distinguer ce qui l'entourait. Elle fronça les sourcils.

En effet, elle n'était plus au château, coincée entre les sordides murs de pierres et les barreaux de sa cellule, perturbée par les gémissements de peur et de douleur de ses voisins, dérangée par les odeurs âcres de sang et d'urine qui collaient à ses narines.

L'endroit où elle se trouvait était au contraire douillettement aménagé et plutôt accueillant, même si elle jugea la décoration un peu trop chargée. Un papier à motif fleuri recouvrait les murs, des rideaux noirs occultaient la baie vitrée. Un imposant lustre était suspendu au-dessus du lit, avec des ampoules rassemblées en forme de grappes de raisins. Quant au lit… Elle le balaya lentement du regard. Il était long et large, à baldaquin, avec des montants de bois sculpté et des draps de soie bleue.

Et le plus appréciable de tout… Il flottait dans la pièce une odeur douce et sucrée, un mélange de pomme et de vanille. Elle inspira avec délice, tout en se demandant comment elle était arrivée ici.

On l'avait transportée pendant son sommeil, un fait qui d'ordinaire la mettait en rage, mais qui, pour une fois, la ravissait parce qu'au moins elle avait enfin quitté cet horrible château.

— Je suis vraiment déçu que tu te réveilles.

En reconnaissant la voix chaude et profonde de Gideon, Scarlet se raidit et le chercha du regard. Il se tenait dans l'embrasure de la porte, ses yeux brillaient.

« Gideon ». Il avait été son époux et elle l'avait aimé à la folie. Aujourd'hui, il ne lui inspirait plus que du mépris, et pourtant son cœur battait la chamade, comme s'il avait reconnu et accepté ce guerrier. Comme autrefois.

« Je n'y peux rien. C'est plus fort que moi. »

Impossible de résister à la sensualité débordante de ce mâle mi-ange, mi-démon. Elle le haïssait, mais il l'attirait, même si une petite voix de femme tout au fond d'elle-même la mettait en garde contre le danger auquel elle s'exposerait en succombant à son charme. Danger qu'elle ne pouvait s'empêcher de désirer.

Il portait un T-shirt noir avec l'inscription « Tu me veux et tu le sais », un pantalon noir un peu trop grand, une chaîne en argent en guise de ceinture. Trois piercings trouaient son sourcil droit. Celui de sa lèvre était particulièrement intéressant — un simple anneau en argent, assorti à sa ceinture.

Il avait toujours été soucieux de son apparence et n'aimait pas qu'on le taquine avec ça. Autrefois elle s'en était attendrie, parce que cela révélait son côté féminin. Mais aujourd'hui, elle n'était pas portée à l'attendrissement.

Il était là, aussi désirable qu'une truffe au chocolat qu'on aurait plongée dans un bain de caramel, tandis qu'elle ressemblait probablement à un rat d'égout pataugeant dans la fange. Durant son séjour au cachot, elle ne s'était que sommairement lavée ; elle avait toujours sur elle les mêmes vêtements sales, froissés et tachés. Elle ne s'était pas coiffée non plus. Ses cheveux étaient sales et emmêlés.

— Je vois que tu es très loquace, murmura-t-il. Nous sommes sur le bon chemin.

Elle était habituée à son étrange manière de s'exprimer et comprit aussitôt qu'il attendait qu'elle parle.

« Ne lui montre surtout pas que sa présence te trouble. »

Elle haussa un sourcil et affecta un air suprêmement indifférent.

— Tu te souviens de moi, à présent ?

Le ton était parfait. Dégagé et railleur.

Une lueur de tristesse passa dans les yeux de Gideon.

— Bien sûr que je me souviens de toi.

Donc, il ne se souvenait pas d'elle. Le salaud. Elle se contrôla, pour ne pas abandonner son air détaché.

— Dans ce cas, pourquoi m'avoir sortie de mon cachot ?

Du bout de son index, elle traça lentement une ligne imaginaire le long de son cou, jusqu'à ses seins, tout en se demandant si… Oui. Les yeux de Gideon suivaient son geste et cela pouvait signifier qu'il la trouvait encore attirante.

— Tu sais pourtant que je suis une femme dangereuse, insista-t-elle.

— Je l'ignore, répondit-il d'une voix rauque et essoufflée. Et je ne t'ai pas emmenée ici pour te mettre à l'aise et t'inciter à parler.

Ah… Ainsi, il ne l'avait pas transportée dans ce boudoir parce qu'il la désirait, mais uniquement pour satisfaire sa curiosité. Elle laissa tranquillement reposer sa main sur son genou en essayant de se persuader qu'elle n'était pas déçue.

— Si tu t'es imaginé qu'il suffisait de changer le décor pour me délier la langue, tu es un imbécile.

Il ne répondit pas, mais un muscle de sa mâchoire tressaillit. Visiblement, la réponse lui avait déplu.

Elle lui offrit un sourire mielleux et savoura sans retenue le plaisir de le laisser mariner dans l'incertitude. Il se posait des questions, et c'était tant mieux… Juste retour des choses. Elle avait passé des siècles à se torturer en se demandant ce qu'il avait bien pu devenir.

Evoquer l'angoisse qui l'avait habitée pendant tant d'années — une angoisse sourde qui lui avait rongé l'âme — lui ôta l'envie de sourire. Elle dut même se mordre la langue pour ne pas jeter toute sa hargne à la figure de ce traître.

« Je reviendrai te chercher pour te libérer, je le jure », lui avait-il dit.

« Non, ne pars pas, ne me laisse pas ici… », avait-elle supplié.

« Je t'aime trop pour rester longtemps séparé de toi, mon cœur, mais je dois partir, pour nous deux. »

Et ensuite, elle n'avait plus jamais entendu parler de lui. Jusqu'à ce que les Titans s'échappent de Tartarus et reprennent leur place sur l'Olympe. Elle avait été libérée, comme les autres prisonniers, et elle était venue sur la terre pour chercher son mari. Mari qu'elle avait trouvé en train de draguer dans une boîte de nuit miteuse.

Dans une boîte de nuit… Elle vit rouge en y repensant. « Inspire. Expire. » Les points rouges qui dansaient devant ses yeux disparurent lentement.

— Nous avons déjà parlé de tout ça, dit-elle. Tu n'obtiendras rien de moi. Je n'ai pas l'intention de moisir ici.

Mais elle ne bougea pas et attendit sa réaction.

— Tu es libre de partir, rétorqua-t-il en croisant ses bras sur sa poitrine, ce qui eut pour effet de tendre le tissu du T-shirt sur ses puissants pectoraux. Si tu tentes de partir, je ne te le ferai pas regretter.

Elle ne s'y trompa pas. Il voulait dire que toute tentative d'évasion serait rétribuée par une punition. Mais elle fit mine de ne pas avoir compris.

— C'est très aimable à toi de me rendre ma liberté, dit-elle. Laisse-moi le temps de me réveiller et je m'en irai.

Il gronda de frustration et de colère, abandonnant totalement son attitude désinvolte.

— C'était cruel de ma part de t'avoir emmenée ici et tu ne me dois rien ; ne te crois donc pas obligée de rester, dit-il entre ses dents.

Elle se retint pour ne pas éclater de rire et parvint à en rester au sourire. Dieu que c'était divertissant de le faire marcher !

Divertissant ? Mais qu'est-ce qu'elle avait donc dans le crâne ? Elle aurait dû être exaspérée qu'il ne cesse de dire le contraire de ce qu'il pensait, au lieu de s'en amuser.

— Tu n'as pas du tout envie de rire et, moi, je n'ai pas envie que tu restes, reprit-il.

— Eh bien, ironisa-t-elle. Pour un peu, tu me supplierais…

Autrefois, elle l'avait cru différent des autres, mais il lui avait montré qu'elle s'était trompée. Il ne valait pas mieux que sa mère, que le roi, que tous les chiens qui l'avaient trahie et abandonnée à son sort.

Elle avait passé sa vie enfermée dans Tartarus, pour payer la faute de sa mère, Rhéa, emprisonnée par Cronos en punition d'une liaison adultère. Elle était née de cette union illicite, dans la cellule que Rhéa partageait avec les autres dieux qui l'avaient rejointe quand les Grecs avaient détrôné les Titans.

Scarlet avait donc été élevée au milieu des dieux et des déesses qui, au début, lui avaient manifesté de l'affection. Ensuite, quand elle avait grandi, elle avait subi la lubricité des hommes et la jalousie des femmes.

L'enfermement, la haine et l'amertume… Elle n'avait connu que ça.

Jusqu'au jour où Gideon était entré dans sa vie.

Il était à l'époque un guerrier d'élite de la garde rapprochée de Zeus et passait devant sa cellule quand il accompagnait un nouveau prisonnier. Elle avait fini par attendre ses apparitions, et lui aussi, sans doute, l'avait remarquée, parce qu'il était venu de plus en plus souvent, juste pour la voir.

« Ne pense plus à ce que tu as vécu avec lui. Tu vas t'attendrir et ce n'est pas le moment. »

Quand elle avait quitté cette horrible prison, elle aurait pu profiter de sa liberté et se chercher un dieu pour compagnon. Mais non… Elle n'avait pensé qu'à Gideon et elle était venue rôder à Budapest pour se rapprocher de lui. Ensuite, elle avait appris que les Seigneurs de l'Ombre recherchaient les prisonniers de Tartarus possédés par les démons de Pandore, pour les rallier à leur cause ou pour les tuer. Cela lui avait fourni une bonne excuse pour entrer en contact avec eux, sous prétexte de les menacer s'ils osaient s'en prendre à elle.

Et ça l'avait menée ici, dans cette chambre, avec ce salaud de Gideon.

« Voilà, c'est un salaud, c'est comme ça que tu dois penser à lui. C'est un salaud, un menteur, un assassin. Et tu le hais. »

Il projetait probablement de la tuer une fois qu'il aurait eu ses réponses. Parce qu'elle refuserait de l'aider et qu'il ne le lui pardonnerait pas.

— Ton silence m'est très agréable, fit-il remarquer.

— Ravie que tu apprécies, rétorqua-t-elle.

De nouveau, il se renfrogna, et elle eut du mal à ne pas rire.

— Parce que j'ai l'intention de continuer à me taire, ajouta-t-elle. Et à part ça, sois tranquille… Je ne vais pas partir tout de suite.

Elle avait tout de même envie de lui parler, mais pas pour répondre à ses questions et lui donner les renseignements qu'il attendait.

Elle s'était longtemps demandé s'il avait trouvé une autre femme. Bien sûr, si c'était le cas, elle se verrait dans l'obligation de la tuer. Elle n'était pas jalouse, mais Gideon ne méritait pas d'être heureux.

Il ne fallait pas se méprendre sur ses motivations.

— Je ne te remercie pas de rester, dit-il en poussant un soupir de soulagement.

Il la remerciait à sa façon.

— Je m'en fiche, grommela-t-elle.

Elle l'envoyait paître à sa façon.

Il plissa les yeux en la contemplant fixement, tout en se passant la langue sur les dents. Il ressemblait à un enfant capricieux qui s'apprête à taper du pied. Elle venait de marquer un point.

— Comment expliques-tu que mes amis soient au courant de notre mariage ? demanda-t-il.

Il voulait savoir pourquoi personne, pas même ses compagnons, n'avait jamais entendu parler de leur mariage ? Facile.

— Nous nous sommes mariés en secret, crétin.

Cette fois, il ne s'énerva pas.

— Pourquoi ?

Elle haussa les épaules. La réponse était évidente : elle avait été une prisonnière et lui un homme libre.

— Je n'avais pas honte de toi ? insista-t-il.

Il aurait mérité une gifle pour cette question, qui prouvait qu'il se plaçait au-dessus d'elle. Apparemment, il avait une haute opinion de sa personne.

« Salaud » n'était pas un mot assez fort pour le décrire.

— Tu n'avais pas honte de moi, dit-elle sèchement. Mais tu aurais été puni de mort si on avait eu connaissance de notre relation.

Il acquiesça, comme s'il comprenait enfin qu'elle était de la race des Titans, enfermée par les Grecs dans Tartarus durant des milliers d'années, et pas une simple criminelle. Comme s'il se rendait enfin compte que Zeus n'aurait jamais pardonné à un guerrier de sa garde d'élite de pactiser avec l'ennemi.

— D'accord. Et puisque nous n'étions pas mariés, comment t'appelais-tu ?

Quoi ? Il avait déjà oublié son prénom alors qu'elle le lui avait rappelé quelques semaines plus tôt ?

— Je m'appelle Scarlet, répondit-elle d'un ton mauvais.

Quel crétin…

— Mais je te l'ai déjà dit, ajouta-t-elle en crispant ses mains sur le drap.

« Crétin, idiot, triple buse. »

— Ça, je ne le savais pas encore, dit-il avec un geste vague. Je ne te demandais pas ton nom de famille.

Il tentait de savoir si elle était une déesse ou une servante, les déesses ne portant pas de nom de famille. Il la prenait décidément pour une idiote. Il allait voir de quel bois elle se chauffait.

— Mon nom de famille change chaque fois que je vois un film et que je tombe amoureuse du héros, minauda-t-elle avec un grand sourire.

Il pinça les lèvres et son anneau d'argent brilla dans la lumière blafarde de la pièce. Apparemment, il n'aimait pas l'idée qu'elle puisse dévorer d'autres hommes du regard.

— Amoureuse du héros ? demanda-t-il d'un ton railleur et volontairement blessant.

Il était donc vraiment agacé et elle considéra qu'elle venait de marquer un deuxième point.

— Oui, amoureuse. Je craque, quoi…

Elle insistait, pour bien lui montrer qu'elle n'avait pas passé des siècles à rêver de lui et à se morfondre en l'attendant.

Même s'il y avait de cela.

Il plissa les yeux, et ses longs sourcils posèrent une ombre sur ses iris bleus.

— Tu n'es pas possédée par un démon, donc tu n'es pas un Seigneur de l'Ombre, dit-il. Et donc, tu ne devrais pas t'appeler Scarlet Seigneur.

— Parce que tu te fais appeler Gideon Seigneur ?

— Non.

— Eh bien, libre à toi. Je n'ai aucune envie de devenir Scarlet Seigneur.

Pas question de porter le même nom que lui. Elle ne partagerait plus rien avec cet homme, et surtout pas un nom de famille. Elle ne voulait pas lui offrir son cœur à broyer.

Il découvrit ses dents blanches comme des perles, en une sorte de moue grimaçante.

— Je ne te conseille pas de surveiller tes paroles.

— On ne t'a jamais dit d'aller te faire foutre ?

Contre toute attente, cette provocation fit fondre la colère de Gideon et, cette fois, ce fut pour sourire qu'il découvrit ses dents.

— Tu n'as vraiment aucun sens de la repartie. Je ne comprends pas pourquoi je t'aurais choisie pour femme.

« Ne te laisse pas attendrir… »

— Je ne veux pas connaître ton nom de famille, reprit-il, les bras toujours croisés sur la poitrine. Je t'en prie.

Ce « Je t'en prie » signifiait qu'il lui donnait un ordre. Un ordre… Il ne manquait pas de culot.

La demande était formulée d'un ton tranquille, mais l'éclat froid qui brillait dans son regard semblait indiquer qu'il était prêt à venir chercher la réponse si elle se faisait trop attendre.

Elle choisit de céder et haussa les épaules, comme si elle s'en fichait.

— Eh bien… Il y a eu Pattinson, un certain temps. Tu connais Robert Pattinson ? C'est un type incroyablement sensuel. Et ne me dis pas que j'ai un faible pour les hommes plus jeunes que moi, parce que c'est faux. Il me fait craquer à cause de sa voix. Une voix d'ange… J'adore quand un homme chante pour moi. Toi, tu ne chantais jamais, parce que tu as une voix horrible.

Elle frissonna de dégoût.

— Je ne dis pas ça pour t'embêter, mais parce que c'est vrai. Ta voix est aussi horripilante qu'une craie qui crisse sur un tableau noir.

Il l'écoutait en silence, en se broyant les biceps, au point que des ecchymoses apparaissaient déjà.

— Et pas avant cela ? demanda-t-il seulement.

Il avait laissé tomber le « Je t'en prie ». Parfait. Elle commençait à avoir le dessus. Mais jusqu'où serait-elle obligée d'aller avant qu'il n'abandonne sa stupide fierté de mâle et qu'il vienne vers elle pour la supplier de lui pardonner ?

Autrefois, il n'aurait pas attendu aussi longtemps... Elle se souvint avec émotion à quel point il était doux et tendre. Mais il avait changé, de toute évidence. Il était devenu un Seigneur de l'Ombre. Comme tout le monde, elle avait entendu parler de ses exploits et de ceux de ses compagnons, des innocents qu'ils avaient tués, des villes qu'ils avaient détruites.

D'ailleurs, elle n'avait pas besoin de ça pour comprendre que le Gideon qu'elle avait devant elle n'était pas celui qu'elle avait connu à Tartarus. Etre désigné comme gardien d'un démon de la boîte de Pandore vous changeait à jamais, elle était bien placée pour le savoir. Quand elle avait accueilli Cauchemar, elle avait perdu pied et vécu sous son emprise pendant des siècles, d'après ce qu'on lui avait dit, parce qu'elle ne se souvenait plus de tout et qu'elle avait complètement perdu la notion du temps. Petit à petit, elle avait repris le dessus, mais, depuis, elle n'était plus la même.

— J'ai été aussi Mme Pitt, puis Mme Gosling, puis Mme Jackman. Ensuite, il y a eu Reynolds. J'y reviens régulièrement, à Reynolds, c'est mon préféré. Je craque pour ses cheveux blonds et ses muscles...

Elle frissonna. Ostensiblement.

— Et qui d'autre ? Voyons... Bana, Pine, Efron, DiCaprio. DiCaprio... Encore un blond, tiens... Je dois avoir un faible pour les blonds.

Elle insistait sur les blonds parce que Gideon était brun, sous sa teinture bleue.

— Je ne suis pas attirée par les filles, mais, tout de même, Jessica Biel aurait presque pu me faire changer d'avis. Tu as vu ses lèvres ? Enfin, bref, j'ai été Scarlet Biel.

Gideon en resta bouche bée. A part ça, il paraissait de nouveau furieux.

— Ils ne sont pas très nombreux, en fait, tes amants non imaginaires, fit-il sèchement remarquer.

Il ne marchait pas, il courait ! Et dans sa voix, en plus du mécontentement, elle crut discerner un certain tremblement qu'elle connaissait bien et qui signifiait qu'il la désirait.

« Ne souris pas. »

— Que veux-tu…, reprit-elle. J'aime le changement. Il faudra peut-être que je me calme un jour, mais ce n'est pas pour tout de suite.

Cette fois, il souffla, avec un air tellement furieux qu'elle n'aurait pas été surprise de voir sortir de la fumée par ses narines. Il était littéralement fou de rage. Il se raidit, fit un pas en avant, s'arrêta, recula pour se replacer dans l'embrasure de la porte.

— Continuons à parler de ça, lança-t-il tout en se détournant, comme pour sortir.

— Attends, appela-t-elle.

Elle n'en avait pas terminé avec lui. Pas encore.

— Et toi ? demanda-t-elle.

« Fais attention. Il ne faut pas qu'il se doute que tu es jalouse. »

— Tu as eu des maîtresses ? Une femme ? Tu as quelqu'un en ce moment ? Si tu t'es remarié, je n'hésiterai pas à te dénoncer pour polygamie.

Voilà. Se placer sur le terrain du droit. Pour qu'il ne soupçonne pas ce qu'elle ressentait.

Il se retourna lentement.

— Oui, répondit-il tout bas.

Il serrait tellement les dents que les mots étaient à peine audibles.

— J'ai une maîtresse, en ce moment. Et j'ai aussi une femme.

Scarlet se surprit à soupirer de soulagement. Il était donc libre et célibataire. Il en profitait probablement pour sauter sur tout ce qui bougeait, mais bon, il n'avait pas d'attaches. Elle se mit à trembler et tenta de se convaincre que c'était uniquement parce qu'elle était frustrée de ne pas pouvoir le faire souffrir en tuant sous ses yeux celle qu'il aimait.

— Le chapitre est clos, déclara-t-elle sèchement.

Elle savait ce qu'elle voulait savoir. Plus rien ne la retenait auprès de lui. Pourtant, elle ne prit pas ses jambes à son cou. Elle se leva calmement, l'idiote, et se tourna vers la salle de bains.

— Je vais prendre une douche, annonça-t-elle. Pendant ce temps, va me chercher à manger. Et ne discute pas, sinon je te jure que tu auras à affronter une invasion d'araignées dans ton prochain rêve.

Elle n'était pas sûre de mettre sa menace à exécution, parce que Cauchemar ne prenait aucun plaisir à torturer Gideon et qu'elle avait dû insister, la première fois. Il avait cédé, mais n'avait cessé de gémir et de se plaindre, au lieu de se réjouir de la terreur qu'il lui inspirait. Cauchemar était un tortionnaire et toutes les victimes lui convenaient. Elle ne l'avait jamais vu hésiter à frapper…

Pourquoi son démon avait-il décidé d'accorder un traitement de faveur à Gideon, justement à lui, l'être qu'elle désirait faire souffrir le plus au monde ? Cauchemar ne connaissait pas Gideon — elle avait été possédée après que ce salaud l'eut abandonnée —, mais il l'avait entendue se plaindre de lui et le maudire pendant des milliers d'années.

Il aurait dû se montrer ravi de lui en faire baver, voire de l'éliminer, ne fût-ce que pour ne plus subir à longueur de temps les récriminations de Scarlet.

— Pourquoi restes-tu planté à me regarder ? demanda-t-elle avec agacement. Je croyais t'avoir demandé d'aller me chercher à manger.

La bouche de Gideon eut ce petit tressaillement adorable qui la faisait craquer, celui qui signifiait qu'il se retenait de sourire. Il était décidément étrange. Un autre se serait offusqué, ou lui aurait planté un poignard dans le cœur pour lui apprendre à employer ce ton autoritaire.

— Tout ce que tu voudras, dit-il.

Phrase qui voulait dire bien sûr qu'il n'avait pas la moindre intention de lui obéir, ce qui ne la surprit pas. Il avait toujours eu un esprit rebelle, et c'était entre autres ce qui l'avait séduite chez lui. Mais tout de même… Il avait du culot de lui tenir la dragée haute.

Et puisqu'il le prenait sur ce ton…

Elle avança lentement vers la salle de bains, puis, comme prise d'une inspiration subite, elle lança négligemment par-dessus son épaule :

— Au fait, il faut que je te dise… Je te mène en bateau depuis le début. Nous n'avons jamais été mariés.

Bon sang ! Gideon n'arrivait décidément pas à savoir si cette Scarlet mentait ou si elle disait la vérité. Chaque mot qui sortait de sa jolie bouche lui caressait agréablement les oreilles. Et, pire encore, cette caresse le faisait frissonner tout entier.

Comment était-ce possible ?

D'ordinaire, la vérité hérissait son démon, et les mensonges déclenchaient ses ronronnements. Mais avec cette Scarlet *Pattinson* — il se retint de donner un coup de poing dans le mur de l'hôtel, exactement comme tout à l'heure Strider dans les couloirs du château —, tout allait de travers. Sa voix rauque suffisait à plonger Tromperie dans une sorte d'extase qui l'empêchait de démêler le vrai du faux, et lui ôtait même toute envie de le démêler.

Il allait devoir régler ce problème au plus vite. Sinon, il n'obtiendrait jamais ses réponses.

« Abandonne-la dans cet hôtel, supplia Tromperie. Quitte-la, laisse-la tomber. Et surtout, ne pose pas la main sur elle. »

Poser la main sur elle ? Ah non ! Il n'avait pas envie de risquer sa peau. Elle était du genre à vous envoyer son poing dans la figure pour avoir tenté de l'embrasser. Ou à vous faire avaler vos testicules pour avoir osé profiter de ce qu'elle était nue sous la douche pour reluquer ses courbes.

Nue. Sous la douche. Elle n'allait pas tarder à l'être, justement.

C'était malin… A présent, il avait une érection.

La porte de la salle de bains se referma avec un bruit sec et Scarlet disparut de sa vue. Dommage… Ou plutôt, tant mieux… Elle s'apprêtait à enlever ses sous-vêtements, une culotte et un soutien-gorge noirs, en dentelle. La fermeture du soutien-gorge — il avait eu le temps de l'apercevoir — se trouvait sur le devant et serait facile à défaire. Après tout, ça valait peut-être bien qu'on risque ses testicules…

Il marcha droit sur la salle de bains, avec la sensation d'être dévoré par les flammes. Mais il parvint tout de même à s'arrêter devant le battant et à se retenir de frapper.

« Montre-lui que tu sais te tenir, voyons… »

Mais elle était si belle, ce n'était pas facile. Avec sa peau pâle et rosée, ses longs cheveux noirs… Et quand on ajoutait ses courbes voluptueuses sur ce corps tout en muscles — deux qualités normalement contradictoires, mais qui se mariaient chez elle à merveille —, il n'y avait plus moyen de résister.

Exquise. Elle était tout simplement exquise.

Comme les mots qu'elle s'était fait graver autour de la taille, « SE SEPARER, C'EST MOURIR », ornés d'une guirlande de fleurs. Des fleurs colorées qu'il aurait voulu suivre du bout des doigts. Ou de la langue. Et en dessous, sur sa cuisse, elle avait un papillon pris dans un arc-en-ciel, tourné vers les fleurs, comme pour s'envoler vers elles.

Mais ce qui l'avait le plus impressionné, c'était l'inscription. Parce qu'il portait la même, également autour de la taille, avec les mêmes fleurs. Ses compagnons s'étaient moqués de lui. Qu'est-ce que c'était que ce tatouage ? Il n'était tout de même pas une fille ! Il leur avait répondu que justement ce tatouage lui servait à prouver que rien ne pouvait gâcher son sex-appeal de mâle.

Mais la vérité, c'est qu'il avait eu en rêve la vision d'une femme portant ce tatouage. Une vision récurrente. SE SEPARER, C'EST MOURIR. Il avait toujours pensé que ces mots renvoyaient à quelque chose de précis. A présent, il savait à quoi ils renvoyaient. Il savait qu'il avait contemplé autrefois ce tatouage sur le corps de Scarlet. Est-ce que ça voulait dire qu'ils avaient vraiment été mariés ? Peut-être pas, mais cela prouvait au moins qu'ils s'étaient connus et fréquentés.

Mais, bon sang, pourquoi donc ne pouvait-il pas s'en souvenir ?

« Moi, je sais », intervint Tromperie.

« Tais-toi. Je préfère quand tu restes silencieux. »

Le bruit de l'eau ricochant sur la porcelaine résonna soudain dans la chambre d'hôtel. Scarlet était probablement nue, et sous la douche, en train de frémir de bien-être, tandis que l'eau dégoulinait sur son superbe corps.

Gideon poussa un gémissement et se passa la main sur

le visage pour tenter d'effacer les images qui défilaient devant ses yeux. Mais cela ne servit à rien. Il tendit le bras vers la poignée de la porte. Tant pis, il n'y tenait plus. Il était prêt à affronter le danger.

Mais, une fois de plus, il se retint à temps et recula, se campant sur ses deux jambes. Non et non. Il ne craquerait pas.

Au moins, il ne craignait pas qu'elle lui échappe. Pendant qu'elle dormait, il avait placé devant les portes et les fenêtres de la chambre des détecteurs de mouvements reliés à son téléphone. Si elle tentait de sortir, il en serait aussitôt averti. Et elle le ferait, il n'en doutait pas, car elle n'était pas femme à se soumettre. Elle n'était pas facile à apprivoiser, et allait lui poser des problèmes.

Elle lui en posait déjà, d'ailleurs.

Qu'est-ce que c'était que cette manie d'emprunter le nom de famille des acteurs qui la faisaient fantasmer ? Il pouvait à la rigueur accepter qu'elle le trompe avec des femmes. Il était prêt à encourager ce penchant mignon, qui ne portait pas à conséquence. Mais les hommes, non, pas question qu'il accepte ça ! Surtout s'il y avait une chance pour que Scarlet ait été sa femme.

Mais problème ou pas, il n'était pas question de la laisser partir parce qu'il crevait d'envie de la prendre dans ses bras, de sentir sa peau contre la sienne, de la rejoindre sous cette douche tiède, là, tout de suite, pour l'embrasser partout. Et ensuite… Ensuite il se glisserait en elle, loin, très loin, le plus loin possible, tandis qu'elle s'agripperait à ses cheveux et lui labourerait le dos de ses ongles, tout en gémissant son nom et en le suppliant de ne pas s'arrêter.

Et voilà… Il avait de nouveau une érection.

Elle lui résistait beaucoup plus qu'il ne s'y était attendu. Mais, d'un autre côté, il ne s'était peut-être pas montré suffisamment insistant. Au fond, ce n'était pas plus mal…

Comme Strider le lui avait rappelé, les chasseurs étaient en ville et ils voulaient du sang. Depuis qu'ils savaient comment maîtriser les démons de Pandore en les faisant entrer dans des corps de leur choix, ils ne craignaient plus de les libérer en tuant les Seigneurs de l'Ombre. Ils étaient plus déterminés et plus vindicatifs que jamais. Ce n'était pas le moment de se laisser distraire par une femme.

Il aurait pu emmener Scarlet ailleurs, dans une autre ville, ne fût-ce que pour l'écarter du danger, mais il ne pouvait se résoudre à abandonner ses compagnons, qui avaient plus que jamais besoin de lui. Maddox ne pensait qu'à s'occuper de sa femme qui attendait des jumeaux. La petite copine de Lucien préparait leur mariage. Sabin était sur les dents depuis que Gwen s'était absentée pour rendre visite à l'une de ses sœurs qui vivait au paradis avec un ange. Quant à Reyes, il soutenait sa compagne, Danika, l'Œil qui voit tout, dont les visions de l'enfer et du paradis étaient encore plus épouvantables que les cauchemars de Scarlet.

L'état des troupes n'était pas fameux.

Et ça, c'était sans parler d'Aeron, qui se remettait lentement de son incursion dans le royaume de la mort. Il en était rentré indemne, mais secoué. Il n'était plus possédé par Colère et avait du mal à s'habituer au changement.

Gideon ne l'enviait pas. Il n'était pas comme certains de ses compagnons, qui se plaignaient de leur moitié démoniaque. Il avait depuis longtemps accepté Tromperie et n'aurait pas voulu qu'on les sépare. Avec lui, il se sentait plus fort, plus intelligent. Grâce à lui, personne ne pouvait lui mentir — excepté Scarlet.

Et à propos de détection du mensonge…

« Au fait, il faut que je te dise… Je te mens depuis le début. Nous n'avons jamais été mariés. »

Au diable cette femme et ses ruses de séductrice !

Avaient-ils ou non été mariés ? Il avait de fugaces visions de son corps penché sur celui de Scarlet, et cela signifiait peut-être qu'il avait couché avec elle, savouré son corps, partagé autrefois avec elle tout ce qu'il aurait bien voulu partager en ce moment. Mais qui sait ? Il pouvait tout aussi bien s'agir de fantasmes.

Il soupira et avança vers le lit où Scarlet avait dormi. Les draps étaient encore chauds, imprégnés de son odeur d'orchidée. Il respira à pleins poumons en se demandant si cette odeur lui rappelait quelque chose.

Il laissa retomber le drap et se renfrogna quand il sentit de nouveau remuer son sexe.

« Tu ferais mieux de quitter cette pièce avant d'oublier tes bonnes résolutions et de pousser la porte de cette salle de bains. »

Pousser la porte de la salle de bains… L'idée excita Tromperie, qui se mit à hurler.

« Ne la pousse pas. Ne la pousse pas. »

« La ferme », gronda Gideon.

Il avait fait comprendre à Scarlet qu'elle ne devait pas compter sur lui pour s'occuper de son repas, et pourtant il sortit, prenant soin de fermer à clé derrière lui, et descendit à la réception pour commander à manger — tendant son choix par écrit à la réceptionniste pour être sûr d'être compris.

Et pendant tout ce temps Tromperie ne cessa de protester parce qu'ils avaient laissé Scarlet. C'était complètement surréaliste.

La réceptionniste prit le papier et le lut.

— Entendu, monsieur Seigneur, dit-elle en souriant aimablement. Je vous fais monter tout ça au plus vite.

Il faillit la reprendre et lui dire qu'il ne s'appelait pas Seigneur, mais Pattinson. Non mais vraiment, quelle honte, il était prêt à tout pour faire plaisir à Scarlet ! Enfin, il se retint et se contenta de sourire à la charmante jeune femme. Puis il regagna la chambre. Scarlet avait faim, il allait donc lui donner de quoi se rassasier. Epouse ou pas, il avait encore des questions à lui poser.

Ensuite, il verrait. Il n'avait pas encore décidé de l'attitude qu'il adopterait avec elle quand il aurait satisfait sa curiosité. Mais si elle voulait qu'il se comporte en gentleman, elle allait devoir y mettre du sien.

3

Tout en se brossant les cheveux, Scarlet savourait le plaisir de se sentir enfin propre.

Dieu que c'était délicieux ! En plus de son odeur naturelle d'orchidée, qu'elle tenait sans doute de son père, elle sentait maintenant la pomme et la vanille.

La douche avait revigoré ses muscles engourdis et l'avait mise de bonne humeur. Enfin, presque… En tout cas, plus rien n'aurait dû la retenir ici, à présent. Pourquoi donc ne prenait-elle pas ses jambes à son cou ?

Cauchemar ne fit pas de commentaires. La douche tiède l'avait plongé dans une douce somnolence.

Mais Scarlet n'avait pas besoin de lui pour savoir qu'elle restait pour Gideon.

« Tu n'as donc pas encore compris que rien n'est possible entre vous ? »

Oui, elle l'avait compris. Mais il était tout de même difficile de résister au charme de ce guerrier.

Gideon avait pensé à tout et disposé sur le lavabo une brosse à dents, du dentifrice, une brosse à cheveux. Et aussi un horrible ruban bleu pour ses cheveux et des vêtements, soigneusement pliés sur le couvercle de la cuvette des toilettes. Il avait choisi une petite robe bleue légère, trop légère — alors qu'elle aurait préféré un pantalon et un T-shirt. Des chaussures à talons hauts au lieu de bottes. Pas de soutien-gorge, juste une culotte. Bleue, elle aussi.

Apparemment, il avait un faible pour le bleu.

Elle en fut agacée parce qu'elle ne s'en souvenait pas et que c'était probablement récent.

Puis elle s'en voulut. Voyons, c'était ridicule… Il pouvait bien préférer le bleu ou n'importe quoi d'autre, ça ne la concernait en rien.

— Je suis content que tu prennes tout ton temps, dit-il à travers la porte. J'adore attendre.

Sa voix chaude et profonde lui donna la chair de poule. Elle l'imagina en train d'aller et venir de l'autre côté du battant, comme un lion en cage — délicieuse vision qui la fit sourire. Il n'avait jamais été très patient.

Chaque fois qu'il venait en secret la retrouver à Tartarus, il se jetait sur elle pour la couvrir de baisers et de caresses, comme s'il avait craint de ne jamais la revoir.

« Tu m'as tellement manqué », disait-il.

« Alors, ne me quitte plus », répondait-elle invariablement.

« Si je le pouvais, je resterais avec toi dans cette cellule », soupirait-il.

La dernière fois qu'il avait prononcé cette phrase, il l'avait ponctuée d'un sourire attristé.

« Un jour, peut-être », avait-il ajouté.

« Non ! » avait-elle protesté.

Parce qu'elle ne voulait pas pour lui d'une vie de prisonnier.

« Fais-moi vite oublier que tu n'étais pas là. »

Et il le lui avait fait oublier. Ça oui…

Ensuite, il lui avait répété qu'il lui aurait volontiers enlevé le collier d'esclave qui l'empêchait de fuir. Mais il ne possédait pas ce pouvoir qui était réservé à quelques élus désignés par Zeus. Elle avait donc conservé ce collier d'or, un collier magique qui semblait se fondre dans sa peau.

De plus, même si Gideon lui avait ôté ce collier, il leur aurait fallu traverser Tartarus et tromper la vigilance des gardiens postés à l'entrée — exploit totalement irréalisable, surtout à deux. Pourtant, il avait songé à la faire évader...

Scarlet ne put s'empêcher de se sentir attendrie en y repensant.

« Non ! Pas de ça ! Tu ne supporterais pas qu'il te brise une deuxième fois le cœur. »

Elle lâcha la brosse qui heurta bruyamment l'émail du lavabo, puis elle enfila la robe. Le doux tissu de soie caressa sa peau au passage, lui arrachant un gémissement. Elle n'avait jamais porté de robe de soie, mais c'était peut-être une erreur, après tout. La culotte aussi était incroyablement douce, et lui arracha un autre gémissement. En revanche, elle dédaigna les chaussures à talons et enfila ses vieilles bottes, plus commodes pour soumettre un récalcitrant comme Gideon.

Elle était prête, à présent. Elle se détourna de la glace et se redressa de toute sa hauteur. Une dernière entrevue avec Gideon et elle le laisserait tomber. Leur histoire serait finie, morte et enterrée. Enfin, elle aurait réglé ses comptes et pourrait passer à autre chose, retourner à sa vie de mercenaire — une vie pas très reluisante, faite de contrats douteux.

« Vas-y. Pousse cette porte. Ce sera bientôt terminé. »

— Tu te moques de moi ou quoi ? lança-t-elle en faisant irruption dans la chambre dans un nuage de vapeur odorante, tout en brandissant le ruban bleu à bout de bras.

Aussitôt, le regard bleu électrique de Gideon la parcourut des pieds à la tête, en s'arrêtant sur les endroits qui l'intéressaient le plus. Une lueur sombre passa dans ses yeux et il déglutit.

— Le ruban te plaît ? demanda-t-il d'une voix altérée. Je le trouvais affreux.

Il voulait donc qu'elle porte de belles choses… C'était gentil de sa part.

Oh et puis zut ! Gentil ou pas, elle ne voulait plus de lui.

Il se tenait devant une desserte à roulettes qu'elle n'avait pas remarquée tout à l'heure. Il gardait ses bras croisés sur sa poitrine. Etait-ce pour résister au désir de l'étrangler ?

— Ah ! dit-elle. Tu aimes donc les femmes qui s'habillent comme des gamines.

Elle s'efforça d'ignorer les battements de son cœur et son sang qui lui brûlait les veines.

— Je ne me doutais pas que tu avais des fantasmes aussi puérils.

Mais cette fois, sa voix avait flanché et elle s'en voulut. Etait-ce parce qu'elle avait évoqué ses fantasmes ? Sur quoi pouvait-il bien fantasmer en ce moment ?

Est-ce que ses goûts avaient changé en matière de sexe ? Etait-il toujours aussi doux et tendre ?

Est-ce que ses goûts avaient changé en matière de femme ? Les préférait-il toujours douces et tendres ?

Probablement.

Depuis qu'ils s'étaient retrouvés, depuis qu'il l'avait rejointe dans le donjon, il n'avait pas manifesté de désir pour elle. Sans doute la trouvait-il trop dure et trop froide.

La robe qu'il avait préparée pour elle prouvait qu'il aurait préféré une femme plus délicate. Elle ne convenait pas à la vie qu'elle menait. Elle devait être prête à se battre à tout moment. Elle était la fille de Rhéa, l'épouse du roi des dieux, ce qui faisait d'elle une proie rêvée pour un enlèvement avec demande de rançon — même si sa mère n'aurait jamais déboursé un centime pour sa liberté. La tuer revenait à éliminer une candidate à la succession pour le trône : elle avait de nombreux ennemis.

Une odeur de pain frais, de poulet et de riz vint soudain flotter autour d'elle. Elle en eut l'eau à la bouche et en oublia aussitôt le ruban, et sa résolution d'en finir au plus vite avec Gideon. Ses bras retombèrent, ballants, le long de son corps.

— Tu m'as apporté à manger, murmura-t-elle d'un ton surpris.

Encore un geste délicat. Le salaud.

— Non, répondit-il en se laissant retomber dans le fauteuil derrière lui. Tout ça, c'est pour moi.

Il avait vu les choses en grand. La desserte était couverte d'assiettes chaudes qui fumaient encore.

— Cette couleur te va très mal, fit-il remarquer.

Elle se sentit soudain toute revigorée. A l'idée de manger, bien entendu. Et pas parce qu'il trouvait que le bleu lui allait bien.

— Tu m'as obligée à enfiler une robe, grommela-t-elle. Sois sûr que je te le ferai payer.

Il haussa les épaules et elle ne put s'empêcher de remarquer qu'il était carré, plus carré et musclé que dans son souvenir. Puis il lui tendit une assiette de riz au poulet, qui contenait aussi quelques légumes. Elle avança vers lui, la main tendue, pour s'en saisir, comme un automate. Puis elle s'installa sur le premier fauteuil venu, justement celui qui était face à lui, pas de chance, et se mit à manger.

— Pourquoi est-ce que tu ne dors que la nuit ? demanda-t-il.

Il voulait profiter de ce qu'elle était occupée à manger pour lui soutirer des renseignements. Il commençait par une question anodine, pour endormir sa méfiance. Mais pour qui la prenait-il ? Elle décida de rentrer dans le jeu et de répondre. Pour l'instant.

— Il y a toujours des gens qui dorment quelque part sur terre, dit-elle. Et mon démon les trouve, tu peux lui faire confiance. De plus, mon sommeil se décale tous les jours d'une seconde, et ce décalage, même insensible, me permet au bout du compte d'entrer en contact avec tous les êtres vivants.

Personne n'échappait à Cauchemar, il avait compris le message.

— Ah ! Ce n'est pas du tout intéressant à savoir.

Il marqua un temps de pause, puis reprit.

— Je ne veux pas que tu me dises pourquoi tu as choisi ce tatouage autour de la taille, ni qui te l'a fait. Et je ne veux pas non plus que tu me dises pourquoi nous nous sommes séparés et pourquoi je t'ai oubliée.

Elle ne s'était pas trompée. Il en venait au fait.

— Mais je t'ai dit que je t'ai menti, fit-elle remarquer. Nous n'étions pas mariés.

Elle piqua avec sa fourchette un morceau de carotte au beurre. Délicieux. Elle avala une gorgée de vin rouge. Divin.

— Et je t'ai crue, dit-il.

Elle haussa les épaules, tout aussi nonchalamment que lui.

— J'ai suffisamment répondu à tes questions pour ce soir. Je sais que tu m'as emmenée ici pour me soutirer des renseignements. Tu espères m'amadouer, me faire parler. Et une fois que j'aurai répondu, je réintégrerai mon cachot.

— Tu te trompes, dit-il en allongeant le bras vers elle.

Il lui prit la main et la porta à ses lèvres pour déposer un léger baiser sur sa peau brûlante.

— Je voulais simplement passer du temps avec toi, apprendre à te connaître, oublier les autres.

Elle avait tant rêvé d'entendre ces mots que cela lui fit mal. Et encore plus mal de penser qu'ils exprimaient exactement le contraire de ce qu'il pensait.

Oui, il mentait. Sinon, il aurait été en train de se rouler par terre.

Le salaud ! Il s'amusait avec elle et elle avait failli marcher !

Une bouffée de révolte l'envahit et elle songea à lui voler un poignard pour le lui planter dans le ventre.

— Ah, oui, je comprends ! ricana-t-elle. Oublier les autres, ça ne t'est pas difficile, toi qui as une mémoire de poisson rouge.

Sa voix était pleine d'amertume. Impossible, hélas, de prendre un ton détaché.

Il fronça les sourcils et lâcha sa main.

Elle eut envie de hurler de frustration. De lui demander de la reprendre. Mais elle se tut et termina en silence son assiette, puis son repas, ne laissant rien, pas une miette ni une gorgée de vin pour lui.

— Pourquoi es-tu si désireuse de me mettre au courant de ce qui s'est passé ? demanda-t-il avec une curiosité qui paraissait sincère.

Pourquoi ? Il voulait savoir pourquoi ?

Parce qu'elle avait passé des milliers d'années à se demander où il était, ce qu'il faisait et avec qui. Des milliers d'années à se demander s'il pensait à elle, pourquoi il ne revenait pas vers elle. A se demander s'il était toujours en vie. Avec un peu plus d'angoisse chaque jour.

Et pendant toutes ces années de silence, elle n'avait pas une seule fois douté de son amour. Elle s'était persuadée qu'il était mort. Seule la mort avait pu le tenir éloigné d'elle. Elle en avait pleuré des larmes de sang.

Des siècles plus tard, elle avait appris qu'il était toujours en vie, et cela lui avait fait un tel choc qu'elle en garderait pour toujours une ombre sur le cœur.

Lui ne s'inquiétait d'elle que depuis une semaine. Il ne s'endormait pas en pleurant, il ne vomissait pas d'angoisse.

Elle serra si fort les poings que le verre qu'elle tenait à la main se brisa. Des perles rouges apparurent sur ses paumes, mais elle ne s'arrêta pas à la douleur. Ce n'était rien à côté de ce qu'elle avait enduré. Rien. Désormais, plus rien ne pouvait la faire pleurer.

Gideon soupira et lui prit le poignet pour évaluer les dégâts.

— Ça me fait plaisir de te voir blessée, dit-il. Je n'ai aucune envie que tu sois bien.

Quoi ? Mais de qui se moquait-il ?

Quand elle l'avait revu pour la première fois, dans le donjon, quand elle avait posé les yeux sur son beau visage, elle avait tout d'abord ressenti une grande joie. Enfin ! Il était là ! Devant elle ! Puis ç'avait été la colère, suivie du ressentiment et d'une envie brûlante de se venger. Mais se venger comment ? Jamais il ne pourrait souffrir ce qu'elle avait souffert.

De nouveau, une bouffée de rage l'envahit à l'idée qu'il osait jouer les victimes. Il restait calme et s'amusait à la titiller, comme un gosse taquine des fourmis. Et tout ça uniquement parce qu'elle représentait pour lui une énigme. Rien d'autre. Il ne réclamait pas son pardon. Ni son amour. Monsieur voulait des réponses. Il ne s'intéressait pas le moins du monde à ce qu'elle ressentait, et il prétendait se préoccuper de quelques petites entailles à la main ?

Avait-il vraiment eu des sentiments pour elle, autrefois ? Il l'avait épousée, mais l'avait ensuite quittée. Elle savait maintenant que c'était pour ouvrir la boîte de Pandore avec ses compagnons. Les dieux l'avaient puni en le désignant comme gardien de Tromperie et en le chassant de l'Olympe. Elle aussi avait payé pour *sa* faute. Le jour même, Cauchemar était entré en elle.

Elle avait passé des siècles dans les ténèbres, oublieuse d'elle-même, vaincue par son démon — des siècles qui avaient filé à une vitesse vertigineuse. Quand elle avait repris le dessus, elle s'était souvenue de Gideon. Elle avait appris ce qui lui était arrivé et elle s'était doutée que lui aussi avait dû redevenir lui-même — du moins en partie. Elle avait donc attendu son retour. Attendu. Attendu. En se torturant d'angoisse. En se persuadant qu'il était mort.

Et durant cette interminable attente, elle avait commis des atrocités. Les dieux et les déesses qui partageaient sa cellule à l'époque — une nouvelle cellule où ses geôliers avaient jugé bon de l'isoler, hors de portée de la « tendre » main de sa mère — n'avaient pas survécu à sa fureur.

Les dieux grecs avaient failli l'exécuter, pour la punir, et si Zeus l'avait épargnée, ç'avait été uniquement pour humilier Cronos, vu qu'elle était la preuve vivante de l'infidélité de Rhéa.

Ensuite, les Titans avaient retrouvé la liberté. Cronos et Rhéa l'avaient laissée en vie parce qu'ils avaient besoin d'elle pour combattre les Grecs.

Après la lutte sans merci qui avait opposé les Grecs et les Titans, quand le sang avait cessé de couler à flots et les hurlements de résonner, elle avait consulté de vieux parchemins pour tenter de découvrir ce qu'étaient devenus les Seigneurs de l'Ombre. Elle voulait savoir comment Gideon était mort. Se rendre sur sa tombe pour un dernier adieu.

C'était à ce moment-là qu'elle avait découvert la vérité.

Sa première réaction avait été un immense soulagement. Puis elle avait commencé à se poser des questions. S'il était en vie, pourquoi n'était-il pas venu la retrouver ? Pourquoi ne lui avait-il pas au moins donné de ses nouvelles ?

Elle l'avait cherché. Pour lui poser la question. Et aussi parce qu'elle l'aimait encore, sans doute…

Elle l'avait découvert dans un bar de Budapest. Quand elle était passée près de lui, il ne l'avait pas reconnue. Son regard avait glissé sur elle, négligemment. Il avait fait signe à une femme d'approcher, et ensuite les deux avaient fait l'amour, sur place, comme des porcs qu'ils étaient.

Elle était partie, le cœur brisé, et elle s'était enfermée dans une chambre d'hôtel. Elle avait passé ses journées à regarder la télévision, pour apprendre ce qu'elle ignorait sur la société moderne. Et pendant ce temps, elle s'était arrangée pour surveiller Gideon, ou plutôt pour se tenir au courant de ce qu'il faisait.

Il lui arrivait de se demander si elle n'avait pas laissé les Seigneurs de l'Ombre la capturer pour rencontrer enfin cette ordure de Gideon et trouver une bonne raison de l'oublier définitivement. Elle haïssait la captivité et s'était juré de ne plus jamais se laisser mettre derrière des barreaux mais, une fois dans ce foutu donjon, elle n'avait pas cherché à fuir. Pour demeurer près de cet homme qui ne se souvenait pas d'elle. De cet homme qui ne se gênait pas pour l'utiliser. Pour lui faire du mal. Pour la déchiqueter.

Il méritait de souffrir.

Elle se leva d'un bond et lui lança son assiette à la figure, comme ça, sans préavis. Il n'eut pas le temps d'esquiver. L'assiette se brisa. Il avait maintenant le visage en sang.

Mais ce n'était pas encore assez. Il n'allait pas s'en tirer à si bon compte.

Il se leva, lui aussi, en affichant un air furieux.

— C'était chouette, ça. Merci beauc…

Il n'eut pas le temps de lui dire à quel point il avait apprécié ; déjà elle lançait une autre assiette qui cette fois l'atteignit à la poitrine. Elle se brisa aussi, en faisant un accroc à son T-shirt.

— Mais qu'est-ce qui ne te prend pas ? s'exclama-t-il.

— Je n'en ai pas rien à foutre de toi, je ne te hais pas, je ne te considère pas comme le pire salaud que la terre ait jamais porté. Voilà. Tu comprends mieux quand je parle comme toi ?

« Tue-le. Ne discute plus. »

— Je ne me rappelle pas vaguement de toi, Scarlet ! cria-t-il tout en reculant, car elle brandissait maintenant sa fourchette comme un poignard.

Elle avait tué des hommes avec des armes moins dangereuses. Y compris des immortels.

— Et ton souvenir, même vague, ne m'a pas obsédé.

Il se figea, puis souleva lentement son T-shirt. Au milieu de ses cicatrices, il y avait un tatouage, sous son cœur, un tatouage d'yeux, des yeux noirs, pareils aux siens.

— Tu ne vois pas que je n'ai jamais pensé à toi ? haleta-t-il.

Il mentait. Il n'était que mensonge.

— Ça ne prouve rien, dit-elle. Des milliers de gens ont les yeux noirs.

Il baissa la tête et souleva les cheveux qui cachaient sa nuque, découvrant le tatouage d'une bouche rouge sang en forme de cœur. Comme la sienne. Puis il se tourna et lui montra dans son dos, au niveau des reins, une guirlande de fleurs, avec ces mots : SE SEPARER C'EST MOURIR.

La première fois qu'il lui avait rendu visite dans le donjon, il avait déjà exhibé ce tatouage, le même que celui qu'elle portait autour de la taille. Mais le revoir lui fit un coup au cœur.

— Je ne veux pas comprendre pourquoi je n'ai pas éprouvé le besoin de me faire ces tatouages, murmura-t-il.

Il pivota sur lui-même, pour lui faire face.

— Ne m'aide pas, je t'en prie.

Ainsi, il avait rêvé d'elle, mais ça ne l'avait pas empêché de coucher avec d'autres femmes. Il avait continué à vivre comme si de rien n'était, sans chercher à comprendre d'où lui venaient ses visions.

— Et tu crois que ça suffit à arranger tes affaires, espèce d'écervelé ? Pendant que tu t'amusais et que tu profitais de la vie, moi j'étais prisonnière ! J'étais l'esclave des dieux grecs.

Elle fit un pas, deux, et contourna la desserte pour s'approcher de lui. Il ne bougea pas et attendit avec le sang-froid du guerrier.

— J'ai dû obéir à leurs ordres, poursuivit-elle. Ils n'ont cessé de m'humilier.

Elle avait dû défiler nue en supportant leurs regards lubriques, elle s'était battue avec d'autres prisonniers tandis qu'ils pariaient sur le gagnant, elle avait ramassé leurs saletés à quatre pattes.

— Et toi, tu m'as abandonnée à mon sort. Tu n'es jamais venu me chercher. Tu avais pourtant promis…

Et sur ces mots, elle se jeta sur lui et lui enfonça sa fourchette dans la poitrine, avec la force de sa hargne, en vrillant.

Il ne tenta pas de l'arrêter, ni de se défendre. Il resta là, les bras ballants, les yeux plissés, l'air furieux. Contre qui était-il furieux ? Contre elle, contre lui, ou contre ceux qui l'avaient humiliée ?

Peu importait. Il méritait une punition.

— Et tu sais quoi ? gronda-t-elle en refermant les doigts sur sa fourchette, si fort qu'elle en eut mal aux articulations. Quand je t'ai vu faire l'amour à cette femme, dans la boîte de nuit, je me suis donnée à un homme. Ça m'a plu, alors j'ai recommencé, encore et encore.

Elle mentait. Elle avait essayé. Pour qu'il l'apprenne un jour et qu'il souffre. Et aussi pour se sentir de nouveau aimée, chérie, protégée. Comme autrefois avec lui. Mais elle n'avait pas pu. Elle avait renoncé, au dernier moment, juste avant de passer à l'acte, et elle s'était sentie encore plus seule et triste.

Les épaules de Gideon s'affaissèrent et son expression

changea. Comme si toute sa colère et sa combativité s'envolaient brusquement.

— Je ne suis pas désolé, dit-il. Au contraire, je suis heureux que tu aies ressenti le besoin de te donner au premier venu. Je n'ai pas envie de tuer les hommes qui ont profité de toi., même si je me souviens de tout ce que nous avons partagé autrefois.

Il était donc effondré et il aurait voulu tuer ses amants. Comme c'était joliment dit... Mais ces bons sentiments venaient un peu tard. Trop tard. Elle ricana et retira la fourchette de son torse. Puis elle contempla d'un air satisfait les pointes couvertes de sang et les planta de nouveau.

Il poussa un gémissement de douleur.

— Tu crois qu'il suffit d'un peu de baratin pour tout arranger ? demanda-t-elle d'un ton mauvais. Tu crois que je vais te pardonner de m'avoir trompée parce que tu assures que tu ne te souviens pas d'être mon mari ? Tu crois que ça atténue mon chagrin ?

« Tais-toi ! Ne lui parle pas de ton chagrin. »

Il ne devait pas savoir à quel point il lui avait fait du mal.

— Je...

Il fronça les sourcils, plongea la main dans la poche de son jean pour en retirer son téléphone et jeta un rapide coup d'œil sur l'écran. Quand il rencontra de nouveau le regard de Scarlet, il y avait une lueur de colère dans ses yeux bleu électrique.

— Nous n'avons pas des visiteurs, dit-il.

— Des amis à toi ?

Elle ne lui demanda pas comment il était averti de l'arrivée de visiteurs. Elle avait sa petite idée là-dessus. Elle aussi appréciait les avantages de la technologie moderne.

— Oui. Des amis. J'adore les chasseurs.

Elle fut tentée de lui crever les yeux, pour qu'il affronte

ses ennemis blessé et aveugle. Mais il était à elle. C'était à elle de le punir, pas à eux.

— Ils sont nombreux ? demanda-t-elle en reposant la fourchette.

A présent, sa hargne avait une nouvelle cible.

« Réveille-toi, Cauchemar, je vais avoir besoin de toi. »

Le démon s'étira en bâillant.

— Je le sais, dit Gideon.

Il l'ignorait donc.

— Ils sont entrés par où ?

— Pas par la porte principale.

Elle inspecta rapidement les lieux. La porte de la chambre donnait dans un petit couloir qui se divisait en trois branches au bout de quelques mètres. Mais les intrus seraient obligés de passer par là, d'où qu'ils viennent. Parfait.

« Tu es prêt ? demanda-t-elle à Cauchemar. Maman va avoir besoin de toi. »

Un ronronnement de plaisir lui répondit.

« Tant mieux, j'ai besoin de me distraire. »

— Mais tu me laisseras porter le coup fatal, précisa-t-elle.

« Vilaine gourmande… »

Elle était gourmande, sans doute, mais elle avait surtout besoin de se défouler. D'urgence.

« Et ne touche pas à Gideon. Je ne veux pas qu'il profite des visions que tu enverras à ses ennemis. »

Un grognement lui répondit.

« Je ne ferai jamais de mal à Gideon », assura Cauchemar.

Elle avait déjà remarqué que Cauchemar se montrait réticent à se servir de ses pouvoirs sur Gideon, et elle fut tentée de lui demander pourquoi. Mais elle n'avait pas le temps.

— Va t'allonger sur le lit, ordonna-t-elle à Gideon. Je me charge d'eux.

— Ça ne m'inquiète pas du tout de te les laisser, dit-il en prenant un revolver et un poignard.

Et en plus, ce macho la prenait pour une mauviette.

— Ils sont là, je le sais, murmura une voix masculine.

Scarlet entendit aussi distinctement que si l'homme s'était trouvé à côté d'elle. Elle avait l'ouïe fine, une faculté qu'elle avait exercée en prison et qui lui avait plus d'une fois sauvé la vie.

— Si nous leur ramenons la fille, ils nous accepteront définitivement parmi eux, fit une autre voix.

— Et lui ?

— On le tue.

Tandis que Cauchemar riait d'aise à l'idée du combat qui s'annonçait, Scarlet poussa Gideon pour le faire tomber dans un fauteuil, où il atterrit en poussant un petit cri étouffé. Puis elle lâcha son démon. Les ténèbres explosèrent d'abord en elle, avant de se frayer un chemin à l'extérieur, en même temps que les hurlements terrifiés des spectres. La pièce fut plongée dans l'obscurité. A présent, elle était la seule à y voir.

— Un conseil, bouche-toi les oreilles, suggéra-t-elle à Gideon.

— Scar…

Elle lui mit vivement la main sur la bouche, tout en se réjouissant de son air sidéré.

Quelques secondes s'écoulèrent dans le silence. Il se tenait sur son siège, raide comme la justice, les yeux exorbités, mais il finit tout de même par acquiescer en silence. Il acceptait donc de lui laisser mener la danse. Elle en fut surprise. Elle ne s'était pas attendue à ce qu'il cède si aisément. D'après ce qu'elle savait de lui, il aurait dû insister pour participer.

Elle se tourna vers la porte d'entrée pour accueillir les

intrus qui venaient de pousser le battant. Ils étaient quatre, quatre hommes. Armés, bien entendu.

Seulement quatre ? Ils étaient bien sûrs d'eux… Ou bien ils n'avaient pas mesuré l'étendue de son pouvoir et de celui de Gideon. Mais peut-être n'était-ce que l'avant-garde. Ils avaient pu poster d'autres hommes dans l'hôtel, qui attendaient le moment propice pour passer à l'action.

En franchissant le seuil, ils s'arrêtèrent net, visiblement déroutés par les cris et l'obscurité. Ils n'eurent pas le temps de se demander ce qui se passait : Cauchemar fondait déjà sur eux, pour les envelopper de sa danse et de leurs peurs.

Douleur.

Sang.

Mort.

Ils se contorsionnèrent d'angoisse et de douleur, hantés par des visions des Seigneurs de l'Ombre leur faisant subir les pires tortures.

Cauchemar n'avait pas son pareil pour découvrir les peurs cachées des êtres et pour les exploiter. C'était lui qui avait dévoilé à Scarlet la phobie de Gideon. Elle eut envie de rire en se souvenant que ce lâche avait peur des araignées… Pourquoi les araignées ? C'était nouveau ! Autrefois, quand il lui rendait visite, à Tartarus, elle l'avait vu à maintes reprises écarter ou écraser des araignées sans même y prêter attention.

— Assez ! Assez ! supplia l'un des hommes.

— Je n'en peux plus ! gémit un autre.

Mais Scarlet n'en avait pas terminé. Ces hommes avaient pris du plaisir à torturer des gens. Pour avoir longtemps subi la cruauté de ses bourreaux, elle savait ce que c'était que d'être une victime. Ils allaient payer pour tous les bourreaux de la terre.

Le sourire aux lèvres, elle s'avança au milieu des chasseurs, munie de sa fourchette. Elle en choisit un, celui qui gémissait le plus fort, et allongea le bras pour écarter les cheveux qui lui retombaient sur le visage. Il sursauta, puis parut se détendre, comme s'il cherchait désespérément une alliée, du fond de sa souffrance, et que ce contact le rassurait.

Ce fut le moment qu'elle choisit pour lui planter la fourchette dans la jugulaire. Il poussa un hurlement strident — ô douce musique — qui se perdit dans le concert de cris de ses compagnons. Son sang tiède lui arrosa la main. Quand il s'effondra, elle passa au suivant, qui eut droit au même traitement : une caresse réconfortante avant le coup fatal.

Le sang jaillit de nouveau en un fleuve écarlate.

Elle acheva les deux derniers avec autant de rapidité et d'efficacité. Ç'avait été presque trop facile, et elle regretta un peu de ne pas avoir pris le temps de s'amuser avec eux. Tant pis… Une autre fois.

Quand les gémissements cessèrent, elle ferma les yeux et rappela les spectres et les ténèbres. Ils tourbillonnèrent quelques secondes en elle avant de se réfugier tout au fond de son être. Elle avait appris à leur interdire l'accès à sa conscience, pour éviter de devenir folle.

Elle songea brusquement qu'elle n'aurait pas pu faire de nouveau l'amour avec Gideon. Au moment du plaisir, elle perdrait sûrement le contrôle de son démon, qui se manifesterait par des ombres et des cris.

Aucun homme ne pouvait conserver une érection dans de telles conditions. Pas plus Gideon qu'un autre. Et elle ne voulait pas subir l'humiliation de le sentir devenir mou en elle.

« Ce n'est pas le moment de penser à ça… »

Gideon n'avait pas bougé de son fauteuil et la fixait

avec une expression indéchiffrable. Il la balaya du regard et ses yeux s'arrêtèrent sur ses mains couvertes de sang. Puis il se passa la langue sur les dents et se tourna vers les cadavres.

— Blessée ? demanda-t-il sans la moindre trace d'émotion.

— Morts, répondit-elle.

Il ne la remercia pas. Elle lui avait pourtant offert la victoire sur un plateau.

Les yeux bleu électrique revinrent se poser sur elle, la clouant sur place.

— Je parlais d'eux, pas de toi.

Ainsi, il s'inquiétait d'elle.

« Ne te laisse pas attendrir. »

Il s'inquiétait d'elle, cette ordure !

— Je n'ai pas une égratignure, répondit-elle froidement. Mais nous devrions tout de même partir d'ici.

« Et chacun de son côté », ajouta-t-elle mentalement, en ignorant le pincement au cœur qui accompagnait cette pensée.

— D'autres chasseurs vont venir, c'est certain, ajouta-t-elle.

Il ne répondit pas.

« Pars maintenant, c'est le moment. »

Mais elle ne bougea pas. Elle resta là, comme l'idiote qu'elle était. Elle n'avait pas encore réglé tous ses comptes avec lui, probablement.

Combien de temps lui faudrait-il encore pour l'effacer totalement de sa vie ?

Il se leva, mais ne rengaina pas ses armes.

— On ne peut pas te laisser une fourchette dans les mains, fit-il remarquer. Tu ne sais pas du tout quoi en faire.

De nouveau, elle eut un coup au cœur.

— Assez de compliments, ou je te fais une nouvelle

démonstration de mes talents, rétorqua-t-elle en agitant la fourchette ensanglantée.

— Volontiers, dit-il. Ça me plairait.

Il passa devant elle, sans s'inquiéter de la fourchette, et alla s'accroupir devant les quatre hommes qu'il fouilla et inspecta rapidement, avec méthode, comme quelqu'un qui a l'habitude.

— Ce sont des chasseurs, affirma-t-il.

Elle laissa retomber le bras qui brandissait la fourchette. Elle aussi avait vu le signe de l'infini tatoué sur le poignet de ces hommes, symbole de leur désir d'un monde d'où le mal serait absent.

— Ce sont de nouvelles recrues, fit-elle remarquer. En entrant, l'un d'eux a parlé d'être accepté.

Gideon acquiesça tout en se redressant, et une mèche bleu cobalt tomba entre ses yeux.

— Tu as tort, dit-il. Tu comprends lentement.

— Je suis tout simplement plus intelligente que toi, conclut-elle.

Elle résista à l'impulsion de remettre cette mèche en place.

— Je crois que nous pouvons nous séparer, à présent, murmura-t-elle.

Elle n'avait pas la sensation d'en avoir fini avec lui, mais il fallait tout de même qu'elle se décide à le quitter.

— Pas de problème, dit-il.

Il franchit la distance qui les séparait et vint se placer nez à nez avec elle, l'enveloppant de sa chaleur et de cette eau de toilette musquée qui lui brouillait les sens.

— Ne m'écoute pas attentivement, dit-il. Je suis furieux que tu ne sois pas blessée.

Ses paupières s'abaissèrent, lentement, lentement, et elle comprit qu'il fixait ses lèvres.

Etait-il en train de songer à l'embrasser ?

Elle déglutit péniblement. Non. Non. Elle ne voulait pas.

— Gideon…, murmura-t-elle.

— Ne t'arrête surtout pas de parler, dit-il tout en se penchant vers elle, comme s'il s'apprêtait vraiment à l'embrasser.

« Non, non, non, oui… Oui, oui… » Tout son corps se tendait déjà, prêt à l'accueillir. Des grésillements parcoururent ses artères et elle se mit à trembler. Elle eut soudain besoin de savoir si la bouche de Gideon avait le même goût qu'autrefois. Ensuite, elle pourrait partir, sans regarder derrière elle.

Leurs lèvres allaient se toucher quand quelque chose de glacé et de lourd se referma sur son poignet. Elle fronça les sourcils et baissa les yeux vers sa main. Il venait de les menotter l'un à l'autre.

L'ordure !

Un nuage rouge obscurcit sa vision. Il l'avait piégée. Jamais il n'avait eu l'intention de l'embrasser.

— J'espère que tu es fier de toi, lança-t-elle.

Elle ne lui donna pas d'autre avertissement et planta la fourchette dans son torse. Cette fois, plutôt que de la vriller, elle posa sa paume sur le manche et frappa, pour l'enfoncer. Il ne put retenir une grimace de douleur.

— Sache que ce n'est rien à côté de ce que je te réserve, murmura-t-elle.

— Peu m'importe, répondit-il avec un sourire. Du moment que nous sommes séparés, je suis heureux.

Il avait donc besoin d'être près d'elle pour se sentir heureux ? Elle retint un sourire de midinette — et peut-être aussi un battement de cils —, tout en maudissant son cœur trop tendre. Ce chien venait de la trahir, et elle était déjà prête à céder à son baratin.

— Et ça ? gronda-t-elle en lui envoyant un coup de genou bien placé. Ça te rend heureux ?

La douleur le plia en deux, mais il parvint à articuler un faible « oui » entre deux gémissements.

Tant mieux.

4

Une fois la douleur passée, Gideon appela Lucien, gardien de la Mort, pour lui demander d'envoyer quelqu'un nettoyer leur chambre. Il traversa l'atrium vitré de la réception qui donnait sur les rues illuminées de la ville, entraînant de force Scarlet avec lui. Il faisait nuit. Le ciel étoilé servait de toile de fond à la demi-lune. Il s'était préparé à une attaque, mais il ne rencontra pas de chasseurs.

Comment quatre nouvelles recrues sans entraînement avaient-elles pu le suivre jusqu'à cet hôtel ? Il avait pourtant pris garde de ne pas laisser de traces, il en était certain ; il n'aurait pas hésité à parier là-dessus tout l'argent gagné par Torin pour la communauté du château. Donc, ces chasseurs l'avaient retrouvé par hasard. A moins qu'ils n'aient été renseignés par un dieu ou une déesse.

Il ne croyait pas beaucoup aux coïncidences, aussi opta-t-il pour la seconde solution. Cronos aidait les Seigneurs de l'Ombre, et Rhéa, sa femme, la reine des dieux, avait probablement choisi le camp des chasseurs. Mais pourquoi lui avoir envoyé des gamins sans expérience plutôt que des hommes aguerris ?

Il ne put réprimer un soupir. Si Rhéa avait décidé de le surveiller, il n'avait aucun moyen de l'en empêcher.

Ses mains se crispèrent sur le volant, puis il passa la

marche arrière, avec le bras de Scarlet attaché au sien qui suivait ses mouvements.

— Pourquoi te mets-tu dans cet état ? demanda Scarlet d'un air détaché.

Elle jouait les indifférentes, mais il ne fut pas dupe. Elle était furieuse d'être sa prisonnière.

Il manœuvra en silence pour sortir du garage. A cette heure de la nuit, le trafic était fluide. Il vérifia dans son rétroviseur qu'il n'était pas suivi.

— On dirait que tu fais tout ce que tu peux pour avoir droit à un coup de fourchette, grommela-t-elle.

De nouveau, il l'ignora.

— Cron ! hurla-t-il.

« Tu ne devrais pas déranger Cronos. Il y a sûrement un autre moyen. »

Mais il n'en voyait pas d'autres. Aussi il insista.

— Cron ! Je n'ai pas besoin de toi !

Sur le siège du passager, Scarlet se raidit.

— Cron ? C'est Cronos que tu appelles ?

Il acquiesça.

Elle poussa un sifflement de rage et tira sur les menottes.

— Qu'est-ce que tu lui veux ? Je le hais.

Elle n'avait donc que des ennemis ?

— Je n'ai pas de questions à lui poser, rétorqua-t-il sèchement.

— Dans ce cas, je te demanderai de me laisser partir avant de le convoquer.

Il sentit à sa voix que quelque chose n'allait pas. Impression confirmée quand elle se débattit en donnant des coups de pied dans la porte du passager.

Elle ne craignait tout de même pas Cronos à ce point-là… Scarlet n'avait peur de rien. Elle avait éliminé quatre chasseurs sans la moindre hésitation.

— Je dois absolument lui… Je n'ai aucune raison de lui parler.

La vérité avait failli lui échapper. Bon sang !

— Ce n'est pas une question de vie ou de mort, ajouta-t-il.

— Je m'en fous ! vociféra Scarlet tout en continuant à donner des coups de pied dans la porte. Je ne veux pas le voir.

Oh oui, elle avait peur ! Mais pourquoi ?

Plutôt que de lui poser la question — il savait bien qu'elle ne lui aurait pas répondu —, il préféra changer de sujet pour la calmer. Si elle continuait à tirer comme ça sur les menottes, elle allait lui arracher la main. Une main qui venait tout juste de repousser… Ah non !

— Il fallait vraiment que tu épargnes ces gamins ? demanda-t-il.

Elle les avait achevés sans la moindre hésitation. Il en aurait fait autant mais, lui, il était un homme. Les femmes n'étaient-elles pas censées avoir le cœur tendre ? A part Cameo, bien sûr, gardienne de Misère, qui pouvait tuer tout en se limant les ongles.

Scarlet cessa brusquement de s'agiter et lui jeta un regard en coin.

— Je les ai éliminés, dit-elle. Et alors ? Où est le problème ?

— Ça ne m'aurait pas intéressé de leur donner du plaisir en les interrogeant, dit-il.

Elle eut un drôle de rictus, comme si elle se retenait de sourire.

— Ah oui ? Je ne savais pas que tu avais viré ta cuti. Ils étaient mignons, non ? Surtout le blond. Je parie que c'est celui qui t'intéressait.

Ce ton doucereux et provocateur… Elle commençait à l'agacer. Mais oui, le blond était le plus mignon des quatre et il n'était pas ravi qu'elle l'ait remarqué. Ce penchant affiché pour les blonds devenait indécent. Il n'admettait pas que sa femme…

« Tu ne sais pas si elle est ta femme. »

« Elle n'est pas ma femme, gémit Tromperie. Elle n'est pas ma femme. »

De quoi se mêlait-il, celui-là ? Elle n'était pas la femme de Tromperie, mais la sienne. Peut-être.

Et même si elle était sa femme… Il allait la ramener dans son cachot et elle le haïrait pour ça. D'ailleurs, elle le haïssait déjà.

Mais peut-être avait-elle ses raisons.

Il se sentit soudain submergé par une bouffée de culpabilité.

— Pourquoi as-tu laissé ces chasseurs en vie ? insista-t-il.

Scarlet haussa imperceptiblement ses délicates épaules.

— Ils venaient pour nous attaquer. Si je les avais épargnés, ça aurait fait quatre ennemis de plus en vie. Ils nous auraient détestés plus que jamais et ils seraient revenus à la charge, plus tard, avec des renforts.

Elle n'avait pas tort, mais ce raisonnement le fit tout de même frémir parce qu'elle parlait comme quelqu'un qui a l'expérience de la chose. Elle avait donc une fois laissé la vie sauve à un ennemi et l'avait retrouvé sur son chemin. Avec des renforts.

Apparemment, l'épisode l'avait marquée. Est-ce que ces salauds l'avaient violée ? Torturée ?

Gideon serra si fort le volant qu'il le sentit ployer. S'il était revenu la chercher à Tartarus, s'il avait tenu sa promesse, aurait-elle vécu de telles atrocités ?

Bon sang… Sa culpabilité le rongeait comme un cancer. De nouveau, il fut tenté de lui demander des explications, mais il se tut. Pour qu'elle parle, il devait l'amadouer et la séduire. Et il la séduirait. Tout à l'heure, avant l'arrivée des chasseurs, elle avait failli se laisser embrasser.

— Tu n'as rien à me répondre ? ironisa-t-elle. Pas de commentaire bancal ?

Bancal ? Bon sang ! Il s'exprimait comme il pouvait. « Ne lui en veux pas. Elle est sur les nerfs. » Mais il n'était tout de même pas responsable si quelqu'un avait trafiqué ses souvenirs.

Il comptait d'ailleurs interroger Cronos à ce sujet.

— Cron ! hurla-t-il de nouveau.

Scarlet recommença à s'agiter.

— Je t'ai dit que je ne voulais pas de lui ici. Je t'ai dit que…

Il n'entendit pas la suite. Il fut brusquement arraché à la voiture, au volant qu'il tenait, aux menottes qui le reliaient à Scarlet, et se retrouva dans les cieux, au milieu des nuages joufflus. Sans Scarlet.

Il tenta de ne pas paniquer et la chercha du regard. Pas de Scarlet. Plus de rues. Personne. Rien qu'une mer de nuages.

— Scar ! appela-t-il.

Il avait l'impression que son cœur allait défoncer sa cage thoracique. Il devait la retrouver. Il ne pouvait pas la lais…

— Du calme, Tromperie. Le temps s'est arrêté pour ta femelle. Tu la retrouveras là où tu l'as laissée.

Il fit volte-face. Cronos… Son cœur se calma un peu et il fit de son mieux pour ne pas prendre un air ahuri. Le roi des dieux ne cessait de rajeunir depuis quelque temps, mais là, tout de même, c'était sidérant.

Il n'avait plus un cheveu gris : rien que des boucles brun et or. Plus une ride non plus, mais une peau lisse et bronzée.

Il portait une longue tunique fluide, aussi légère que les nuages, et des sandales habillaient ses pieds de guerrier

— des pieds abîmés, aux veines saillantes. Il émanait de lui tant de pouvoir que Gideon en chancela.

— Pourquoi m'avoir appelé ? demanda le roi des dieux.

— Je ne vous répondrai pas quand vous n'aurez pas promis qu'il n'arrivera rien à ma femelle.

Cronos ne parut pas s'offusquer de sa demande.

— Tu as ma parole qu'il n'arrivera rien à ta femelle pendant ton absence. Elle ne s'apercevra même pas que tu as disparu. Tu es satisfait ?

Le ton était tout de même vaguement agacé.

— Non, pas du tout, répondit Gideon en soupirant de soulagement. Et je ne vous en remercie pas.

— M'as-tu enfin pardonné d'avoir refusé de te dire où se trouvait l'âme d'Aeron ?

Gideon songea qu'il ne le lui pardonnerait jamais, mais il préféra tout de même se taire. Cronos faisait pleuvoir les punitions : mieux valait se méfier, avec lui.

— Ce que j'ai fait, je l'ai fait pour ton bien, ajouta Cronos, un peu sèchement.

Pour son bien. Il poussait tout de même un peu... Gideon se mordit la lèvre.

— Tu n'es qu'un immortel, pas un dieu, reprit Cronos. Certaines choses échappent à ton entendement. Mais tu me remercieras un jour.

Il s'interrompit et plissa le nez d'un air écœuré.

— Ça suffit, reprit-il. Je n'ai pas à me justifier devant toi. Et j'en ai marre de te materner. Où est donc passé le guerrier sans peur d'autrefois ?

Gideon se retint de justesse de lever les yeux au ciel. Le materner ?

— Vous n'êtes pas un...

— Fais attention à ce que tu dis, Tromperie, si tu ne veux pas perdre ta langue.

Les yeux de Cronos se durcirent et devinrent d'un

noir d'obsidienne. De plus en plus étrange… Ils étaient d'ordinaire jaune d'or.

Gideon acquiesça d'un bref hochement de tête. Rester calme. Ne pas contrarier ce dieu capricieux.

— C'est bien, approuva Cronos en faisant claquer sa langue avec l'air satisfait de quelqu'un qui apprécie d'être obéi. Je repose donc ma question. Pourquoi m'as-tu appelé ?

« Pour réclamer la tête de ta femme sur un plateau. Et pas un plateau d'argent. Un métal vulgaire ferait tout à fait l'affaire. »

Mais cela, Gideon ne pouvait pas le dire tout haut.

— Pour vous apprendre que votre femme est vraiment… un amour.

Il se prépara à une punition et prit d'instinct l'un de ses poignards en main.

— Si tu entends par là que c'est une chienne, nous sommes d'accord, fit simplement remarquer Cronos.

Gideon rengaina son poignard, surpris de constater que le dieu partageait son point de vue.

— Mais je n'ai pas d'autre problème, poursuivit-il. Je ne la soupçonne pas de surveiller nos moindres faits et gestes, ni de nous avoir suivis, encore moins d'avoir envoyé des chasseurs dans mon hôtel pour nous tuer, ma femelle et moi.

— Je sais. Ça fait longtemps que je suis au courant.

De nouveau, Cronos plissa le nez d'un air dégoûté. Il paraissait à bout de patience, en ce qui concernait sa femme.

— Damnée femelle. Elle ne me crée que des ennuis.

— Comment pourrait-on l'encourager à faire mieux ? demanda Gideon. Elle ne nous empêchera pas d'arrêter Galen, si elle ne continue pas comme ça.

Cronos se mit à faire les cent pas. La colère devait décupler son pouvoir car l'air grésilla autour de lui. Depuis que Danika avait prédit que Galen lui trancherait la tête, il voulait sa peau. Dès qu'on le mentionnait, il ne se contrôlait plus.

— Ce qui est arrivé à Aeron m'a servi de leçon et j'ai fait fabriquer des amulettes, dit-il enfin. Une pour chacun d'entre vous. Il faudra les porter, elles vous protégeront des regards de Rhéa.

L'idée était géniale. Gideon faillit applaudir.

— Ne me donnez pas ces amulettes, dit-il.

Cronos continua à marcher, en accélérant la cadence.

— Ce n'est pas si simple, soupira-t-il d'un air rêveur en refermant sa main. Ces amulettes vont vous soustraire au regard de *tous* les dieux.

Au sien y compris. Et ce salaud ne voulait pas perdre une miette de ce qui se passait, bien entendu, d'où sa réticence à s'en défaire.

— Votre intérêt est de ne pas nous les donner, rétorqua Gideon. Aussi, gardez-les pour vous.

Il commençait à s'impatienter et avait du mal à le cacher. Il voulait les amulettes, mais il voulait surtout retourner auprès de Scarlet. Loin d'elle, il ne se sentait pas tranquille.

Mais Cronos ne se décidait toujours pas.

— Attends une minute, dit-il. Si je te les donne, il me faut des garanties. Je veux un rapport journalier de vos activités. Si vous me laissez un seul jour sans nouvelles, je viendrai moi-même vous les arracher du cou. Avant de vous arracher la tête.

Gideon ne prit pas la peine de lui rappeler que leur arracher la tête aurait pour conséquence de libérer leurs démons, lesquels feraient des dégâts, et que même un dieu comme Cronos aurait à payer pour une telle action.

Cronos avait beau régner sur l'Olympe, il n'était pas à l'abri d'une punition du Seul et Unique, le dieu d'Olivia, celui qui avait sauvé Aeron et qui était au-dessus de tout.

Mais il avait peut-être prévu de trouver de nouveaux hôtes pour leurs démons. Méfiance, le démon de Baden, habitait déjà un nouveau corps, comme Colère, le démon d'Aeron.

— Tromperie ! lança Cronos. Tu m'écoutes ? Je t'ai demandé si tu avais compris.

— Euh… Compris quoi ? bredouilla Gideon.

Il fit un effort pour revenir au présent.

— J'ai parfaitement entendu ce que vous venez de dire, s'excusa-t-il d'un air contrit.

Le roi des dieux devint écarlate. De colère, bien entendu.

— Vous devrez me rendre compte chaque jour de ce que vous faites, sinon je vous reprendrai les amulettes, gronda-t-il tandis que ses yeux lançaient des éclairs. Tu as compris ?

Le compte rendu. Les amulettes. Oui. Cronos n'avait pas besoin de se mettre dans un état pareil…

— Non, je n'ai pas compris.

Cronos s'arrêta enfin de marcher, la narine palpitante. Son regard se posa sur Gideon. Ses yeux étaient redevenus dorés. Que signifiaient ces changements ?

— Parfait, dit-il en élevant une main.

Des points bleus apparurent dans sa paume, taches azurées dans l'immensité blanche du ciel, puis quelque chose parut se matérialiser. Deux objets, pour être précis.

Gideon se pencha en avant pour mieux voir. Il s'agissait de deux chaînes en argent au bout desquelles pendaient deux pendentifs en forme de papillon, sertis de rubis, de saphirs, d'onyx, d'ivoire et même d'une opale. Leurs ailes brillaient d'un éclat étrange. On avait l'impression qu'elles vibraient, comme si le bijou était vivant.

— C'est beau, mais ce n'est pas un bijou de femme, protesta Gideon.

Le roi des dieux laissa échapper un grondement menaçant.

— Oserais-tu te plaindre, Tromperie ?

— Oui, oui, je me plains et je ne m'en excuse pas, s'empressa de rectifier Gideon. Je ne veux pas de ces pendentifs.

Il s'empressa de les prendre, avant que le roi des dieux ne décide de les faire disparaître. Il en passa un à son cou. Le métal était chaud au point de le brûler, mais il y prêta à peine attention. Le second, il le glissa dans sa poche avec l'intention de l'offrir à Scarlet sans préciser qu'il le tenait de Cronos. Les femmes aimaient qu'on leur offre des bijoux ; le geste allait l'amadouer.

— Et pour mes ennemis ? demanda-t-il.

Il voulait bien sûr parler de ses compagnons.

— Je vais me rendre au château, répondit Cronos. Pour les leur donner moi-même.

Eh bien… Le dieu se montrait décidément très serviable. Cela cachait sûrement quelque chose, et Gideon aurait bien voulu savoir quoi. Malheureusement, il devait lui faire confiance, du moins pour le moment. Il n'avait pas le choix.

— Je ne vous remercie pas, lui dit-il.

— Adieu, répondit Cronos.

— Oui, vous pouvez partir tout de suite, coupa précipitamment Gideon.

Pour une fois qu'il tenait Cronos, il avait l'intention d'en profiter.

— D'après Scarlet, nous étions autrefois mari et femme… Je ne me demande pas si…

— Scarlet ? gronda Cronos, tandis que ses yeux redevenaient noirs et brillants. La fille de Rhéa ?

Gideon battit des paupières… Scarlet était la fille de Rhéa ? Scarlet était une princesse royale ? Elle cachait bien son jeu ! Mais…

— Vous n'avez pas dit la fille de Rhéa ? Vous seriez donc son père ?

Quand les yeux du dieu viraient à l'obsidienne, ils ressemblaient à ceux de Scarlet. Il pouvait très bien être son père, après tout.

— Certainement pas ! protesta le dieu avec un dégoût non dissimulé. Ne répète jamais un tel blasphème, ou je t'envoie un cortège de souffrances que tu n'es même pas capable d'imaginer.

Pourquoi tant de haine ? Scarlet était une jeune femme belle, intelligente et courageuse. Ce salaud de Cronos ne valait pas mieux qu'elle. Pour qui se prenait-il ? Gideon serra les poings. En tout cas, il était soulagé de ne pas avoir Cronos pour beau-père — ou, plutôt, pour *éventuel* beau-père.

— Je ne suis pas son père, et sa mère est une putain, poursuivit Cronos, avec autant de mépris et de dégoût dans la voix. C'est elle que tu transportes dans ta voiture ? On dirait que je ne t'ai pas assez surveillé, ces derniers temps. Je savais qu'elle était enfermée dans ce château, mais j'ignorais que c'était avec elle que tu étais installé dans un hôtel. Sans ma permission… Je devrais te punir…

Gideon se mordit la lèvre, le temps de formuler correctement sa phrase.

« Elle ne m'appartient pas », gronda Tromperie.

Heureusement, Cronos ne pouvait pas l'entendre.

« Ce n'est pas le moment », le rabroua mentalement Gideon.

— Toutes mes excuses, Votre Grandeur, dit-il tout haut à Cronos.

Il fut surpris que Cronos ne rétribue pas avec d'atroces douleurs ce « Votre Grandeur » teinté d'une ironie mordante.

— Comme je ne vous le disais pas, Scarlet ne prétend pas que nous étions mariés, reprit-il. Je m'en souviens d'ailleurs parfaitement. C'est pour ça que je n'ai pas tenté de l'amadouer en ne la sortant pas de sa cellule, pour ne pas l'inciter à me parler. Et d'ailleurs, je ne prévoyais pas du tout de l'y ramener une fois que je n'aurais pas eu mes réponses.

— Mariés ? Toi et Scarlet ?

Cronos fronça les sourcils tout en inclinant la tête.

— Tout le monde savait que tu lui plaisais, mais vous ne vous êtes même pas fréquentés. Alors mariés, tu penses…

Tout le monde avait remarqué qu'il plaisait à Scarlet ? Le cœur de Gideon fit un bond dans sa poitrine et il se retint pour ne pas tambouriner sur son torse. Il lui plaisait ? Il lui avait toujours plu ? Il était donc son genre d'homme, en dépit de son faible pour les blonds.

Il avait donc une chance d'apaiser sa colère et de réveiller en elle l'intérêt qu'elle lui avait porté autrefois. Il trouverait un moyen.

— Connaissez-vous quelqu'un qui aurait eu le pouvoir d'effacer de ma mémoire tout souvenir de Scarlet ?

Il y eut un temps de pause. Cronos se mordilla les lèvres d'un air embarrassé puis murmura un timide non.

Le démon de Gideon ronronna, signe que le dieu venait de mentir. Cronos connaissait quelqu'un qui possédait un tel pouvoir.

— Pourquoi… ?

— Tu me fatigues, avec tes questions, coupa sèchement le dieu. Méfie-toi de Scarlet, c'est une bête sauvage. Elle est dangereuse. Si elle n'avait pas été si dangereuse, je me serais occupé d'elle depuis longtemps.

Tromperie ronronna de nouveau. Le dieu avait-il menti en disant que Scarlet était une bête sauvage, ou bien en prétendant vouloir s'occuper d'elle ? Ou les deux ?

Peu importait à Gideon qu'elle soit sauvage. Elle lui plaisait, elle était peut-être sa femme, il allait coucher avec elle. Et là, si la mémoire ne lui revenait pas, il n'y aurait plus rien à faire. Voilà. Il avait maintenant une bonne raison de céder au charme de la brune des ténèbres, comme l'avaient surnommée ses compagnons. De plus, rien ne prouvait que Scarlet représentait un danger pour eux. Après tout, elle était peut-être de leur côté dans la guerre qui les opposait aux chasseurs.

Bon sang ! Il venait de trouver une bonne raison de ne pas l'enfermer de nouveau dans le cachot du donjon — après avoir fait l'amour avec elle. Si elle les aidait, il la laisserait en liberté. Et tant pis s'il venait de promettre le contraire à Cronos. Le roi des dieux tenait lui aussi à gagner cette guerre. Scarlet était capable de supprimer leurs ennemis pendant qu'ils dormaient, sans batailles et sans effusions de sang. Avec elle, plus besoin de bombes, d'attaques commandos, de fusils et de poignards. L'ennui, c'était qu'il ne pourrait pas se fier à Scarlet tant que Tromperie ne serait pas capable de lui dire si elle mentait ou pas.

D'ailleurs, il se tracassait pour rien. Après ce qu'il lui avait fait, elle n'accepterait jamais de l'aider.

Donc, elle allait devoir réintégrer son cachot du donjon, même si elle acceptait de répondre à ses questions.

— Ton air distrait commence à me fatiguer, fit remarquer Cronos.

Gideon aussi commençait à se fatiguer de cette conversation. D'autant plus qu'il avait hâte de rejoindre Scarlet. Mais il avait une dernière question à poser au dieu.

— Quand elle était en prison… Est-ce que… Est-ce que Scarlet a été chouchoutée ?

Il avait prononcé ce dernier mot avec émotion. Il voulait dire maltraitée, bien entendu.

Un éclat dur passa dans les yeux du dieu et, cette fois, non seulement ses iris virèrent au noir, mais ils furent brusquement privés d'éclat, comme sans vie.

— Cette conversation est terminée, dit-il. Tu as des choses à faire et moi aussi.

Il ne voulait plus parler de Scarlet. Gideon se dépêcha de poser une dernière question avant d'être renvoyé.

— Je ne voulais rien savoir de plus… Et ce n'est pas à propos de Sienna. Olivia ne nous a pas dit qu'elle était près de vous.

Sienna était la femelle de Paris. Elle était morte dans ses bras. Paris n'arrivait pas à se consoler de sa perte.

Gideon l'avait appris récemment, par Olivia — il était toujours le dernier au courant des potins du château — qui lui avait également assuré que Cronos avait gardé Sienna près de lui et qu'elle était devenue depuis peu la gardienne de Colère, le démon dont Aeron avait été libéré.

La pauvre Sienna devait souffrir le martyre en ce moment. Le démon profitait sûrement de son inexpérience pour la pousser à commettre des horreurs — horreurs qui allaient la hanter pour l'éternité.

— Oui, elle est près de moi, admit Cronos d'un ton réticent.

Tromperie siffla de rage. Le roi disait la vérité.

— Puis-je la voir ?

— Non.

Le dieu n'avait pas hésité.

— Il n'en est pas question. A présent, ça suffit. Je t'ai manifesté suffisamment d'indulgence comme ça.

Cronos agita une main dans les airs… Et Gideon se retrouva aussitôt au volant de son Escalade, relié à Scarlet par une paire de menottes.

Le changement fut si brutal qu'il donna un coup de volant. La voiture fit une embardée et les pneus crissèrent. Un véhicule qui arrivait en face eut tout juste le temps de les éviter.

Scarlet poussa un cri.

— Mais qu'est-ce qui te prend ? Si tu crois qu'il suffit de m'envoyer à travers le pare-brise pour que je me taise…

Tromperie poussa un soupir d'aise.

« Elle n'est pas à moi. »

Gideon redressa le volant sans un mot. Il n'avait pas l'intention de parler à Scarlet de sa rencontre avec Cronos. En revanche, le moment lui parut bien choisi pour sortir son cadeau.

Du tact. Du doigté. De la diplomatie.

— Je ne veux pas que tu fouilles dans ma poche, dit-il.

Scarlet resta d'abord interdite. Puis elle ricana.

— Pas question que je fouille dans ta poche.

— Je n'ai pas un cadeau pour toi.

Une lueur d'intérêt passa dans les yeux noirs de l'immortelle, mais elle ne bougea pas.

— Tu ne cherches pas à me faire tâter ton sexe en érection, j'espère ? demanda-t-elle d'un air méfiant. Parce que si c'est le cas, il va t'en cuire.

Il retint un sourire. Justement, son sexe venait de se dresser.

— Mon sexe est dur, avoua-t-il. Mais ce n'est pas pour ça que je te demande de glisser la main dans ma poche.

Cette fois, ce fut elle qui retint un sourire. Il songea tristement qu'il ne l'avait jamais vue sourire vraiment.

— Entendu, grommela-t-elle.

Elle plongea une main tremblante dans sa poche de pantalon, en prenant soin de ne pas aller trop loin pour ne pas frôler son sexe. Un petit cri étouffé lui échappa quand ses doigts rencontrèrent le pendentif. Elle ne put retenir un sursaut. Sans doute était-elle surprise par la chaleur qu'il dégageait.

Gideon dut se mordre les lèvres pour retenir un gémissement de plaisir. Cette main si proche de son petit joujou… Il aurait suffi d'un léger mouvement de poignet pour qu'elle le touche. Et il aurait tant aimé qu'elle le touche… Autant qu'il aurait aimé la voir sourire. Mais elle n'eut pas le léger mouvement de poignet tant attendu et retira sa main.

— Qu'est-ce que c'est ? demanda-t-elle.

Il crut déceler dans le ton une pointe de déception.

— Je n'ai pas le même.

Le regard de Scarlet se posa sur celui qu'il portait autour du cou.

— Oh !

Cette fois, c'était de l'étonnement. Il n'y avait plus trace de déception.

— Pourquoi veux-tu que nous portions le même pendentif ? demanda-t-elle.

Il n'aurait pas su dire si la question exprimait sa joie, son agacement, ou de l'espoir. Peut-être un peu des trois. Elle était heureuse parce que ce cadeau montrait qu'il avait pensé à elle. Elle était agacée parce qu'il osait lui faire un tel cadeau alors qu'il assurait ne pas se souvenir d'elle. Elle était pleine d'espoir parce que ce cadeau signifiait qu'il envisageait un avenir pour eux.

— Eh bien ? demanda-t-elle sèchement. Tu ne réponds pas ?

Il se contenta de hausser les épaules. Il ne pouvait malheureusement pas lui répondre. Avouer d'où venait ce pendentif revenait à avouer qu'il ne l'avait pas choisi pour elle et qu'il ne s'agissait pas d'un symbole de leur union.

— Depuis quand l'as-tu dans ta poche ? demanda-t-elle.

De nouveau, il haussa les épaules.

Elle n'insista pas et enfila la chaîne autour de son cou. Il faillit pousser un cri de soulagement et la nuit lui parut soudain moins sombre. Ouf ! Ça y était ! Scarlet était à l'abri des regards malveillants.

— Laisse-moi tout de même te dire que ce bijou ne te va pas du tout, fit-elle remarquer. C'est un bijou de femme.

Elle ne faisait que confirmer ce qu'il pensait, mais si elle se montrait si cinglante, c'était uniquement parce qu'elle était émue et qu'elle refusait de l'admettre.

« Qu'est-ce que tu en sais ? Tu la connais à peine. »

Il la connaissait peut-être. Mais il ne s'en souvenait pas. Tout le problème était là.

— Où allons-nous ? demanda-t-elle d'un ton maussade.

De nouveau, il ne put que hausser les épaules. Où ils allaient, il n'en savait fichtre rien. Il lui restait trois jours et demi, ou plutôt trois nuits et demie pour lui faire son numéro de séduction et l'amener à lui parler de leur passé. Il fallait donc un endroit intime et romantique. Un endroit où elle aurait envie de se laisser séduire…

Il ne la connaissait pas si bien que ça, parce qu'il n'avait pas la moindre idée de ce qui lui plairait. Entre l'hôtel de luxe et la cabane dans les bois, il y avait des centaines d'options. Il soupira.

— Ne me suggère pas un endroit où tu aurais toujours voulu aller, mais où tu…

— Tiens, tu te décides à parler, à présent ? coupa-t-elle sèchement.

Elle plissa les yeux et se pencha pour mettre à fond le volume de la radio qui passait un tube de rock, une musique moderne que Gideon n'appréciait pas vraiment. Puis elle s'adossa posément à son siège et fixa d'un air buté le pare-brise.

Message reçu. Il avait encore du chemin à parcourir pour l'amadouer.

5

Elle s'enferma dans son silence et se noya dans cette musique dont les basses faisaient vibrer son cœur. Dieu, que son iPod lui manquait ! Avec ses écouteurs dans les oreilles, elle aurait pu fermer les yeux et s'imaginer qu'elle était chez elle. Elle n'avait pas de chez-elle, mais n'importe quel endroit lui aurait mieux convenu que cette voiture où elle devait supporter la présence de l'homme qu'elle avait aimé, puis haï pendant des siècles. Un homme qu'elle n'avait pas réussi à oublier et qui ne la laissait pas indifférente, loin de là. Elle ne cherchait d'ailleurs plus à le nier.

Mais elle s'était juré de ne plus lui donner l'occasion de la briser.

Pourtant, elle avait failli craquer quand il lui avait offert ce pendentif en forme de papillon, identique à celui qu'il portait. Elle avait eu envie de lui sauter au cou, de couvrir son visage de baisers, de lécher ses piercings, de pousser sa langue dans sa bouche. Envie de sentir ses bras puissants se refermer sur elle et la serrer. Envie de l'entendre murmurer son nom. Comme si elle comptait encore pour lui.

Mais il avait paru gêné. Un peu comme s'il se sentait coupable et craignait qu'elle n'accorde trop d'importance à son geste. Du moins, c'était l'impression qu'il lui avait donné, impression confirmée par le fait que ce salaud ne baissait pas le son pour tenter d'engager de nouveau la conversation avec elle. C'était tout de même un peu fort ! Il l'avait sortie de son cachot pour lui poser des questions, mais, franchement, elle trouvait qu'il n'insistait pas beaucoup. Au fond, ce n'était pas plus mal, puisqu'elle n'avait pas l'intention de coopérer. Pas si bête ! Elle se doutait bien qu'il avait l'intention de la ramener dans les sous-sols du château dès qu'elle lui aurait appris ce qu'il voulait savoir.

Et c'était bien pour cela qu'elle prévoyait de lui fausser compagnie dès le lendemain. Il aurait des ennuis avec ses compagnons, qui lui reprocheraient d'avoir laissé filer leur précieuse prisonnière, mais ça ne la regardait pas. Et il allait devoir se débrouiller tout seul dans une ville truffée de chasseurs. Mais ça non plus, ça ne la regardait pas.

Elle avait suffisamment de problèmes ainsi.

A commencer par le sommeil qui n'allait pas tarder à la terrasser…

Déjà…

Elle se figea sur son siège, pétrifiée d'angoisse, mais incapable d'arrêter le processus. Une irrésistible léthargie s'emparait d'elle. Ses forces l'abandonnèrent, ses membres devinrent lourds, sa tête dodelina. Puis ses paupières s'abaissèrent et, ensuite, impossible de les ouvrir, comme si elle avait eu les cils collés. Les ténèbres envahirent alors son esprit, comme une toile d'araignée — Gideon haïssait les araignées, et c'était drôle qu'elle pense justement à des araignées —, en même temps que les spectres et leurs cris.

Son démon était désormais aux commandes.

Tout en laissant échapper un rire joyeux, Cauchemar la fit entrer dans son royaume, un dédale de couloirs sombres et brumeux jalonné de portes. Chacune de ces portes donnait accès à l'esprit d'un être. Quand une porte était ouverte, cela signifiait que l'être dormait et que Cauchemar pouvait entrer.

Dès qu'il franchissait le seuil, il devinait les peurs les plus enfouies du dormeur — comme pour Gideon et sa ridicule phobie des araignées. Scarlet ne put s'empêcher de sourire. Ce grand et puissant guerrier, qui avait tué des milliers de gens sans ciller, tremblait comme une feuille devant un petit insecte.

Elle aussi haïssait les insectes. Elle avait partagé avec eux sa cellule de Tartarus… Tous les soirs, quand elle sortait de sa léthargie, elle découvrait son corps couvert de morsures et de piqûres.

Et aussi de traces de coups, coups qu'elle devait à ses compagnons de cellule, qui profitaient de son impuissance pour la martyriser. Jusqu'à ce qu'elle décide d'envahir leurs rêves.

Elle les avait terrorisés, torturés, laminés. Ils s'étaient réveillés avec des membres en moins, couverts de sang. Ou pas réveillés du tout.

« Alors qui ? » demanda le démon.

Cauchemar était depuis longtemps son seul ami. Elle avait appris à l'apprécier, à lui faire confiance.

— Pourquoi pas un chasseur ? proposa-t-elle.

Les chasseurs mettaient toujours Cauchemar d'excellente humeur.

« Bonne idée ! » s'exclama-t-il.

Il éclata de rire, tout en l'entraînant en avant pour se mettre en quête d'un chasseur, tandis que les portes qui l'entouraient disparaissaient dans une sorte de brouillard.

Cauchemar s'arrêta enfin devant un seuil exceptionnellement large. Ils entendaient, de l'autre côté, des gémissements de plaisir. Ceux d'un homme et d'une femme. Le claquement de deux corps l'un contre l'autre. Des murmures. « Encore… Je t'en prie… »

Leur future victime faisait un rêve érotique.

— Qui est-ce ? demanda Scarlet.

Galen. Le chef des chasseurs. Le gardien d'Espoir.

Galen... Celui qui avait levé une armée pour combattre les Seigneurs de l'Ombre.

Elle l'avait toujours considéré comme un serpent venimeux. Autrefois, quand il vivait encore sur l'Olympe, elle l'avait aperçu dans Tartarus, accompagnant des prisonniers. Avec Gideon, il était tout sourires, mais dès que celui-ci tournait le dos, son visage exprimait la haine.

Aussi, quand Gideon lui avait annoncé que Galen avait un plan pour obtenir la faveur des dieux, elle l'avait supplié de ne pas lui faire confiance, mais, hélas, il ne l'avait pas écoutée.

Elle avait souvent songé à faire payer sa trahison à Galen, mais elle s'était abstenue. Pourquoi venger Gideon ? Il ne le méritait pas.

Mais aujourd'hui, avec ce pendentif qui lui brûlait la peau, elle n'hésita pas.

« Tu es prête ? » demanda Cauchemar.

Elle sourit.

— Allons-y.

Se sachant invisible pour le rêveur, elle franchit le seuil tranquillement. Elle reconnut aussitôt Galen, ses cheveux blonds, ses yeux bleus. Il était en compagnie d'une magnifique femelle aux cheveux clairs qu'il avait coincée contre un lavabo. Il l'enveloppait de ses ailes blanches, comme pour l'enfermer dans un duveteux paradis.

La femelle était quasiment nue, avec le pantalon sur les chevilles. Son chemisier retroussé jusqu'au menton découvrait ses gros — pour ne pas dire énormes — seins. Et il s'y abreuvait sans retenue, tout en allant et venant en elle.

Lui était habillé. Il s'était contenté d'ouvrir sa braguette.

« Il est tellement empli de peurs que je ne sais laquelle choisir », murmura Cauchemar d'un ton ravi.

— Enumère-les pour moi, ordonna-t-elle.

Galen ne pouvait l'entendre que si elle le désirait, aussi ne craignait-elle pas de parler tout haut.

Peur de la solitude. Peur de la défaite. Peur d'être réduit à l'impuissance. Peur d'être dépassé. Peur d'être oublié. Peur de la mort.

Pour quelqu'un qui était habité du démon Espoir, Galen ne se distinguait pas par son optimisme. En tout cas, ils allaient bien s'amuser. Scarlet s'avança dans la salle de bains des rêves de Galen.

— Fais-lui regretter d'exister, dit-elle.

« Avec plaisir. »

La femme que Galen tenait dans ses bras se transforma en homme.

Galen cessa son va-et-vient. Puis il poussa un petit cri horrifié et fit un bond en arrière, en frémissant des ailes.

Scarlet éclata de rire. Oh, oui, ils allaient bien s'amuser !

— Encore ! dit-elle.

La salle de bains fut remplacée par un long tunnel sombre, et l'humain disparut. Galen tourna sur lui-même, avec des yeux exorbités, en essayant de comprendre où il se trouvait. Ses ailes effleurèrent au passage les murs de l'étroit tunnel.

— Que se passe-t-il ? gémit-il d'une voix lugubre. Où suis-je ?

Bien entendu, Scarlet ne répondit pas. Pris de panique, Galen se mit à courir, sans doute dans l'espoir d'atteindre le bout du tunnel. Mais celui-ci semblait n'avoir pas de fin, comme s'il s'étirait à mesure que Galen avançait. Le pauvre était maintenant pantelant et couvert de sueur.

« C'est délicieux, ricana Cauchemar. Sublime. »

— Encore, ordonna Scarlet.

« Tu veux que je te laisse un peu la place ? » susurra Cauchemar.

Elle songea avec tendresse qu'il ne lui refusait jamais sa part du plaisir, signe qu'il avait de l'affection pour elle.

— Oui, s'il te plaît.

« Travaille-le encore un peu et, ensuite, je lui montrerai ce qui risque de lui arriver un jour. Ses peurs sont vraiment intéressantes. »

Scarlet se matérialisa sous la forme d'une petite fille qu'elle avait connue à Tartarus. Une petite fille appelée Destin et qui lui avait prédit la longue absence de Gideon.

Dans la prison, la justesse de ses prédictions effrayait tout le monde, au point que les Grecs avaient fini par la tuer pour la faire taire.

Galen la reconnaîtrait peut-être.

En tant que Destin, Scarlet portait une robe souillée de terre. Elle avait de grands yeux innocents et une bouche amère, des cheveux roux et emmêlés qui lui tombaient jusqu'aux chevilles.

Elle apparut à quelques mètres de Galen, face à lui.

— Viens, murmura-t-elle doucement, en tendant une main sale. Il faut que tu voies ce qui t'attend.

Coupé dans sa course, il trébucha, mais parvint à s'arrêter juste avant de la heurter, toujours suant et essoufflé.

— Qui es-tu ? demanda-t-il.

— Viens, insista-t-elle. Il faut que tu saches.

— Je… Oui… D'accord…

Galen posa sa paume dans celle de l'enfant. Sa main tremblait.

Elle se mit à courir pour l'entraîner avec elle dans le tunnel, tandis que Cauchemar trépignait de joie dans son crâne. Puis, enfin, au bout d'un long moment, parce qu'elle l'avait décidé, une lumière apparut au loin. Galen dut sentir que cela n'augurait rien de bon pour lui, car il voulut se dégager.

Mais elle était plus forte qu'elle n'en avait l'air, évidemment, et elle le tint fermement.

— Il faut que tu voies, répéta-t-elle d'un ton doux, mais obstiné.

Ils débouchèrent enfin sur une falaise dominant ce qui avait été un champ de bataille, mais qui n'était plus qu'une mer de cadavres d'hommes et de femmes ensanglantés, portant au poignet la marque de l'infini, la marque des chasseurs.

Et au centre de cette mer de désolation se dressait Galen, couvert de sang et blessé. Ses ailes étaient déployées, mais brisées et inutiles. Il paraissait sur le point de s'effondrer.

— Non, non ! hurla le Galen du tunnel en se laissant tomber à genoux, ce qui eut pour effet de soulever autour de lui un nuage de poussière.

Sur le champ de bataille, Gideon s'approchait du Galen blessé. Ses cheveux bleus dérangés par le vent furieux dansaient autour de son visage, ses piercings brillaient au soleil. Un filet de sang coulait de sa bouche, à l'endroit où aurait dû se trouver son anneau. Il tenait d'une main une longue épée à la lame tranchante, de l'autre un revolver qu'il pointa en riant sur Galen. Puis il tira.

— Non ! hurla de nouveau Galen, qui s'était réfugié derrière Scarlet. Lève-toi. Affronte-le. Je n'ai pas survécu à la morsure empoisonnée de la démone d'Aeron pour mourir sur ce champ de bataille !

Mais Gideon abaissait déjà son épée pour lui trancher la tête.

— Non !

Les yeux bleu ciel de Galen cherchèrent ceux de la petite fille. Ils exprimaient un intense désespoir.

— Dis-moi que je peux changer le cours des choses…, supplia-t-il. Dis-moi qu'il ne s'agit pas de mon destin.

— Tu voudrais que je te mente ? murmura-t-elle de sa jolie voix douce.

Les poings de Galen se crispèrent, comme deux armes inutiles contre le destin qui l'attendait.

— Dans ce cas, pourquoi me montrer cette scène ? gémit-il.

— Parce que…

Scarlet se réveilla en sursaut, haletante et en sueur, tout comme Galen dans le royaume des rêves. Bon sang ! Elle n'avait pas eu le temps d'en finir avec lui, et le soleil se couchait déjà. Il lui faudrait maintenant attendre douze heures pour reprendre les choses là où ils les avaient laissées.

Cauchemar, lui, paraissait satisfait de sa journée. Les peurs de Galen, beaucoup plus intenses que celles des humains, l'avaient rassasié. Il se réfugia dans un coin de l'esprit de Scarlet en ronronnant et ne bougea plus.

— Tu es réveillée… Quel dommage !

Gideon.

Sa voix l'enveloppa d'une intense chaleur, réveillant sa colère et son désir. Adieu charmant pays des rêves. Bonjour réalité haïe.

— Où sommes-nous ? demanda-t-elle.

— Dans un endroit immonde, répondit-il.

Ils ne se trouvaient plus dans un hôtel, mais dans une forêt. Le soleil couchant teintait le ciel de nuances mauves. Elle était allongée sur un doux lit de mousse. Une source jaillissait non loin. Une fois de plus, Gideon avait profité de ce qu'elle dormait pour faire d'elle ce qu'il voulait. Elle portait toujours l'horrible robe bleue qu'elle avait enfilée après sa douche, mais, au moins, il lui avait ôté les menottes.

Elle se souvint que dans la voiture, juste avant qu'elle

ne mette la musique à fond, il lui avait demandé s'il existait un endroit où elle avait toujours rêvé d'aller ; elle n'avait pas répondu. Apparemment, il avait cherché tout seul la solution et il avait vu juste, le salaud. Cette forêt était enchanteresse. Ils baignaient dans une douce lumière violacée. Les oiseaux gazouillaient. L'air était saturé d'une odeur entêtante de fleurs.

Il était assis tout près d'elle, adossé à un tronc d'arbre. Une mèche de cheveux lui retombait sur le front et, une fois de plus, elle dut se retenir pour ne pas la repousser. Il la fixait avec des yeux voraces — Dieu, qu'ils étaient bleus ! Elle remarqua qu'il serrait les poings et se demanda s'il luttait pour ne pas la prendre dans ses bras.

Mieux valait en effet qu'il s'abstienne.

« Tu ne dois pas céder à l'attirance que tu ressens pour lui. »

— Tu devrais me laisser partir, dit-elle.

« Tu pourrais partir sans sa permission. L'abandonner dans cette forêt, comme il le mérite. »

— Parce que je n'ai pas l'intention de te donner du plaisir, si c'est à ça que tu penses, précisa-t-elle.

— Je n'y pense pas le moins du monde, ricana-t-il.

Il avait donc vraiment l'intention de coucher avec elle, et semblait persuadé qu'elle finirait par lui céder. Mais pourquoi diable était-il si séduisant ?

Elle plissa les yeux, tout en se désolant à l'idée que cette pitoyable mimique ne suffisait probablement pas à dissimuler son désir.

— Si ce sont des réponses que tu veux, tu devrais me torturer, plutôt que de chercher à me séduire, fit-elle remarquer.

Parfait. Elle avait très bien parlé. Avec juste la dose de colère suffisante.

— Je n'y avais pas pensé.

Il avait songé à la torturer ? Oh ! L'ordure ! Le…

— Et ça ne me pose aucun problème.

Ah ! Il avait le cœur tendre.

Bon sang, elle était vraiment stupide ! Voilà qu'elle fondait parce qu'il avouait n'avoir pas le courage de la torturer. Bientôt, elle allait entendre le chœur des anges quand il lui dirait qu'il refusait de lui planter une fourchette dans la jugulaire.

— Peu importe, rétorqua-t-elle. De toute façon, tu n'obtiendras pas ce que tu veux.

— Même si je te dis que je ne veux pas que nous apprenions de nouveau à nous connaître ?

— Oui. Non. Zut.

« Ne cède pas. »

— Ça ne me dérangerait pas que tu m'oublies de nouveau, ironisa-t-elle.

La réponse le fit grincer des dents et il remua pour se rapprocher d'elle. Il lui coinça les chevilles entre ses genoux, mouvement qui rapprocha dangereusement ses pieds de… Mais oui ! De son sexe en érection. Une chance, il portait un jean.

— Qui n'es-tu pas aujourd'hui ? demanda-t-il d'un ton doucereux.

Il tentait de changer de sujet pour l'amadouer, elle n'était pas dupe.

« Frappe-le. Qu'il arrête son cinéma. »

— Scarlet… Reynolds.

Elle frissonna, comme si cette idée la ravissait.

— Oui, je me sens d'humeur à être Ryan Ryan, aujourd'hui, ajouta-t-elle avec une moue.

Visiblement agacé, Gideon eut un rictus qui découvrit ses dents.

— Ne sommes-nous pas non mariés ? demanda-t-il.

— Bien sûr que nous sommes mariés. Mais dans mes rêveries, je te trompe avec Ryan.

Le bout de sa langue pointa, comme s'il s'apprêtait à la couper avec ses dents.

— J'apprécie énormément ton sens de l'humour ! grommela-t-il.

— Qui a dit que c'était de l'humour ?

Elle n'eut pas le temps de réagir : il était déjà sur elle, la clouant au lit de mousse, pesant sur elle de tout son poids.

— Tu ne me rends pas fou de rage, gronda-t-il.

Un frisson secoua sa colonne vertébrale, et ses seins se dressèrent, comme pour aller à sa rencontre. Elle aurait pu aisément le repousser, mais elle ne le fit pas. Elle l'attrapa par son col de chemise, au contraire, pour l'empêcher de bouger.

— Toi aussi, tu me rends folle de rage, figure-toi, murmura-t-elle.

Elle vit palpiter ses narines, tandis qu'il inspirait et expirait bruyamment.

— Continue à parler.

Il voulait qu'elle la boucle, autrement dit.

— Et si je n'ai pas envie de me taire ? dit-elle d'un ton provocateur.

Il sentait merveilleusement bon. Une odeur de musc et d'épices. Sa chaleur l'enveloppait, doucement, insensiblement.

— Si tu as envie de parler…

Il se tut, tandis que son regard s'attardait sur ses lèvres. Puis, soudain, son expression furieuse disparut, remplacée par une autre, plus… Plus voluptueuse. Il haletait de plus en plus fort.

— Tu es si incroyablement… Laide.

Il avait prononcé le dernier mot avec hésitation, comme s'il craignait qu'elle ne comprenne pas.

— Tu ne me fais pas trembler de désir, poursuivit-il. Tu ne me donnes pas envie de te faire des choses… Des choses affreuses.

« Embrasse-le. »

« Non ! Surtout pas ! »

Son corps et son esprit se livraient à présent une bataille sans merci. Si elle l'embrassait, elle ne pourrait s'empêcher d'aller plus loin. Une fois qu'elle aurait posé ses lèvres sur les siennes, elle serait perdue. Dans sa saveur. Dans sa tiédeur. Elle avait toujours eu une soif inextinguible de son corps.

Mais elle ne devait surtout pas se donner à lui.

Sauf, peut-être, pour une nuit. Une seule nuit. Une nuit de délices. Une nuit au cours de laquelle elle s'autoriserait à oublier la solitude qui serait ensuite son lot pour l'éternité.

« Oublie ! »

Le mot lui rappela tout ce qu'elle reprochait à cet homme. Elle se figea.

— Laisse-moi tranquille, dit-elle.

— Je veux te faire du mal, murmura-t-il en lui soufflant son haleine tiède sur le visage. Dis-moi d'arrêter. Dis-moi que tu ne veux pas.

Elle secoua la tête.

— Je ne veux pas.

Il dut mal interpréter la phrase, parce qu'il sourit et se pencha vers elle, comme s'il avait reçu le signal qu'il attendait.

— Dommage, murmura-t-il.

Puis il posa ses lèvres sur les siennes.

6

O dieux cléments ! Gideon était en plein délire. Cette femme avait dans la bouche un goût de baies mûres, une peau brûlante, et les petits cris étouffés qu'elle laissait s'échapper de sa gorge le rendaient fou, lui brouillaient l'esprit, liquéfiaient son cerveau.

Il l'avait coincée sous lui et enserrait ses jambes. Son sexe en érection poussait exactement contre la fourche entre ses cuisses. Il ne manquait plus à son bonheur que ses seins dans ses mains. Bon sang, oui, lui pétrir les seins ! Mais ç'aurait été sans doute aller un peu vite en besogne. Du moins pour elle. Aussi se contenta-t-il de lui saisir les poignets et de lui bloquer les mains au-dessus de sa tête. L'ennui, c'était que, du coup, lui non plus n'avait plus les mains libres.

Son torse s'écrasait contre les seins magnifiques qu'il convoitait. Il les sentait durs. Merveilleusement durs. Et leur frottement le catapulta dans un autre état de conscience.

Un état dangereux, où son désir à elle comptait plus que le sien.

Mais il ne la lâcha pas pour autant. Il était trop tard pour reculer. Il en voulait plus. Et puisqu'il ne pouvait pas faire rouler ses seins sous ses doigts, ni les lécher, il décida de se caler encore un peu mieux pour les sentir contre lui.

Puis, une fois installé, il se remit à l'embrasser.

D'ordinaire, les baisers le laissaient de marbre, sans doute parce que les femmes lui donnaient le baiser tendre, doux et innocent qu'il réclamait — c'est-à-dire tout le contraire de ce qu'il désirait en réalité. Avec Scarlet, il n'avait rien eu à demander parce qu'elle lui avait tout de suite donné un baiser profond et passionné, le mordant, aspirant sa langue, entrechoquant ses dents avec les siennes.

Aussi l'embrassa-t-il sans se lasser, indéfiniment. Il l'embrassa jusqu'à ce que les insectes de la nuit se mettent à chanter, jusqu'à ce que la lune soit haute dans le ciel. Il l'embrassa à en perdre le souffle. Il l'embrassa jusqu'à ce qu'elle se trémousse sous lui, avec ses jambes nouées autour de son torse, tandis qu'il suppliait silencieusement pour qu'elle ne cesse pas de le mordiller.

Il espérait qu'après cet interminable baiser elle ne penserait plus à un autre homme que lui, qu'elle serait heureuse d'être sa femme, qu'elle rêverait de lui, qu'elle le désirerait plus que jamais.

Il se demanda s'il avait ressenti autrefois avec elle ce qu'il ressentait aujourd'hui. Ce désir dévorant. Cette passion brûlante. Ce besoin jamais assouvi.

Il lâcha un de ses poignets et elle plongea aussitôt sa main dans ses cheveux, lui labourant le crâne de ses ongles. Il saignait, sûrement, mais en demandait encore et encore. Après tout, ils pourraient peut-être aller un peu plus loin qu'un simple baiser. La question méritait d'être considérée. Mais pour ça, il aurait fallu qu'il abandonne sa bouche, parce que, tant qu'il serait occupé avec ses lèvres, il ne parviendrait pas à réfléchir correctement.

Il s'écarta d'elle en poussant un gémissement. Elle avait les yeux fermés, comme si elle souffrait, et la bouche gonflée, plus rouge que de coutume. Il ne put s'empêcher de lui donner un dernier coup de langue, puis fit remonter sa robe, pour découvrir sa culotte, son ventre, et enfin ses seins. Il ne lui avait pas fourni de soutien-gorge, exprès, pour qu'il n'y ait entre ces seins et lui que le mince tissu de soie de la robe quand il la prendrait dans ses bras.

Et ces seins, justement, étaient parfaits. De taille idéale, pas trop gros, juste assez pour lui remplir la main, avec des tétons rouge sang — comme ses lèvres. Il en eut l'eau à la bouche. Par tous les dieux, prendre l'une de ces baies rouges dans sa bouche relevait de l'expérience mystique. Au moment où sa langue entra en contact avec la première, il eut l'impression que son corps prenait feu de l'intérieur et que les flammes charriées par son sang réduisaient ses organes et ses muscles en cendres, liquéfiant ses os, brûlant sa peau.

Scarlet dut ressentir quelque chose de similaire, parce qu'elle poussa un cri de plaisir — le cri de quelqu'un qui est sur le point de perdre la tête tellement c'est bon. Gideon en fut ravi. L'ennui, c'est que ce cri fut suivi par d'autres cris, des milliers de voix qui, elles, n'exprimaient pas le plaisir, mais plutôt la peur, le désespoir, la douleur.

— Gideon…, murmura Scarlet.

Il leva la tête pour la regarder. Elle avait toujours les yeux fermés, mais sa bouche se tordait en un rictus de douleur, tandis que d'épaisses ombres noires s'en échappaient, ainsi que de ses oreilles, pour tourbillonner autour de sa tête.

Gideon devina qu'il s'agissait d'une manifestation de Cauchemar… Tromperie aussi se manifestait, mais pas comme ça. Est-ce que Scarlet souffrait ? Il hésita à intervenir.

— Comment puis-je faire pour augmenter ton malaise ? demanda-t-il.

Il s'écarta légèrement d'elle, bien qu'à regret, pour la laisser respirer. Et à son grand étonnement, elle ouvrit les yeux et le fixa d'un air furieux avec des iris rouge sang, tout en l'attrapant par son col de chemise pour l'attirer à elle.

— Mais qu'est-ce qui te prend ? protesta-t-elle d'une voix basse et grave, tandis que les hurlements continuaient. Si tu oses t'arrêter, nous te punirons.

Nous ? Son démon était donc à ce point impliqué dans leurs ébats ? Bon… Ce n'était pas la première partie à trois de Gideon, mais c'était la plus étrange.

Scarlet glissa un doigt dans l'échancrure de sa chemise, qu'elle déchira d'un coup sec pour l'ouvrir un peu plus, puis elle posa la main à plat sur le piercing de son sein, tout en se pourléchant les lèvres.

— Continue, gémit-elle en se cambrant contre lui.

Le sang quitta le cerveau de Gideon quand il sentit l'os proéminent d'un pubis glisser le long de son pénis. Il était à présent tellement excité que son prépuce humide dépassait de la ceinture de son pantalon. Les ombres et les cris qui s'échappaient de Scarlet auraient dû le refroidir. Mais ils demeurèrent impuissants à éteindre son désir. Il avait trop envie d'elle.

Il se rappela qu'il s'était promis de ne pas aller jusqu'au bout. Pas aujourd'hui. Il craignait qu'elle ne lui reproche ensuite de l'avoir séduite et abandonnée, une fois de plus.

— Mais qu'est-ce que tu fais ? protesta de nouveau Scarlet. Active-toi un peu.

Elle se plaignait de ses performances ? Il en fut surpris. D'habitude, les femmes lui reprochaient d'aller trop vite en besogne.

— Gideon !

— Oui, oui. Je n'attendais pas que tu me montres ce que tu voulais.

Elle ne se fit pas prier et commença à se pétrir les seins, exactement comme il rêvait de le faire. Quelques longues mèches de ses cheveux noirs s'enroulèrent autour de ses doigts, comme pour la chatouiller.

Puis elle ferma les yeux et se mordilla la lèvre inférieure, tout en glissant l'une de ses mains dans sa culotte. Gideon en fut subjugué. Et subjugué aussi par son petit nombril et ses longues cuisses.

— Ça y est, gémit-elle. Je t'ai montré. A présent, c'est à toi de jouer.

Il se secoua pour sortir de sa torpeur et lui ôta tout à fait sa robe, qu'il jeta au loin.

— Serre tes genoux, ordonna-t-il d'une voix altérée.

Elle serra étourdiment les genoux, mais, comme il intervenait pour les écarter, elle se rendit compte de son erreur et s'empressa d'ouvrir les jambes le plus possible, tout en remuant frénétiquement des hanches, comme pour le supplier d'agir, vite, le plus vite possible.

Il prit tout de même le temps de profiter du spectacle. Il l'avait vue ainsi autrefois. Il en avait à présent la certitude. Cette image ne lui paraissait pas nouvelle, elle se rattachait à un souvenir enfoui, qu'il n'arrivait pas à faire émerger totalement. Pourtant, quand il tira sur la culotte et glissa ses doigts à l'endroit où il avait envie de se réfugier, quand il passa sa langue au cœur de la place tiède qu'il convoitait, il n'en reconnut pas le goût.

Et il en eut honte. Comment avait-il pu oublier une telle douceur, une saveur aussi entêtante ? Elle lui emplissait la bouche, elle submergeait ses sens, elle marquait chacune de ses cellules.

— Gideon…, gémit Scarlet. Je t'en supplie. Je t'en supplie.

« Encore », renchérit Cauchemar.

Il s'allongea sur le ventre, enfouit son visage entre ses jambes et lui fit tout ce qu'il avait imaginé depuis le jour où il l'avait retrouvée dans le donjon du château. Il lécha, suça, mordilla, plongea sa langue à l'intérieur, le plus loin possible. En se régalant.

Ça ne suffisait pas, aussi y plongea-t-il ses doigts. Un.

Puis deux. Pour le troisième, il dut un peu forcer et lui laissa le temps de se détendre, pour ne pas lui faire mal. Elle s'habitua vite et se mit à onduler autour de ces trois doigts, tout en s'agrippant sans ménagement à ses cheveux.

Il se laissa faire, transporté. Il aurait voulu que cela dure toujours.

Les idées les plus folles lui passaient par la tête. Il se sentait prêt à mettre en œuvre tous ses fantasmes, avec elle. Tout ce qu'il n'avait pas osé faire avec les autres. Des trucs vicieux, qui auraient effrayé la plupart des femmes. Et des hommes, aussi. Mais il était un guerrier. Il avait vu et fait des choses que la plupart des gens n'auraient pas pu supporter. Il vivait depuis si longtemps que la notion de norme n'avait plus de sens pour lui.

Mais ce n'était pas le moment.

Pour l'instant, il voulait habituer Scarlet à ses caresses et la mettre en confiance. Rien de plus.

Il se demanda s'il se mentait à lui-même. Il ne savait plus.

— Gideon… Gideon… Oui… Comme ça… Ne t'arrête pas… Ce que tu me fais, là… Par tous les dieux, que c'est bon…

Elle l'excitait de plus en plus. Il la sentait au bord de l'orgasme, son corps se tendait, elle était prête…

— Pas sans moi…

Il aurait voulu qu'elle s'occupe de lui, mais il n'osa pas le lui demander. De sa main humide des sécrétions de Scarlet, il empoigna son pénis. Oh oui, ça glissait merveilleusement bien. C'était parfait.

Il enfonça une dernière fois sa langue, et elle jouit, brusquement. Les parois de son vagin se crispèrent sur lui, le retenant captif. Ses genoux pressèrent ses tempes, si fort qu'il crut qu'elle allait lui briser les os du crâne.

Une vague de fierté le submergea. Elle lui appartenait. Enfin. Totalement. Transporté, il secouait son sexe de plus en plus fort et il jouit aussi, au-dessus d'elle, en la regardant. Elle avait toujours les yeux mi-clos et elle haletait, son front était couvert de sueur, un tout petit filet de sang coulait encore de sa bouche enflée, le bout de ses seins était dur. Elle semblait repue, comblée.

« Elle est à moi », songea-t-il tout en lâchant son sperme tiède sur son ventre. Il se demanda si elle appréciait l'hommage. Il espéra que oui. De toute façon, il aurait été bien incapable de s'écarter d'elle pour éjaculer plus loin, pas même sous la menace d'une épée. Il était trop occupé à la dévorer des yeux et, il devait se l'avouer, il aimait l'idée de répandre sa semence sur elle.

Puis il se laissa retomber, vidé, sans force, le souffle coupé. Son esprit embrumé ne songeait qu'à une chose : ravoir ce qui venait de se passer.

Scarlet ne bougeait plus et il songea qu'elle aussi était sonnée par leur étreinte. C'était le moment de lui poser les questions qui lui brûlaient les lèvres. A cet instant précis, elle n'oserait pas lui mentir.

— Ecarte-toi de moi, espèce de gros insecte, bougonna Scarlet.

Hé là ! Qu'est-ce que ça signifiait ?

Surpris par le ton véhément, il roula sur le dos sans un mot. Elle se leva. Les ombres ne s'échappaient plus de ses oreilles et de sa bouche. Les cris avaient cessé. Elle s'avança vers la source. Elle lui tournait le dos, mais il faisait trop sombre pour qu'il distingue nettement ses tatouages.

« La prochaine fois, je les embrasserai. »

Il distinguait nettement, en revanche, les contours de ses fesses et, bon sang, ce qu'il voyait était tout simplement PAR-FAIT. Bien rond, bien ferme, appelant ses mains. Mais pourquoi n'avait-il pas pensé à lui malaxer les fesses ?

Il s'était concentré sur le devant et, du coup, il avait malencontreusement négligé le reste.

« Je me rattraperai la prochaine fois. »

Elle entra dans l'eau sans un mot, jusqu'aux épaules, puis se tourna pour lui faire face, tout en évitant soigneusement son regard.

— Tu récupères lentement, bredouilla-t-il, tout en se redressant et en fourrageant dans ses cheveux emmêlés.

— Récupérer de quoi ? ricana-t-elle. Il ne s'est pratiquement rien passé.

Il tressaillit sous l'affront. Elle avait repris tout son aplomb, et elle voulait maintenant lui faire croire qu'elle n'avait pas pris de plaisir, ou si peu. Elle mentait, bien sûr. Et il n'avait pas besoin de son démon pour le lui confirmer — mais il aurait tout de même apprécié qu'il le fasse, ce salaud. Elle avait gémi, supplié. Elle s'était trémoussée sous lui. Elle ne pouvait pas nier qu'elle avait pris son plaisir.

Il se leva d'un bond, mais ses genoux faillirent le lâcher. Il fit mine d'avoir trébuché, puis, avec des gestes brusques et maladroits, il ôta sa chemise en lambeaux et fit descendre son pantalon.

Il constata avec consternation qu'il portait toujours ses bottes. Bon sang ! Quel genre d'amant conservait ses bottes pour faire l'amour à une femme ?

Il les ôta, puis se débarrassa du pantalon, et faillit de nouveau tomber. Puis il se défit de ses armes et s'avança nu jusqu'à la source pour rejoindre Scarlet, au milieu du nuage de brouillard scintillant qui flottait au-dessus de l'eau.

— Qu'est-ce que tu fais ? protesta-t-elle en s'éloignant de lui. Je ne t'ai pas invité à te baigner avec moi.

Mais rien n'aurait pu séparer leurs regards qui continuaient à se défier.

— J'aurais pu aller beaucoup moins loin, fit-il remarquer. Pourquoi me le reprocher ?

— Justement, je ne te le reproche pas, répondit-elle avec une jubilation évidente. Eh oui, je sais que tu aurais pu aller plus loin.

Elle laissa retomber sa main dans l'eau et inclina la tête, avec une expression radoucie, mais toujours aussi intense.

— Pourquoi ne l'as-tu pas fait ? murmura-t-elle.

Répondre l'aurait entraîné sur un terrain miné, aussi décida-t-il d'éluder la question. S'il lui disait qu'il ne l'avait pas sentie prête, elle rétorquerait qu'il était bien présomptueux de prétendre savoir à quoi elle était prête. Et s'il disait qu'il n'avait pas eu envie de plus, elle répondrait qu'elle non plus, ou bien elle se lancerait dans un réquisitoire à n'en plus finir sur le fait qu'il n'était même pas fichu de se souvenir de leurs ébats d'autrefois.

Il décida de changer carrément de sujet.

— Ne t'approche pas de moi, dit-il en lui faisant signe d'approcher.

Elle secoua la tête, tout en répondant.

— Je ne m'approche pas, ne t'inquiète pas.

Un muscle tressaillit sous l'œil de Gideon. Il avait besoin de la serrer dans ses bras ! De la tenir contre lui. Et elle fondrait. Il en était certain.

— Je ne sais pas que tu ne fais pas l'idiote et que tu n'as pas compris ce que je ne te demandais pas, déclara-t-il sur un ton de reproche.

— Ecoute-moi bien, dit-elle sèchement.

Un rayon de lune ambre se fraya un chemin à travers la canopée et fit scintiller le papillon qu'elle portait à son cou.

— Ce qui est fait est fait, on ne peut plus le défaire. Mais on peut prendre des dispositions pour que ça ne se reproduise pas.

Il en resta bouche bée. Et pourquoi donc auraient-ils pris de telles dispositions ?

— Nous ne pouvons pas nous permettre de recommencer, poursuivit-elle comme si elle avait lu dans ses pensées. Ça ne s'est pas bien terminé la première fois, et ça serait sûrement pire la seconde.

— Tu peux compter sur moi pour ne pas chercher à recommencer ! s'exclama-t-il.

Il eut envie de s'approcher d'elle et de la secouer. Elle était beaucoup trop sûre d'elle. C'était intolérable. Mais comme il faisait mine d'avancer, elle allongea une jambe et posa son pied sur sa poitrine pour l'arrêter.

— Reste où tu es, gronda-t-elle.

Un éclat rouge, semblable à celui du rubis de son pendentif, brilla dans ses pupilles.

Il comprit que Cauchemar était sur le point de se manifester, mais le démon paraissait l'apprécier, aussi ne le craignait-il pas.

Pourtant, il obéit et s'adossa à la roche derrière lui en affectant un air pensif. Mais quand Scarlet voulut retirer son pied, il lui saisit la cheville.

— Lâche-moi, protesta-t-elle.

Il se mit à lui masser la voûte plantaire et elle poussa un petit cri de plaisir.

— Non, après tout, non, ne me lâche surtout pas, murmura-t-elle.

Elle renversa la tête en arrière. Il continua donc à masser, de plus en plus vigoureusement. Et elle à soupirer, de plus en plus fort.

— Je n'essaye pas du tout d'arranger les choses entre nous, dit-il. Je n'essaye pas de me souvenir, de faire amende honorable.

Oh, oui, il essayait. Il n'avait jamais autant essayé.

— Ce n’est pas moi que tu veux, rétorqua-t-elle entre deux gémissements. Tu veux des réponses.

Il ne pouvait pas le nier. Il voulait des réponses. Mais plus le temps passait, et plus il désirait aussi Scarlet.

— Se séparer, c’est mourir, dit-il.

C’était un mensonge. Il aurait bien voulu que ce n’en soit pas un.

— Des mots stupides qui ne signifient rien, commenta-t-elle.

Pour lui, peut-être, parce qu’il n’arrivait pas à se souvenir d’elle. Mais elle, elle n’avait pas de problèmes de mémoire, et cette phrase aurait dû signifier quelque chose pour elle.

Il fit de son mieux pour lui dissimuler son agacement.

— Ne me raconte rien de notre passé, supplia-t-il. Je ne demande rien. Pas même une petite anecdote.

Un long moment s’écoula dans le silence et il crut qu’elle avait décidé de l’ignorer, tout en profitant du massage qu’elle acceptait avec un plaisir évident. Puis, finalement, elle laissa échapper un soupir plein d’émotion contenue.

— Une fois, tu es venu à Tartarus avec un homme que tu avais arrêté. Il avait tenté de tuer Zeus pour prendre sa place. Tu t’apprêtais à l’enfermer dans sa cellule, quand tu as remarqué que je me battais avec une déesse.

Elle fronça les sourcils.

— Je ne me souviens plus de son nom. Je sais seulement qu’elle était grande et blonde.

Il y en avait des centaines, des déesses grandes et blondes…

— Ne continue pas, je t’en prie, dit-il.

— Il me semble qu’elle avait le dessus sur moi.

Elle fronça un peu plus les sourcils.

— C’est étrange, murmura-t-elle. Je la revois en train de me mettre à terre et pourtant… Quelque chose ne colle pas, dans cette scène…

Elle agita la main dans les airs, et une gerbe de gouttelettes s'envola de ses doigts.

— Bref… Tu as abandonné ton prisonnier pour venir à mon secours. Il en a profité pour s'échapper. Tu as couru après lui. Tu avais laissé la porte de ma cellule ouverte, et les dieux et les déesses enfermés avec moi ont tenté de fuir. Je les en ai empêchés. Je ne voulais pas que tu aies des ennuis.

Elle ne s'était pas enfuie, alors qu'elle aurait pu. Il comprit qu'elle avait choisi de rester pour lui, et il en fut ému. A condition qu'elle ne mente pas, bien sûr… Mais pourquoi donc Tromperie ne pouvait-il le renseigner ?

— Et comment les dieux et les déesses n'ont-ils pas réagi pour te remercier ?

Ils n'avaient sûrement pas laissé passer pareille trahison.

Elle haussa les épaules.

— Tu m'avais demandé une anecdote, tu l'as eue. Je te ne dirai rien de plus.

L'ennui, c'était que cette anecdote avait attisé sa curiosité.

— Tu n'as pas accepté des brimades et des souffrances pour être avec moi, dit-il. Pourquoi ?

— Ça ne te regarde pas, marmonna-t-elle.

Au moins, elle répondait à ses questions et ne faisait pas mine de ne pas comprendre ce qu'il demandait. Il lui en fut reconnaissant. Mais cela ne soulagea en rien son sentiment de frustration.

— Si tu ne me réponds pas, je ne t'accorderai pas une faveur, insista-t-il.

Elle lui réclamerait probablement la liberté, et il la lui accorderait — ce qui ne l'empêcherait pas, ensuite, de la poursuivre et de l'enfermer dans le donjon, comme prévu.

Parce qu'il était nécessaire de la garder sous clé. Elle était dangereuse. Elle pouvait s'en prendre à lui et à ses compagnons. Pas question de la laisser vagabonder dans Budapest.

— Une faveur ? dit-elle d'un air intéressé.

— Oui.

Elle lui retira son pied, pour lui tendre l'autre. Il se retint de sourire et se mit à masser. C'était si gentiment demandé. Elle était adorable.

« Adorable ou pas, tu ne dois pas la laisser en liberté, ne l'oublie pas. »

— Très bien, dit-elle. Je réfléchis. Donne-moi une minute.

Sur ce, elle renversa de nouveau la tête en arrière, tout en se pourléchant les lèvres.

La minute en dura onze et l'attente parut très pénible à Gideon. Il était impatient de savoir ce qu'elle allait lui révéler.

« Peu importe. Quoi qu'elle te raconte, tu ne dois pas oublier de la ramener au château. »

— Tu es sûre que tu veux une autre anecdote ? insista-t-elle. Quand tu auras entendu ce que je m'apprête à te révéler, ta vie sera changée à jamais.

Allait-elle lui dire qu'elle l'aimait toujours ? Elle paraissait sincèrement troublée… Il cessa de la masser et attendit, tout en tentant de sonder son regard.

— Ne me le dis pas. Ne me le dis pas. Pas tout de suite.

Elle avala sa salive.

— Gideon… Toi et moi… Nous avons… Nous avions… Nous avions un fils… Il s'appelait Steel.

7

Amun, gardien de Secret, s'était installé une chaise longue au cœur de la luxuriante forêt qui entourait le château. Il avait emporté une radio à piles et une glacière remplie de bières fraîches. L'alcool des humains ne faisait aucun effet aux immortels, ce qui ne l'empêchait pas d'en apprécier le goût.

Le soleil brillait et les rayons ambre qui perçaient l'épaisse canopée le réchauffaient. Il était en maillot de bain. Il profitait de la paix et de la chaleur. Il en souriait de bien-être.

De temps en temps, il fermait les yeux en s'imaginant qu'il se trouvait sur une plage. Déserte, bien entendu. Il appréciait plus que tout la solitude qui l'isolait des pensées de ceux qui l'entouraient, pensées que son démon entendait distinctement, qu'il le veuille ou non.

C'était pénible, mais supportable, et s'il n'y avait eu que ça, Amun aurait pu avoir une vie normale. Malheureusement, Secret ne se contentait pas d'écouter les pensées, il s'appropriait les secrets et, chaque fois, c'était une voix de plus qui murmurait pour toujours dans le crâne d'Amun, à un tel volume qu'il lui était parfois difficile de distinguer ses propres pensées de celles des autres.

La voracité de Secret avait une utilité en temps de guerre. C'était le seul avantage. Amun l'utilisait donc pour découvrir les intentions des chasseurs et déjouer leurs plans, même s'il lui en coûtait.

Un rire de femme attira son attention et il ouvrit les yeux. Il avait reconnu les trilles cristallins de l'ange Olivia, la femelle d'Aeron. Ces deux-là s'amusaient à se poursuivre dans la forêt.

Amun entendait déjà leurs pensées.

« Par tous les dieux, que son rire est sensuel… »

« Si j'utilise mes ailes, il ne pourra pas m'attraper. Et j'ai envie qu'il m'attrape. »

« Je la tiens presque… »

« Il me tient presque. »

Olivia surgit d'un buisson, haletante, le sourire aux lèvres. Quand elle aperçut Amun, elle glissa une main sous sa tunique d'ange, pour saisir un poignard, probablement. Puis elle dut le reconnaître, car elle se détendit et lui adressa un petit signe de la main.

Aeron ne tarda pas à apparaître, au même endroit. Lancé à pleine vitesse, il ne put s'arrêter à temps pour éviter Olivia. Il vrilla pour encaisser la chute à sa place, réflexe inutile car elle avait déjà déployé ses ailes. Ils atterrirent en douceur sur un lit de feuilles.

— Je t'ai eue, mon cœur, dit tendrement Aeron tout en essayant de l'embrasser.

— Aeron…, protesta Olivia en jetant un regard insistant du côté d'Amun. Nous avons de la compagnie.

— De la compagnie ?

Il se leva d'un bond, tout en saisissant ses armes et en retournant Olivia sur le ventre, pour protéger ses organes vitaux. En apercevant Amun, il se détendit, comme Olivia quelques secondes plus tôt. Puis il rougit.

— Salut, toi, dit-il.

Amun lui répondit d'un geste. Il aurait aimé l'accueillir plus chaleureusement, avec des paroles de bienvenue, mais il n'osait pas ouvrir la bouche, avec toutes ses voix qui ne demandaient qu'à s'exprimer tout haut. Il suffisait en général qu'il prononce un seul mot pour qu'elles déferlent, sans qu'il puisse les arrêter.

Il aimait trop ses compagnons pour leur infliger cette torture. Lui, il y était habitué. Pas eux.

Aeron aida Olivia à se relever et à débarrasser sa tunique blanche des feuilles et des branchages qui s'y étaient accrochés.

— Qu'est-ce que tu fais là ? demanda-t-il à Amun.

Amun lui répondit par gestes, mais Aeron n'eut pas l'air de comprendre. Il apprenait en ce moment le langage des signes, mais n'en était qu'aux balbutiements.

— Plus lentement, s'il te plaît, dit-il.

— Il dit qu'il s'est isolé pour se reposer, expliqua Olivia.

Amun acquiesça. Il s'était isolé, mais maintenant qu'il avait de la compagnie, il aurait bien voulu que le couple reste un peu.

Olivia ne connaissait pas le péché et elle n'avait rien à cacher. Avec elle, il se reposait. Elle était la personne la plus douce et la plus innocente qu'il ait jamais rencontrée. Quant aux secrets d'Aeron, il les avait percés depuis longtemps, et Secret ne s'y intéressait plus.

Mais il entendait tout de même leurs pensées.

« J'ai envie d'être seul avec Olivia. Comment faire pour partir sans le vexer… ? » Voilà ce que pensait en ce moment Aeron.

« Il a l'air si triste… J'aimerais bien lui remonter le moral. » Voilà ce que pensait Olivia.

— Nous serions ravis de passer un moment avec toi, dit Olivia en donnant une petite tape sur la main d'Aeron.

L'ancien gardien de Colère lui répondit par un regard noir. Il aurait visiblement préféré rester seul avec son Olivia.

Amun se retint de sourire. Il adorait taquiner ses

compagnons. Il n'en avait pas souvent l'occasion, vu qu'il était contraint de garder le silence.

« Merci, c'est gentil. Moi aussi, j'en serais ravi », répondit-il par gestes.

— Dans ce cas, nous resterons aussi longtemps que tu voudras bien de nous ! s'exclama joyeusement Olivia.

Aeron se renfrogna un peu plus et Amun eut toutes les peines du monde à ne pas éclater de rire. Tout en repliant ses ailes, Olivia entraîna son guerrier près de la chaise longue d'Amun et le poussa gentiment pour le faire asseoir.

Il se laissa faire en soupirant et ses armes cliquetèrent quand il s'installa. Autrefois, le corps d'Aeron avait été couvert d'effrayants tatouages. Mais il avait été décapité par un ange vengeur, puis ramené parmi les vivants par le Seul et Unique, le dieu d'Olivia, avec un corps tout neuf et vierge de scènes de guerre et de torture.

Il avait aussitôt recommencé à y inscrire des motifs, mais d'un autre genre, et qui prêtaient plutôt à sourire. Le nom d'Olivia sur son cœur, son visage sur son poignet, des ailes noires dans le dos — en souvenir des ailes qu'il avait perdues en même temps que son démon.

— C'est de la bière que tu bois ? demanda Olivia d'un ton excité en s'installant sur les genoux d'Aeron.

Ses cheveux bouclés dansaient autour de son visage. Elle y avait tressé des fleurs, comme toujours.

— J'ai toujours eu envie d'essayer la bière.

Amun s'empressa de mettre la glacière hors de portée de sa main, tandis qu'Aeron hurlait.

— Ah non ! Pas de bière pour toi !

Il soupira et reprit plus calmement.

— S'il te plaît, mon amour, pas de bière.

La dernière fois qu'elle avait bu, ç'avait été une catastrophe. Elle avait malheureusement le vin triste.

Elle poussa un soupir résigné.

— D'accord, dit-elle. Je ne goûterai pas cet alcool.

Mais elle continua à convoiter du regard les bouteilles.

« Tu es très en beauté, aujourd'hui », dit Amun pour changer de conversation.

Il était sincère. Elle avait les joues roses et ses yeux bleus brillaient comme un ciel d'été.

— Merci, répondit-elle en rougissant.

— Que dit-il ? demanda Aeron.

— Il dit que je suis jolie.

Aeron fit la moue.

— Je t'ai dit la même chose il y a deux minutes et tu t'es mise à courir.

— J'avais l'intention de te laisser me rattraper et de te récompenser, répondit-elle avec un petit rire coquin.

Aeron posa sur Amun un regard mauvais.

« Pourquoi a-t-il fallu qu'on tombe sur toi ? A cause de toi, je vais devoir attendre ma récompense. »

Il s'était adressé directement à Amun par la pensée, et Olivia n'avait pas entendu.

— Tu viens souvent ici ? demanda-t-il tout haut, d'un ton hypocrite.

Amun acquiesça.

Le regard mauve d'Aeron sonda les alentours.

— Je comprends pourquoi, commenta-t-il. C'est un chouette coin, ici. Plutôt paisible.

« Un petit coin de paradis », gesticula Amun en soupirant.

— Tu n'as pas peur que des chasseurs attaquent ? demanda Olivia.

Elle ne connaissait pas la haine, mais elle n'appréciait pas les chasseurs qui harcelaient l'homme qu'elle aimait.

« Avec la barrière d'enceinte qui entoure la propriété et Torin qui surveille tout depuis ses écrans, je ne m'inquiète de rien. »

Pour éviter de répandre une épidémie parmi les

humains, Torin, gardien de Maladie, restait enfermé dans sa chambre derrière ses écrans de contrôle. Mais il n'était pas aussi seul que tout le monde le croyait. Amun avait lu dans ses pensées et dans celles de Cameo. Ils avaient une liaison. Ne pouvant se toucher, ils se caressaient l'un devant l'autre. Ils savaient tous deux qu'une telle relation ne pouvait durer, mais ils en tiraient pour l'instant beaucoup de plaisir. Un peu trop. Amun en avait assez de les entendre gémir dans sa tête.

— On ne voudrait pas gâcher ton moment de détente, reprit Aeron. Si tu veux, nous…

« Je suis ravi de le partager avec vous, au contraire », s'empressa de répondre Amun.

Les épaules d'Aeron s'affaissèrent et Amun se retint une fois de plus de rire.

— Aeron n'a pas tort, intervint Olivia. On ne va pas envahir ton espace, si tu as l'habitude de venir ici. On pourrait diviser la forêt en deux. Tu prendrais une moitié et nous l'autre, et…

Elle s'interrompit.

— Non, soupira-t-elle. Ça n'irait pas. Nous serions stressés à l'idée de franchir la ligne de démarcation.

Elle se tut, l'air songeur.

— J'ai trouvé, dit-elle enfin en souriant. Il n'y a qu'à établir un roulement. Tu prends lundi, mercredi et vendredi. Et nous, mardi et jeudi.

« J'étais là avant vous, fit remarquer Amun. Mais je vous autorise à me rendre visite. »

Olivia traduisit pour Aeron, qui n'avait pas compris.

— Non mais dis donc ! s'exclama celui-ci. Tu ne manques pas de culot. Tu devrais plutôt nous remercier de te laisser trois jours. Parce qu'on pourrait aussi en parler à tout le monde, et tu n'aurais plus une minute de paix.

Amun lui répondit par une chiquenaude. Un geste pour

lequel Aeron n'eut pas besoin de traducteur et auquel il répondit par un éclat de rire.

Depuis sa résurrection, depuis qu'il n'était plus possédé par Colère, Aeron était beaucoup plus joyeux ; tout le monde l'avait remarqué.

« Tu te sens comment, sans ton démon ? » ne put s'empêcher de demander Amun.

Il avait oublié ce que c'était que vivre sans une moitié démoniaque.

— Franchement ? répliqua Aeron.

Il s'adossa à un tronc d'arbre et attira Olivia contre lui.

— Ça fait du bien, dit-il enfin. Je n'ai plus cette voix à l'intérieur de moi qui me pousse à commettre des atrocités. Je n'ai plus à combattre ce besoin permanent de tuer et de torturer. Mais d'un autre côté… C'est tout de même un peu étrange. Je me sens seul. Je ne me rendais pas compte à quel point je comptais sur ce salaud — oh, pardon chérie : sur ce « monstre » — pour me renseigner sur les autres. A présent, je dois me débrouiller pour deviner les intentions de mes interlocuteurs. Ce n'est pas facile.

Colère, l'ancien démon d'Aeron, voyait les péchés des gens aussitôt qu'il les approchait, et son grand plaisir était d'appliquer la loi du talion en leur faisant subir ce qu'ils avaient fait subir aux autres.

« Tu t'y feras », répondit Amun.

— Le plus tôt possible, j'espère.

— Moi, ce que j'apprécie, c'est qu'il n'a plus de sautes d'humeur, intervint Olivia.

Aeron déposa un baiser sur le bout de son nez.

— C'est grâce à toi, mon amour.

— Tant mieux.

Amun eut un petit pincement au cœur. Il se réjouissait du bonheur de son compagnon, mais il ne put s'empêcher de ressentir une pointe de jalousie. Lui aussi aurait voulu posséder une femelle. Il en avait trouvé une qui aurait pu lui convenir, Kaia, une harpie, voleuse et menteuse — mais qui ne s'en cachait pas et ne dissimulait aucun noir secret.

Kaia s'était déjà accouplée avec Paris, l'un des Seigneurs de l'Ombre, mais Paris ne représentait pas un rival sérieux, car son démon, Luxure, refusait de pénétrer deux fois la même femme. La vérité, c'était que Kaia ne cherchait pas un compagnon : elle préférait pour l'instant papillonner.

Quant aux mortelles, Amun les évitait. Il lisait trop aisément dans leurs pensées. Quand elles trouvaient un autre homme attirant, il le savait tout de suite. Quand elles étaient tout sourires et s'apprêtaient à le trahir, il le savait aussi. Cela rendait la vie de couple impossible.

Aeron poussa un gros soupir qui tira Amun de sa rêverie.

« Puisque j'y suis, je devrais lui poser la question », songeait-il.

Amun se raidit. Il savait à quoi pensait Aeron et n'avait pas du tout envie qu'il aborde le sujet.

« Ne me la pose pas, répondit-il par gestes. Pas encore. »

Un muscle tressaillit sous l'œil d'Aeron.

— Je déteste quand tu lis dans mes pensées, grommela-t-il.

« Je n'y peux rien ; je t'entends penser comme si tu parlais tout haut. Tu n'as qu'à faire le vide dans ton esprit, ou m'en bloquer l'accès. »

— C'est impossible, répondit Aeron d'un air morne. Personne ne peut empêcher ton démon de sonder un esprit… Tu sais aussi qu'Olivia et moi nous partons demain, je présume ?

Amun savait. Il savait même qu'Aeron projetait de ne pas emmener Olivia, ce qu'elle ignorait. Elle allait être furieuse.

« Et où vas-tu ? » demanda Amun, même s'il connaissait déjà la réponse.

— En enfer, répondit Aeron.

Il ne s'agissait pas d'une métaphore. Il projetait vraiment un séjour dans les grottes de l'enfer.

— Et nous voudrions que tu viennes avec nous, poursuivit-il.

Aeron avait une raison précise de se rendre en enfer. Legion, la petite démone qu'il considérait comme sa fille, y était en ce moment prisonnière. Il avait décidé de l'en faire sortir. Amun l'aurait suivi sans hésiter n'importe où. Mais en enfer… Il frissonna. Son démon y avait vécu, autrefois. Il avait tenté de s'en échapper, il n'avait pas réussi, et avait été sévèrement puni pour cela.

Mais il n'avait pas oublié l'enfer et il en avait donné une vision assez complète à Amun : la chaleur, les cris, la puanteur de soufre et de chair brûlée, les démons, les âmes tourmentées des damnés…

« Et pour Baden ? » demanda-t-il.

Aeron haussa un sourcil.

— Tu es au courant, pour Baden ? On ne peut décidément rien te cacher.

Baden avait été l'un de leurs compagnons, mais les chasseurs l'avaient décapité. Il n'avait pas eu, comme Aeron, la chance d'être ramené à la vie par un dieu clément. Mais Aeron l'avait rencontré lors de son séjour dans l'au-delà et, depuis, il ne songeait qu'à le ramener sur terre, parmi eux.

Il n'en avait pour l'instant parlé à personne. Comme toujours, il cherchait à résoudre son problème seul, pour ne pas perturber ses compagnons.

— Une fois que Legion sera en sécurité, je mettrai les autres au courant, pour Baden, poursuivit-il. On s'occupera de le libérer. Mais Legion passe avant lui parce qu'elle souffre.

« Tu ne dis rien des chasseurs, des objets de pouvoir,

de la boîte de Pandore. Les aurais-tu oubliés, maintenant que tu es libéré de ton démon ? »

Aeron se rembrunit et des ombres noires semblèrent sortir de ses orbites.

— Tu te trompes, protesta-t-il. Je n'ai rien oublié. Vous êtes toujours mes compagnons d'armes. Mais je suis attaché à Legion. En enfer, la pauvre est torturée tous les jours et cette idée m'est insupportable. Tant qu'elle ne sera pas sortie de là, je ne serai bon à rien.

« Tu veux l'aider, après ce qu'elle t'a fait ? »

— Oui, répondit Aeron sans hésiter.

— Moi aussi, je veux l'aider, renchérit Olivia.

Amun n'était pas surpris qu'Olivia, un ange de bonté, incapable du moindre sentiment de colère, ait pardonné à Legion. Mais Aeron ? Il n'en voulait pas à sa petite démone d'avoir conclu avec le diable un pacte qui avait failli ruiner sa vie et coûter la vie à celle qu'il aimait ? C'était surprenant. Et même choquant. Mais sans doute était-il plus enclin à l'indulgence, maintenant qu'il n'était plus possédé par Colère.

— D'abord Legion, ensuite Baden. Et quand je me serai occupé d'eux, je me concentrerai sur les objets de pouvoir et les chasseurs.

Cela faisait plusieurs bonnes raisons d'accompagner Aeron en enfer, certes. Mais Amun n'était pas encore convaincu.

« Il y aurait quelqu'un d'autre avec nous ? » s'inquiéta-t-il.

Aeron s'agita contre son arbre, puis il leva les yeux vers l'immensité du ciel.

— Non, dit-il enfin. Déjà, je m'en veux de te solliciter. Je ne voudrais pas que le château reste sans surveillance.

« Pourquoi moi ? »

— Parce que tu es le gardien de Secret, répondit Olivia

en soupirant. Grâce à toi, il nous sera facile de savoir où est enfermée Legion.

Elle avait raison, et Amun retint un gémissement de désespoir. Ainsi, ils avaient besoin de lui, du pouvoir de *son* démon. Ils ne pouvaient le remplacer par un autre. Il acquiesça, la mort dans l'âme.

« Entendu, dit-il. Mais je veux une autre personne avec nous. »

Pour remplacer Olivia, qui ne viendrait pas.

— Qui ?

« William. »

William était un immortel et aussi le meilleur ami d'Anya. Il vivait avec eux depuis que cette peste lui avait volé un manuscrit dont il ne voulait pas s'éloigner. Ils ne savaient pas grand-chose de lui, à part qu'il se considérait comme un dieu du sexe et qu'il était complètement obsédé. Mais il aimait se battre et n'était pas possédé par un démon, deux qualités qui faisaient de lui un précieux allié. La noirceur de l'enfer ne lui ferait pas peur, Amun en était certain.

— C'est d'accord, dit Aeron. J'en parlerai à William.

Amun n'avait plus de raisons de résister. Il céda.

« Dans ce cas, tu peux compter sur moi », soupira-t-il.

8

Le sang coulait à flots. Des cris terribles, à vous glacer le sang, résonnaient à ses oreilles. Les ténèbres l'enveloppaient et semblaient se refermer un peu plus sur elle à chaque seconde.

Elle ne savait pas depuis combien de temps ça durait. Le temps avait cessé d'exister pour elle. Il n'y avait plus que la souffrance et le chaos. Et le feu. Seigneur… Le feu… L'odeur de la fumée, du soufre et de la chair carbonisée.

Des larmes s'échappaient de ses yeux, lui brûlant les joues. Elle était allongée sur un lit, le drap remonté jusqu'à la poitrine. En dépit du feu intérieur qui la ravageait, elle avait froid. Elle songea avec haine à celui qui l'avait emmenée ici. Elle aurait voulu se baigner dans son sang.

— Comment te sens-tu, aujourd'hui, ma petite ?

Avec ces hurlements dans son crâne, elle avait à peine entendu la voix, mais suffisamment pour comprendre la question. Et elle n'eut pas besoin d'ouvrir les yeux pour savoir qui se tenait près d'elle. Cronos. Le roi des dieux. Son Maître.

« Je ne dois pas m'en prendre à lui. Il me punirait encore. »

« Frappe-le », murmura une voix suppliante dans son esprit. « Ça nous soulagera. »

« Je ne peux pas. »

Elle ne voulait plus souffrir. Plus faire souffrir.

Autrefois, elle avait été une mortelle, une simple femme. Sienna Blackstone. Un chasseur. Puis elle s'était laissé séduire par Paris, gardien de Luxure, et elle avait fait l'amour avec lui pour lui redonner des forces. Il en avait profité pour s'enfuir, en l'emmenant avec lui. Il s'était joué d'elle, comme elle s'était tout d'abord jouée de lui. Elle lui avait servi de bouclier et elle avait été tuée par les balles des chasseurs — tuée par les siens.

Sur le moment, elle avait cru avoir atteint le fond du désespoir. Se donner à un homme et découvrir qu'il vous avait trompé, qu'il ne ressentait rien pour vous. Les balles transperçant votre peau et votre chair. La vie s'échappant de vous. Elle eut un rire amer. Elle avait cru avoir atteint le fond de la souffrance, mais ça n'était rien à côté de ce qu'elle endurait aujourd'hui.

Son dos était en feu. Comme si l'on avait versé sur sa peau de l'acide et du sel. Deux excroissances dures poussaient entre ses omoplates, lui déchirant la peau. Des cornes. Ou des ailes. De temps en temps, il lui semblait que ces choses vibraient.

— Réponds-moi, ordonna Cronos.

« Punis, fit la voix qui l'habitait. Prends tout ce qu'il possède. Et ensuite, décapite-le. »

Elle avait déjà la tête farcie d'atrocités, et pourtant de nouvelles images sanglantes parvinrent à se frayer un chemin jusqu'à sa conscience. Tout ce que Cronos avait volé au cours des siècles défila devant ses yeux : des objets, du pouvoir, des femmes. Ensuite, ce furent les vies qu'il avait dû faucher pour satisfaire sa convoitise. Et il y en avait ! Il n'avait pas fait de quartier. Il s'en était pris à ses ennemis, à ses amis, immortels ou humains, à tous ceux qui s'étaient mis en travers de son chemin. Un fleuve de sang se mit à couler, les hurlements s'intensifièrent.

Seigneur…

Elle écrasa ses poings contre ses paupières. Si elle avait su ce qui l'attendait ici, si elle avait soupçonné à quel point Cronos était un être immonde, jamais elle n'aurait accepté de le suivre dans les cieux.

Elle serait restée avec Paris, l'homme qu'elle avait cru haïr de toutes les fibres de son être.

Après sa mort, son esprit avait suivi Paris pendant quelques jours. Elle l'avait observé, tandis qu'il donnait à sa dépouille des funérailles de guerrier. Elle l'avait vu pleurer et se désoler.

Elle en avait été à la fois surprise et touchée. Un peu de sa colère s'était envolé.

Il l'avait utilisée, certes, mais il tenait sans doute un peu à elle. Et s'il était capable de s'attacher à une femme, il n'était donc pas si maléfique…

Mais il était le gardien de Luxure… Pour rester en vie, il avait dû s'accoupler avec une autre femme. Puis une autre. Puis une autre. Sans le moindre état d'âme. Il couchait avec les femmes et les abandonnait ensuite, sans se soucier de leurs sentiments.

Et ça, Sienna n'avait pas apprécié. Elle s'était souvenue qu'il avait probablement projeté d'en faire autant avec elle, ce qui avait ranimé sa haine et sa colère.

C'était le moment que Cronos avait choisi pour lui apparaître.

— Viens avec moi, avait-il dit. Et tu vivras de nouveau.

— Je ne veux pas vivre, avait-elle rétorqué.

Elle n'avait pas envie de tenter l'aventure d'une deuxième existence. De la vie sur terre, elle n'avait pas gardé de bons souvenirs… Quelques années plus tôt, sa jeune sœur avait été enlevée. Ses parents, devenus fous de douleur, s'étaient renfermés sur eux-mêmes. Abandonnée, elle s'était dévouée à la cause des chasseurs, qui était devenue son unique but. Elle avait voulu éliminer les Seigneurs de l'Ombre, éradiquer le mal, afin que plus personne ne s'en prenne aux innocents.

Mais Cronos avait insisté.

— Je t'offre le moyen de venger ta mort, avait-il dit.

— Ça ne m'intéresse pas.

A ce moment-là, elle aurait voulu oublier le monde qu'elle avait connu et tous ceux qui l'habitaient. Sans doute avait-elle aussi espéré retrouver sa sœur dans l'au-delà.

— C'est ce que tu prétends, avait ricané Cronos. Mais moi, je lis dans tes yeux que tu voudrais bien d'une seconde chance. Pour obtenir ce qui t'a été refusé la première fois. Tu rêves de fonder une famille, d'un compagnon qui t'aimerait et te protégerait.

Elle avait avalé le nœud qui se formait dans sa gorge.

— Et vous pourriez me garantir que ça se passerait comme ça ? avait-elle murmuré.

— Je suis en train de créer une armée de guerriers sacrés, et je te propose d'appartenir à cette armée.

— Non merci, avait-elle répondu.

— Sans toi, je ne peux pas mener ce projet à bien, avait-il ajouté.

Elle s'était demandé pourquoi il insistait pour l'enrôler elle, une femme plutôt faible et timorée. Dean Stefano l'avait bien compris, lui, et il l'avait toujours utilisée à des tâches subalternes. Quand il lui avait demandé de séduire Luxure, une mission tout à fait inhabituelle pour elle, elle avait d'abord refusé.

Mais Stefano lui avait montré la photo de Paris et elle avait changé d'avis. Paris avait fait battre son cœur au point qu'elle en avait eu les paumes moites. Elle n'était pas vraiment jolie, elle avait un physique quelconque et jamais un homme comme lui n'avait posé les yeux sur elle.

Et puis, elle s'était dit qu'un être aussi beau ne pouvait pas être habité uniquement par le mal.

Elle avait donc accepté une mission auprès de Paris-Luxure. Elle s'était arrangée pour rencontrer Luxure à Athènes, soi-disant par hasard. Il lui avait accordé de l'attention, elle s'était sentie désirée, ce qui lui avait fait du bien. Elle avait failli lui céder, oublier sa mission. Puis elle avait remarqué une lueur rouge dans son regard, celle de son démon. Elle s'était souvenue qu'il incarnait le mal, même s'il embrassait comme un ange. En aidant à le capturer, elle contribuerait à faire de la terre un monde meilleur. Elle avait donc sorti la seringue contenant le produit destiné à l'endormir.

Elle avait accompli sa mission, mais cela lui avait coûté la vie.

Et le plus terrible, c'était qu'elle regrettait surtout de ne pas avoir eu le temps de profiter du démon Paris.

— Si tu acceptes de rejoindre mon armée, tu rencontreras de nouveau Paris, avait repris Cronos. Il sera à toi. Tu feras de lui ce que bon te semblera.

Revoir Paris ? L'avoir à sa merci ? Oh oui, elle en avait envie ! Et pourtant, elle avait continué à refuser.

— Non.

— Je pourrais aussi m'arranger pour que tu retrouves ta sœur, avait alors proposé Cronos.

— Vous savez où elle est ?

— Oui.

— Elle est vivante ?

— Oui.

Elle avait failli lui sauter au cou.

— Dans ce cas, j'accepte, avait-elle dit. Je suis prête à vous aider. Mais faites vite. Je vous en prie.

— Tu acceptes de m'appartenir ? De devenir mon soldat ?

— Oui. A condition que vous me conduisiez auprès de ma sœur.

— Je t'y conduirai. Plus tard.

— Et pourquoi pas tout de suite ? avait-elle protesté.

— Ta mission passe avant. Acceptes-tu cette condition ?

Elle avait accepté, parce qu'elle n'avait pas le choix.

— Oui.

Elle était prête à tout pour revoir sa chère Skye.

— Dans ce cas, le marché est conclu, avait déclaré Cronos d'un air profondément satisfait.

Puis il l'avait entraînée sans un mot dans son palais, sur l'Olympe.

Et depuis, elle était là, à sa merci. Elle n'avait pas encore vu sa sœur et Cronos ne l'avait pas intégrée à son armée. Il l'avait laissée seule dans cette pièce, seule avec ses angoisses et sa haine.

Elle avait tenté de s'enfuir, mais en vain. Un lien invisible la retenait ici et la contraignait à obéir à Cronos.

Une fois de plus, Cronos la tira de sa rêverie pour la ramener au présent et à cette douleur qui la pulvérisait.

— Je t'ai posé une question, répéta-t-il d'un ton agacé. Comment te sens-tu ?

— De plus en plus mal, gémit-elle.

Il soupira.

— J'avais espéré que tu commencerais à prendre le dessus. J'ai hâte de t'utiliser.

— Qu'est-ce qui m'arrive ?

— Aurais-je oublié de t'en parler ? demanda Cronos d'un ton innocent.

Il éclata de rire.

— Tu es devenue la gardienne du démon Colère.

Sienna se figea. Elle eut l'impression que son cœur s'arrêtait de battre. Les ténèbres qui tourbillonnaient en elle s'immobilisèrent. Le démon Colère ? Colère était entré en elle ?

Non ! Non ! C'était impossible…

— Vous mentez ! hurla-t-elle. Vous mentez !

— Il a déjà pris sa place dans ton esprit ; tu dois l'entendre, tout de même, riposta Cronos. Tu ne sens pas ses ailes qui poussent dans ton dos ?

Une vague de panique la submergea. Des ailes… Oui, elle sentait des ailes pousser dans son dos.

— Tu dois aussi entendre ses pensées. Ne me dis pas qu'il ne t'inspire pas des idées violentes que tu n'aurais jamais eues sans lui.

Seigneur… Oui. Elle comprenait tout, à présent. Cronos avait fait entrer en elle le démon Colère. Nooooon ! Elle était devenue un monstre, un de ces êtres qu'elle avait pourchassés.

Un sanglot lui échappa.

— Vous n'êtes qu'un salaud ! gémit-elle.

Il poussa un gros soupir, puis se rebiffa.

— Comment oses-tu me parler sur ce ton ? C'est une chance d'être possédée par un démon. Et puis, qu'est-ce que tu croyais ? Jamais tu n'aurais pu te battre pour moi en tant que simple mortelle. Il fallait bien que je te donne les moyens de me servir.

Les larmes qui coulaient de ses yeux la brûlaient tant que des cloques se formaient sur ses joues.

— Vous saviez que ça me détruirait, gémit-elle.

— Un jour, tu me remercieras.

— Non. Un jour, je vous tuerai pour ça.

Un lourd silence s'installa entre eux, comme un serpent qui guette sa proie.

— Tu me menaces, dit enfin Cronos d'un ton doucereux. Et dire que j'étais venu avec une récompense !

Il fit claquer sa langue de dépit.

— Avec quelqu'un que tu aimes, ajouta-t-il.

— Skye ?

Sienna retint son souffle et entrouvrit prudemment les paupières. Une frêle silhouette se tenait debout près du roi des dieux. Elle lui arrivait tout juste aux épaules ; elle avait de longs cheveux noirs, une peau mate. Son visage était dans l'ombre et Sienna n'aurait pu affirmer qu'il s'agissait bien de Skye, mais son cœur se mit tout de même à tambouriner.

Elle avança un bras tremblant.

— Petite sœur ?

Il y eut un froissement de tissu et les deux silhouettes reculèrent.

— Pas de récompense aujourd'hui, fit la voix de Cronos.

— Skye !

Les deux silhouettes lui tournèrent le dos. Sans un mot.

— Skye ! Reviens, Skye ! Parle-moi !

De nouveau, pas de réponse, pas un mot.

Sienna se laissa retomber sur son lit en sanglotant.

« Il doit payer pour ce qu'il t'a fait. Il doit souffrir. »

Elle sursauta. Une voix basse et profonde nichée quelque part au fond d'elle-même venait de s'adresser à elle. Elle en frissonna de dégoût.

« Tais-toi. Je ne veux pas t'entendre. Je sais qui tu es. Je te hais. »

Le monstre ne prit pas la peine de réagir à l'insulte.

« Il doit payer. Il faut qu'il souffre autant que tu as souffert. »

Cette fois, la voix ne la fit pas sursauter. Elle fit même un effort pour réfléchir et se calmer. Elle était donc possédée par le démon Colère. Il était en elle et, dans l'état de faiblesse où elle était réduite, elle ne pouvait rien faire pour le chasser. Pour l'instant. Donc, elle avait intérêt à l'utiliser. Une fois. Rien qu'une fois. Histoire de rendre à Cronos la monnaie de sa pièce.

« Co… ? Comment puis-je le faire souffrir ? » demanda-t-elle.

Seigneur ! Elle s'adressait à un démon… Non ! Il ne fallait pas. C'était mal… Et pourtant… Il fallait bien que Cronos paye.

« Tu dois voler ce à quoi il tient le plus. »

« Ah oui ? Et qu'est-ce que c'est ? »

Elle était prête à obéir aux suggestions du démon. Quelles qu'elles soient. Cronos l'avait jetée au feu. Il allait brûler avec elle.

« Sa femme ? insista-t-elle. Ses enfants ? »

« Son pouvoir. »

Elle lui volerait donc son pouvoir. Mais comment s'y prenait-on pour voler le pouvoir d'un dieu ?

« Il va payer, ronronna le démon. Il va souffrir. »

Les pleurs de Sienna séchèrent lentement, son cœur se calma et le nœud qu'elle avait dans la gorge se défit. Puis elle fut envahie par un froid glacial qui l'anesthésia. Elle ne sentait plus rien. Elle n'avait plus mal. Elle n'avait plus peur.

— Il va payer, il va souffrir, murmura-t-elle.

— Tu voudrais que je vous accompagne en enfer ? s'écria William. Jamais de la vie ! Hors de question !

Pour attirer l'attention de William, Amun s'était placé entre lui et le grand écran plat du salon. Enfin, il le tenait. Ce matin, il avait frappé à la porte de sa chambre, mais William avait refusé de le laisser entrer. Ensuite, il l'avait suivi en ville, mais William avait continué à chercher des femelles pour copuler — deux à la fois, il ne se refusait rien — en l'ignorant totalement. Il ne s'était d'ailleurs pas gêné pour faire ses petites affaires sous son nez.

Mais à présent William ne pouvait plus lui échapper. Parce qu'il avait Anya, déesse de l'Anarchie, pour le seconder. Rien ne résistait à Anya.

Et surtout pas William.

Ces deux-là étaient les meilleurs amis du monde et se plaisaient à se torturer mutuellement. Anya avait volé un grimoire appartenant à William. Grimoire auquel il tenait comme à la prunelle de ses yeux, et qui contenait apparemment le moyen de le libérer d'une malédiction. Amun n'en savait pas plus, parce que les deux compères se gardaient bien de penser à ça en sa présence.

Il aurait pu fouiller leur esprit pour chercher des réponses, bien entendu, mais il ne le fit pas. Il portait suffisamment de secrets ainsi.

Tout ce qu'il savait à propos du livre, c'était qu'Anya en rendait quelques pages à William quand elle jugeait qu'il se comportait bien. Aussi, quand elle lui avait demandé de venir dans le salon pour jouer à Guitar Hero avec Gilly, la jeune amie de Danika qui vivait maintenant dans le château, il avait accepté sans se faire prier. Ils étaient réunis autour de l'écran, et Anya venait de déclarer qu'ils n'en bougeraient pas tant que William n'aurait pas écouté ce qu'Amun avait à lui dire. Ou plutôt à lui gesticuler.

« Nous avons besoin de toi pour libérer Legion », fit-il.

— Désolé, mais j'ai d'autres projets, rétorqua William d'un air sombre. Je pars demain et je serai absent pendant quelques semaines.

— Quels projets ? demanda Gilly en jouant avec le pendentif en forme de papillon que Lucien lui avait offert.

Ils portaient tous le même. Il s'agissait d'une amulette qui les protégeait des regards indiscrets des dieux.

— Tu ne m'en avais rien dit, insista-t-elle.

Tiens… Amun remarqua que la jeune Gilly semblait désireuse d'être tenue au courant des faits et gestes de William.

« Tu m'appartiens », lut-il dans ses pensées.

Amun se massa la nuque. Il aurait préféré ne pas savoir que Gilly en pinçait pour William.

Le visage de William se ferma. Il lança ses baguettes en l'air, les rattrapa, les fit tournoyer entre ses doigts.

— Peu importe. Je m'absente, c'est tout.

William avait l'habitude de plaisanter sur tout. Mais il ne plaisantait pas avec Gilly. De plus en plus étrange…

« Il faut que j'arrête ça, songea William. Ça ne peut plus durer. »

— C'est tout ? répéta Anya en haussant un sourcil.

Elle était la femelle de Lucien, gardien de Mort, et la plus belle femme qu'Amun ait jamais vue. Lucien lui pardonnait tout et cela n'étonnait personne.

— Tu ne m'en avais pas parlé, à moi non plus, poursuivit-elle avec une moue de reproche.

— Tu ne peux pas partir sans moi, reprit Gilly.

— Je ne vais pas me gêner, ricana William. Quant à toi, Anya, ne te fatigue pas à me menacer. Je partirai, même si tu brûles mon livre.

Gilly jeta sa basse d'un geste rageur. Celle-ci se fendit. Exactement comme son cœur.

— Tu as promis de veiller sur moi quoi qu'il arrive, rétorqua-t-elle. Comment vas-tu me protéger si tu pars ?

Elle avait de longs cheveux bruns, d'immenses yeux et déjà un corps de femme en dépit de ses dix-sept ans — corps que William avait toutes les peines du monde à ne pas reluquer.

Avec difficulté.

« Je dois cesser… Bon sang… »

Amun lisait en lui comme dans un livre ouvert. Gilly

était amoureuse de William qui l'avait deviné. William était attiré par Gilly et s'en défendait parce qu'il la trouvait trop jeune pour lui.

Amun savait aussi pourquoi William tenait à s'absenter. Gilly avait été abusée sexuellement par son beau-père, et William avait retrouvé la trace de ce salaud. Il partait dans le Nebraska avec l'intention de le faire mourir à petit feu. Ça allait être un jeu d'enfant pour lui. L'homme était un médecin. Et sa femme, la mère de Gilly, qui avait été complice par son silence, ne serait pas épargnée.

— Je ne t'ai pas menti, je te protégerai, protesta William.

Il se leva et tendit le bras vers elle, puis il se ravisa.

— Tu dois me faire confiance, soupira-t-il.

Amun claqua des doigts pour attirer son attention.

« Aide-nous pour Legion, et je t'aiderai pour la famille de Gilly », dit-il.

William ne regardait pas Amun, et Anya traduisit tout haut pour lui, dans la langue des dieux, afin que Gilly ne comprenne pas. Ces mots furent comme une musique aux oreilles d'Amun. Ils lui rappelèrent l'heureux temps où il vivait libre, au paradis.

— Je n'ai pas besoin de ton aide, grommela William dans la même langue.

Il fourra sa main dans ses cheveux noirs, couleur de la nuit.

— Je préfère agir seul. De plus, je n'ai pas envie de rendre service à Legion. Je suis content qu'elle ne soit plus là. Je n'aurais pas été chercher ma propre mère en enfer, alors je ne vais pas y aller pour Legion. D'accord, je n'ai pas de mère… Alors, disons que je n'irais même pas chercher Anya.

— Merci, répliqua Anya en levant les yeux au ciel. Et pour Legion, on ne te demande pas ton avis. Aeron est malheureux.

Sa voix s'adoucit.

— Et quand Aeron est malheureux, Lucien l'est aussi. Et donc, moi aussi.

William demeura sur ses positions.

— Je m'en fiche.

— Lucifer a peur de toi, Willy. En enfer, tu leur serais précieux.

Pendant quelques minutes, l'esprit de William s'ouvrit à ses souvenirs. Il tentait de se rappeler pourquoi Lucifer le craignait. Puis il dut penser à la présence d'Amun car il se hâta de bloquer l'accès à sa mémoire. Amun aurait pu fouiller, mais il préféra s'en abstenir.

— Je m'en fiche, répéta William en haussant les épaules.

Anya était aussi têtue que lui ; elle continua d'insister.

— Réfléchis, William. Quand tu seras dans la famille de Gilly, Amun pourra te dire ce qu'ils pensent, de quoi ils ont peur. Avec lui, tu ne te contenteras pas de les tuer. Il t'aidera à les terroriser. Ce serait bête de te passer de sa présence.

Gilly agita les mains.

— Hé, dites donc… Vous ne pourriez pas parler de façon que je comprenne ?

— Non, répondirent ensemble Anya et William.

— Vous êtes infects ! s'exclama Gilly. Vous voulez faire comme si je n'étais pas là ? Très bien. Dans ce cas, je vais vous simplifier la tâche. Je pars. Je n'ai que trop traîné dans ce château pourri.

Et sur ce, elle sortit de la pièce en courant.

William fit la moue et planta l'une de ses baguettes dans la peau de sa caisse de batterie.

— C'est entendu, Amun. Je vous accompagne en enfer. Et en échange, tu m'aideras à faire vivre un enfer aux salauds qui ont traumatisé Gilly.

Amun acquiesça.

9

Scarlet ouvrit les yeux en se demandant ce que la nuit allait lui réserver. Quand elle avait annoncé à Gideon qu'ils avaient un fils, il était resté silencieux et visiblement sous le choc. Elle n'avait pas insisté. Il fallait lui laisser le temps de digérer la nouvelle.

Puis le soleil s'était levé et elle s'était endormie, terrassée par son démon. Elle avait suivi distraitement les jeux habituels de cauchemar, l'esprit ailleurs, sans y prendre aucun plaisir.

— Pourquoi est-ce que tu ne me mens pas ? s'exclama Gideon sans préambule.

Ces mots lui firent l'effet d'un coup de fouet, et elle s'efforça de se concentrer. Elle se trouvait toujours dans la forêt, au milieu des arbres. Les oiseaux et les insectes chantaient. La source bouillonnait. Un brouillard s'en élevait. Le ciel était sombre et chargé de nuages. L'orage n'allait pas tarder à éclater.

Au propre comme au figuré.

Gideon était assis dans l'ombre, ombre que le regard de Scarlet n'avait aucun mal à pénétrer. Ses mèches bleues étaient humides et collées à son front. Tout son visage exprimait la plus intense crispation. Son regard aigu sondait le bouclier mental dont elle s'entourait, aussi perçant qu'un rayon laser. Ses lèvres retroussées en un rictus découvraient ses dents.

Il tenait un poignard dans chaque main.

Elle vérifia d'un coup d'œil qu'elle n'était pas blessée. Non, pas d'entailles, pas de sang, sa robe était en un seul morceau. Il ne s'était pas attaqué à elle pendant qu'elle dormait.

C'était déjà ça… Mais il aurait tout de même pu se montrer plus accueillant. En lui donnant un baiser au réveil, par exemple.

Par tous les dieux… Ses baisers… Elle caressa du bout des doigts le contour de sa bouche, qui frémissait encore des caresses de sa langue. Il l'avait prise avec tant de passion. Il lui avait donné tant de plaisir. Et ses mains… Ses mains auxquelles elle s'était offerte sans retenue. Ses mains qui l'avaient transportée au paradis.

Cela faisait bien longtemps qu'elle n'avait pas cédé aux exigences de son corps, qu'elle n'avait pas perdu le contrôle. Et lui aussi avait apprécié. Il avait eu un orgasme.

Ensuite, elle avait eu envie de se réfugier contre lui, d'enfouir son visage dans son cou, de respirer son odeur musquée. Envie de parler, aussi. De lui dire tout ce qu'elle avait sur le cœur, comme autrefois.

Mais elle avait résisté. Il lui avait fait l'amour uniquement pour lui soutirer des confidences sur l'oreiller. Il ne se souvenait pas d'elle et ne pouvait donc pas la désirer. Il était simplement prêt à tout pour obtenir des réponses concernant leur passé.

Il avait toujours été têtu. Autrefois, il avait remué ciel et terre pour l'épouser et pris de gros risques. En dépit de ce qui les séparait. Envers et contre tout.

Mais elle n'était pas femme à se laisser manipuler et il n'obtiendrait pas ce qu'il voulait par la ruse. Pas avec elle.

— Scar, je ne suis pas à bout de nerfs. Et surtout, continue à m'ignorer, ça me plaît.

Il lança rageusement l'un de ses poignards.

— Et ne me dis pas ce que je veux savoir.

Scarlet suivit des yeux la trajectoire de la lame qui alla se planter dans un tronc déjà percé de milliers de petits trous. Gideon avait visiblement passé la journée à lancer des poignards.

Elle tourna son regard vers lui.

— Tu veux savoir si je t'ai menti à propos de notre enfant, dit-elle doucement. Eh bien non, je ne t'ai pas menti.

Jamais elle n'aurait menti à propos de Steel. Il avait compté plus que tout pour elle.

Gideon laissa échapper un soupir rageur.

— Tu ne parlais pas de lui au passé… C'est donc que…

— Oui, répondit-elle d'une voix altérée par l'émotion. Il est mort.

Le visage de Gideon se décomposa, et elle regretta presque de lui avoir parlé de leur enfant. Elle-même, parfois, aurait voulu ne pas se souvenir de lui. Si elle l'avait mentionné, c'était uniquement parce qu'elle avait espéré que le choc raviverait ses souvenirs.

— Je ne veux rien savoir de lui, supplia Gideon en se laissant tomber à genoux, la main crispée sur son poignard.

Le spectacle de ce fier guerrier agenouillé avait quelque chose de poignant. Scarlet lutta pour refouler ses larmes. Elle décida de tout lui dire.

— Très bien, reprit-elle d'une voix haletante.

Elle avait du mal à respirer. Son souffle lui déchirait la poitrine.

— Je vais te parler de lui. Je vais tout te dire. Mais tu devras m'écouter en silence. Si tu ouvres la bouche, je ne dirai plus rien.

Elle ne se sentait pas la force d'écouter son angoisse et son chagrin. S'il parlait, elle risquait d'éclater en sanglots.

— Tu as compris ? insista-t-elle.

Quelques secondes s'écoulèrent et elle se demanda pourquoi il hésitait à répondre. Elle soupira et en profita pour rassembler ses forces. Elle ne parlait jamais de Steel, c'était trop douloureux. Elle n'était pas sûre d'y arriver sans pleurer, même si Gideon ne l'interrompait pas.

« Prends de la distance. Fais comme s'il s'agissait de l'histoire de quelqu'un d'autre. »

Finalement, Gideon se décida à acquiescer, les lèvres pincées, comme pour s'empêcher d'ouvrir la bouche.

Scarlet inspira longuement. Puis elle se leva et avança en tremblant jusqu'au tronc d'arbre que Gideon avait massacré avec son poignard. Elle retira l'arme plantée dans l'écorce, puis elle se mit à aller et venir, en tapotant en rythme la lame contre sa cuisse. Une brise fraîche et humide l'enveloppait. Les branchages et les cailloux crissaient sous ses pieds.

« Vas-y. Tu parles du fils de quelqu'un d'autre. Cette histoire ne te concerne pas. »

— Tu étais fou de joie à l'idée d'avoir un enfant, commença-t-elle. Tu as demandé à Zeus de me libérer. Il a refusé, bien sûr. Aussi, tu as cherché à me faire évader. Ça n'a pas marché. On m'a fouettée pour m'obliger à dire qui m'avait aidée, mais j'ai tenu bon.

Elle aurait préféré mourir plutôt que d'avouer.

— La douleur était supportable, mais j'ai eu très peur de perdre le bébé. Mes compagnons de cellule s'en sont pris à moi, eux aussi, et on m'a attribué une cellule individuelle. Définitivement. C'est là que j'ai donné naissance à notre…

Sa voix se brisa.

— A un adorable petit garçon.

Elle trébucha quand l'image de Steel reposant contre

elle, les yeux fermés, dormant comme un ange, passa devant ses yeux.

Gideon tint parole et se tut, attendant la suite.

Les premières gouttes de pluie se mirent à tomber. Scarlet eut l'impression que la nature pleurait sur son malheur.

— Tu me rendais visite tous les jours. Et chaque fois, tu restais un peu plus et tu avais un peu plus de mal à partir.

Elle dut reconnaître que cela lui faisait du bien d'y repenser.

— Et puis, un beau jour, tu m'as annoncé que tu avais trouvé un moyen d'obtenir ma liberté. Sur le moment, tu ne m'as pas donné de détails, mais j'ai compris ensuite qu'il s'agissait de voler la boîte de Pandore. Les choses ont mal tourné, comme tu le sais, et je ne t'ai jamais revu.

Autour d'elle, les arbres se brouillèrent. Son menton trembla, des larmes brûlèrent ses joues. La pluie tombait à présent plus fort. « Continue. » Elle n'osait pas regarder Gideon. Elle n'était pas certaine de pouvoir supporter l'expression de son visage.

— Lorsque je suis devenue la gardienne de Cauchemar, les Grecs ont jugé que je ne faisais pas une mère convenable et ils m'ont retiré l'enfant. Ils m'ont pris Steel pendant que je dormais.

C'était à ce moment-là qu'elle avait commencé à haïr Gideon. S'il était revenu la chercher, comme il le lui avait promis, tout aurait été différent.

— Je ne l'ai plus trouvé près de moi en me réveillant. Ça a été horrible. J'ai supplié qu'on me le rende. Tous les jours, je tentais de m'enfuir pour aller le retrouver. Tous les jours on me fouettait.

Gideon poussa un cri étouffé, mais elle l'ignora.

— A la même époque, Tartarus a commencé à tomber en ruines. J'ai fini par réussir mon évasion et je suis arrivée sur l'Olympe. Et là… J'ai trouvé notre bébé.

Cette fois, ce fut elle qui poussa un cri.

— Sauf qu'il n'était plus un bébé. Des siècles s'étaient écoulés, mais il n'était encore qu'un adolescent. Je suppose qu'en tant qu'immortel il avait une croissance plus lente. Et il ne m'a pas reconnue, bien sûr.

Son visage était maintenant couvert de larmes et de pluie.

« Fais comme s'il ne s'agissait pas de ton histoire. »

— Il était magnifique… Mais il avait des cornes et des crocs, des yeux rouges, un corps couvert d'écailles. J'ai compris que lui aussi était le gardien d'un démon, mais je n'ai jamais su lequel.

Elle se tut et laissa l'eau froide de la pluie couler sur elle.

« Continue. Tu dois aller jusqu'au bout. »

— Les dieux avaient fait de Steel leur souffre-douleur. Ils se moquaient de lui, ils le battaient, ils abusaient de lui. Dans ses yeux, il n'y avait pas de joie, juste une résolution implacable. Il était fort, fier, résistant. Il avait une âme de guerrier. Et c'était encore plus terrible… Je n'avais pas su protéger cet être merveilleux et, pourtant, il avait tout de même en lui de quoi nourrir la fierté d'une mère.

Les larmes continuaient à rouler sur ses joues, comme deux coulées d'acide. Elle les essuya du revers de la main et secoua la tête.

— J'ai explosé de rage. J'ai libéré mon démon, et le paradis de ces salauds a eu droit à la plus formidable démonstration de haine et de violence qui ait jamais existé. Quand j'ai eu fini, les dieux et les déesses de l'Olympe étaient devenus à moitié fous. Je crois que c'est ce qui a précipité leur chute et aidé Cronos à reprendre le pouvoir.

Elle soupira.

— Mais je m'éloigne du sujet… Steel avait peur de moi. Et quand je lui ai proposé de s'enfuir avec moi, il s'est rebiffé et a tenté de me combattre. Je ne voulais pas lui faire de mal, alors je l'ai laissé partir. Il a rejoint Zeus, le seul père qu'il avait jamais eu, et ils m'ont poursuivie. Je les ai laissés me rattraper ; je voulais que Steel me trouve.

Elle avala le nœud qui s'était formé dans sa gorge.

— Zeus nous a enchaînés ensemble et lui a appris que j'étais sa mère. Et Steel…

Une fois de plus, elle dut lutter contre ces larmes brûlantes qui se mêlaient à la pluie glacée.

Une pierre fendit la semelle de sa chaussure, et sa piqûre aiguë lui fit du bien.

— Il était désespéré. Il s'est mis à pleurer. A me supplier de lui pardonner. Je l'ai consolé et rassuré. Mais Zeus voulait me punir pour ce que j'avais fait à sa bande de dieux sadiques. Il a décapité Steel sous mes yeux.

Elle prit le temps d'inspirer et d'expirer profondément.

— Ce jour-là, j'ai tellement tiré sur mes chaînes que j'y ai laissé mes mains. Mais Steel… Steel n'était plus. Il n'était plus et on m'a de nouveau enfermée dans ma cellule. J'y suis restée jusqu'à ce que les Titans chassent les dieux grecs de l'Olympe. Et sais-tu ce qui est le plus affreux, dans tout ça ? Depuis le début, Zeus avait prévu de tuer notre enfant. Il avait déjà choisi quelqu'un pour recevoir son démon. Voilà, je t'ai tout dit.

De nouveau, il y eut le silence, troublé uniquement par leurs respirations haletantes et irrégulières se mêlant au tumulte de l'orage.

A présent, il savait tout. Tout de la triste vie de son fils. Tout de son échec de mère. Tout de son propre échec. Ce qui aurait pu être. Ce qui avait été. Il savait pourquoi elle le haïssait tant. Pourquoi elle ne pourrait jamais lui pardonner.

— Scar, murmura-t-il d'une voix brisée. Je… Je…

Elle n'osait toujours pas le regarder. Elle se sentait trop exposée, trop à vif, comme si on l'avait écorchée à l'intérieur.

— Quoi ? dit-elle.

C'était un cri plus qu'une question.

— Je comprends. Je comprends tout, à présent.

Ce qui signifiait qu'il ne comprenait pas.

— Ça ne m'étonne pas de Zeus… Je sais que Zeus est un dieu qui…

— Ne me parle pas de cette ordure ! Je sais que tu l'appréciais et que tu le respectais, que tu admirais sa force. Avant que tu n'ouvres la boîte de Pandore, il se montrait bon pour toi. Enfin, aussi bon qu'il pouvait l'être…

Elle ne parlait plus, elle lui crachait les mots à la figure.

Elle songea qu'elle devait se taire, avant de se mettre à sangloter. Mais comment osait-il discuter ? Il aurait dû se jeter à genoux et implorer son pardon. Il aurait dû insulter les cieux. Maudire les dieux. Il aurait dû…

— Je pars, dit-elle brusquement.

Elle s'était efforcée de prendre un ton calme et décidé, mais sa voix trahissait tout de même son désarroi.

— Tu as une dette envers moi, dit-elle. Tu te souviens ? Alors ne tente pas de me rattraper. Tu as fait assez de dégâts comme ça.

Elle s'éloigna sans ajouter un mot et sans se retourner. Enfin, elle avait trouvé la force de quitter son mari.

C'était dur. Mais elle n'avait pas le choix.

« Tu as fait assez de dégâts comme ça. »

Les derniers mots de Scarlet ne cessaient de résonner dans le crâne de Gideon. Tout son être lui hurlait de se lever, de courir après elle, de l'empêcher de s'éloigner, par n'importe quel moyen. Mais il ne bougea pas. Il demeura accroupi sur le sol de terre, recroquevillé, tremblant, avec les larmes qui coulaient sur ses joues déjà trempées.

Elle avait raison.

Il avait fait assez de dégâts. Quand elle avait commencé à parler de leur fils, il avait refusé de la croire. Il avait guetté la faille dans son histoire, pour la placer devant ses contradictions. On ne le dupait pas aussi aisément, tout de même. Mais la douleur dans ses yeux… Le ton de sa voix… Il avait compris qu'elle souffrait, que son cœur saignait encore de la perte de cet enfant.

Il avait dû se rendre à l'évidence. Autrefois, il n'avait pas seulement laissé sa femme seule et livrée à elle-même. Il avait abandonné un fils. Et cet abandon avait permis aux dieux d'assassiner impunément l'adolescent.

En obligeant Scarlet à assister au meurtre.

Mais pourquoi ne se souvenait-il de rien, bon sang ? Pourquoi ?

Il serra les poings. Il fallait qu'il sache ce qui était advenu pour effacer ce souvenir de sa mémoire. Coûte que coûte.

Il arracha d'un geste rageur l'amulette en forme de papillon qu'il portait autour du cou.

— Cronos ! hurla-t-il en levant la tête vers la cime des arbres. Cronos ! Je t'ordonne d'apparaître devant moi.

Dans sa fureur, il avait oublié de mentir, et une violente douleur lui comprima la poitrine, tandis que son démon poussait un hurlement terrible. Il se plia en deux en gémissant. De l'acide coulait dans ses veines, brûlant tout sur son passage, transformant sa chair et ses os en liquide bouillonnant.

Il ne pouvait plus bouger et à peine parler, mais il s'obstina à appeler Cronos.

— Cronos ! Cronos ! Viens ! J'ai besoin de toi !

Une éternité s'écoula. La pluie avait cessé. Où était donc Scarlet ? Il espéra qu'elle avait trouvé un endroit sûr pour dormir, car il ferait bientôt jour. Puis il se rassura. Elle ne manquait pas de ressources, elle saurait se protéger. Avec tout ce qu'elle avait traversé, plus rien ne devait l'effrayer.

Il comprenait pourquoi elle ne voulait plus de lui. Pourquoi elle le haïssait. C'était elle qui avait rencontré leur fils défiguré par des cornes, des crocs et des écailles, elle qui avait assisté à son humiliation.

Elle ne se trompait pas quand elle disait qu'il avait admiré et respecté Zeus. Bien sûr, Zeus était un être égoïste, imbu de lui-même, assoiffé de pouvoir, mais il protégeait les guerriers de sa garde d'élite. Du moins les avait-il protégés jusqu'à l'affaire Pandore. Ensuite, il les avait punis.

Et lui, Gideon, s'était peu à peu accoutumé à sa nouvelle vie. Pendant ce temps, sa femme et son fils avaient souffert.

Zeus allait payer.

— Je te trancherai la tête, Zeus !

Il s'était entièrement dévoué à lui pendant des milliers d'années et, pour le remercier, ce chien avait détruit ce qu'il avait de plus précieux au monde.

« Je vengerai ma femme et mon fils. »

La boîte de Pandore attendrait. Scarlet et Steel comptaient plus que tout.

— Hum hum…, fit une voix masculine.

Dans le silence, ce raclement de gorge fit à Gideon l'effet d'une explosion. Il sursauta et ouvrit les yeux.

Cronos était accroupi devant lui, avec, sur son visage encore rajeuni, une expression déçue.

— Tu es stupide de contrarier ton démon, dit-il d'un ton de reproche. Ça t'affaiblit.

Il soupira.

— Pourquoi m'as-tu appelé ? Je viens de parler à Lucien, qui m'a fait le compte rendu de la journée. Je ne demande rien de plus pour le moment.

— Zeus ! s'écria Gideon. Je veux sa peau.

Tromperie hurla et une nouvelle coulée d'acide ravagea les veines de Gideon.

Cronos battit des paupières.

— Et pourquoi donc ?

— Je le veux, répéta Gideon en haletant. Je te le demande comme une faveur.

— Tu demandes l'impossible, répondit Cronos d'une voix incertaine. Tu ne peux pas atteindre Zeus.

Gideon serra les dents, tandis que ses yeux se voilaient à cause de la douleur.

« Résiste. »

— Il est ton ennemi. Laisse-moi le tuer pour toi.

Il était habitué à dire le contraire de ce qu'il pensait et s'étonna que la vérité ne lui pose pas de problèmes d'élocution. Elle coulait aisément hors de lui. Zeus allait périr de sa main. Il le fallait.

— Tu ferais ça uniquement pour moi, ou tu as une autre raison ? demanda Cronos, visiblement intrigué.

— Je ferai ça parce que le simple fait qu'il respire est une offense à ma personne.

Tromperie ne hurla pas. Il gémit. « Encore. Dis encore la vérité. »

Les yeux de Cronos eurent un éclat froid.

— Quand il aura connu l'enfermement pendant des milliers d'années, je lui accorderai peut-être la douceur de la mort. Peut-être. Et je le tuerai moi-même. C'est tout ce que tu avais à me dire ?

Très bien... Puisque Cronos refusait de l'aider, il allait se débrouiller autrement. Tout ce dont il avait besoin, c'était d'être admis sur l'Olympe. Ou Titania, peu importait le nom que lui donnait Cronos. De là, il trouverait un moyen d'entrer dans Tartarus. Il connaissait les lieux. Cela lui faciliterait la tâche.

— Non, je voulais aussi te demander la permission de me retirer quelque temps dans ton palais. Avec toutes ses vérités qui viennent de sortir de ma bouche, je me sens très mal.

Tromperie poussa de nouveau un hurlement et serra les dents. Par tous les dieux… Cette douleur… Si ça continuait, il allait s'évanouir.

« Tiens le coup encore un peu. C'est presque fini. Ensuite, tu pourras dormir et te reposer. »

— Je te demande de m'accueillir le temps de me remettre. Il ne faudrait pas que les chasseurs me trouvent maintenant.

Enfin, un mensonge… Un peu tard pour soulager sa douleur, mais Tromperie poussa un soupir de soulagement.

— Tu voudrais que je t'accorde une faveur ?

Gideon acquiesça en silence.

— Une faveur, ça se mérite ou ça se paye, reprit Cronos.

Gideon fit signe qu'il était d'accord.

— Je ferai tout… ce que tu… voudras… en échange.

Pour Steel. Et pour Scarlet. Et tant qu'il y était, il profiterait de son séjour parmi les dieux pour essayer d'apprendre ce qui était arrivé à sa mémoire.

— Marché conclu, déclara Cronos en arborant un grand sourire de satisfaction. Tu pourras rester chez moi jusqu'à ce que tu sois entièrement rétabli. Pas un jour de moins, pas un jour de plus. En retour, j'aurai le droit de réclamer mon paiement à n'importe quel moment, et tu devras m'obéir, en laissant tomber tout le reste.

— Oui, murmura Gideon en se tordant de douleur.

Puis il ferma les yeux. Enfin, après des années de bannissement, il allait de nouveau séjourner dans les cieux.

10

— Gideon n'est qu'un crétin, une ordure, un porc.

Scarlet pestait tout haut contre Gideon, tout en ponctuant ses insultes de coups de poing rageurs dans les troncs d'arbres.

— Il n'a pas de cerveau… Comme père, il ne vaut rien…

Elle se tut et s'arrêta net. Elle haletait, elle était en sueur, ses paumes la brûlaient. Elle n'avait pas le droit de reprocher à Gideon de n'avoir pas été un bon père. Il n'était tout de même pas responsable si quelqu'un avait trafiqué sa mémoire. Elle se sentit soudain coupable à l'idée qu'elle venait de tout lui raconter sans ménagement, en le laissant seul avec son désespoir.

Après la mort de Steel, il ne lui était plus resté que la force de pleurer. Elle avait cessé de manger et de parler pendant des mois. Si elle avait eu quelqu'un pour prendre soin d'elle et la soutenir, quelqu'un pour l'aider à rassembler les morceaux épars de son âme, elle aurait sans doute refait surface plus vite.

Elle avait beau haïr Gideon… Enfin non, elle ne le haïssait plus tout à fait ; elle n'aurait d'ailleurs pas su dire pourquoi… Enfin, bref, elle ne l'aimait pas, mais elle n'avait pas envie pour autant de le voir sombrer. Il avait une guerre à mener contre les chasseurs. Il n'avait pas le droit de flancher.

Il ne pouvait décidément pas rester seul après ce qu'il venait d'apprendre.

Elle fit demi-tour et reprit la direction de la source. Elle avait entendu Gideon appeler Cronos, ce roi des dieux qui la méprisait parce qu'elle était le fruit des amours adultères de sa femme, fruit que tout le monde pouvait voir et qui le ridiculisait.

Elle se demanda si Gideon l'avait convoqué pour demander confirmation au sujet de Steel, comme si sa parole et ses larmes ne lui avaient pas suffi, ou bien s'il projetait de se venger de Zeus, comme elle autrefois.

Si c'était le cas, elle devait absolument l'en dissuader. La mort était une punition trop douce pour Zeus. En ce moment, il se torturait l'esprit à l'idée que son pire ennemi occupait son trône. C'était très bien comme ça.

Elle devait donc rejoindre Gideon pour le lui faire entendre. Et aussi pour lui tenir compagnie jusqu'au lever du jour. Il ne méritait pas son aide, mais elle avait toujours été généreuse. Et ensuite, elle le quitterait et elle l'oublierait.

Mais quand elle arriva près de la source, plus de Gideon. Comment avait-il fait pour disparaître aussi vite ? Elle ne l'avait même pas entendu marcher dans la forêt, elle qui avait pourtant l'ouïe fine.

Elle tourna sur elle-même, pour chercher du regard un indice. Il avait laissé son sac. Elle voulut le ramasser, mais son pied se prit dans quelque chose… Le pendentif en forme de papillon ? Elle se pencha en avant. Pourquoi l'avait-il jeté ? Etait-ce parce qu'il considérait que tout était fini entre eux ?

Elle arracha son propre pendentif — regrettant d'avoir eu la sottise de l'accepter et de le porter — et écrasa les deux bijoux sous sa botte.

— Espèce de pourriture, marmonna-t-elle.

Un parfum mièvre, mais tenace, flottait dans l'air... Elle le reconnut aussitôt.

Cronos était donc passé par là. Du coup, elle s'inquiéta. Ce salaud était-il venu pour aider Gideon ou pour le punir ? Elle ramassa les bijoux. S'il s'était battu avec Cronos, Gideon avait pu perdre son papillon, et non le jeter...

Il fallait absolument qu'elle sache ce qui se tramait. Et pour cela, il n'y avait qu'une solution.

— Mère ! appela-t-elle.

Elle s'était juré de ne plus jamais solliciter sa mère, mais elle ne pouvait abandonner Gideon aux griffes de Cronos.

De plus, elle ne voulait pas laisser à Cronos l'occasion de monter Gideon contre elle. Elle aurait dû se moquer de ce que Gideon pensait d'elle, certes, mais elle ne s'en moquait pas.

Elle attendit quelques minutes, mais il ne se passa rien.

— Tu veux jouer ? murmura-t-elle. Très bien. Nous allons jouer...

Il y avait sûrement des armes dans le sac de Gideon. Elle alla le chercher et l'ouvrit. A l'intérieur, elle trouva des T-shirts, des jeans, des survêtements et des armes. Un semi-automatique, quelques poignards et une hache. Et aussi, plus inattendu, un paquet de Skittles, pas entamé.

Elle enfila un T-shirt et un bas de survêtement à la place de sa robe. Le bas, elle dut le rouler à la taille et le retrousser, mais ça pouvait aller tout de même, du moment qu'elle ne le perdait pas. Puis elle dissimula les armes sous ses vêtements et glissa les deux pendentifs dans le fourreau d'un poignard.

Elle se sentait maintenant prête pour une nouvelle tentative.

— Maman ! Réponds-moi ou je te jure que je trouve un moyen de venir m'installer au palais de Cronos. Tu imagines ? Je ne te quitterais plus d'une semelle. Tu ne pourrais plus rien faire sans moi. Tu m'entends ? Maman, c'est ta dernière chance… Ensuite, je…

— Ça suffit ! Vas-tu te taire, à la fin ? Je t'ai déjà dit que je ne supportais pas que tu m'appelles « maman ».

Elle le lui avait dit, oui, des milliers de fois. Et ça ne lui faisait pas plus d'effet que d'habitude, c'est-à-dire qu'elle s'en contrefichait.

Elle pivota sur elle-même pour se tourner dans la direction d'où était venue la voix. Lentement. Elle n'avait pas hâte de revoir celle qui lui avait donné le jour.

En la découvrant, elle ne put retenir un cri de surprise.

La dernière fois qu'elle s'était trouvée en sa présence, Rhéa était une vieille femme, avec de longs cheveux gris et une peau parcheminée. Aujourd'hui, de souples boucles poivre et sel encadraient son visage, sa peau avait repris de l'éclat et de la souplesse.

Cette garce avait donc trouvé le moyen de rajeunir ?

Elle portait une robe dorée au décolleté plongeant, suffisamment courte pour qu'on remarque que son soutien-gorge était assorti à sa culotte.

— Alors, Scarlet, ma chérie, tu comptes passer la nuit à me regarder ? ironisa Rhéa. Je sais que je suis belle, mais je n'aime pas être dérangée pour rien. Tu m'as appelée, j'aimerais savoir pourquoi. Qu'on en finisse.

« Reprends tes esprits. »

— Je voulais te proposer comme meilleure mère de l'année, déclara sèchement Scarlet.

Rhéa plissa ses yeux noirs, tellement semblables aux siens.

— J'ai mieux à faire que d'écouter les reproches d'une fille ingrate.

Pour Rhéa, une fille ingrate était une fille qui refusait d'obéir à ses moindres caprices.

Autrefois, pourtant, Rhéa l'avait aimée et chérie. Puis,

brusquement, quand elle était devenue une jeune fille, les choses avaient changé. Il avait fallu du temps à Scarlet pour comprendre que sa mère la voyait désormais comme une rivale. Une rivale pour la course à la séduction, une rivale pour le trône, au cas où elles viendraient à être libérées, ce à quoi elles croyaient toutes deux. Peu à peu, cette rivalité s'était transformée en jalousie, puis en haine.

Scarlet avait beaucoup souffert le jour où elle avait compris que sa mère désirait sa mort.

Sans Alastor le vengeur, un vieux dieu ému par la beauté et la jeunesse de Scarlet, Rhéa et Cronos auraient probablement fini par éliminer leur encombrante progéniture. Mais Alastor était un malin. Il avait fait peser sur le couple une malédiction dissuasive : chaque fois qu'ils tentaient de tuer Scarlet, ils vieillissaient de dix ans et, s'ils la tuaient pour de bon, ils deviendraient centenaires pour l'éternité.

Cronos et Rhéa avaient tout de même tenté le coup une fois ou deux et avaient pris de l'âge. Ensuite, Scarlet avait pu vivre normalement — autant que possible, puisqu'elle était tout de même en prison, sans aucune vie privée, en butte à l'hostilité de ses compagnons de cellule.

Scarlet regrettait qu'Alastor ne soit plus là. Il était mort lors de la dernière grande bataille avec les dieux grecs, celle qui les avait tous libérés. Depuis, Cronos et Rhéa n'avaient plus à redouter sa malédiction.

« Ce n'est pas le moment de rêvasser. »

Scarlet redressa les épaules et le menton.

— Ton mari était là il y a quelques minutes, dit-elle. Qu'a-t-il fait de Gideon ?

Rhéa fronça les sourcils et tenta de dissimuler sa jubilation sous un masque de perplexité.

— Je ne vois pas qui est Gideon, répondit-elle.

Scarlet n'en crut pas un mot. Sa mère ignorait que

Gideon était son époux — tout le monde l'ignorait —, mais elle savait que celui-ci lui plaisait.

— Maman ! protesta Scarlet. Cesse de me prendre pour une idiote ! Tu aides les chasseurs et je suis au courant.

Elle ricana.

— D'ailleurs, reprit-elle, vous êtes plutôt en mauvaise posture, d'après mes renseignements.

Rhéa rougit de colère.

— On t'a mal renseignée, espèce d'idiote.

Mais Scarlet ne fut pas dupe. Cauchemar avait senti la peur de la reine. Il trépignait déjà d'impatience à l'idée de se ruer dans son esprit pour exciter cette peur.

— Je te donne une dernière chance de me dire ce que tu sais, reprit Scarlet. Si tu ne réponds pas, je chercherai Gideon moi-même. Chaque fois que je passerai une nuit sans lui, mon démon viendra te rendre visite. Tu ne pourras plus fermer l'œil sans rêver de ta défaite et de ta mort.

Rhéa se redressa de toute sa hauteur.

— Eh bien ! s'exclama-t-elle d'un ton qui exprimait à présent la curiosité. Pour un peu, je serais fière de toi. J'ai l'impression qu'en joignant nos forces nous…

— Où est-il ? répéta Scarlet en détachant bien ses mots.

Elle n'était pas disposée à jouer dans le camp de sa mère. Jamais de la vie. Rhéa avait tenté de la poignarder, puis, comme elle n'y arrivait pas, elle avait payé des hommes pour l'attaquer. Eux aussi avaient échoué. Rhéa s'était alors vengée en cherchant à l'humilier et à la rabaisser.

Un moment s'écoula dans le silence, puis les yeux de Rhéa se plissèrent un peu plus, jusqu'à devenir deux fentes qui laissaient filtrer un regard chargé de mépris.

— Je devrais te tuer pour ton impudence, menaça-t-elle. A présent, aucune malédiction ne me condamne à vieillir quand je m'en prends à toi.

— Essaye donc, répliqua Scarlet.

Elle ne craignait pas le moins du monde sa mère.

La reine des dieux ne fit pas un geste et Scarlet se retint de sourire. Rhéa savait à quel point elle était puissante. Elle n'oserait pas la défier aujourd'hui.

— Gideon a promis à Cronos une faveur, dit sèchement Rhéa. Je te mènerai à lui si tu m'assures que tu l'empêcheras de tenir sa promesse.

Scarlet soupira ; elle aurait dû s'en douter.

— C'est d'accord, répondit-elle.

Elle détestait Cronos encore plus que sa mère, et elle aurait œuvré contre lui avec plaisir. Mais elle n'aurait pas à le faire : Gideon était un menteur ; il avait promis mais n'avait certainement pas l'intention de tenir parole. Rhéa venait de conclure un marché de dupe.

— Dans ce cas, finissons-en.

Rhéa agita une main dans les airs et Scarlet se retrouva brusquement au milieu d'une chambre inconnue. Des tentures de velours rouge étaient tendues sur les murs. Un lustre de cristal aux perles scintillantes comme des étoiles pendait au plafond. Le grand lit à baldaquin était en acajou — avec des couvertures en tas au centre — ; les étagères étaient couvertes de photos de nus. Dans un coin, il y avait une table chargée de fruits.

Scarlet ne chercha pas à dissimuler son émerveillement.

— Où sommes-nous ? demanda-t-elle.

— Dans les appartements royaux, répondit Rhéa en jetant autour d'elle un regard de mépris. Dans la chambre où Cronos reçoit ses maîtresses.

Elle laissa échapper un petit rire cristallin.

— Qui sait ? Peut-être que Gideon est devenu l'amant de Cronos.

Gideon ne s'intéressait pas aux hommes. Il préférait les femmes, il lui en avait donné la preuve. Il les aimait même un peu trop, mais ça, c'était une autre histoire.

— Où est-il ?

— Cronos ? Si tu crois que je le suis à la trace…

— Maman, tu abuses de ma patience. Je parlais de Gideon et tu le sais.

La reine se passa la langue sur les dents, et des vagues de colère émanèrent de son auguste personne. Puis elle désigna du doigt le gros tas de couvertures sur le lit.

— Il est là, lança-t-elle d'un ton écœuré.

— Si tu te moques de moi…

Elle s'approcha lentement du lit. Oui, Gideon était là, sous les couvertures. Il tremblait et il était couvert de sueur. Il gémissait.

Une touffe de cheveux bleus lui collait au front, sa peau était bleutée, comme s'il avait reçu des coups. Il gardait les yeux fermés. Que lui arrivait-il ? Scarlet eut envie de se pencher sur lui, mais elle se retint. Pas maintenant. Pas devant témoin.

Rhéa la rejoignit près du lit.

— Il n'est pas très séduisant, dans cet état, n'est-ce pas ? demanda-t-elle d'un ton détaché.

Gideon souleva les paupières et posa sur elles un regard absent. Ses yeux étaient rouges et luisants.

— Ces cheveux bleus et ces piercings, ça fait mauvais genre, poursuivit Rhéa. Et puis il est là, à se tordre de douleur. Un vrai guerrier ne se laisserait jamais aller à ce point.

— Tu parles comme quelqu'un qui ne sait pas ce qu'est la souffrance, rétorqua sèchement Scarlet.

Elle enfonça ses ongles dans ses paumes.

« Personne d'autre que moi n'a le droit de dire du mal de Gideon. »

— Quand on a une fille telle que toi, on sait ce qu'est la souffrance, répliqua Rhéa.

Scarlet s'était depuis longtemps détachée de Rhéa, mais la pique lui fit tout de même mal.

Pendant longtemps, elle avait cédé aux caprices de la reine, pour se sentir appréciée…

Rhéa voulait à manger, Scarlet volait pour elle. Rhéa prenait ombrage de la beauté d'une déesse, Scarlet lui cassait le nez. Rhéa voulait quelques heures en dehors de sa cellule, Scarlet « occupait » le gardien pendant qu'elle se glissait dehors.

Elle avait été jusqu'à se prostituer pour sa mère… Pour elle, elle aurait fait n'importe quoi. Jusqu'à la première tentative de meurtre.

Scarlet n'avait pas oublié.

« Ils te veulent tous, c'est insupportable, tu n'es qu'une petite allumeuse ! » avait hurlé Rhéa en lui plantant un poignard dans la gorge.

Cronos, qui partageait à l'époque leur cellule, avait renchéri.

« Tu es la fille de mon épouse, mais tu n'es pas de mon sang et tu n'auras jamais ma couronne », avait-il ricané.

Alastor était intervenu. Il avait repoussé Rhéa et aidé Scarlet à se relever.

« Tu n'as plus de couronne », avait-il fait remarquer à Cronos.

Il avait emmené Scarlet hors de la cellule pour la soigner, puis il avait maudit Rhéa et Cronos. Ce qui ne les avait pas empêchés d'essayer encore de la tuer.

Scarlet eut un rire amer. Ces souvenirs étaient son cauchemar personnel.

— Quand j'aurai rempli ma part du marché, je te le ferai savoir, dit-elle froidement à Rhéa.

Elle n'avait pas l'intention de la remplir, mais Rhéa l'ignorait.

— Tu peux nous laisser, ajouta-t-elle.

Mais Rhéa, bien entendu, ne bougea pas d'un millimètre.

— Je n'ai jamais compris ce que tu lui trouvais, commenta-t-elle. Paris, Lucien et Galen étaient les plus séduisants. Lucien, évidemment, a bien changé. Il est devenu un monstre de laideur.

Elle eut une moue écœurée.

— Sabin était le plus vaillant et le plus courageux. Strider, le plus drôle. Ils étaient tous plus intéressants que ton Gideon qui ne pensait qu'à se battre.

Et après ? Scarlet ne considérait pas cela comme un défaut. Mais elle serra les dents pour ne pas répondre à la provocation. Elle ne voulait pas que sa mère sache à quel point Gideon comptait pour elle — d'ailleurs, il ne comptait pas tant que ça... Mais prendre sa défense aurait été trahir l'intérêt qu'elle lui portait, si minime soit-il. De plus, elle avait hâte que Rhéa sorte de la pièce.

— Mais à présent, la garde d'élite de Zeus est possédée et vouée à l'extermination, poursuivit Rhéa.

— C'est drôle que tu dises ça, parce que tu es possédée aussi, Conflit, ironisa Scarlet.

Rhéa se figea, comme un prédateur qui vient de repérer une proie.

— Si tu prononces encore une fois ce nom, je te jure que je mets ton amant dans mon lit, rétorqua-t-elle méchamment. Tu sais que j'en suis capable. Tu ne pourrais rien faire pour m'en empêcher. Je suis plus belle chaque jour.

« Ne réponds pas. » Elle ne devait exprimer ni la jalousie qui la consumait, ni la haine qui la dévorait — cela aurait encouragé la déesse à mettre sa menace à exécution.

— Tu feras ce que tu voudras, mais plus tard, dit-elle posément. Pour le moment, laisse-nous seuls.

Elle savait que Rhéa n'aimait pas recevoir des ordres, mais tant pis.

— J'ai quelques problèmes à régler avec lui, et ensuite tu pourras l'avoir, conclut-elle.

Rhéa la défia du regard, puis elle fit lentement le tour du lit et promena le bout d'un ongle pointu le long de la jambe de Gideon, en remontant jusqu'à son ventre, puis jusqu'à sa gorge, tout en ricanant.

— Salope, dit Gideon d'une voix rauque.

Et il se contorsionna de douleur.

— Je finirai bien par te faire changer d'avis à mon sujet, murmura la reine. Mais je ne suis pas pressée…

Et sur ce, elle disparut, le sourire aux lèvres.

Enfin seule ! Scarlet s'installa sur le lit, le cœur battant, tout contre Gideon.

— Tu es prisonnier ? demanda-t-elle en écartant tendrement une mèche de cheveux de son front.

— Oui, murmura-t-il.

Il ne fut pas secoué d'un spasme de douleur alors qu'il avait dit oui. Donc, il n'était pas prisonnier…

— Pourquoi es-tu venu ici ?

— Je ne cherchais pas à me rapprocher de Zeus.

Quelque chose fondit en elle. Ainsi, il ne songeait qu'à la venger…

— Le tuer n'apaisera pas ta douleur, murmura-t-elle.

Leurs yeux se rencontrèrent.

— Je ne veux pas… Je ne veux pas en juger par moi-même.

— Cronos ne t'a sûrement pas autorisé à tuer Zeus, dit-elle. Comment t'y es-tu pris pour qu'il accepte de t'emmener jusqu'ici ?

Gideon eut un bref sourire, qui s'acheva en grimace.

— Je ne lui ai pas demandé la faveur de me réfugier ici, le temps de ne pas me rétablir. Bien sûr, il ne m'a pas réclamé une faveur en échange. Et je ne compte pas profiter de mon séjour sur l'Olympe pour entrer à Tartarus.

— Mais qu'est-ce qui t'a mis dans cet état ?

— Je ne me suis pas laissé aller à dire la vérité, et voilà le résultat.

— Tu as dit la vérité ? Dans la forêt ? Après mon départ ?

Elle lui caressa tendrement la joue et suivit du doigt les cernes bleutés de ses yeux.

— Tu as eu tort, murmura-t-elle. Et ton projet de tuer Zeus, c'est de la folie. Crois-moi, si j'avais pensé un seul instant que ça pouvait me soulager, je me serais chargée de lui depuis longtemps.

— Scar…

Il avança une main tremblante et lui saisit la nuque. Elle comprit qu'il cherchait à lui apporter un peu de réconfort. Le réconfort dont elle aurait eu tant besoin autrefois et qu'il n'avait pas pu lui offrir.

Des larmes lui brûlèrent les yeux.

Non ! C'était trop dangereux. Elle ne devait pas se laisser aller. Elle ne pouvait pas compter sur lui. Pas même pour un peu de réconfort. Que se passerait-il la prochaine fois qu'elle aurait besoin d'être consolée et qu'il ne serait pas là ?

Elle se redressa. Il était trop faible pour suivre le mouvement, et son bras retomba mollement sur le matelas.

« Tu n'as besoin de rien ni de personne. »

— Tu prends de gros risques en restant à Titania, dit-elle froidement. Tu as aidé à emprisonner bon nombre de Titans, et ils seront trop heureux de profiter de ton état de faiblesse pour se venger de toi.

— Je ne m'en fiche pas du tout.

Il s'en fichait, peut-être, mais pas elle.

— Nous devrions retourner sur terre, dit-elle.

— Bien sûr. Tout de suite.

Il était décidément borné. Mais elle en fut attendrie.

— Gideon…

— Je ne pense pas que Zeus ait pu vous effacer de ma mémoire, toi et Steel, dit-il. Et je ne veux pas chercher à savoir. Ni l'obliger à me rendre mes souvenirs, si ce n'est pas lui le coupable.

Elle se tut. Il avait raison. Zeus était sûrement le coupable qu'ils recherchaient. Il avait tout intérêt à ce que Gideon oublie sa femme et son fils. Et il avait pu ordonner à un dieu ou une déesse des souvenirs de s'occuper de sa mémoire…

A cette idée, une hargne féroce s'empara d'elle. Plus forte que celle qu'elle avait ressentie dans sa cellule. Plus puissante que celle qui vivait en elle depuis la mort de Steel. Zeus lui avait peut-être volé son enfant. Son avenir. Sa vie.

Comment avait-elle pu se satisfaire, jusque-là, de ce qu'il croupisse en prison ? Ça ne lui ressemblait pas. L'idée ne lui aurait-elle pas été inspirée par Zeus lui-même ?

— Je vais t'aider, dit-elle avec une rage froide qui lui fit peur.

Elle allait faire couler le sang à flots. Faire hurler les spectres pour l'éternité.

Elle aurait voulu partir tout de suite pour Tartarus, mais le jour se levait et elle n'allait pas tarder à sombrer dans ce sommeil de plomb qui la rendait vulnérable. Mais Gideon veillerait sur elle.

Et demain…

« Demain. La vengeance. »

— Il va payer, dit Gideon entre ses dents, comme s'il avait lu dans ses pensées.

Cette nouvelle vérité lui arracha un gémissement de douleur, mais il parvint tout de même à ajouter :

— Je le jure.

11

Zeus avait pris soin de fermer la porte donnant accès à son esprit.

Scarlet contempla la pancarte « Ne pas déranger » suspendue à la poignée. Depuis une heure, elle s'acharnait sur le battant, à coups de pied et de poing, traitement qui faisait d'ordinaire céder toutes les portes, y compris celles des dieux et des déesses.

Zeus était réveillé et luttait contre la léthargie avec une force qu'il n'aurait pas dû posséder. Pas avec le collier d'esclave qu'il portait. Mais il finirait par s'endormir. Il fallait bien qu'il dorme. Tout le monde avait besoin de repos, même un dieu puissant comme lui. Et quand il sombrerait, elle fondrait sur lui.

Elle se demandait encore comment il s'y était pris pour la convaincre de le laisser souffrir en paix dans sa prison. Ce salaud avait décapité son fils sous ses yeux et probablement effacé de la mémoire de Gideon toute trace de leur relation passée. C'était à cause de lui que son cœur était déchiré, en lambeaux. A cause de lui qu'elle avait pleuré des larmes de sang. A cause de lui qu'elle s'était sentie seule, abandonnée, à la merci des tortionnaires qui l'avaient humiliée et avaient abusé d'elle.

Mais tout ça ne comptait pas pour Cauchemar. Lui, il voulait se nourrir.

Scarlet savait que si elle refusait de satisfaire son démon, il ne se gênerait pas pour puiser en elle.

Elle s'éloigna donc de la porte de Zeus et s'approcha de celle de Galen. Autant en profiter pour finir de lui régler son compte.

Elle trouva la porte de Galen ouverte et celui-ci aux prises avec des rêves tourmentés. Il se débattait avec son impuissance, avec sa faiblesse, avec Gideon qui lui tranchait la tête.

Cauchemar absorba avec avidité les peurs de Galen, les attisant au passage avec délectation. Quand il eut terminé, Scarlet se dirigea vers la porte de Gideon, qu'elle trouva également grande ouverte.

Son guerrier s'était endormi. Elle eut envie de savoir ce qui occupait ses pensées.

« N'entre pas », dit en elle la voix de la raison.

Mais la curiosité fut la plus forte et elle franchit le seuil en tremblant. Ce qu'elle découvrit lui arracha un cri de surprise. Elle était là, vêtue d'une superbe robe rouge, enchaînée face à jeune garçon moitié homme, moitié démon. Zeus apparut et s'arrêta devant le garçon. Il brandissait un poignard dont la lame jetait des éclats menaçants. Autour d'eux, une foule l'encourageait de ses cris.

Gideon rêvait de ce qu'elle lui avait raconté. Il rêvait de la mort de leur enfant.

Pendant un long moment, elle se demanda si elle devait intervenir pour lui montrer la scène telle qu'elle s'était déroulée. Après tout, mieux valait qu'il se forge ses propres images de l'événement. Ce serait plus facile pour lui.

« Il faut qu'il sache. »

Fallait-il vraiment qu'il sache ? Parfois, elle-même aurait préféré ne pas savoir.

« Il faut qu'il sache. Pour Steel. » Steel méritait que son père sache comment il était mort.

Les scrupules de Scarlet s'envolèrent. Pour Steel. Oui. Pour Steel, elle aurait fait n'importe quoi.

Elle avança la main vers la robe rouge de la Scarlet du rêve, le détail le plus facile à corriger, et gomma le tissu. Puis, de l'autre main, elle lui dessina une robe blanche souillée de sang et déchirée à l'épaule. Et tant qu'elle y était, elle ajouta des bleus et des ecchymoses sur ses bras et sur son visage.

Elle fit ensuite disparaître les spectateurs, ne laissant que Zeus, Steel et elle, plus une silhouette dans l'ombre, un être dont les pieds effleuraient à peine le sol et dont la tunique blanche était agitée par un vent surnaturel. Il s'agissait de l'être destiné à recevoir le démon de Steel.

Sans les encouragements de la foule, un silence de mort s'abattit sur la scène.

Puis elle changea l'amphithéâtre où Zeus aimait assister aux courses de chars. Des colonnes d'albâtre apparurent, couvertes d'un lierre humide de rosée qui grimpait sur toute leur hauteur. Ils se trouvaient à présent dans un temple abandonné. Des marches menaient à un autel de marbre encore taché du sang des sacrifices.

Elle reporta ensuite son attention sur Zeus. Ses poings se crispèrent… Pas lui ! Mais il le fallait. Sa robe mauve et or fut la première à disparaître. A la place, elle attribua au dieu une armure d'argent gravée de magnifiques papillons semblables à ceux des Seigneurs de l'Ombre, reliés entre eux par des éclairs crépitants.

Le poignard brandi par le roi des dieux devint une machette.

« Continue. »

Il n'y avait rien à corriger sur le visage du dieu. Ses yeux lançaient des éclairs. Son nez était tranchant comme une lame. Il avait des lèvres fines, mais une mâchoire carrée, des cheveux pâles et épais qui bouclaient jusqu'à ses épaules et se mariaient parfaitement avec sa peau dorée. En le regardant de près, on pouvait voir que des éclairs coulaient dans ses veines.

Parfait. Elle y était presque. Il ne restait plus que Steel.

Steel… Des larmes lui brûlèrent les yeux et elle se mit à trembler de tous ses membres. Elle sentait que Gideon contemplait la transformation de son rêve avec un sentiment de désespoir et d'impuissance.

« Fais-le. Cesse de réfléchir. »

Elle corrigea les cornes de Steel, que les Grecs avaient limées. Puis elle ajouta des plaques écaillées sur sa peau et aiguisa ses dents de manière que deux crocs dépassent sur sa lèvre inférieure. « Mon amour. Mon bébé. »

Des humains l'auraient jugé bestial et laid. Elle le trouvait beau. Son cœur fit un bond dans sa poitrine. Elle aurait tant voulu le prendre dans ses bras et le serrer contre elle. Pour toujours.

« Mon ange. Tu es parti trop vite. »

Elle rassembla son courage et étendit la main pour allonger les cils du garçon, et changer la couleur de ses yeux, qui n'étaient pas noirs, comme les siens, mais bleu électrique, comme ceux de son père. Elle lui ajouta quelques années. Gideon se l'était représenté comme un préadolescent d'une dizaine d'années ; il en paraissait à présent plutôt seize. Elle songea avec tristesse qu'il n'avait pas eu le temps de connaître les émois d'un premier amour. Qu'il ne s'était jamais senti aimé et protégé.

Mais peut-être avait-il aimé, après tout, et elle l'ignorait. Elle avait su si peu de lui.

Ses larmes se mirent à couler quand elle le couvrit de bleus, quand elle brisa son bras et sa jambe, quand elle ajouta d'épaisses cicatrices boursouflées à son dos. Des centaines de cicatrices, traces d'autant de coups de fouet.

A présent, c'était terminé. Pour le meilleur ou pour

le pire, Gideon allait maintenant assister à ce qui s'était vraiment passé.

Tout en se demandant si elle aurait la force de contempler une deuxième fois le spectacle — mais il le fallait, pour Steel —, elle fit un signe de tête et les images se mirent en mouvement.

— Je vous en prie, supplia la Scarlet du rêve. Je ferai ce que vous me demanderez…

Elle était blessée à la lèvre. Du sang coulait sur son menton.

— Laissez-le tranquille, je vous en supplie…

Zeus posa sur elle un regard froid et indifférent.

— Tu as multiplié les tentatives d'évasion et tu voudrais que je t'accorde une faveur ? Tu n'y crois pas une seconde, j'espère ?

— Ce n'est qu'un enfant. Il n'a rien fait de mal. Punissez-moi, tuez-moi, mais laissez-le partir ! Je vous en prie.

— Un enfant ! s'exclama le dieu. Mais il a derrière lui des siècles d'existence !

— Non ! Non ! Je vous en prie…

Steel avait courbé la tête, mais ses yeux restaient grands ouverts. Il ne tremblait pas. Il ne pleurait pas non plus. Il demeurait immobile et silencieux. Il attendait. Comme quelqu'un qui pense mériter ce qui va lui arriver.

— Tant qu'il vivra, tu continueras à me défier, rétorqua Zeus. Il doit donc mourir. Je ne vois pas d'autre solution.

— Je ne tenterai plus de m'enfuir. Je le jure. Je ne bougerai plus de ma cellule. Je vous en supplie.

— Il fallait y penser avant, fille de Rhéa.

Sans la quitter des yeux, le roi des dieux lança sa machette et la rattrapa. Puis il s'adressa à Steel.

— Après tout, peut-être que ce n'est pas toi que je dois

tuer, marmonna-t-il d'un air songeur. Qu'en penses-tu ? Qui dois-je tuer ? Ta mère ou toi ?

Steel leva lentement la tête, une expression étonnée sur le visage.

— Vous êtes ma mère ? demanda-t-il.

Sa voix était douce. Un peu voilée.

La Scarlet du rêve lui sourit.

— Je t'aime, murmura-t-elle.

Elle se sentit libérée par cet aveu. Elle attendait ce moment depuis si longtemps.

— Oui, Steel, je suis ta mère. Et je t'aime. Je t'aime et je t'ai toujours aimé. Je ne t'ai pas abandonné. On t'a enlevé à moi. Je voulais que tu le saches.

Elle ravala un sanglot.

— En effet, elle est bien ta mère et nous t'avons enlevé à elle, confirma le dieu. Si tu veux la remercier de t'avoir mis au monde, c'est le moment.

Steel parut horrifié et ses iris azur se tintèrent de rouge. Après tout, c'était à cause de lui qu'elle était enchaînée. Il avait mené Zeus à elle.

— Mère, reprit-il d'une voix étouffée. Je… Je…

— Je sais, dit Scarlet. Ne t'en veux pas, ce n'est pas ta faute. Tu es fort et courageux. J'aurais fait la même chose que toi, à ta place. Je suis fière de toi. Je t'aime.

Elle aurait eu encore tant de choses à lui dire, et il leur restait si peu de temps.

— Ça suffit, coupa Zeus. J'ai posé une question, j'attends ma réponse. Qui dois-je punir, Steel ? Toi ou ta mère ? Aimerais-tu te charger de lui trancher la tête ?

— Je… Je ne veux pas que vous lui tranchiez la tête, murmura Steel en la dévorant du regard, comme s'il voulait se remplir d'elle pour toujours, en quelques secondes. Et je ne veux pas la voir mourir. Laissez-la vivre, je vous en prie.

Scarlet se débattit. Elle ne supportait pas de voir souffrir son enfant.

— Laisse-le faire, mon amour, ce n'est rien.

— Je serai sans merci, avertit Zeus. Il me faut l'un de vous deux.

— Prenez-moi, supplia Scarlet.

Un lourd silence s'installa durant quelques minutes. Puis Steel se décida à parler et ce fut plus terrible encore que le silence.

— Tuez-moi, dit-il. Je ne suis rien. Je ne vaux rien.

— Non ! hurla Scarlet.

Zeus acquiesça d'un air docte et se tourna vers l'adolescent.

— Tu as raison, elle vaut beaucoup plus que toi. Elle est la fille bâtarde de Rhéa et ça fait d'elle une arme précieuse contre Cronos. Elle pourrait m'être utile un jour.

Scarlet eut une bouffée d'espoir. Ainsi, Zeus la considérait comme une arme et il espérait l'utiliser contre Cronos. Cela lui laissait une chance. Une toute petite chance.

— Mais elle mérite tout de même une punition pour ce qu'elle a fait, poursuivit le dieu, qui paraissait vraiment hésiter.

— Libérez Steel ! supplia-t-elle. Envoyez-le loin d'ici. Je serais suffisamment punie par son absence. Rien ne pourrait me faire plus de mal, je vous le jure.

Zeus eut un méchant sourire qui découvrit ses dents.

— Tu as raison, je vais l'envoyer loin d'ici.

De nouveau, une vague d'espoir submergea Scarlet.

— Merci, soupira-t-elle.

Ses épaules s'affaissèrent. Elle haletait. Elle avait sauvé son enfant. Il allait devenir un homme.

— Merci, vous êtes un grand roi. Merci.

Elle ne pouvait plus s'arrêter de le remercier. Elle

savait que c'était ridicule, mais ses lèvres formaient les mots d'elles-mêmes.

— Merci, merci…

— Je vais l'envoyer dans l'au-delà, ajouta le dieu. Comme je l'avais prévu.

Comme il l'avait prévu… Elle comprit qu'il n'avait fait que s'amuser avec elle et que pas un seul instant il n'avait envisagé de la tuer à la place de Steel.

Steel écarquilla les yeux d'horreur. Puis il se tourna vers sa mère.

— Je suis désolé, mère, dit-il.

Scarlet hurla si fort que les colonnes du temple en tremblèrent.

— Non ! Non !

— Oh que si, ricana Zeus.

Puis il éleva lentement le bras qui brandissait la machette.

Gideon poussa un rugissement et se réveilla en sursaut. Des larmes brûlantes comme de l'acide coulaient sur ses joues. Il les essuya d'une main tremblante. Le roi des dieux venait de trancher la tête de son fils.

Il avait la certitude que les choses s'étaient déroulées telles qu'il venait de les voir, telles que Scarlet les lui avait montrées. Car il avait senti la présence et l'odeur de la Scarlet d'aujourd'hui, en même temps qu'il contemplait le désespoir de la Scarlet d'autrefois, celle qui avait voulu donner sa vie pour sauver leur enfant, celle qui n'avait rien pu faire, celle qui avait dû surmonter seule cette épreuve.

Gideon ne put s'empêcher d'admirer Scarlet. Elle était bien plus solide et courageuse que lui. C'était une battante. Elle était de la race des survivants.

Cela décupla le respect et le désir qu'elle lui inspirait. Elle méritait que quelqu'un s'occupe d'elle. Que quelqu'un se batte pour elle. Et ce quelqu'un, ce serait lui. Il s'occuperait d'elle. Il ne pouvait pas effacer le passé, mais il pouvait au moins l'aider à affronter l'avenir.

Et pour commencer, plus question de l'enfermer dans le donjon. Il eut honte d'avoir songé un temps à la garder prisonnière. Dangereuse ou pas, elle lui appartenait. Et ses compagnons auraient affaire à lui s'ils osaient la menacer.

Il lui fallait à présent la retrouver, ce qui n'allait pas être facile car elle n'avait sûrement pas envie de le voir. Et…

Tout en réfléchissant, il balaya la pièce du regard, pour s'assurer qu'il était seul et ne courait aucun danger. Mais…

Scarlet ! Scarlet était là ! Elle dormait paisiblement, blottie près de lui, une main sur le cœur et l'autre sur le front. Ses cheveux noirs déployés sur ses épaules brillaient comme de l'ébène. Elle était un régal pour les yeux, une femelle faite pour aimer et être aimée.

Il étendit lentement le bras vers elle et ce simple geste lui demanda un effort surhumain. Hélas, il était encore très affaibli. Il trouva tout de même la force de caresser du bout de l'index l'arête de son nez, puis ses muscles le trahirent et son bras retomba mollement.

« J'ai besoin de la toucher. De la sentir. »

Mais pour le moment, il allait devoir se satisfaire de la savoir ici, près de lui. Comment elle était arrivée jusqu'à lui et pourquoi, il l'ignorait, mais peu importait. Elle était là ! Il allait désormais prendre soin d'elle. Tous les matins, il lui offrirait la tête d'un de ses ennemis sur un plateau — en guise de journal du matin.

« Réveille-toi, mon amour. »

A travers la grande porte vitrée qui donnait sur un balcon, il vit que le soleil était sur le déclin. Elle n'allait pas tarder à se réveiller…

Il ne s'était pas trompé, car elle ouvrit les paupières et

se redressa d'un bond, comme lui quelques instants plus tôt, si violemment que son menton heurta sa poitrine.

Leurs regards se rencontrèrent et il fut ému par les yeux de Scarlet, si sombres et mystérieux, tellement chargés de douleur, d'espoirs et de regrets. Un trésor aussi précieux que cette femme méritait d'être protégé.

Elle s'humecta les lèvres et se rallongea lentement sur le matelas, tout en tournant son visage vers lui. Elle ouvrit et referma la bouche à plusieurs reprises, comme si elle voulait parler mais ne trouvait pas les mots justes. Il ne chercha pas à l'encourager. Il voulait d'abord la réconforter. Ils parleraient plus tard de la mort de Steel.

— Qui n'es-tu pas, aujourd'hui ? demanda-t-il en s'allongeant près d'elle.

Une expression de soulagement passa sur le visage de Scarlet.

— Scarlet Long, répondit-elle.

Long. La femme de Justin Long, en somme. Un brun aux yeux noirs, cette fois. Gideon sourit. Voilà qui était mieux. Avec un peu de chance, elle laisserait définitivement tomber les blonds. Et un jour, peut-être, elle s'éveillerait en s'appelant Scarlet Seigneur.

Mais avait-il vraiment envie qu'elle devienne Scarlet Seigneur ?

Bon sang, oui, il en avait envie ! Il aimait l'idée que cette femme lui appartiendrait un jour. Officiellement. Aux yeux du monde entier.

— Comment te sens-tu ? demanda-t-elle d'une voix douce.

— Mon état empire.

Elle laissa échapper un long soupir.

— Tant mieux, dit-elle.

Il rassembla ce qui lui restait de forces pour poser l'un

de ses bras au creux de sa taille. Elle ne le repoussa pas et il en eut le cœur gonflé de joie.

— Dès que mon état se sera aggravé, je n'irai pas fouiller la chambre de Cronos.

Il voulait se procurer un collier d'esclave. Avec un collier, les portes de Tartarus s'ouvriraient devant lui. Il n'aurait aucun mal à entrer. Sortir, évidemment, poserait quelques problèmes. Mais il n'avait pas envie d'y réfléchir pour l'instant. L'important était d'entrer.

— Bon sang ! s'exclama-t-il soudain. Je porte mon papillon autour du cou. Je peux entrer dans la chambre de Cronos sans qu'il le sache.

Il venait de se rendre compte qu'il ne portait plus son amulette. Cronos pouvait donc suivre ses moindres faits et gestes. S'il le surprenait à fouiller sa chambre, il le renverrait à Budapest.

Scarlet haussa un sourcil.

— Tu es en train de dire que tu ne peux pas te déplacer librement parce que tu ne portes pas ton papillon ?

Il acquiesça, conscient de la bourde, en tentant de jauger son expression.

Elle tira lentement deux chaînes d'un des fourreaux de ses poignards et les fit se balancer au bout de ses doigts.

— Je l'ai, dit-elle. Tu l'avais jeté, mais je l'ai ramassé.

Il y avait de l'amertume dans le ton. Il lui avait laissé entendre qu'il lui offrait un bijou identique à celui qu'il portait pour créer un lien entre eux. En trouvant le pendentif dans la forêt, elle avait probablement cru qu'il ne voulait plus d'elle.

— Ces pendentifs ne sont donc pas de simples bijoux ? insista-t-elle.

Gêné, il battit des paupières, tout en se promettant de ne plus jamais lui mentir. Puis il se ravisa. Il lui était malheureusement interdit de tenir une telle promesse.

Mieux valait dire qu'il ne la tromperait plus avec ses mensonges.

— Ils ne sont pas destinés à empêcher les dieux de nous surveiller, avoua-t-il.

Elle ouvrit de grands yeux.

— Ce sont des boucliers ?

— Pas du tout, répondit-il.

Elle n'avait pas l'air furieuse… Ni froissée. Il en fut soulagé et heureux.

— Voilà une excellente nouvelle, commenta-t-elle tout en tendant le bras pour lui en glisser un autour du cou.

Il secoua la tête.

— C'est une bonne idée de le porter sur-le-champ, dit-il. Je ne veux pas attendre et je me sens suffisamment fort pour partir tout de suite.

Il se sentait beaucoup trop faible pour quitter le lit et ne voulait enfiler son amulette-bouclier qu'au dernier moment. Dès que Cronos se rendrait compte qu'il était de nouveau protégé, il se douterait de quelque chose et ferait tout ce qu'il pourrait pour l'empêcher d'arriver jusqu'à Zeus.

— Tu as l'intention de quitter le palais ?

Il se contenta d'acquiescer.

Un frisson d'anticipation la parcourut. Ainsi, ils allaient quitter ensemble ce palais pour entrer dans Tartarus et s'occuper de Zeus.

— Tu en as pour combien de temps, à te rétablir ? demanda-t-elle.

— Pas vingt-quatre heures.

Vingt-quatre heures.

Elle battit des paupières.

— Et que sommes-nous censés faire durant ces vingt-quatre heures ?

« Nous retrouver. Nous embrasser. Nous caresser. Faire l'amour. »

— Nous ne sommes pas censés parler. Nous n'avons rien à nous dire.

Elle leva les yeux au ciel.

— Toi et moi ? Parler ? Je ne crois pas. Nous nous sommes tout dit. Nous faisons équipe pour Zeus, parce que nous aurons plus de chance à deux, mais c'est tout.

Zut ! Elle recommençait à jouer les têtues. Mais peu importait. Quoi qu'elle dise, quoi qu'elle fasse, il avait l'intention de ne plus la lâcher d'une semelle.

— D'ailleurs, je ne suis pas obligée d'attendre vingt-quatre heures ici avec toi, ajouta-t-elle d'un air résolu. Je peux très bien m'occuper en tuant quelques dieux et quelques déesses.

Il retint le grondement qui montait dans sa gorge. Pas question de laisser Scarlet errer dans les couloirs de ce palais habité par des dieux sanguinaires.

Il devait absolument l'occuper pour l'empêcher de s'occuper. Et puisqu'elle prétendait n'avoir rien à lui dire, cela ne lui laissait plus qu'une option. La plus intéressante, en somme. Il ne perdait rien au change.

Il s'était cru à bout de forces, mais l'idée de la posséder lui insuffla un regain d'énergie. Il parvint à rouler sur lui-même. Elle poussa un petit cri étouffé quand il pesa sur elle de tout son poids, mais elle ne tenta pas de le repousser. Au contraire, elle referma ses bras sur lui.

— Parlons, puisqu'il le faut, murmura-t-il.

Et il posa ses lèvres sur les siennes.

12

Scarlet avait commis l'erreur de se laisser embrasser par Gideon et, à présent, elle était emplie du goût de sa bouche et de la chaleur de son corps. Pendant des siècles, elle avait lutté pour oublier leurs étreintes, en vain, mais elle avait lutté tout de même. Et à présent, elle replongeait, complètement, sans la moindre retenue…

Il était très affaibli et n'aurait pas eu la force de l'empêcher de quitter la pièce, mais quand elle avait senti sa langue s'enrouler autour de la sienne, si douce et sucrée, elle avait failli se mettre à pleurer. Puis il avait murmuré son nom, « Scar », comme une prière, et elle avait craqué.

Leur baiser se fit plus profond et le désir de Scarlet explosa — comme une allumette qui prend feu d'un seul coup.

La passion. Les pensées qui déraillent. Plus rien que le présent. Et lui.

« Qu'est-ce que tu fais ? »

Bouches avides. Souffles mêlés. Tiédeur. Chaleur. Brûlure. Déchirure. Ecartelée. Rassemblée.

Une étincelle de raison.

« Résiste. Repousse-le. Punis-le. »

Froideur. De la glace. Oui, le repousser. Ne plus se perdre.

« Tu le peux. »

Elle parvint à se détacher de ses lèvres.

— Parlons, puisque tu y tiens, murmura-t-elle en haletant.

Son corps protesta, mais elle tint bon.

— Je suis la fille de Rhéa. Je suis née dans la prison de Tartarus et je n'ai connu que l'enfermement pendant des milliers d'années.

Les mots coulaient hors d'elle, en même temps que son désespoir. Un tel sujet ne pouvait qu'éteindre sa passion.

Gideon se figea. Ses yeux exprimaient la déception, mais aussi l'intérêt. Des informations, c'était toujours bon à prendre, après tout…

— Tais-toi, je ne t'écoute pas, dit-il.

Mais il resta allongé sur elle.

— Je ne veux rien savoir de toi, ajouta-t-il.

Encore une déclaration comme celle-ci, et elle allait se remettre à l'embrasser. Décidément, elle n'était pas très résistante.

— Au début, ma mère m'a entourée d'affection mais, en devenant une femme, je suis aussi devenue sa rivale. Et elle a souhaité ma mort.

Ce sujet-là aurait dû éteindre le feu qui la consumait, mais ce n'était pas le cas.

Elle sentit Gideon se figer.

Parfait. Ça marchait au moins sur lui…

— Quand les Titans ont repris leur place sur l'Olympe, j'ai voulu m'installer dans le palais. J'avais pardonné à ma mère et j'avais besoin de consulter les grimoires de la bibliothèque.

Pour se renseigner à son sujet, mais cela, elle se garda bien de le lui dire.

— Elle a refusé.

Il était couché sur elle et tout ce qu'elle avait à faire, c'était d'ouvrir les jambes.

— D'après elle, je ne méritais pas de vivre dans un si bel endroit.

Les yeux de Gideon lancèrent des éclairs.

— Et comment as-tu fait pour la convaincre de te mettre dehors aujourd'hui ?

Il voulait savoir comment elle s'y était prise pour le rejoindre.

— J'ai conclu un marché avec elle.

Elle hésita.

— Elle m'a demandé de t'empêcher de tenir la promesse que tu as faite à Cronos.

Elle le défia du regard, mais il n'avait pas l'air furieux, juste surpris.

— Que lui as-tu promis ? demanda-t-elle.

— Il m'a demandé quelque chose de précis, dit-il.

Ah… Il lui devait un service, mais il ignorait lequel. Classique.

— Tu lui as menti, bien sûr, dit-elle. Tu n'as pas l'intention de remplir ta part du marché.

C'était une affirmation, pas une question.

Gideon haussa les épaules.

Elle considéra le geste comme un aveu et se retint d'agripper ses larges épaules, dont elle venait de voir rouler les muscles puissants.

— Je crois que tu sais tout de moi, soupira-t-elle. Le reste, c'est trop moche ; je préfère ne pas en parler.

Il la fixa longuement, en silence, comme pour la sonder. Sur son visage, elle vit passer le regret, la tristesse, la colère.

— Je ne suis pas désolé pour tout ce que tu as subi, dit-il enfin. Je ne suis pas désolé de ne pas avoir été là pour toi. Je…

Il donna dans le matelas un coup de poing rageur qui les fit sursauter tous les deux.

— Tu peux savoir à quel point je suis ravi de ne pouvoir te dire ce que je pense vraiment.

Cet aveu de faiblesse, et la véhémence avec laquelle il l'avait formulé, fit mieux que toutes les belles déclarations. Il eut raison des dernières résistances de Scarlet.

— Ce n'est pas grave, dit-elle.

Elle céda enfin au besoin de le toucher et caressa lentement son bras, du bout des doigts, en suivant ses muscles bien dessinés.

— J'aime bien ta façon de t'exprimer.

Il soupira.

— Tu n'es pas assez bien pour moi, murmura-t-il.

Il la trouvait trop bien pour lui ?

— Tu as raison, répondit-elle avec un petit sourire mutin.

Il s'humecta les lèvres en la fixant intensément. Elle comprit qu'il la désirait de nouveau.

— Je…

— Tu as envie de m'embrasser ? demanda-t-elle doucement.

Il acquiesça.

— Je n'en meurs pas d'envie.

« Ne le lui dis pas. Surtout pas. »

— *Moi* aussi.

Elle songea confusément qu'elle avait bien le droit de profiter de lui une dernière fois. Encore une fois. Mais sans aller jusqu'à faire l'amour. Juste l'embrasser et le caresser un peu. Il fallait bien tuer le temps et elle ne pouvait l'abandonner dans cette chambre, à la merci des dieux et des déesses du palais. Il était toujours son mari et elle se devait de le protéger.

— Si tu m'embrasses, les ombres et les cris vont revenir, prévint-elle. Je ne peux pas les en empêcher. Ils sont des manifestations de mon démon.

— Je déteste tout ce qui vient de toi et de ton démon. Je ne veux pas tout connaître de toi.

Oh, oui, décidément, il s'y entendait pour la faire fondre…

— Dans ce cas, embrasse-moi, ordonna-t-elle.

Il fallait qu'il se taise pour qu'elle puisse reconstruire sa cuirasse. Les mots, c'était ce qu'il y avait de pire. Au moins, les caresses ne l'empêcheraient pas de penser.

Il ne se le fit pas dire deux fois et l'embrassa comme si sa vie en dépendait, comme s'il avait besoin de l'air de ses poumons pour respirer. En même temps, il poussait des gémissements ravis et lui pétrissait les seins, avec une vigueur surprenante vu son état de faiblesse.

Et, une fois de plus, le sang de Scarlet se mit à bouillir dans ses veines, créant un enfer liquide qui n'épargna pas même ses os. Ses seins durcirent, se préparant pour la bouche de Gideon.

— Je veux que tu gardes tes vêtements, murmura-t-il.

Elle s'était trompée, les caresses l'empêchaient de penser. Quand il la caressait, elle avait l'esprit tellement brouillé qu'elle en oubliait de traduire ce qu'il disait. Il lui fallut donc quelques secondes pour comprendre qu'il voulait qu'elle se déshabille.

Devait-elle ou non faire l'amour avec lui ? Si elle ôtait ses vêtements, elle le supplierait de la pénétrer.

« Supplie-le, oui. »

Heureusement, elle était trop fière pour supplier.

— Non, répondit-elle.

Il s'arrêta net et leva la tête pour la regarder, avec des yeux si bleus qu'ils auraient pu rivaliser avec le poids en saphir d'un roi. Il s'humecta les lèvres — elles étaient pourtant humides de leurs baisers — et prit le temps de respirer.

— Je ne te propose pas de négocier, dit-il.

Négocier ? Pourquoi pas ?

— Entendu.

Elle ne voulait pas qu'il la prenne pour une femme butée.

— Je t'écoute.

— Tu enlèves tout plutôt que la moitié.

Il fallait comprendre à l'envers. Il lui demandait de se déshabiller à moitié. Il lâchait donc du lest et n'exigeait plus la nudité. L'offre valait la peine d'être considérée.

— Et en retour, tu me donneras ?

— Pas d'orgasme.

Elle eut un petit sourire.

— Tu veux que j'enlève le bas ou le haut ?

— Le haut.

Il n'avait pas hésité.

Il voulait donc qu'elle ôte son pantalon et elle était absolument d'accord.

— C'est entendu, dit-elle en hochant la tête. Tu peux m'enlever mon haut.

Lui aussi eut un petit sourire. Il savait qu'elle faisait mine de ne pas avoir compris.

Et, avec une force dont elle ne l'aurait pas cru capable, il fit descendre d'un seul tenant sa culotte et son pantalon de survêtement, jusqu'à ses chevilles. Elle poussa un petit cri quand l'air frais caressa sa peau. Puis, sans lui laisser le temps de protester ou de l'encourager, il glissa vers le bas. C'était le moment de lui dire non. Trop tard ! Il écartait déjà ses jambes. Impossible de résister. Surtout quand il se mit à lécher. Exactement au milieu.

— Oui ! hurla-t-elle en se cambrant et en empoignant ses cheveux à pleines mains.

Puis elle s'abandonna à la houle du plaisir. Enfin, presque. Parce qu'elle tenta de contrôler les ombres et les cris. Gideon avait dit qu'il ne s'en inquiétait pas, mais elle n'avait pas envie de partager ce moment avec Cauchemar.

Elle voulait pour elle seule cette langue brûlante qui s'occupait si bien d'elle.

— Encore ? demanda-t-il d'une voix rauque.

— Je… Je…

« N'avoue pas. »

— Encore, oui.

— J'arrête.

Il se mit à la mordiller, puis ses doigts s'en mêlèrent, allant et venant en elle. D'abord un, puis deux. Trois.

Les ombres s'échappèrent. Et avec elles les cris.

— Gideon…, gémit-elle.

Elle ne s'agrippait plus à ses cheveux, mais à la tête de lit. Ses hanches allaient à sa rencontre, à un rythme fluide et désespéré. C'était bon. Si bon. Elle était au bord de…

— C'est horrible, murmura Gideon.

Il avait les yeux mi-clos, un air extasié, et il souriait.

— C'est vraiment horrible. Il ne se passe rien entre nous.

Elle se souvint qu'il avait toujours aimé faire l'amour avec elle. Qu'il avait toujours été un amant passionné et insatiable.

« Tu es en train de te livrer. Méfie-toi. Tu oublies ta cuirasse. Tu fonds. »

Tant pis. Oui, elle voulait fondre. Prendre feu. Qu'il ne reste plus d'elle que des cendres.

Elle enroula ses jambes autour de ses épaules et planta ses talons dans son dos, avec ses cuisses qui lui broyaient les tempes.

— Je ne sens pas que tu ne te laisses pas complètement aller et ça ne me dérange pas, dit soudain Gideon en posant sur elle un regard aigu. Où sont les ombres et les spectres qui ne se manifestent pas quand tu as du plaisir ?

— Je… Je ne veux pas qu'ils… Mais ne t'arrête pas, je t'en supplie.

— Ne les laisse pas s'exprimer et ne me montre pas

les images de notre mariage, ordonna-t-il avant d'aspirer son clitoris.

Elle poussa un cri et se mit à trembler. Elle y était presque. Presque au septième ciel. Mais pas tout à fait.

— Encore, supplia-t-elle.

— Notre mariage, Scar…, murmura-t-il d'une voix de mourant, comme s'il était à bout de forces. Je ne veux pas le voir…

— Maintenant ? protesta-t-elle.

Pendant qu'il… Pendant que…

— Nous sommes occupés, fit-elle remarquer.

— Tu ne peux que si je dors ? insista-t-il.

Il souffla doucement sur son sexe trempé et, dans l'état où elle était, elle faillit en avoir un orgasme.

C'était incroyablement bon et frustrant.

— Non, je peux te le montrer même si tu es éveillé, avoua-t-elle.

Cauchemar possédait le pouvoir d'entrer dans les rêves éveillés et rien ne l'empêchait de projeter des images dans l'esprit de Gideon s'il était d'accord. Sauf qu'ils avaient mieux à faire. Elle ne voyait pas pourquoi il exigeait que…

— Alors ne le fais pas, ordonna-t-il. Ça ne m'intéresse pas.

— Pourquoi maintenant ?

— Je ne veux pas, je ne t'en supplie pas…

Puisqu'il y tenait, après tout, pourquoi pas ?

— Nous avions opté pour une brève cérémonie… Il faut dire que nous n'avions pas trop le choix.

Elle s'interrompit.

— Je veux bien tout te dire mais, si tu arrêtes de me caresser, je me tais.

Voilà qu'elle marchandait. Comme lui.

— Avec grand déplaisir, répondit-il.

Il se mit à ronronner, tout en faisant vigoureusement aller et venir sa langue sur son clitoris.

Elle se cambra. Ça n'était peut-être pas une si fameuse idée, de lui demander de poursuivre. Elle n'avait plus les idées claires, son sang bouillait, elle était en feu, elle se liquéfiait, elle ne songeait plus qu'à se déverser en lui en un fleuve brûlant.

Les ombres et les spectres surgirent hors d'elle, sans qu'elle puisse les en empêcher. Ils dansèrent quelques instants autour de Gideon, puis se dispersèrent dans la pièce, qui fut brusquement envahie par les ténèbres.

« Concentre-toi. » Elle fouilla les recoins de sa mémoire pour déterrer des souvenirs qu'elle avait cru enfouis à jamais.

La scène apparut simultanément dans leurs deux esprits.

La nuit était déjà bien avancée. Gideon alla réveiller Hymen, le dieu du mariage, prisonnier lui aussi, pour l'entraîner de force dans une cellule isolée où l'attendait Scarlet.

Il avait soudoyé des gardes pour qu'elle prenne un bain et lui avait apporté une robe blanche en dentelle qui épousait ses courbes. Jamais elle ne s'était sentie aussi belle.

Quand les deux hommes la rejoignirent, elle fit descendre sa capuche, et ses longs cheveux noirs retombèrent en cascade sur ses épaules. Gideon tendit le bras pour saisir une boucle, qu'il respira longuement, tout en la regardant droit dans les yeux.

— Tu es magnifique, dit le Gideon de la scène, qui haletait autant que celui qui s'activait entre ses jambes.

Elle rougit. Dans le rêve et pour de bon. C'était lui qui était magnifique, avec ses cheveux noirs coupés en brosse, ses yeux étincelants encadrés de longs cils, ses lèvres encore gonflées de leurs derniers baisers.

Elle admira son visage ombré d'une barbe de quelques

jours, ses pommettes marquées, sa mâchoire carrée. Il était tout simplement parfait. Il portait une armure argentée gravée de papillons, semblable à celle de Zeus dans le rêve où il tuait leur enfant.

— Tu es sûre de vouloir faire ça ? demanda d'un ton angoissé la Scarlet du rêve.

La Scarlet d'aujourd'hui fut surprise de la douceur de sa voix d'autrefois et émue de l'innocence qu'elle exprimait.

— Oui, je le veux plus que tout, mon amour.

Elle rougit et baissa les yeux.

— Je suis heureuse, dit-elle simplement.

— Je ne suis pas certain de partager votre allégresse, intervint Hymen en se raclant la gorge.

Il tira sur les pans de sa capuche pour que son visage reste dans l'ombre.

— Si quelqu'un apprend mon rôle dans cette histoire, je risque d'y laisser ma tête.

Gideon prit Scarlet par la taille.

— Je t'ai dit que personne ne le saurait. De plus, je crois t'avoir donné une récompense.

— Mais je…

— Nous n'avons pas peur d'être découverts, coupa sèchement Gideon. A présent, marie-nous, ou bien tu tâteras de ma lame et plus personne ne te reconnaîtra.

Hymen se dandina d'un pied sur l'autre. Il semblait mort de peur.

— Bien sûr. Oui. Nous commençons tout de suite.

Il soupira.

— Gideon, guerrier des Grecs, le moment est venu pour toi de déclarer solennellement à Scarlet, princesse des Titans, pourquoi tu veux l'épouser, débita-t-il d'une traite.

Gideon plonge son regard bleu dans les yeux noirs de Scarlet et lui prit la main.

— Tu m'as envoûté dès le premier instant, murmura-t-il. Tu es belle, forte, courageuse. Quand je suis près de toi, j'ai envie de te mériter.

Le cœur de la Scarlet d'aujourd'hui fondit en écoutant cette déclaration du Gideon d'autrefois. Mais il n'en avait pas terminé.

— Je veux t'aider, reprit-il. Je veux t'offrir la vie que tu mérites. Un jour, je te l'offrirai. Parce que je sais que se séparer, c'est mourir.

Des larmes de joie se mirent à couler sur les joues de Scarlet.

— Scarlet, princesse des Titans, dit Hymen, qui paraissait malgré tout ému. C'est à toi, maintenant, de dire à Gideon le Grec pourquoi tu acceptes de l'épouser.

Scarlet se mit à trembler. Elle prit le temps de chercher les mots justes.

— Dès que j'ai posé les yeux sur toi, j'ai été séduite par ta beauté et je me suis haïe pour ça. Puis j'ai senti que derrière cette beauté se cachait un être plein de courage, de passion et de tendresse. Alors je n'ai plus hésité. Je n'étais qu'une esclave. Grâce à toi, je suis devenue une femme.

Gideon aussi pleurait, à présent.

— Tu es tout pour moi, je n'ai que toi, ajouta Scarlet. Tu es mon passé, mon présent et mon futur. Tu es mon cœur. Ma vie. Me séparer de toi serait mourir.

Hymen avala bruyamment sa salive.

— Embrassez-vous pour sceller votre union, murmura-t-il.

Gideon prit Scarlet dans ses bras et l'attira à lui pour l'embrasser. Leurs lèvres se joignirent, leurs langues et leurs souffles se mêlèrent. Ils ne faisaient désormais plus qu'un.

Scarlet laissa l'image de leur couple enlacé s'effacer peu à peu. Puis elle reprit pied dans la réalité. Elle n'avait pas lâché la tête de lit. Gideon avait cessé de la caresser. Elle avait les joues trempées de larmes.

Gideon aussi.

Leurs yeux se rencontrèrent, chargés d'émotion, et elle reconnut le regard bleu d'enfant du Gideon d'autrefois.

Mais il avait changé. Ses cheveux étaient aujourd'hui aussi bleus que ses yeux. Il y avait en lui quelque chose de dur et de distant. Autrefois, il riait plus aisément et cherchait à la consoler en se moquant des Grecs et des Titans.

Il l'avait aidée à prendre du recul. A s'évader par la pensée.

Il ouvrit la bouche, mais aucun son n'en sortit. Sans doute n'avait-il pas envie de mentir, et elle lui en fut reconnaissante. Elle se sentait fragile, à vif. Comme si elle s'était arraché le cœur pour le lui offrir.

Il vint lentement se placer au-dessus d'elle et l'embrassa tendrement. Elle se laissa faire. Tout à l'heure, ses mains l'avaient avidement caressée. A présent, elles se posaient sur ses joues avec une tendresse infinie.

La cuirasse qu'elle avait mis des siècles à forger fondit brusquement comme neige au soleil, en quelques secondes.

— Je ne vais pas…, murmura-t-il. Ne me… Ne me fais pas confiance…

Il fit descendre la fermeture Eclair de son pantalon.

— Je ne vais pas…

Il ne put achever sa phrase et se contenta de presser son sexe en érection contre le sien, un sexe incroyablement dur et épais, sans la pénétrer, créant le désir sans le satisfaire, mais c'était délicieux.

Elle comprit qu'il n'avait pas l'intention de prendre ce qu'elle ne lui avait pas offert. Il se contentait de ce contact, tout en l'embrassant fiévreusement.

Pendant quelques secondes, elle se perdit dans leur baiser, en s'autorisant à croire qu'ils étaient revenus dans la cellule d'autrefois et qu'ils venaient de se dire « oui ». Il allait bientôt s'écarter d'elle, les yeux brillants, en lui promettant de revenir le lendemain. Rien ne les séparait.

— Gideon…, gémit-elle.

Il sursauta, comme s'il revenait brusquement au présent. Puis ses mouvements se firent plus rapides, plus exigeants, plus précis. Il cessa de la traiter avec délicatesse, comme si elle était une poupée de porcelaine et qu'il craignait de la briser. Il se déchaîna.

Et elle s'abandonna à ce déchaînement comme elle s'était abandonnée à sa tendresse. Entièrement. Jusqu'à se perdre.

— Je ne t'aime pas. Je ne t'aime pas. Ne me caresse pas.

Elle lâcha la tête de lit, et ses doigts se remirent en action pour le griffer, laissant des marques rouges sur sa peau. Il poussa une sorte de rugissement de plaisir et de désespoir — mélange de sentiments inspirés par le présent et le passé, car il fallait bien s'accommoder des deux.

— Tu…

Il s'interrompit pour la regarder.

— Scar…

Un prélude. Le calme avant la tempête.

— Je ne veux pas te faire jouir, pas tout de suite, gémit-il en ponctuant chaque mot d'une poussée contre son clitoris.

Il lui faisait presque mal, mais c'était si bon. Les ombres dansaient de plus en plus vite, les cris étaient de plus en plus forts. Puis elle se mit à crier aussi.

— Gideon !

Elle rua contre lui, s'agrippa à lui, tandis que les spasmes du plaisir la secouaient.

— Mon Gideon…

Il ne tarda pas à trembler lui aussi, et à gémir, plus fort que tout à l'heure. Et elle sentit sa semence tiède arroser son ventre.

Elle songea vaguement que la catastrophe qu'elle avait

à la fois redoutée et attendue venait de se produire. Ils s'appartenaient, de nouveau, pour le meilleur et pour le pire.

Une éternité plus tard, ils reprirent conscience. Elle était allongée sur le matelas. Avec lui sur elle. Tandis que les ombres disparaissaient et que les cris s'apaisaient, ils demeurèrent immobiles, un long moment, en tentant de reprendre leur souffle, perdu dans l'instant.

Ils avaient raison d'en profiter, parce que cela ne se reproduirait plus. Elle ne le permettrait pas.

Elle devait reconstruire son armure.

Il le fallait. Pour protéger son cœur. Son cœur trop fragile qui ne supporterait pas un choc de plus. Déjà, il était en lambeaux.

« Fais quelque chose. Réagis. »

Elle le repoussa et se redressa, sans oser le regarder.

— Repose-toi, dit-elle froidement. Dors. Je veillerai sur toi. Personne n'entrera dans cette chambre.

La dernière fois, il ne s'était pas plaint de son changement d'humeur après l'amour, mais, cette fois, il réagit brutalement et la tira par le bras pour l'allonger près de lui, sur le ventre.

Et sans lui laisser le temps de protester, il souleva son T-shirt et déposa un baiser sur son tatouage. SE SEPARER, C'EST MOURIR. Elle se mordit la lèvre pour étouffer un sanglot.

« Envoie-le au diable ! »

— Ne reste pas près de moi, murmura-t-il. Ne reste pas dans mes bras.

« Résiste. Tu dois résister. »

Mais elle acquiesça.

— D'accord.

Elle se pelotonna contre lui en soupirant.

« Demain. Je reprendrai mes distances demain. »

13

L'esprit de Strider tournait en rond comme un poney de manège. Cela faisait plusieurs jours qu'il était sans nouvelles de Gideon. La dernière fois que celui-ci avait contacté le château, ç'avait été pour annoncer qu'il quittait son hôtel infesté par les chasseurs. Jusque-là, rien d'anormal. Mais ensuite, plus rien. Le délai que Strider lui avait accordé expirait demain. Donc, demain, soit il rentrait, soit il se manifestait. Et s'il ne se manifestait pas, il faudrait partir à sa recherche. Peut-être avait-il des ennuis, après tout… Peut-être espérait-il que ses compagnons s'inquiéteraient de lui et lui viendraient en aide.

Mais Strider ne pouvait pas quitter la forteresse aujourd'hui. Il se passait des trucs pas clairs, en ce moment. Tout le monde était sens dessus dessous.

Amun, Aeron et William étaient partis quelques jours plus tôt pour l'enfer, en mission de sauvetage. Parfaitement… Une mission de sauvetage en enfer… Une partie de plaisir, quoi… Strider était vaguement tenté de les rejoindre. Mais il se retenait.

Il s'arrêta sur le seuil de la chambre de Torin. Le gardien de Maladie était assis devant un mur d'écrans de contrôle. Il surveillait comme toujours le château et la colline, ainsi que les points stratégiques de la ville de Budapest.

Torin était d'ordinaire calme, nonchalant, imperturbable. Mais aujourd'hui, il ne cessait de se passer la main dans les cheveux, lesquels étaient tout ébouriffés. Ses vêtements étaient froissés, les gants qu'il ne quittait jamais étaient dispersés dans la pièce. Il affichait un air sombre et préoccupé.

— Où en sont les chasseurs ? demanda Strider.

— Ils ont déjà progressé jusque-là, là et là, répondit Torin en désignant du menton plusieurs de ses écrans. Ils sont nombreux et ils encerclent le château.

— Comment ont-ils fait pour s'approcher si près sans être repérés ?

— Ils ont surgi de nulle part, marmonna Torin. Tous ensemble. Je pense que quelqu'un les a transportés en passant par le monde spirituel. Mais pour transporter tant de chasseurs d'un seul coup, il faut que ce soit quelqu'un de très puissant… Lucien lui-même ne peut faire voyager les gens qu'en les touchant, donc un par un, ou deux par deux. J'ai appelé Cronos pour lui demander s'il savait quelque chose, mais…

— Me voilà, gronda une voix.

Strider et Torin firent volte-face. Le dieu se tenait dans l'ombre. Il leur sourit et avança vers eux d'un pas décidé, avec l'ourlet de sa tunique qui dansait autour de ses chevilles.

Intéressant.

Pour une fois, il était apparu discrètement, et pas au milieu du tonnerre et des éclairs… Rien ne se passait donc comme d'habitude, aujourd'hui ?

Comme Torin, il paraissait inquiet. Ses cheveux noirs étaient en bataille — Strider remarqua au passage qu'il n'avait plus un cheveu blanc. La peau tannée de son front était plissée d'inquiétude, mais à part ça, pas une ride.

— Que se passe-t-il, seigneur Cronos ? demanda-t-il.

La perspective d'un combat avec les chasseurs ne l'inquiétait pas. Au contraire, elle le réjouissait. Son démon aimait se battre. Chaque victoire leur procurait à tous deux une sensation aussi puissante qu'une piqûre d'héroïne. Ils étaient littéralement accros aux combats.

La plupart des Seigneurs de l'Ombre étaient absents, et il restait surtout au château des femmes incapables de se battre et qu'il faudrait protéger en cas d'attaque. Comment faire pour remporter la bataille tout en les protégeant ?

Cronos s'arrêta tout près de Torin, plus près que personne n'avait jamais osé le faire depuis longtemps.

— Galen dort très mal en ce moment, au point qu'il n'est pas en état de diriger ses troupes. Et donc, ma chère épouse…

Il avait prononcé le mot d'un ton méprisant.

— A décidé de prendre le commandement. C'est elle qui a ordonné aux humains d'attaquer le château et de s'emparer des objets de pouvoir que vous possédez.

Strider n'arriva même pas à se réjouir de ce que Galen soit pour l'instant hors d'état de nuire. L'affaire se présentait très mal.

Un grondement monta de la gorge de Cronos.

— Les initiatives de cette femelle commencent à m'irriter sérieusement.

— Tuez-la, suggéra Torin d'un ton pince-sans-rire.

Strider ne put qu'approuver.

L'idée parut réjouir le dieu, mais il secoua la tête.

— Je ne peux pas, avoua-t-il.

Il ne pouvait pas ? Et pourquoi donc ? Mais Strider ne jugea pas utile de perdre du temps à discuter.

— Je pourrais m'en charger à votre place, proposa-t-il.

Sa main ne tremblait pas quand elle s'abattait sur une femme. Les chasseurs envoyaient des femmes, les appâts, pour séduire et espionner les Seigneurs de l'Ombre. Strider avait donc plus d'une fois tranché la gorge d'une femelle. Pour protéger ses compagnons, il ne reculait devant rien.

Cronos secoua la tête une fois de plus.

— Non.

Strider se demanda ce qui l'empêchait d'accepter.

— Vous l'aimez encore ? demanda-t-il.

— Cette putain ? protesta Cronos en crachant de dégoût. Sûrement pas !

Strider fut choqué. Il parlait tout de même de sa femme…

— Laissez-moi mettre fin à ses jours, dans ce cas…

Les yeux dorés du roi des dieux lancèrent des éclairs et il saisit Strider par sa chemise.

— Ne t'avise pas de la toucher. C'est bien compris ?

Guerre se réveilla en sursaut. « Quoi ? On me défie ? »

Le roi comprit à la mine de Strider qu'il venait de commettre un impair et parut brusquement se souvenir qu'il avait devant lui le gardien de Guerre.

— Toutes mes excuses, Guerre, murmura-t-il. Tu feras comme tu voudras.

Ces mots simples, mais habiles, apaisèrent aussitôt Guerre, qui bâilla et se rendormit. Un peu déçu d'être privé de l'adrénaline distillée par son démon, Strider acquiesça en lissant sa chemise du plat de la main.

— Vous ne l'aimez plus, mais vous tenez à ce qu'elle reste en vie. Elle ne vous crée que des ennuis, mais vous ne voulez pas qu'elle disparaisse. J'avoue que je ne comprends pas.

Un long silence s'ensuivit, au cours duquel Strider crut que Cronos allait lui trancher la tête pour son insolence.

Mais le roi se borna à soupirer.

— Si Rhéa meurt, je meurs aussi.

Il se passa la main sur le visage. Il paraissait soudain très las.

— Ce que je viens de vous dire ne doit pas quitter

cette pièce, reprit-il. Si vous le répétez à qui que ce soit, je le saurai et je me vengerai.

Strider et Torin échangèrent un regard, avant d'acquiescer en silence.

Ils avaient besoin de Cronos. Pour le moment. C'était un salaud, mais ce salaud les aidait, et pas qu'un peu. Il leur avait fourni d'anciens parchemins contenant la liste des immortels possédés par les démons de la boîte de Pandore — ce qui leur laissait une chance de les capturer avant les chasseurs. Cronos était également capable de les conduire n'importe où — par exemple, tout récemment, en enfer. Enfin, il leur avait fourni des amulettes pour empêcher les autres dieux d'épier leurs faits et gestes.

Strider tripota nerveusement l'amulette en question, un pendentif en forme de papillon, avec des ailes effilées, pareil à celui qu'il avait sur sa hanche gauche.

Oui, ils avaient besoin de l'aide de Cronos.

A moins de décider de se passer des dieux et de se réfugier dans un endroit où personne ne les trouverait, pas même les chasseurs. L'idée était séduisante, mais difficile à concrétiser.

Torin cessa de tapoter sur son clavier et fit pivoter sa chaise.

— Rhéa soutient Galen, fit-il remarquer. Pourtant, Danika, l'Œil qui voit tout, a prédit que Galen vous tuerait. Si Danika ne se trompe pas et que vous dites vrai, Galen pourrait causer la mort de Rhéa en vous tuant. Pourquoi l'aiderait-elle, dans ce cas ?

Strider ne put qu'admirer le raisonnement.

Les Seigneurs de l'Ombre savaient que Galen voulait la tête de Cronos et ils savaient aussi pourquoi. Ceux dont On ne Prononce pas le Nom — les divinités d'un temple oublié — avaient offert la Baguette, un des quatre objets de pouvoir censé mener à la boîte de Pandore, au premier qui leur apporterait la tête de Cronos. Galen voulait la Baguette. Il voulait donc trancher la tête de Cronos.

Ces divinités du temple étaient des monstres, mi-hommes, mi-bêtes. Leur apporter la tête de Cronos aurait été les libérer des chaînes qui les retenaient dans leur temple. Strider avait décidé de ne pas céder à la tentation de les aider. Ces monstres étaient cannibales.

La Baguette ne valait pas qu'on risque la fin du monde…

— Rhéa a rassemblé un groupe de chasseurs autour du château. Vous ne pourriez pas les envoyer ailleurs ? demanda Strider.

Il était fier de son idée. Quel fin stratège il faisait, tout de même…

Mais le dieu secoua la tête d'un air désolé et l'enthousiasme de Strider s'envola. L'idée n'était donc pas si brillante.

— Elle s'empresserait de les ramener, par le même canal, et cette fois peut-être qu'elle les déposerait directement dans le château.

— Très bien, dit Strider qui réfléchissait tout haut. En ce moment, nous ne sommes pas nombreux et il vaut mieux éviter un affrontement direct avec les chasseurs. Je propose donc de quitter le château. J'emporterai avec moi l'un des objets de pouvoir, Reyes prendra Danika, l'Œil qui voit tout, Lucien s'enfuira avec Anya et le troisième objet. Les chasseurs ne pourront pas nous suivre tous. Et avec nos pendentifs-amulettes…

— C'est un peu trop féminin, cette appellation ; je préférerais que tu dises « avec ces gourmettes de cou », ironisa Torin.

— Comme tu voudras.

Une fois de plus, Strider ne put s'empêcher d'admirer l'humour et la finesse d'esprit de Torin.

— Bref, avec nos bijoux, Rhéa ne pourra pas nous localiser.

Cronos se frotta le menton d'un air préoccupé.

— Et les autres ? demanda Torin, qui paraissait avoir déjà approuvé la suggestion.

Torin était plein de bon sens. Il savait reconnaître une bonne idée.

Strider poursuivit, tout en accrochant mentalement sur la porte de sa chambre une plaque le désignant comme grand stratège du château.

— Maddox s'enfuira avec Ashlyn, bien entendu. Je suis sûr qu'il a déjà prévu un abri à l'épreuve des bombes pour protéger sa chérie et les jumeaux qu'elle porte. Gwen est revenue de sa visite au paradis ; Sabin et elle n'ont besoin de personne. Aeron est en enfer et Olivia au paradis avec son mentor. Kane, Cameo et Paris peuvent rester ici pour t'aider à défendre la place. Gideon ne devrait pas tarder à arriver en renfort.

Il allait revenir. Strider voulait le croire.

— Et le quatrième objet de pouvoir ? intervint Cronos. Qui va s'occuper de le chercher ?

Ils ne pouvaient pas se permettre de laisser les chasseurs le trouver avant eux.

— Je m'en charge, répondit Strider. Je prends la Cape qui rend invisible, elle me sera utile.

Torin haussa un sourcil.

— Et tu sais par où commencer tes recherches ?

Oui, il savait. Il comptait fouiller de nouveau le temple de Ceux dont On ne Prononce pas le Nom.

Cronos dut deviner ses pensées, car il poussa un grognement mécontent.

— Je n'ai pas l'intention de vous trahir, assura Strider, en levant la main dans un geste d'apaisement.

Il mentait presque aussi bien que Gideon et sans le

moindre scrupule. Il promettait, mais en se réservant le droit de changer d'avis si ça l'arrangeait.

— Je vais me servir de la Cape pour espionner. Au cas où des chasseurs se présenteraient dans le temple pour réclamer la Baguette.

Cronos se détendit.

— Très bien. Dans ce cas, tu peux y aller.

— Je crois qu'on ferait bien de mettre tout le monde au courant le plus vite possible, intervint Torin d'une voix tendue. Il est temps que vous partiez. Les chasseurs approchent.

Le regard de Strider se posa sur les écrans. En effet, l'étau se resserrait autour d'eux.

— Je te charge de prévenir les autres, dit Strider à Torin. Je vais chercher la cape et je file. Au passage, je tâcherai de tuer quelques chasseurs.

Guerre se réveilla en sursaut et battit des mains. Tuer des chasseurs, oui, il était d'accord !

Strider tâta du plat de la main un poignard et un semi-automatique, sa combinaison favorite — l'un permettait de surprendre et d'éliminer ses ennemis à distance, l'autre favorisait le corps à corps et un contact plus intime.

Il ne put s'empêcher de sourire. Il allait bien s'amuser.

Par tous les dieux… Cette chaleur était insupportable ; l'odeur du soufre et de la chair brûlée collait aux narines d'Amun. Les cris des damnés agressaient ses tympans.

Pourquoi avait-il accepté de venir ici ?

Ah oui… Pour sauver Legion. Pour Aeron.

Aeron et William étaient, comme lui, installés dans la barque que Cronos avait fait apparaître pour eux après les avoir déposés ici. Bien entendu, ils devaient à ce chien une faveur en échange de ce double service.

Ils naviguaient en ce moment sur le fleuve Styx, en prenant garde de ramer lentement pour ne pas être éclaboussés. Une seule goutte de cette eau sur leur peau aurait sérieusement entamé leur énergie vitale.

— Tu peux nous dire pourquoi Lucifer te craint ? demanda Aeron à William.

William, qui s'était allongé à l'avant de la barque, haussa imperceptiblement les épaules.

— C'est comme ça, se contenta-t-il de répondre.

— Il y a forcément une raison, insista Aeron.

— Je n'ai pas forcément envie de te l'exposer, rétorqua William.

Amun remarqua qu'il s'efforçait aussi de ne pas y penser, pour l'empêcher de lire dans son esprit.

La journée s'annonçait bien. Et ça ne faisait que commencer.

Cronos leur avait conseillé de descendre le fleuve jusqu'à l'endroit où il se mêlait aux quatre autres qui arrosaient cette vaste étendue souterraine : le Phlégéthon ou fleuve de feu, l'Achéron, le fleuve noir de la douleur, l'impétueux Cocyte, formé par les larmes des âmes en repentir, le Léthé, le fleuve de l'oubli. Et tout cela sans déranger Charon le passeur, chargé de mener les âmes jusqu'au séjour qui leur était échu — les flammes, les gouffres, les grottes de tortures.

D'après ce qu'Amun en savait, Charon était un vieillard maigre et revêche qui refusait de laisser entrer les vivants aux enfers. Avec les morts, en revanche, il se montrait courtois.

— Je reviendrai vous aider dès que je pourrais, avait promis Cronos. Mais en attendant, je dois retourner au château pour empêcher ma femme de faire des dégâts. Je vous souhaite bonne chance, vous en aurez besoin. Surtout toi, Aeron, car Lucifer ne rêve que de se venger de toi.

Legion avait conclu un pacte avec Lucifer pour tenter de gagner le cœur d'Aeron. Mais un pacte avec le Prince des ténèbres comportait toujours un piège. Aeron avait donné sa tête pour déjouer le piège et protéger ses compagnons.

« Olivia a dû être furieuse que tu l'empêches de venir avec nous », commenta Amun par gestes.

William traduisit la phrase pour Aeron, tout en sondant du regard le fleuve sombre et brumeux, à la recherche d'une autre embarcation.

Un muscle tressaillit sous les yeux mauves d'Aeron. Lui aussi surveillait le fleuve.

— Oui, elle était furieuse, dit-il.

— Comment t'y es-tu pris pour qu'elle accepte de te laisser partir sans elle ?

Sa curiosité paraissait sincère, pour une fois, et dénuée de toute provocation.

— Je connais les femmes, poursuivit-il. La tienne est une têtue et tu lui obéis au doigt et à l'œil.

Aeron ignora la pique.

— J'ai obtenu l'appui de Lysander, fit-il seulement remarquer.

Lysander était un ange vengeur et aussi le mentor d'Olivia, celui qui avait tranché la tête d'Aeron. Il était aussi le seul être capable d'empêcher Olivia de suivre son homme.

— Mais elle va m'en vouloir, ajouta-t-il d'un ton morose.

Amun put lire dans ses pensées qu'Aeron avait failli annuler ce voyage pour ne pas froisser Olivia. Elle était sa vie ; il l'aimait plus que lui-même, plus que ses compagnons. Mais il n'avait pu se résoudre à abandonner Legion. Pas plus qu'il n'avait pu se résoudre à emmener Olivia dans cet endroit maléfique.

Elle y avait séjourné quand elle avait été déchue. Des démons l'avaient torturée, on lui avait arraché ses ailes…

Il lui arrivait encore d'en faire des cauchemars. Aeron n'avait pas voulu la replonger dans ces affreux souvenirs : il l'avait donc envoyée au paradis, chez Lysander qui était chargé de la garder jusqu'à leur retour.

Et en ce moment, Aeron songeait qu'il aurait peut-être dû permettre à Olivia de l'accompagner, si elle y tenait tant. Il craignait qu'elle ne lui pardonne pas.

— Elle va te haïr, commenta William.

Il manquait comme toujours de la plus élémentaire délicatesse.

— Les femmes sont rancunières, poursuivit-il. Et la tienne a pour amies la déesse de l'anarchie et un groupe de harpies. Elles ne lui donnent pas le bon exemple.

Aeron lui répondit par un regard noir et se mit à ramer furieusement, au risque de les faire repérer. Amun lui retira les rames et prit le relais.

Le brouillard était épais, mais il commençait à distinguer une sorte de lueur orange. Des flammes, peut-être. Approchaient-ils du Phlégéthon ?

Il se tournait vers ses compagnons pour leur demander ce qu'ils en pensaient quand il remarqua dans l'eau des ondulations qui ne venaient pas de leur bateau.

Il reposa délicatement ses rames pour se saisir de deux revolvers. Aeron et William comprirent aussitôt et firent de même, sans poser de questions.

— Tu as vu quelque chose ? demanda William tout en sondant le brouillard.

Aeron s'allongea dans le bateau, tout en tentant lui aussi de percer les ténèbres. Un long moment s'écoula dans le silence.

— Il y a un autre bateau, murmura-t-il enfin. Droit devant nous. A quelques mètres.

Amun ouvrit son esprit et chargea son démon de détecter

les courants de pensées alentour. « Ils doivent mourir. Ils doivent mourir », perçut-il.

Il comprit qu'ils allaient rencontrer Charon. Au même moment, l'autre bateau leur apparut. Une silhouette vêtue d'un long manteau noir se tenait debout, au milieu. Des flammes tressautaient sur son crâne, et son visage n'était qu'un squelette. Dans ses orbites creuses, des milliers d'âmes semblaient danser. Ou se tordre de douleur. Amun frissonna.

— Je m'en charge, dit William.

— Je t'en prie, fais donc, répondit Aeron.

William se redressa et leur barque tangua dangereusement.

— C'est moi, William le Séducteur, déclara ce dernier. Nous sommes de vieux amis. Nous voulons juste entrer.

William était un vieil ami de Charon ?

Charon pointa deux doigts osseux en direction d'Aeron et de William.

« Merde…, entendit Amun dans l'esprit de William. Je n'aurais pas dû draguer sa femme la dernière fois que je suis venu. »

— Pourquoi nous montre-t-il du doigt ? demanda doucement Aeron.

— Parce que nous ne sommes pas sur sa liste, répondit William d'un air sombre. Tu peux trembler. Il ne plaisante pas.

En sondant un peu plus l'esprit du passeur, Amun découvrit qu'il était prêt à le laisser entrer en tant que gardien de Secret. Mais pas Aeron et William, qui n'étaient ni morts ni possédés.

— Amun ! fit la voix d'Aeron. Tu m'écoutes ? Je t'ai demandé si tu avais une idée pour nous tirer de là. William dit qu'on ne peut pas regarder cette chose dans les yeux sans perdre notre âme, et il paraît qu'il ne faut pas non plus la toucher, parce que cela lui donnerait le pouvoir de nous obliger à la regarder.

La barque de Charon se rapprochait et des étincelles jaillissaient maintenant des deux index qu'il pointait toujours sur William et Aeron.

« Ils doivent mourir », ne cessait de se répéter intérieurement Charon. Il n'avait rien d'autre en tête. Amun jugea que ce n'était pas de bon augure.

Que pouvaient-ils bien faire ? Il n'accepterait pas d'être payé. Aeron n'était plus possédé par un démon et William ne l'avait jamais été. Charon ne les laisserait entrer que morts.

En ce moment, il projetait de les éclabousser avec l'eau du Styx.

Heureusement, Olivia leur avait confié une fiole contenant de l'eau provenant du Fleuve de la Vie, fiole qu'elle tenait de Lysander et dont une seule goutte suffirait à contrer les effets du fleuve maléfique. L'ennui, c'est qu'il ne leur en restait plus beaucoup et qu'on ne leur en donnerait pas une goutte de plus.

« J'ai une idée, annonça Amun par gestes. A mon signal, ramez vers la rive. »

— J'accepte ! s'exclama William. Pour une fois que quelqu'un d'autre se sacrifie en jouant les héros ! Et c'est pour quand, ce signal ?

« Maintenant ! »

Amun se jeta sur la barque de Charon et l'entraîna avec lui dans le fleuve. L'eau brûla ses vêtements, puis sa peau, mais il tint bon, et enferma la créature dans ses bras. Elle parut tout d'abord affectée par les propriétés de l'eau, elle aussi, puis elle trouva la force de le repousser de ses mains osseuses — des mains brûlantes et chargées d'électricité.

Amun tenait toujours bon, mais bientôt son cerveau se brouilla. Il avait besoin de respirer et ouvrit la bouche…

Mauvais réflexe, car il but en même temps la tasse. Il eut un haut-le-cœur. Ce fut comme si la mort coulait en lui, l'affaiblissant, détruisant peu à peu chacune de ses cellules.

Charon s'était libéré et atteignait déjà la surface. La vision d'Amun était maintenant encombrée de taches noires, mais il parvint à remonter. Avant qu'il puisse vérifier si William et Aeron avaient atteint la rive, Charon lui asséna un coup de coude dans la tempe. Des étoiles dansèrent devant ses yeux. Il avala encore un peu de cette eau de malheur et la sentit couler dans sa gorge et tomber dans son estomac, lequel était maintenant en feu.

De nouveau, il se débattit pour refaire surface. Dès qu'il mit la tête hors de l'eau, il aspira une énorme goulée d'air. Leur barque n'était plus en vue et Charon, furieux, avait maintenant décidé de l'éliminer. Possédé ou pas d'un démon, il n'avait plus ses entrées aux enfers.

Tandis qu'Amun s'efforçait de surnager, ses yeux rencontrèrent ceux de la créature. Dans ses orbites creuses, les âmes tournaient de plus en plus vite et leurs silhouettes blanches cherchaient à l'hypnotiser. Mais elles n'y parvinrent pas, grâce à Secret qui demeura insensible à leur danse macabre.

« Punis, punis, punis », se répétait la créature.

Elle attrapa Amun par les cheveux et le poussa sous l'eau. Il se débattit, impuissant.

Ses muscles se tétanisèrent et il sentit venir la fin. Son corps le lâchait. Il avait vécu si longtemps qu'il aurait dû s'en réjouir, mais il songea avec dépit qu'il n'avait pas eu le temps de rencontrer une femme à chérir et à protéger.

Dans son crâne, Secret se mit à rugir. « N'abandonne pas. N'abandonne pas. »

C'était la première fois que Secret s'adressait à lui.

Amun rassembla ce qui lui restait d'énergie et repoussa violemment Charon d'un coup de pied dans la poitrine. Il parvint à s'éloigner de lui et se mit à nager. Là, sur la rive, William agitait une sorte de bâton luisant pour le guider.

Il filait en direction de ce bâton quand Charon lui saisit la cheville. Secret poussa de nouveau un rugissement terrible — « Bats-toi ! » — puis il parvint à se saisir de l'esprit du passeur et lui transmit quelques images de bonheur, les rares qu'Amun possédait, des secrets qui avaient sauvé des vies humaines. Des dons d'argent. Des dons d'organes. Un peu d'amour.

Charon le lâcha et se prit les tempes à deux mains en gémissant. Amun en profita pour se remettre à nager, à moitié mort, haletant, en direction de la rive.

William lui tendit le bras pour l'aider à grimper, mais Aeron intervint.

— Ne le touche pas. Tu t'affaiblirais aussi.

Amun se hissa péniblement, puis resta allongé sur le sol, indifférent aux cailloux pointus qui blessaient son dos nu.

— Ouvre la bouche, ordonna Aeron.

Amun entendit qu'il s'inquiétait de son état et se culpabilisait de l'avoir entraîné dans cette aventure.

Aeron versa un peu d'eau du Fleuve de Vie sur ses lèvres, mais il n'eut pas la force de les entrouvrir et les gouttes coulèrent sur son menton. Il pesta intérieurement. Aeron lui en donnait trop. Quel gaspillage !

— Ouvre la bouche, répéta William.

Au prix d'un effort colossal, Amun parvint enfin à desserrer les mâchoires. Un filet glacé coula dans sa gorge, emportant avec lui la sensation de brûlure, lui redonnant des forces.

— Ça suffit, intervint William. Il faut en garder un peu. C'est plus prudent.

— Est-ce que tu crois que ça suff... ?

— Il en a eu assez, assura William. Regarde. Sa peau cicatrise déjà.

— Mais combien de temps…

Aeron se tut.

Des voix s'approchaient. « De la viande fraîche. De la viande fraîche. » Les démons de l'enfer les avaient trouvés.

14

Gideon tenait à peine debout. Il se forçait à aller de l'avant pour guider Scarlet à travers les passages secrets du palais de Cronos, mais il trébuchait à chaque pas, ou presque.

— Tu es sûr que ça va aller ? demanda Scarlet en lui pressant la main.

— Oui, mentit-il d'une voix faible.

Il se sentait au bord de l'évanouissement, mais pas question de faire demi-tour et de réintégrer la chambre. Si Scarlet se chargeait seule de Zeus, il passerait pour un minable. Pour encore plus minable. De plus, il tenait à savourer sa vengeance.

— C'est bien ce qui me semblait, dit Scarlet. Tu es trop mal en point. Nous devrions revenir en arrière et…

— Oui, compte sur moi.

— Tu es vraiment pénible !

Elle soupira.

— Est-ce que tu es sûr du chemin, au moins ?

Elle n'était décidément pas de ces femmes qui souffrent en silence.

— Pas du tout, répondit-il.

Cela faisait bien longtemps qu'il ne vivait plus dans ce beau palais, mais il se souvenait de chaque recoin. Les dieux en étaient témoins, en tant que soldat de la garde personnelle de Zeus, il avait suffisamment emprunté les couloirs secrets pour les connaître par cœur. Pendant des milliers d'années, il avait conduit chaque jour le roi jusqu'à ses maîtresses — ou les maîtresses jusqu'au roi. Il s'était caché dans ce dédale pour déjouer les complots qui se tramaient. D'ici, grâce aux miroirs sans tain qui jalonnaient le parcours, on pouvait observer sans être vu.

— C'est magnifique ! s'exclama soudain Scarlet en le retenant par la manche.

— On s'émerveillera plus tard, rétorqua-t-il. Au retour.

Il mentait. Ils n'étaient pas sûrs de repasser par ici, pas sûrs de quitter Tartarus après avoir torturé le meurtrier de leur fils. « N'y pense pas avant de l'avoir trouvé. » Il ne voulait pas gaspiller ses forces en se laissant aller à la colère.

— Je n'aurai peut-être plus jamais l'occasion de contempler de si belles choses, protesta Scarlet, qui savait bien qu'ils auraient des problèmes au retour.

Il songea tristement qu'elle disait vrai. Elle était fille de reine, mais elle avait toujours vécu en esclave. Les Grecs, puis les Titans, lui avaient refusé le luxe dû à son rang. Il ralentit un peu l'allure, pour lui laisser le temps d'admirer les lustres de poussières d'étoiles, les cascades de marbre étincelantes, les orchidées poussant à même les murs.

Comment sa mère, l'être qui l'avait mise au monde, avait-elle pu la priver de tout cela ?

« Et toi ? Qu'as-tu offert à ton fils ? Tu es mal placé pour donner des leçons. »

Il serra les dents. « On m'a volé mes souvenirs, je n'y suis pour rien. »

Mais il ne se sentit pas moins coupable pour autant. Au cours des siècles, il avait été hanté par des images de Scarlet, mais de son fils il ne lui était rien resté. Pourquoi ? Quelque chose en lui aurait dû garder la trace de cet être si précieux. Plusieurs de ses tatouages évoquaient Scarlet. Aucun ne faisait référence à leur enfant.

« Je suis un père indigne. »

Tromperie ne fit aucun commentaire. Comme si l'existence de l'enfant lui importait peu. Comme s'il se moquait de savoir s'il avait vraiment existé ou pas.

Mais Gideon savait qu'il avait existé. Parce qu'il ne pouvait douter du chagrin que Scarlet avait projeté dans son esprit en même temps que la scène du meurtre de Steel.

Il passa sa main libre dans ses cheveux. Il ne se souvenait toujours pas de sa relation d'autrefois avec Scarlet. Rien. Pas même depuis qu'elle leur avait montré leur mariage. Il se sentit minable en revoyant le regard plein d'amour qu'elle avait posé sur lui en prononçant le « oui » qui les liait pour l'éternité.

Il aurait voulu qu'elle le regarde de nouveau ainsi. Il ne le méritait pas, mais il ne pouvait s'empêcher de le désirer.

Il palpa le papillon qu'il portait au cou. Scarlet l'avait ramassé parce qu'elle avait cru qu'il symbolisait leur amour. Elle tenait à lui.

Elle était décidément trop bien pour lui.

— Ce doit être merveilleux de vivre ici, murmura-t-elle d'un ton teinté de tristesse et de regrets. Quand je pense que j'ai habité dans des grottes et des caveaux, alors que j'aurais pu avoir une chambre dans ce palais !

— Crois-moi, je ne préfère pas vivre sur terre, assura-t-il.

Ici, il n'était qu'un immortel subalterne parmi les dieux. Sur terre, il se sentait puissant, invincible, capable d'inspirer à Scarlet de l'admiration, capable de lui offrir tout ce qu'elle désirait. Il voulait tout lui donner.

Il se promit de construire de ses mains un palais aussi beau que celui-ci. Rien que pour elle.

— Oh ! s'exclama-t-elle en lui lâchant la main pour

s'approcher d'une glace sans tain. Il y a vraiment des gens qui s'installent dans ces fauteuils pour lire ?

Il la rejoignit en soupirant.

— Prends ton temps, surtout. Nous ne sommes pas pressés de rejoindre la chambre de Cronos. Il ne va pas me chercher quand il s'apercevra qu'il a perdu le contact avec moi.

— Je le sais, répondit Scarlet. Mais pourquoi faut-il absolument que nous allions rôder dans sa chambre ?

Son regard restait rivé sur les lourdes draperies de velours et les tables incrustées d'or de la pièce vide. Tiens, la pièce n'était pas vide… Un bel homme, grand et blond, marchait le long des étagères chargées de livres.

— Il nous entend ? murmura Scarlet.

— Oui.

— Alors, nous pouvons l'admirer tranquillement.

Il s'agissait d'un dieu, probablement. Gideon ne le reconnut pas, mais il le haïssait déjà.

— Pourquoi ne pas aller directement à Tartarus ? reprit Scarlet.

— Nous n'avons pas besoin d'un collier d'esclave pour entrer.

— Pas question que je porte un collier d'esclave ! protesta Scarlet.

— Nous ne pouvons pas nous contenter de le prendre à la main. Tu ne connais pas le nom de ce dieu, n'est-ce pas ?

— Bien sûr, que je le connais. C'est Hypérion, dieu du soleil. Il est beau, tu ne trouves pas ?

Elle en pinçait donc encore pour les blonds…

— Je n'ignore pas qu'Hypérion n'est pas un sociopathe, fit-il remarquer d'un ton dédaigneux. Il ne s'amuse pas à faire brûler des humains pour le plaisir de les entendre hurler de douleur.

— Il a un charme fou, minauda Scarlet.

— Tu ne l'as pas rencontré en prison ?

— Je l'ai rencontré en prison, oui. Malheureusement, je n'ai jamais partagé sa cellule.

Elle avait assez admiré Hypérion. Elle lui appartenait. Elle était sa femme. Il n'était pas disposé à la partager avec qui que ce soit.

Il lui prit la main.

— Tu peux continuer, dit-il sèchement en se remettant à marcher d'un pas furieux.

Après un coude du couloir, ils passèrent devant une autre salle, une salle de danse, visiblement, où de petits personnages vêtus de couleurs chatoyantes s'occupaient à faire le ménage.

Ils poursuivirent leur progression. A présent, le couloir grimpait. Gideon avait du mal à conserver l'allure, avec ses cuisses endolories qui le faisaient souffrir. Mais il ne ralentit pas. Pas question que Scarlet s'arrête pour admirer un autre dieu blond.

— Qui n'es-tu pas, aujourd'hui ? demanda-t-il.

Il se rendit compte qu'il avait déjà posé la question. Mais elle le taraudait tout de même. Parce qu'il aurait voulu qu'elle réponde « Seigneur ». « Scarlet Seigneur ».

— Scarlet Hypérion, s'esclaffa-t-elle. Je trouve que ça sonne bien.

C'en était trop. Il fit volte-face. Surprise par ce brutal arrêt, elle trébucha contre lui. Il la saisit par les épaules et la secoua. Puis il s'aperçut qu'elle évitait son regard et qu'elle se retenait de sourire.

Elle le faisait marcher. Il la lâcha aussitôt.

— Tu ne cherches pas une bonne fessée, commenta-t-il sobrement.

— Je…

Elle se tut et poussa un cri étouffé tout en se pressant contre la glace sans tain pour mieux voir.

— C'est Mnémosyne, murmura-t-elle. Ma tante.

Mnémosyne… Quel étrange prénom… Gideon suivit le regard de Scarlet. Dans une chambre cossue meublée d'acajou et de marbre veiné, une mince blonde était assise sur un lit rose et rembourré. Sa coiffure simple et sans apprêt — de longues boucles négligemment lâchées — contrastait singulièrement avec sa robe noire et moulante fendue des deux côtés.

— Je te rappelle que nous ne sommes pas pressés, murmura-t-il en saisissant Scarlet par la taille.

C'était la première fois qu'il se permettait un geste aussi familier. La veille encore, il aurait craint qu'elle ne le repousse. Mais aujourd'hui, c'était différent. Il se sentait plus proche d'elle. De plus, elle était distraite, c'était le moment d'en profiter. Il avait besoin de la toucher. Tout le temps.

— Il faut que je lui parle, Gideon, je t'en prie, dit-elle en tournant vers lui ses yeux sombres et implorants. Elle est la déesse de la mémoire, et elle sait peut-être quelque chose au sujet de tes souvenirs. Bon sang, mais pourquoi n'ai-je pas pensé plus tôt à m'adresser à elle ?

C'était la première fois qu'elle lui réclamait une faveur, ce qui lui permit de se rendre compte qu'il ne pouvait rien lui refuser.

— Tu es sûre qu'elle nous trahira ? demanda-t-il.

Scarlet fronça les sourcils, tout en inclinant la tête. Son regard devint vague.

— Elle s'est toujours montrée bonne avec moi, dit-elle enfin. Du moins, il me semble… Je la revois, me serrant dans ses bras quand j'étais triste… Mais je n'ai d'elle que des souvenirs confus, je l'avoue.

Il en fut surpris. Scarlet avait pourtant une mémoire très sûre.

— Qu'est-ce que je viens de dire ? articula-t-elle lentement.

Elle ne se souvenait plus de ce qu'elle venait de dire ?

— Nous ne parlions pas de ta tante, répondit-il.

— De qui ?

Il battit des paupières. Elle avait donc oublié leur conversation. Etrange…

Il se tourna vers la créature blonde de la chambre. La déesse de la mémoire… Tiens, tiens… Il ne l'avait jamais fréquentée. Il ne savait rien d'elle.

Scarlet avait suivi son regard.

— Oh ! s'exclama-t-elle d'un ton ravi et surpris. C'est ma tante ! La déesse de la mémoire ! Elle pourra peut-être nous dire qui a pris tes souvenirs. Et aussi comment.

Hum… Voilà qui confirmait ses soupçons.

— Scar ! Ne me regarde pas !

Elle se tourna lentement vers lui.

— Oui ?

— Qui n'est pas dans cette pièce ? demanda-t-il.

Elle battit des paupières.

— Quelle pièce ?

Il la prit par le menton et lui tourna le visage vers le miroir sans tain. De nouveau, elle poussa un cri de surprise et de joie.

— Gideon ! Mais c'est incroyable ! Cette femme est ma tante ! La déesse de la mémoire ! Elle pourra peut-être nous renseigner au sujet de ce qui est arrivé à tes souvenirs.

Le ventre de Gideon se noua d'angoisse. Apparemment, quelqu'un — et sans doute Mnémosyne elle-même — jouait en ce moment avec la mémoire de Scarlet. Elle ne se souvenait de sa tante que lorsqu'elle posait les yeux sur elle. Dès qu'elle les détournait, elle l'oubliait.

Il se demanda si Mnémosyne ne s'était pas chargée de faire le tri dans ses propres souvenirs.

Il n'y avait qu'un moyen de le savoir.

— Ne me donne pas une minute pour réfléchir au meilleur moyen de ne pas l'approcher, dit-il à Scarlet. Et surtout, surtout, ne la quitte pas des yeux.

— Je…

Elle voulut tourner la tête vers lui, mais il l'en empêcha en appuyant fermement une main sur sa joue pour la maintenir en place.

— D'accord, murmura-t-elle. Je ferai comme tu voudras. Mais tu pourrais tout de même m'expliquer pourquoi je ne dois pas la quitter du regard.

— Ne la regarde pas. J'ai le temps de t'expliquer.

Il la lâcha et se mit à réfléchir. Non loin d'eux, une porte du passage secret donnait dans la chambre de la déesse, mais il ne voulait pas apparaître par là — tant que cette entrée demeurait secrète, elle pouvait servir à leur fuite. Mieux valait ne pas la dévoiler à Mnémosyne qui en ignorait sans doute l'existence.

Il ne leur restait donc qu'une solution. Attendre que la déesse quitte sa chambre pour y entrer, et attendre ensuite qu'elle revienne.

Mais pouvaient-ils se permettre d'attendre ?

Cronos n'allait pas tarder à s'apercevoir de sa disparition. S'ils voulaient les colliers, ils n'avaient pas intérêt à traîner.

L'attention de Gideon fut soudain attirée par une femme qui entrait dans la chambre de Mnémosyne.

— Pourquoi avoir pris un nouvel amant ? demanda-t-elle à Mnémosyne.

— Atlas est parti, répondit la déesse d'un ton blasé. J'ai dû lui trouver un remplaçant.

Elle faisait sans doute allusion au géant Atlas, célèbre pour sa force hors du commun.

Pourquoi avait-il quitté le palais ?

— Mais pourquoi Cronos ? insista la femme.

Elle s'approcha du lit, une paire de chaussures noires à talons à la main. Elle était grande et mince, brune, avec des cheveux courts et bouclés qui encadraient son visage. Elle portait un vêtement bleu, tout simple, sans le moindre ornement. Et pas de bijou. Il se demanda s'il s'agissait d'une servante.

— Ça ne fait que six jours que tu t'es donnée à lui et il te demande déjà de quitter la chambre qu'il réserve à ses maîtresses pour y installer un homme, insista la femme.

— Je n'ai pas besoin qu'on me le rappelle, coupa sèchement la déesse.

— Tu sais qui est cet homme ?

— Non. Mais compte sur moi pour me renseigner.

— Tu crois que Cronos… ?

— A pris un homme pour amant ? acheva la déesse à sa place. Franchement, ça m'étonnerait, mais on ne sait jamais. Si c'est le cas, j'éliminerai le gêneur, tu peux me faire confiance.

La femme soupira.

— Ta sœur ne te pardonnera jamais, murmura-t-elle d'un air inquiet.

Mnémosyne éclata de rire.

— Leto, tu n'es qu'une sotte et une ignorante. Ma sœur ne dira rien.

Il ne s'agissait donc pas d'une servante, mais de Leto, déesse grecque de la modestie, une déesse mineure que les Titans avaient pris pour servante.

Leto s'inclina devant Mnémosyne pour lui enfiler ses chaussures.

— Comment peux-tu en être certaine ? demanda-t-elle.

— J'ai mes raisons. Tu n'as pas à en savoir plus.

— Mais…

Mnémosyne se leva, le visage fermé.

— Tu m'ennuies avec tes questions. Sors, à présent.

Leto rougit et quitta la pièce sans un mot.

Mnémosyne s'approcha du miroir sans tain derrière lequel l'observaient Scarlet et Gideon. Puis elle tourna longuement sur elle-même.

— C'est parfait, murmura-t-elle d'un air satisfait.

Scarlet observait la déesse d'un air songeur.

— Ce ton qu'elle a employé avec Leto… C'est étrange, ça ne lui ressemble pas. J'ai le souvenir d'une femme bonne. Et pourtant… Il me semble… C'est vrai qu'elle me serrait dans ses bras et me murmurait à l'oreille des mots de consolation, mais… Je la revois me poussant. Oui. Vaguement. Elle me pousse…

— Est-ce que tes souvenirs deviennent confus quand tu la regardes ? demanda-t-il.

Il voulait savoir s'ils se précisaient chaque fois qu'elle posait les yeux sur la déesse, comme elle en avait l'impression.

Elle comprit.

— Oui. Plus je la regarde, plus ça devient clair. Elle m'a poussée, je la revois nettement, à présent. Et ensuite elle m'a donné des coups de pied.

Des coups de pied ? Cette garce paierait pour ça. Mais bon sang, Scarlet avait de la chance… Il lui suffisait de quelques minutes pour retrouver la mémoire. Si seulement ça avait pu être aussi facile pour lui !

— Ne t'inquiète pas, Scar, dit-il. Tu n'auras pas l'occasion de régler tes comptes avec elle.

— Merci, soupira Scarlet.

Le cœur de Gideon se serra.

— J'ai tant de questions à lui poser, poursuivit Scarlet. Je voudrais savoir pourquoi elle m'a agressée et… Et si c'était elle qui avait trafiqué ta mémoire ?

Et si… Et si… Oui…

Lui aussi se posait des questions. Bon sang… Il aurait

pu attendre un peu pour avoir des réponses, mais il n'avait pas envie de faire attendre Scarlet. Il existait forcément un moyen d'entrer dans cette pièce sans dévoiler le passage secret.

Il passa en revue les autres portes du couloir. Peut-être que…

— Ne bouge pas d'ici, dit-il à Scarlet tout en l'entraînant avec lui.

Des servantes s'activaient dans la pièce suivante ; ils les virent à travers le miroir sans tain, mais celle d'après était vide. Parfait. Ils pouvaient utiliser le passage secret qui y menait, puis retourner en arrière jusqu'à la chambre de Mnémosyne, et utiliser le passage de celle-ci pour fuir si besoin était.

Gideon poussa prudemment la porte qui s'ouvrit en silence, à son grand soulagement.

Une fois à l'intérieur, il referma soigneusement derrière lui et suivit des yeux le panneau qui se remettait en place. Puis il se tourna vers Scarlet, le doigt sur la bouche. Cette pièce était vide, mais on pouvait les entendre depuis celle d'à côté, qui ne l'était pas.

Elle acquiesça. Elle avait compris.

Il eut du mal à éviter le grand lit qui lui tendait les bras et paraissait si douillet… Il y voyait déjà Scarlet, allongée, fixant d'un air extasié son sexe en érection. Mais il parvint tout de même à mettre un pied devant l'autre pour le contourner et à prendre comme prévu la direction de la chambre de Mnémosyne. Dans le couloir, ils croisèrent plusieurs petites créatures chargées du ménage. Gideon prit un air dégagé et les ignora. Les créatures ne parurent pas s'inquiéter de leur présence. Nombre d'immortels circulaient dans ce palais, et elles étaient habituées à rencontrer des étrangers.

La porte de Mnémosyne était fermée.

— Laisse-moi lui parler, dit-il à Scarlet avant d'entrer.

— Justement, je n'osais pas te le suggérer, mais il vaut mieux que ce soit moi qui lui parle. Elle risque de ne rien comprendre à ton jargon, sans vouloir te vexer.

Il la remercia silencieusement d'un baiser rapide, mais appuyé. Puis il tira un poignard de sa ceinture et fit irruption dans la pièce.

La déesse poussa un cri étouffé, tout en faisant volte-face vers eux, une main sur le cœur.

— Qu'est-ce que… ?

— Bonjour, ma tante, dit Scarlet d'un ton assuré. Tu m'as manqué.

La déesse écarquilla ses grands yeux bleus.

— Scarlet ?

— C'est bien moi, oui.

— Comment es-tu arrivée jusqu'ici ?

Elle paraissait scandalisée.

— Ta mère…

— Peu importe ma mère, coupa Scarlet. Mon compagnon et moi, nous nous posons beaucoup de questions et nous sommes venus chercher des réponses.

Mnémosyne avala sa salive et eut un rire hésitant.

— Je serais ravie de répondre à tes questions. Tu m'as manqué aussi, tu sais. J'ai toujours eu de l'affection pour toi. Alors, si je peux faire quelque chose pour te rendre service… Comme autrefois, quand tu n'étais encore qu'une enfant… Tu t'en souviens ?

Scarlet inclina la tête de côté et se mordit la lèvre, comme si elle réfléchissait à un problème important. Puis elle se détendit.

— Je… Je m'en souviens, oui. Tu étais si gentille avec moi…

Gideon sentit qu'il se passait quelque chose d'anormal et lui pressa la main.

« Concentre-toi, mon amour… »

— Viens embrasser ta tante préférée, dit la déesse d'un ton mielleux, tout en ouvrant les bras.

Scarlet échappa à la main de Gideon et se précipita dans les bras de la déesse.

— Nous t'avons fait peur et j'en suis désolée, s'excusa-t-elle. Mais nous n'avons pas d'intentions belliqueuses, je te le jure.

La déesse serrait maintenant Scarlet contre elle, avec des yeux luisants de satisfaction. Gideon fronça les sourcils. Cette femme ne lui inspirait pas confiance. Pas du tout. Et d'autant moins que son démon était fou de joie. Cette salope plaisait à Tromperie et ce n'était pas bon signe, parce qu'il n'aimait que les menteurs.

— Je suis tellement contente de te voir, reprit Scarlet.

Elle avait oublié qu'elle avait tout de même quelques griefs contre sa tante. Ça ne marchait pas comme dans le couloir. Il ne suffisait pas de la regarder pour se souvenir de tout.

— Et moi, je suis si contente de te savoir en vie, répondit Mnémosyne.

Elle mentait. Gideon le sentit en même temps que Tromperie. Elle s'amusait à jouer avec les sentiments de Scarlet, par pur sadisme.

— Et qui est cet homme qui t'accompagne ? demanda Mnémosyne en posant sur Gideon un regard intense et scrutateur.

Puis, brusquement, son visage se décomposa.

— Que… ? Que fais-tu ici ? Avec Scarlet ? Et quelles questions voulez-vous me poser ?

Gideon se passa la langue sur les dents. La réaction de la déesse en disait long. Elle le connaissait et elle aurait préféré ne pas le voir avec Scarlet.

— Scar, dit-il en tirant Scarlet par le bras. Ne lui demande pas si c'est elle qui a trafiqué ma mémoire.

Le visage de la déesse exprima une intense panique.

Elle se raidit.

— Scarlet, ma chérie, dit-elle. Ton ami n'est pas poli. D'ailleurs, si je me souviens bien, ce n'est pas la première fois qu'il se montre grossier, n'est-ce pas ?

— Gideon ! lança Scarlet en lâchant sa tante pour se tourner vers lui. Comment oses-tu te comporter de la sorte avec ma tante préférée ? Je t'ai déjà dit que tu devais manifester du respect aux membres de ma famille.

Hein ? Mais de quoi parlait-elle ?

Mnémosyne se glissa prudemment derrière Scarlet.

— Ne lui demande pas si c'est elle qui s'est chargée de t'effacer de ma mémoire ! hurla Gideon d'un ton mauvais.

Scarlet battit des paupières et ses yeux devinrent vagues, comme dans le couloir, quelques instants plus tôt.

— Lui demander quoi, déjà ?

Mnémosyne posa une main tremblante sur l'épaule de Scarlet.

— Scarlet… Tu sais que je t'aime et que jamais je ne songerais à te faire du mal. Gideon s'est servi de toi pour arriver jusqu'à moi. J'ai été sa maîtresse et il n'a jamais accepté que je le quitte. N'est-ce pas Gideon ?

Elle mentait ! Elle mentait ! Et pourtant, Gideon lui-même se prit à douter. Il en était presque à croire qu'il avait utilisé Scarlet pour entrer dans la chambre de la déesse de la mémoire et, pour un peu, il aurait acquiescé. Non, il n'éprouvait rien pour Scarlet. Et oui, il ne voulait pas qu'un autre homme pose ses mains sur Mnémosyne.

Une vision envahit l'esprit de Gideon. Il se trouvait dans une chambre d'hôtel avec Mnémosyne et… C'était encore flou. L'image se précisa. Il commençait à distinguer des détails de l'ameublement de la chambre. C'était à Budapest et…

Tromperie éclata de rire.

Gideon sursauta et fit un effort pour se reprendre. Si Tromperie appréciait à ce point ces images, cela signifiait qu'elles étaient fausses. Et si elles étaient fausses, elles lui étaient inspirées par la déesse de la mémoire. Et si elles lui étaient inspirées par la déesse de la mémoire…

— Tu m'as utilisée, gémit Scarlet en tournant vers lui un regard horrifié de femme trahie.

— C'est elle qui dit la vérité, protesta-t-il. Et si elle ne s'était pas réfugiée derrière toi, je ne la tuerais pas sur-le-champ.

« Eloigne-toi d'elle, que je puisse lui donner ce qu'elle mérite. »

— Comment as-tu osé ? hurla Scarlet d'une voix rauque. Après tout ce que tu m'avais fait, à moi, tu t'en es pris à ma tante ?

— Je n'ai jamais…

Il ne pouvait pas le dire.

— Ta tante me plaît beaucoup, répondit-il d'un air piteux.

Pourvu qu'elle comprenne !

— Je ne veux pas que toi.

Mnémosyne s'écarta de Scarlet en souriant d'un air triomphant.

— Je vais chercher de l'aide, dit-elle d'un ton faussement attristé en se dirigeant vers la porte. Empêche-le de quitter cette pièce, ajouta-t-elle en sortant. A tout prix.

— Oui ma tante, compte sur moi, répondit Scarlet en se campant sur ses jambes, les poings fermés, prête à l'attaque.

— Scar, ce n'est pas…

Il n'eut pas le temps de finir sa phrase. Elle s'était jetée sur lui, avec un éclat meurtrier dans le regard. Déjà, elle lui plantait son poignard dans la gorge.

15

Il l'avait encore trahie et elle regrettait d'autant plus de lui être restée fidèle pendant toutes ces années. Mais à présent, c'était terminé. Juste avant de l'attaquer, elle songea qu'elle n'irait pas jusqu'à le tuer, même si c'était sans doute l'unique manière de mettre fin à cette folie qui le poussait vers lui. En revanche, elle était fermement décidée à lui donner la raclée qu'il méritait, et à l'empêcher de quitter cette pièce jusqu'à ce que sa tante adorée revienne.

Ensuite, elle se désintéresserait de ce qui lui arriverait.

Complètement.

Ils tombèrent ensemble et Gideon se cambra pour éloigner sa jugulaire des ongles qu'elle cherchait à y planter. Elle atterrit sur lui et ce fut donc lui qui épongea le choc. Il fit la grimace quand son crâne heurta bruyamment le parquet. Du sang jaillit. A sa grande surprise, il ne chercha pas à se défendre quand elle s'installa à califourchon sur son ventre avec ses cuisses qui lui broyaient les côtes.

— Je n'aurais jamais dû te faire confiance, gronda-t-elle d'un ton mauvais. Chaque fois que je me fie à toi, tu brises un peu plus ma vie.

Il posa doucement ses mains sur ses cuisses, comme s'il cherchait à la caresser plutôt qu'à la repousser.

— Cette femme n'a pas menti, dit-il précipitamment. Je

t'ai trahie et manipulée. Et elle n'a pas trafiqué ta mémoire pour la remplir de faux souvenirs.

Il osait prétendre que sa chère tante mentait ? Elle ne le croyait pas.

— Le menteur, c'est toi, rétorqua-t-elle en lui envoyant un coup de poing dans le nez.

De nouveau, le sang jaillit.

— Ça, c'est pour m'avoir oubliée, lança-t-elle.

Elle se retenait depuis trop longtemps. Maintenant qu'elle avait commencé, elle avait l'impression qu'elle ne pourrait plus s'arrêter. Elle le frappa de nouveau au visage.

— Et ça, c'est pour avoir abandonné ton fils, ajouta-t-elle.

« Arrête, hurla Cauchemar. Ne lui fais pas de mal. »

« De quoi te mêles-tu ? Boucle-la. »

Son démon n'allait tout de même pas prendre la défense de ce salaud !

« Tu es mon démon. Pas le sien. Tu devrais plutôt lui faire peur, si tu veux m'aider. Couvre-le d'araignées. »

« Non. »

Très bien. Puisque Cauchemar refusait de coopérer, elle s'occuperait seule de Gideon. Mais quand elle leva le poing pour le frapper une troisième fois, il ne tenta même pas de détourner la tête et la fixa d'un air résigné. Elle suspendit son geste. Qu'est-ce que c'était que cette attitude ? Il ne prenait pas plaisir à être battu, tout de même ? Non. Visiblement pas. Il paraissait plutôt honteux et contrit.

— Ne réfléchis pas avant de me frapper, ma démone.

« Ma démone »… Il voulait dire, par là, « mon ange », « ma chérie ». Le cœur de Scarlet se serra.

— Tu n'as pas le droit de m'appeler comme ça, protesta-t-elle.

Il n'en avait plus le droit.

— De plus, je ne vois pas à quoi je réfléchirais. Tu m'as utilisée pour arriver jusqu'à ma tante et te venger d'elle.

— Tu n’es pas la créature la plus agaçante que j’aie jamais rencontrée, soupira-t-il.

— Vraiment ? ricana-t-elle. C’est ce que tu penses ?

Elle se releva pour lui envoyer un coup de pied dans le ventre. Pas de pitié.

— Ça, c’était pour avoir couché avec ma tante. Et avec toutes les bimbos avec lesquelles tu m’as trompée au cours des siècles.

« Arrête ça ! gémit de nouveau Cauchemar. Il faut que tu arrêtes. »

Il paraissait atterré.

« J’arrêterai quand il sera mort. »

« Je croyais que tu avais décidé de ne pas le tuer », protesta une voix dans sa tête.

Une lueur rouge brilla dans les yeux de Gideon. Elle reconnut une manifestation de son démon.

— N’écoute pas ce que je te dis, gronda-t-il. J’ai couché avec elle, c’est vrai. J’ai-cou-ché-a-vec-elle. Tu ne me crois pas ?

Elle eut la sensation qu’il tentait de lui faire comprendre quelque chose, mais quoi ? Elle n’avait pas le temps d’y réfléchir. Et tant pis pour lui. D’ailleurs, elle n’était pas en état de réfléchir. Elle ne cessait de voir le corps nu de Gideon s’enroulant autour de celui de sa tante, et cette vision la mettait en fureur.

Il ne s’était intéressé à elle que parce qu’il désirait Mnémosyne.

Elle serra les poings, et ses ongles s’enfoncèrent dans ses paumes.

— Tu vas regretter de m’avoir rencontrée, tu peux me croire.

— Tu n’es vraiment pas butée ! s’exclama-t-il, toujours sans bouger.

On aurait dit qu'il s'offrait à ses coups. Il n'était pas masochiste, tout de même !

— Je te trahirai toujours. Tu ne comprends donc pas ? Toujours. Je ne songe qu'à te trahir.

— Je sais, répondit-elle.

Il eut droit à un deuxième coup de pied qui lui arracha un cri étouffé, mais il ne réagit pas et demeura allongé, le visage crispé par la contrariété, et sans doute aussi par la douleur.

— Ne réfléchis pas, reprit-il enfin. J'ai régulièrement fréquenté ta tante et j'avais des tas de raisons de…

— Tais-toi.

Elle fit la moue et marcha lentement autour de son corps allongé. Au passage, il eut droit encore à un coup de pied. Mais, une fois de plus, elle n'en retira qu'un plaisir mitigé.

Cette fois, Cauchemar poussa un grognement de colère.

« Arrête, menaça-t-il. Arrête où je te fais revivre la mort de Steel. »

— Tu ne me connais pas mieux que personne ! explosa Gideon d'une voix rauque. Pourquoi aurais-je eu besoin de toi pour retrouver ta tante que j'ai si souvent rencontrée ? Comment pourrais-je la caresser si c'est toi que je ne désire pas ?

Il était tellement ému qu'il n'arrivait plus à s'exprimer correctement et se perdait dans des circonvolutions incompréhensibles. Mais Scarlet comprit tout de même. Il n'avait pas pu avoir besoin d'elle pour rencontrer une femme qu'il ne connaissait pas. Il n'aurait sûrement pas fait l'amour avec elle s'il avait désiré Mnémosyne.

Elle leva le poing en guise d'avertissement. S'il ne la bouclait pas, elle allait le pulvériser.

— Parce que tu…

Elle s'interrompit et fronça les sourcils. Elle réfléchissait, et son démon qui attendait, haletant, déversa en elle une vague de chagrin — sans doute pour l'empêcher de frapper. Mais elle n'était pas si bête.

— Parce que tu avais besoin de moi pour la rendre jalouse ! vociféra-t-elle.

Oui, ça ne pouvait être que ça. C'était évident. Plus elle songeait aux moments qu'elle avait récemment passés avec Gideon, et plus elle trouvait d'indices pour étayer cette théorie.

Il l'avait caressée et embrassée, mais ne lui avait pas pleinement fait l'amour : il ne l'avait pas pénétrée parce qu'il en aimait une autre. Ça ne pouvait être que ça.

— Je vois que tu as tout compris, dit-il d'un ton amer.

Il avait beau tenter de se justifier, elle n'en démordrait pas, il l'avait utilisée. Et ses belles paroles ne firent que décupler sa colère.

— Tu n'es qu'un salaud ! hurla-t-elle. Je n'étais pas assez bien pour que tu me fasses vraiment l'amour, c'est ça ? Tu te réservais pour elle ?

Elle abattit son poing sur l'une de ses oreilles, en espérant que le choc ferait sortir son cerveau par l'autre.

Cette fois, Gideon se redressa d'un bond, si brusquement qu'elle n'eut pas le temps de réagir. Déjà, il lui immobilisait les bras en lui broyant les poignets.

— Tu ne veux pas que je te pénètre, reprit-il en la défiant du regard. Je ne te pénétrerai pas.

Il l'allongea et s'installa sur elle, en la clouant au sol de tout son poids.

Cauchemar poussa un gémissement de plaisir.

Gideon n'oserait tout de même pas… Bon sang ! Oui, il osait. En ce moment, il tirait sur son pantalon, pour le lui ôter.

— Pas ça, murmura-t-elle dans un soupir.

Elle se sentait un peu perdue. Elle ne comprenait plus rien à ce qui se passait, à ce qui lui arrivait.

— Pas ça, répéta-t-elle.

« Oui, oui », insista Cauchemar.

Gideon s'arrêta net et la fixa, haletant. Elle regretta de ne pas l'avoir démoli quelques secondes plus tôt, quand il était à sa merci et qu'elle avait piqué cette ridicule crise de jalousie et… Ridicule ? Pourquoi ridicule ? Au contraire, elle avait vu clair dans le jeu de ce salaud. Elle n'avait jamais été aussi lucide de sa vie.

— Je n'ai pas besoin de toi autant que de l'air que je respire, Scar, déclara-t-il d'un ton las.

Elle traduisit. Il voulait dire qu'elle lui était tout aussi nécessaire que l'air qu'il respirait.

Mais au fait, tout à l'heure, il avait avoué avoir couché avec sa tante, et son démon ne l'avait pas puni pour avoir dit la vérité… Donc…

Donc, il avait menti. Mnémosyne n'avait jamais été sa maîtresse.

Tout ça était bien compliqué… Elle n'y comprenait plus rien.

— J'ai besoin de réfléchir, dit-elle doucement.

Gideon lâcha ses poignets et elle resta là, allongée, à tenter de remettre de l'ordre dans ses idées.

Mnémosyne prétendait que Gideon avait voulu la rendre jalouse. Mais qu'avait-il fait pour la rendre jalouse ? Rien du tout, en y réfléchissant bien. Il était venu ici pour venger Steel et elle l'avait rejoint de son plein gré, sans le prévenir. Ce n'était donc pas lui qui l'avait incitée à venir. Pas du tout. Il avait même été surpris de la voir.

Ensuite, quand elle lui avait parlé de sa tante, il n'avait pas réagi comme quelqu'un qui la connaissait. Bien sûr, il avait pu mentir. Mais pourquoi l'aurait-il menée droit à sa tante ? Ah oui, pour la rendre jalouse… Il l'avait en effet prise par la taille devant Mnémosyne, un geste somme toute anodin. Il n'avait pas tenté de l'embrasser ou de la caresser. Et puis, il lui avait ordonné de demander à sa tante si c'était elle qui avait trafiqué sa mémoire.

C'est à ce moment-là qu'elle avait senti sur son épaule la main tiède de Mnémosyne, laquelle lui avait tout révélé à propos d'elle et de Gideon. Dès qu'elle avait ouvert la bouche, Scarlet avait eu à l'esprit l'image de Gideon se vautrant nu dans un lit avec sa tante, image d'abord floue, puis de plus en plus nette et détaillée à mesure qu'elle croyait à l'authenticité de la scène.

— Dis-moi que tu désires ma tante, reprit-elle en levant les yeux vers Gideon.

— Je désire ta tante, répondit-il avec un éclat dur dans le regard.

Puis il demeura impassible. Son démon n'avait pas réagi en le faisant souffrir. Il ne désirait pas Mnémosyne.

Mais Scarlet n'était pas encore convaincue. Pas tout à fait.

— Dis-moi que tu m'as utilisée pour la rendre jalouse.

— Je t'ai utilisée pour la rendre jalouse.

Cette fois encore, il ne se tordit pas de douleur. Plus de doute, Mnémosyne avait tout inventé. Gideon n'avait jamais eu de liaison avec elle.

Scarlet ferma les yeux pour dissimuler à Gideon son soulagement. Il ne l'avait pas trahie. Ce fut tout d'abord comme si l'on appliquait un baume sur son pauvre cœur meurtri. Puis elle songea à sa tante et une violente colère déferla en elle.

— Je regrette de t'avoir frappé, murmura-t-elle. Et aussi de t'avoir insulté.

Cauchemar poussa un long soupir et se tut.

Gideon s'écarta lentement d'elle, pour la soulager de son poids.

— Je ne te pardonne pas, dit-il.

Il lui pardonnait, mais d'un ton glacial.

Elle entrouvrit les yeux. Il lui avait déjà tourné le dos. Elle se demanda s'il lui en voulait beaucoup.

— Mnémosyne est très puissante, dit-elle en guise d'excuse. Il lui a suffi de quelques mots pour me convaincre de ta trahison.

Elle frissonna.

— J'ai encore du mal à y croire. J'avais le souvenir d'une femme douce et gentille. Je ne comprends pas…

— Oui, douce et gentille, on peut le dire, ricana Gideon en lui jetant un coup d'œil glacial par-dessus son épaule. Tu n'as aucune raison de penser qu'elle a trafiqué tes souvenirs.

Son visage était aussi froid et distant que sa voix.

Elle tressaillit. Mais oui ! Il avait raison ! Pourquoi n'y avait-elle pas pensé ? L'image qu'elle avait gardée de sa tante ne correspondait en rien à la femme qu'elle venait de retrouver. Bien sûr… Mnémosyne avait manipulé son esprit.

Elles avaient partagé la même cellule pendant des siècles. Il lui avait suffi de l'effleurer de sa main tiède, de prononcer quelques mots… Et voilà.

Bon sang ! Combien de fois cette chienne s'était-elle amusée à effacer ou à rajouter des souvenirs dans son esprit ? Comment savoir ce qu'elle avait vraiment vécu, à présent ?

Elle se sentit soudain terriblement oppressée. Elle ne pouvait donc se fier à rien. Pas même à sa mémoire… Elle posa sur Gideon un regard éploré.

— Nous ne devons pas quitter cette chambre au plus vite, dit-il en lui tendant la main pour l'aider à se lever.

Elle déglutit et prit la main de Gideon. Une main d'homme, dure et calleuse, dont le contact l'émut.

— Je ne pense pas que Mnémosyne soit partie chercher de l'aide, dit-elle. Sinon, elle serait déjà revenue depuis longtemps avec des gardes. Je parierais plutôt qu'elle s'est enfuie.

Gideon haussa les épaules.

— On ne s'en fiche pas du tout.

— Non, on ne s'en fiche pas, protesta-t-elle. Nous ne pouvons pas partir. J'ai besoin de… Je veux lui parler. Je veux savoir si elle m'a inspiré d'autres faux souvenirs.

Gideon secoua la tête d'un air résolu.

— Ce que Zeus a fait…

— Il n'a peut-être rien fait, murmura Scarlet.

L'idée venait de lui traverser l'esprit. Le meurtre de Steel était peut-être un faux souvenir inspiré par Mnémosyne. Et dans ce cas, son fils était vivant…

Son cœur se gonfla d'espoir et une immense joie explosa en elle, aussi intense que celle qu'elle avait ressentie la dernière fois qu'elle avait tenu Steel dans ses bras.

— Il faut appeler Cronos, supplia-t-elle en s'agrippant à la chemise de Gideon. Nous devons l'interroger à propos de Steel.

Le visage de Gideon s'adoucit et il posa une main sur sa joue.

— Scar, ma démone…

Il l'avait encore appelée ma démone… Elle se hissa sur la pointe des pieds et déposa un baiser sur ses lèvres. Des lèvres encore enflées du coup de poing qu'il lui devait. Des lèvres qui saignaient. Des lèvres qui avaient perdu leur anneau. Etait-ce elle qui le lui avait arraché ? Elle n'osa pas s'excuser. Ça n'aurait pas suffi.

— Gideon… Je t'en prie. Et si Steel n'était pas mort ? S'il vivait toujours dans ce palais ?

Il ouvrit la bouche — pour protester ? — puis la referma et secoua la tête. Des éclairs passèrent sous sa peau.

— Doux coucher de soleil et senteurs de rose, je n'ai aucun mal à croire que je fais ça, grommela-t-il en arrachant de son cou le pendentif qui le protégeait des regards de Cronos.

Eh bien… Elle ne l'avait jamais entendu jurer de la sorte.

— Cron ! hurla-t-il en agitant son poing dans les airs. Je n'ai pas besoin de te parler.

Ils attendirent quelques secondes durant lesquelles Scarlet eut l'impression que son cœur allait bondir hors de sa cage thoracique tant il battait fort. Elle avait du mal à se contenir et n'allait pas tarder à menacer ce vieux malotru de Cronos des pires tortures s'il ne se montrait pas au plus vite.

— Cron !

— La politesse, Tromperie. Tu oublies la politesse. Ici, tu es chez moi. Tu me pries de venir. Tu ne me donnes pas d'ordres.

La voix était venue de derrière eux et ils firent volte-face. Cronos était assis sur le bord du lit, les lèvres pincées. Il paraissait mécontent.

Mais Scarlet ne s'en inquiéta pas. Il était là, c'était l'essentiel. Elle soupira de soulagement. Bientôt, elle saurait la vérité. L'espoir était comme une entité vivante qui palpitait en elle.

— Je ne te remercie pas d'être venu, déclara Gideon, inclinant la tête en signe de soumission.

Elle ne l'avait jamais vu ainsi et elle lui fut reconnaissante de ce geste qui visait à amadouer Cronos. Il savait qu'elle était désespérée. Il faisait de son mieux pour l'aider.

— Eh bien, marmonna Cronos en balayant Gideon du regard. On dirait que tu as repris des forces. Je ne m'attendais pas à ce que tu récupères si rapidement. Mais qu'est-ce que tu fais dans la chambre de Leto ?

Ce n'était pas le moment de perdre du temps. Scarlet intervint.

— C'est moi qui parle, dit-elle à Gideon.

Puis elle se tourna vers le roi des dieux. Elle le connaissait bien, aussi usa-t-elle de diplomatie.

— Nous avons appris des choses étranges à propos de Mnémosyne et…

— J'ai posé une question, coupa Cronos sans quitter Gideon des yeux. Que fais-tu dans la chambre de Leto ?

Elle avait visiblement des progrès à faire en matière de diplomatie.

— Votre maîtresse était là, il y a cinq minutes, expliqua Scarlet. Nous voulions lui parler.

Il haussa un sourcil, mais son visage demeura impassible et il ne répondit pas. Elle en déduisit qu'il avait décidé de l'ignorer. Il ne cherchait plus à la tuer, mais il n'avait pas oublié qu'elle était le fruit de l'infidélité de sa femme.

Il était mal placé pour donner des leçons de morale, lui qui avait choisi pour maîtresse la propre sœur de Rhéa.

— Votre maîtresse n'était pas dans cette chambre il y a cinq minutes, intervint Gideon.

— Laquelle ? demanda posément le dieu.

Combien en avait-il donc ?

— Pas Mnémosyne, répondit Gideon.

Le visage du dieu se ferma.

— Et ?

— Et elle n'a pas essayé de faire entrer des faux souvenirs dans l'esprit de Scarlet, dit-il.

— Et alors ? répéta le dieu.

— Et alors, nous n'avons pas de précisions à lui demander.

Cronos inclina la tête de côté et contempla rêveusement Gideon.

— Elle est venue me voir pour me dire que vous étiez là, figure-toi. Elle a tenté de me convaincre que vous cherchiez à me tuer, mais ce qu'elle ne sait pas, c'est que ses tours de passe-passe ne fonctionnent plus avec moi. Je l'ai enfermée dans ma chambre, le temps de comprendre ce qu'elle trame.

— Je veux bien vous y aider, intervint de nouveau Scarlet.

Elle avait quelques idées sur les méthodes à employer pour interroger sa tante. Elle songeait à des aiguilles et à un marteau.

Cronos continua à l'ignorer superbement.

— Je vais charger Secret de sonder son esprit, dit-il à Gideon. Mais pour l'instant, il est occupé.

— Et vous ne voulez pas que j'aille le chercher, grogna Gideon.

— Il est en enfer avec Aeron. Tu vas retourner au château et me prévenir dès qu'il rentrera. C'est une faveur que je te demande. Je te rappelle que tu m'en dois une pour avoir séjourné dans mon palais.

Gideon et Scarlet tressaillirent. Ils songeaient tous deux que Scarlet avait promis à Rhéa d'empêcher Gideon d'aider Cronos. La situation était délicate.

Et ils savaient tous deux que celui qui ne tenait pas la promesse faite à un dieu s'exposait à de très graves ennuis.

Scarlet pensa à contourner la difficulté en prévenant elle-même Cronos. Génial ! Mais… Et si le dieu décidait de l'ignorer ? Et si sa mère jugeait qu'elle avait tout de même failli à sa promesse ?

— Ça ne va pas ? lui murmura Gideon à l'oreille, s'inquiétant manifestement de son air songeur.

— Ça va, assura-t-elle.

— Si Mnémosyne complote avec Rhéa, elle sera punie de mort, poursuivit Cronos. Mais si ce n'est pas le cas…

Il haussa les épaules.

— Je ne suis pas encore fatigué d'elle et elle me sert à humilier ma femme. Autrement dit, je ne vous autorise pas à la malmener.

Scarlet se retint de sauter sur cet abruti pour le bourrer de coups. Elle vit passer devant ses yeux l'image de son visage ensanglanté et édenté.

Gideon dut se douter de ce qu'elle ressentait, car il lui pressa la main. Pour la réconforter ?

— Je dois parler à ma tante, dit-elle sèchement. Et si elle m'a menti au sujet de la mort de mon fils, je la tuerai, avec ou sans votre bénédiction.

Cronos battit des paupières et se tourna lentement vers elle.

— Ton fils ? demanda-t-il d'un ton surpris.

Puis il s'adressa à Gideon.

— Mais de quoi parle-t-elle ?

— Je parle de Steel ! s'écria Scarlet. Je parle du garçon que j'ai mis au monde en prison. Je veux savoir s'il est toujours en vie !

Un long silence s'ensuivit, pesant et visqueux, qui s'enroula autour d'elle comme un serpent prêt à mordre.

— Scarlet…, murmura enfin le dieu d'un ton radouci. Nous étions dans la même cellule. Tu n'as jamais mis au monde de garçon. Tu n'as même jamais été enceinte.

16

Cronos n'avait pas le cœur tendre et, pourtant, en cet instant, il contemplait Scarlet d'un air apitoyé.

« Tu n'as même jamais été enceinte. »

En entendant ces mots, Gideon était resté quelques secondes sous le choc. Puis il avait compris que Cronos disait la vérité. Ce qui expliquait pourquoi il n'avait aucun souvenir de l'enfant, pas même une vague vision, pas même une sensation. Rien.

Pas étonnant que Tromperie apprécie tant Scarlet et soit incapable de déceler en elle la vérité ou le mensonge. L'esprit de la pauvre Scarlet était un tissu de faux souvenirs et elle l'ignorait. Ils n'avaient jamais eu de fils. Et sans doute aussi n'avaient-ils jamais été mariés.

Zut ! Juste au moment où il commençait à s'habituer à penser à elle comme à sa femme…

Mais pour le mariage, après tout, rien ne prouvait qu'il s'agissait d'un souvenir implanté par Mnémosyne. La première fois qu'il avait vu Scarlet dans le donjon, il avait eu des visions de leurs corps nus et enlacés… Il avait rêvé d'elle à plusieurs reprises au cours des siècles. Cela avait forcément un sens.

Pour Steel, c'était une autre histoire. Il ne se souvenait vraiment de rien. D'absolument rien. Et pourtant, maintenant que Scarlet lui avait fait vivre en rêve la mort de ce faux enfant auquel il n'avait cru que quelques heures, il souffrait de son absence.

Scarlet avait pleuré Steel pendant des milliers d'années…

En ce moment, elle secouait la tête et son regard allait de Gideon à Cronos, puis de Cronos à Gideon. Elle paraissait avoir du mal à retrouver son souffle.

— Vous vous trompez, murmura-t-elle enfin. Vous vous trompez. J'ai tenu mon petit garçon dans mes bras. Je l'aimais plus que tout.

Elle avait prononcé la dernière phrase presque avec colère, comme si elle mettait Cronos au défi de lui dire le contraire.

Cronos se leva, les sourcils froncés.

— Il y a trop d'yeux et trop d'oreilles dans cette pièce, dit-il.

Puis il agita la main, et la pièce disparut, tout simplement. Ils se trouvaient maintenant au milieu d'un brouillard dense et blanc. L'air était frais et sentait l'ambroisie.

Gideon inspira profondément, savourant le calme et le silence exceptionnels du lieu. Puis le brouillard se dissipa peu à peu et il découvrit le champ d'ambroisie qui s'étendait autour d'eux à perte de vue — une mer de longues tiges grimpantes aux fleurs roses, tournées vers le soleil, comme des tournesols.

Ils étaient au soleil. Le soleil… Scarlet… ! Il se tourna vers elle, s'attendant à la trouver endormie. Mais pas du tout. Elle était bien éveillée. Elle ne bâillait même pas.

Comment était-ce possible ?

— Dans ce royaume, le jour et la nuit ne font qu'un, expliqua Cronos, comme s'il avait lu dans les pensées de Gideon.

Gideon prit Scarlet par la taille, façon de lui montrer qu'il était avec elle, qu'il entendait la soutenir, mais elle s'écarta vivement, tout en secouant de nouveau la tête.

— Mon fils a existé, protesta-t-elle. Mon fils existe !

— Il n'existe que dans ton esprit, dit doucement Cronos.

Puis il se mit à marcher, contraignant Scarlet et Gideon à lui emboîter le pas.

— Je reconnais la marque des pouvoirs de Mnémosyne, poursuivit-il tout en effleurant au passage les fleurs d'ambroisie. Elle pose une main sur sa victime, pour la rendre plus réceptive, puis elle lui suggère une image. Si ce souvenir est agréable, l'esprit l'accepte sans hésiter. Quand l'esprit résiste, elle tisse un réseau de souvenirs qui rendent l'image plausible.

Scarlet trébucha sur un pied d'ambroisie et Gideon la retint par le T-shirt pour l'empêcher de tomber. Elle ne parut même pas s'en apercevoir. Elle n'avait d'yeux que pour Cronos, qu'elle suivait pas à pas en buvant ses paroles.

Gideon la voyait pour la première fois au soleil et il était subjugué par sa beauté. Elle absorbait la lumière et paraissait briller de l'intérieur.

— Tu comprends mieux, maintenant ? demanda Cronos à Scarlet.

— Non ! s'exclama Scarlet. Les méthodes de Mnémosyne n'expliquent rien. Je me souviens des moindres détails de la vie de Steel. Des moindres détails ! Ma tante ne peut pas créer un réseau de souvenirs d'une telle complexité.

— Elle le peut, crois-moi. Elle plante une suggestion comme on plante une graine. Chaque fois que tu t'intéresses à cette graine, c'est comme si tu l'arrosais : elle germe, puis elle pousse. Ensuite, ton esprit se charge de combler les blancs, pour s'approprier le souvenir, et tu finis par y croire dur comme fer.

Gideon fixait le champ vert et rose qui s'étendait à perte de vue. Il n'osait plus regarder Scarlet. Elle était solide, mais personne n'aurait pu résister à une telle révélation.

— Je… Je…

Sa voix exprimait un désespoir indicible. Gideon songea qu'elle avait probablement la sensation d'assister une deuxième fois à l'exécution de son fils.

— Je ne veux plus parler de Steel, dit-elle d'un ton lamentable qui rappela à Gideon celui de Cameo, gardienne de Misère. Dites-nous seulement si Gideon et moi nous… Si nous…

Cronos secoua la tête avec une lenteur exaspérante.

— Non. Vous n'étiez pas…

Tromperie grogna de rage.

Gideon n'aurait pas su dire si c'était parce que le dieu venait de dire la vérité ou parce que cette vérité le dérangeait.

Il soupira. Il désirait Scarlet plus que jamais, il se sentait bien près d'elle, il aurait tant voulu qu'elle lui appartienne.

Il ne lui restait plus qu'à l'épouser. Pour de bon. Pour ne plus la quitter.

« Non ! hurla Tromperie. Pas l'épouser ! »

— Mais pourquoi Mnémosyne n'aurait-elle pas implanté tous ces faux souvenirs dans l'esprit de Scarlet ? demanda Gideon.

Il reconnut à peine sa propre voix. Elle était rauque, comme si on lui avait frotté les cordes vocales au papier-émeri.

Cronos soupira.

— J'ai ma petite idée sur le sujet. Je pense que ça vient de la mère de Scarlet. Tandis que nous sentions peser sur nous cette malédiction qui nous faisait vieillir, Scarlet devenait de plus en plus joyeuse. Je me suis toujours demandé pourquoi. Je comprends, maintenant… Mnémosyne avait dû commencer à lui inspirer son idylle avec toi, à la demande de Rhéa, probablement, qui voulait se venger d'elle. Forcément, elle lui en voulait… Chaque fois qu'elle essayait de la tuer, elle prenait un coup de vieux.

Gideon se promit d'ajouter cette sorcière à la liste de ses

pires ennemis — ceux qui devaient périr dans d'atroces souffrances.

— Les deux sœurs avaient remarqué que Scarlet te dévorait des yeux chaque fois que tu venais, reprit Cronos. Tout le monde l'avait remarqué. Elle en pinçait pour toi, c'était l'évidence. C'est pour cette raison que Mnémosyne n'a eu aucun mal à implanter dans son esprit le souvenir de votre mariage.

— Par tous les dieux ! gémit Scarlet en jetant un regard en coin du côté de Gideon.

Elle paraissait horriblement gênée. Gideon, lui, était aux anges.

— Tout cela explique pourquoi je ne me souvenais pas de toi, dit-il. Je n'ai pas tatoué sur moi tes yeux et ta bouche. Je n'ai pas marqué autour de ma taille la phrase qui orne la tienne. Nous nous sommes mariés, mais je ne t'avais pas remarqué.

« Tu me plaisais, même si nous ne nous étions jamais parlé. »

Elle se raidit et le repoussa en le toisant d'un regard glacial.

— Quand j'ai repris le contrôle de mon démon, dit-elle, j'ai utilisé ses pouvoirs pour pénétrer tes rêves. Je te regardais dormir. C'est sans doute à ce moment-là que tu m'as remarquée. Ensuite, la porte de ton esprit a disparu, et je t'ai cru mort.

Elle venait d'éclaircir un mystère et, de nouveau, il fut rempli de joie et de fierté à l'idée de lui avoir inspiré autant de désir. Elle, au contraire, paraissait de plus en plus honteuse.

— Tu ne m'as jamais désirée, à Tartarus, murmura-t-elle tandis qu'un flot de larmes jaillissait de ses yeux. Jamais. Tu ne m'avais pas même remarquée.

— Ma démone…, murmura-t-il.

La voir pleurer le rendait malade. Peu importait ce qui s'était passé autrefois, à Tartarus. Aujourd'hui, il désirait Scarlet. Il fallait qu'elle le comprenne.

Il voulut la prendre dans ses bras, mais elle s'écarta d'un bond et repoussa sa main, en faisant tomber sur ses doigts quelques larmes tièdes.

— Je t'ai haï, murmura-t-elle. Je te rendais responsable de la mort de Steel et je rêvais de me venger. Je t'ai inspiré des cauchemars… Je t'ai frappé…

Elle ravala un sanglot.

— Et tout ça pour rien. Tu ne m'avais rien fait.

— C'est ta faute, ma démone, et ta tante n'y est pour rien, murmura-t-il d'une voix douce. Je n'aurais sûrement pas réagi comme toi, à ta place.

Jamais il ne s'était senti aussi impuissant.

Elle secoua la tête et essuya ses larmes du revers de la main.

— Je suis désolée. Vraiment désolée. Je te prie de me pardonner tout ce que je t'ai fait. Je… Je dois y aller. Je veux revenir sur terre.

Elle voulut se tourner vers Cronos, mais il avait disparu.

— Cronos ! hurla-t-elle.

Au même moment, le champ d'ambroisie se dissipa et des murs gris s'élevèrent autour de Gideon. Il tourna sur lui-même, pour identifier les lieux. Pas de panique. Il se trouvait dans sa chambre. A Budapest. Dans le château des Seigneurs de l'Ombre.

Les rayons de lune qui entraient par la fenêtre éclairaient le mobilier : un grand lit avec une couverture marron et blanche, deux tables de nuit, toutes deux marquées par les poignards qu'il s'amusait à y planter. Sur l'une d'elles, il avait posé une lampe de chevet, sur l'autre, un bol rempli de barres chocolatées.

Il possédait également une coiffeuse et un confortable

fauteuil en cuir. Son placard contenait plus d'armes que de vêtements. Sa salle de bains personnelle était attenante à la pièce.

Oui, il était au château, mais sans Scarlet il ne s'y sentait plus vraiment chez lui. Où était-elle passée ? Est-ce que Cronos l'avait abandonnée dans ce champ ? Seule avec son chagrin ? Il poussa un rugissement de désespoir et d'impuissance, comme Tromperie tout à l'heure. Il ne supportait pas que…

« Calme-toi… »

Scarlet venait d'apparaître au centre de la pièce. Gideon poussa un soupir de soulagement.

Elle ne pleurait plus. Son visage n'exprimait plus l'horreur. Ni le chagrin. Il était sans expression.

— Scar…, s'écria-t-il en se précipitant vers elle.

Elle le fixa droit dans les yeux et leva une main pour l'arrêter.

— Je te souhaite longue et heureuse vie, Gideon. Je n'ai rien d'autre à te dire.

Elle voulut passer devant lui pour quitter la pièce, mais il lui agrippa le bras.

— Où ne vas-tu pas ?

— Je pars. J'ai à faire.

Elle projetait sans aucun doute de torturer sa mère et sa tante.

— Je ne viens pas avec toi, dit-il. Moi aussi, je veux embrasser Rhéa et Mnémosyne.

Il avait l'intention de se venger, lui aussi.

— Pas question, répondit-elle.

Quelque chose se durcit dans son regard, comme un métal en fusion qui se solidifie en refroidissant.

— Je m'occuperai seule de ma mère et de ma tante.

A l'idée qu'elle allait le quitter, il s'affola et l'attira

contre son corps dur et musclé de guerrier, si brutalement qu'elle poussa un cri étouffé en le heurtant.

Elle sentait l'ambroisie et elle était toute chaude. De nouveau, il la désira.

— Tu m'as bien compris, dit-il. Nous n'irons pas ensemble les embrasser.

Elle leva tout de même les yeux vers lui, cette fois, et il remarqua que des éclairs rouges zébraient ses pupilles, comme si Cauchemar était sur le point de se manifester.

— Quand j'aurai tué ma tante, je trouverai un moyen pour faire le tri dans mes souvenirs. Je veux prendre un nouveau départ, faire le ménage. J'ignore ce qu'a été ma vie. C'est insupportable. J'ai besoin de savoir. De démêler le vrai du faux.

Il déposa un baiser sur son front.

— Je ne suis pas désolé, ma démone. Pas du tout. Et je n'insiste pas pour aller embrasser ta tante avec toi.

Elle fut secouée d'un frisson et déglutit péniblement.

— Comment peux-tu avoir envie de m'aider après tout ce que je t'ai fait ?

— Je ne ressens rien pour toi… Et lui… Il… Il ne me manque pas…

Elle comprit qu'il faisait allusion à Steel, et ses yeux se remplirent de larmes. Gideon n'aurait jamais cru être un jour soulagé de voir une femme pleurer, mais il préférait encore la voir exprimer sa tristesse plutôt que de savoir qu'elle souffrait en silence derrière sa carapace.

— Il n'a jamais existé, murmura-t-elle d'un ton plaintif en s'agrippant à la chemise de Gideon.

— C'est vrai, dit Gideon. Il n'a jamais existé.

— Je l'ai compris et… Quoi ? Qu'est-ce que tu dis ?

Il aurait dû se tordre de douleur ; pourtant, il ne paraissait pas souffrir, comme s'il venait de mentir.

— Dans notre cœur, il n'a jamais existé, dit-il doucement.

Les larmes se mirent à couler sur les joues de Scarlet.

— On ne va pas le leur faire payer cher, ma démone. N'aie pas confiance en moi.

— Elles m'ont manipulée, déclara-t-elle d'une voix glaciale. Pendant toutes ces années, elles m'ont regardée me débattre avec mes faux souvenirs. Elles se sont moquées de moi. Pourquoi ? Je ne leur avais rien fait…

— Ce ne sont pas des monstres, répondit Gideon.

Elles étaient monstrueuses, mauvaises, pires que les pires démons de l'enfer.

D'une main, il lui caressa les cheveux pour la réconforter, tout en la maintenant fortement de l'autre, de peur qu'elle ne s'échappe.

— Et vois-tu, en ce qui me concerne, je ne nous considère pas comme mariés.

Elle fronça les sourcils, mais il la sentit se détendre.

— Tu veux dire que tu me considères comme ta femme ?

Plutôt que de lui répondre dans le langage torturé de Tromperie, il se contenta de hocher la tête.

— Mais c'est faux ! protesta-t-elle en lui donnant un coup de poing dans la poitrine. C'est faux !

Ce n'était pas la réaction à laquelle il s'était attendu. Encore moins celle qu'il avait espérée.

— Nous deux, c'est fini ! reprit-elle. Et d'ailleurs, ça n'avait jamais commencé.

Elle avait décidément la mémoire courte.

— Tu as raison, dit-il sèchement.

Elle plissa les yeux et le contempla fixement quelques secondes.

— Au fond, nous avons de la chance, toi et moi, d'avoir échappé à une union éternelle, dit-elle d'un ton amer. Nous ne nous apportons rien de bon.

Elle eut un rire mauvais, et le timbre de ce rire rappela

à Gideon celui de la cloche que les immortels entendaient parfois avant de mourir.

— Maintenant que je sais la vérité sur notre passé, ça ne m'étonne plus que tu ne m'aies pas remarquée la nuit où je t'ai croisé dans cette immonde boîte de nuit.

Il haussa un sourcil. De quoi parlait-elle ?

— Oui, poursuivit-elle en répondant à la question qu'il n'avait pas posée. Une boîte de nuit. Celle où tu as copulé dans un coin avec une femme, sans même prendre la peine de t'isoler.

Il avait plus d'une fois fait l'amour dans des lieux publics et ne vit pas tout de suite à quel épisode précis elle faisait allusion. Puis, brusquement, il se souvint.

Ç'avait été une soirée comme tant d'autres. Il avait bu pas mal d'alcool mêlé d'ambroisie, et ne songeait qu'à trouver une femme pour copuler. Il avait tout de même remarqué une épaisse zone d'ombre près de sa table, une zone étrange, que ses yeux n'avaient pu percer. Il avait mis cela sur le compte de ses excès. Et encore plus quand il s'était senti enveloppé par des effluves d'orchidées, lesquels effluves avaient puissamment excité Tromperie.

— Je n'ai pas senti ta présence, ce soir-là, murmura-t-il. Et je n'ai pas sauté sur la première femme qui passait à ma portée, me doutant qu'elle était responsable du désir que tu n'avais pas éveillé en moi.

— Je…

Elle se tut et rougit. Puis elle se reprit.

— Peu importe, dit-elle. Tu ne m'es pas bénéfique et, moi non plus, je ne peux rien t'apporter de bon.

— Tu as raison, répondit-il.

Décidément, elle voyait tout en noir et elle n'avait que des griefs contre lui. Dire qu'elle avait été jusqu'à lui reprocher de ne pas l'avoir pénétrée… Il avait voulu lui manifester du respect et c'était ainsi qu'elle le remerciait ?

Eh bien, le respect, c'était fini. A présent, il allait prendre ce qu'il désirait, posséder cette femme, la soumettre. Il l'obligerait à admettre qu'ils étaient faits l'un pour l'autre, destinés l'un à l'autre. Le reste était secondaire.

Elle lui plaisait, sa présence le rendait heureux, elle lui faisait bouillir le sang. Elle n'avait pas peur de lui. Ni de son démon. Elle était prête à relever tous les défis qu'il lui lançait. Elle était probablement plus puissante que lui.

Et il allait lui faire comprendre tout ça très vite. Tout de suite. Dans un lit.

Il la prit sans un mot par la taille et la poussa sur le lit en question. Elle rebondit sur le matelas, tout en lui jetant un regard surpris.

— Qu'est-ce que tu fais ? demanda-t-elle d'une voix rauque.

— Je termine ce que nous avons commencé, répondit-il en se penchant sur elle.

17

« Victoire. Victoire. Je veux la victoire. »

Strider avait le visage et le torse couverts de sueur. Il ralentit un peu l'allure et se réfugia à l'ombre d'une colonne. Heureusement, il avait repéré les quatre chasseurs qui le suivaient avant d'atteindre le temple de Ceux dont On ne Prononce pas le Nom. Il avait donc changé de direction et se trouvait à présent dans le centre historique de Rome, à des kilomètres de l'île, entouré par une foule de touristes béats d'admiration devant le temple de Vesta, et occupés à le photographier pour l'immortaliser. Strider ne pouvait pas espérer se fondre dans leur groupe, car il dominait tout le monde d'une bonne tête.

Il aurait bien aimé s'attarder, lui aussi, devant ce temple qu'il avait aidé à reconstruire après l'avoir détruit. Les guides touristiques ne mentionnaient pas son nom, mais il ne le regrettait pas. Une bonne action comme celle-ci pouvait ruiner la réputation d'un homme. Il valait mieux que les chasseurs ne sachent pas qu'il avait aussi le cœur tendre.

Il préférait inspirer la peur plutôt que le respect. La peur tenait vos ennemis à distance.

« La victoire, la victoire, il me faut la victoire », chantonna de nouveau Guerre.

— Je le sais…, grommela-t-il. Avec toi, pas moyen de l'oublier.

Mais il transportait sur lui la Cape qui rend invisible et il devait avant tout la protéger, éviter l'affrontement.

Par tous les dieux… Il haïssait la fuite.

Il avait hâte de trouver un moyen de s'isoler pour s'envelopper discrètement dans cette fichue cape qui lui permettrait de disparaître, tout simplement.

Il se fraya un chemin au milieu du groupe des humains, en s'efforçant de ne pas trop les bousculer. Quelques-uns s'offusquèrent de sa grossièreté et se tournèrent vers lui pour protester, puis ils se turent en avisant sa carrure et sa mine sombre.

Ils avaient raison. Il se sentait capable de commettre un meurtre.

Il se demanda si les chasseurs avaient retrouvé la trace de Lucien et Anya, ou celle de Reyes et Danika, et se promit de les appeler dès qu'il aurait semé ses poursuivants, afin de s'assurer que tout allait bien pour eux.

Ses bottes résonnaient sur la pierre du Forum en faisant s'envoler les oiseaux sur leur passage. Les rayons du soleil dardaient comme des flèches sur le sol, avant de rebondir. Il battit des paupières pour humecter ses yeux qui le piquaient. Encore quelques mètres et il atteindrait le temple de César. Il le connaissait par cœur et se cacherait aisément dans les ruines, où les chasseurs ne risquaient pas de le poursuivre.

Lui, il y avait vécu. Pas eux.

Pop. Whizzz…

Le claquement d'un silencieux… Le sifflement d'une balle… Merde !

Il jura en même temps qu'il sentit une brûlure à l'arrière de son épaule. Presque aussitôt, un liquide chaud se mit à couler. Ils l'avaient eu…

Bon sang !

« Victoire ! lança Guerre avec exaspération. Victoire ! »

— Tu l'auras, ta victoire, grommela Strider.

Il regretta de ne pas avoir choisi de se diriger vers les Etats-Unis, ce pays immense où les chasseurs auraient eu du mal à retrouver sa trace. Mais il avait voulu rencontrer Ceux dont On ne Prononce pas le Nom, pour tenter de les convaincre de changer les termes du marché qu'ils proposaient : la tête de Cronos contre la Baguette. Leur apporter la tête de Cronos revenait à les libérer, et mieux valait ne pas lâcher ces monstres sur le monde. Peut-être se contenteraient-ils de vivre à leur guise sur leur île… S'ils acceptaient, il ne resterait plus qu'à convaincre Cronos de briser leurs chaînes.

« La victoire ! » hurla Guerre qui trouvait sans doute qu'il perdait du temps à réfléchir.

— Donne-moi une minute ! protesta Strider.

Avec cette fichue amulette en forme de papillon qu'il portait au cou, Cronos ne risquait pas d'apparaître pour sauver la situation. Mais Strider n'osait pas se débarrasser du papillon, de peur d'être repéré par Rhéa.

Pop. Whizzz.

Cette fois, la balle l'atteignit à l'omoplate. Il trébucha, mais continua à avancer.

« La victoire ! »

— Je t'ai dit que je m'en occupais !

Il allait devoir se résoudre à utiliser la Cape qui rendait invisible. Tout de suite. Devant les chasseurs. Tant pis.

Il plongea sa main dans sa poche de pantalon — bon sang, ce qu'il tremblait ! — et en sortit lentement le carré de tissu gris. Chaque fois qu'il le voyait, il s'émerveillait de sa petitesse.

Un humain qui se trouvait sur son passage fut bousculé sans ménagement. Il y eut encore un « pop » et un

« whizzz ». La plupart des humains ne connaissaient pas le bruit d'un silencieux, mais leur sixième sens dut leur signaler un danger, car ils se mirent à courir dans toutes les directions.

Strider tourna brusquement à droite au moment où une balle sifflait près de lui, mais sans l'atteindre. Elle alla se ficher dans la pierre en soulevant un nuage de poussière.

Guerre eut le rire joyeux d'un enfant qui vient d'ouvrir son cadeau de Noël et y découvre ce qu'il avait espéré. « Victoire ! »

Tout en accélérant le pas, Strider jeta un coup d'œil par-dessus son épaule. Les quatre chasseurs, trois hommes et une femme, venaient de se séparer pour augmenter leurs chances de le coincer, en fendant la foule comme s'ils n'avaient fait que ça toute leur vie.

Un plan commençait à prendre forme dans son esprit et il sourit. Il n'aurait peut-être pas besoin de les semer dans les ruines du temple de César, après tout. Il prit de nouveau une bifurcation, pour tenter d'échapper quelques secondes au regard de ses poursuivants, et agita le petit carré gris. Plus il le secouait et plus la cape se déployait. Bientôt, elle fut suffisamment grande pour le dissimuler entièrement.

— Vous avez vu ? hurla un des hommes. Il a la Cape avec lui !

— Tuez-le !

— Pas de pitié !

« Victoire ! La Victoire ! »

Il y eut un déferlement de « pop » et de « whizzz ». Tellement que Strider ne chercha plus à les éviter. Quelques semaines plus tôt, les chasseurs auraient tenté de le capturer vivant pour ne pas libérer son démon. Mais Galen avait trouvé un moyen de faire entrer les démons de Pandore dans des corps de son choix. Il prévoyait de leur attribuer pour gardiens des humains prêts à lui obéir en tout. Les chasseurs avaient donc dorénavant ordre d'éliminer les Seigneurs de l'Ombre.

Pop. Whizzz.

Une balle vint se loger dans le bas du dos de Strider. Une autre se ficha dans sa cuisse. Il trébucha et fut contraint de ralentir. Bon sang… A cettc allure, il allait se vider de son sang avant d'avoir disparu sous la Cape.

« Victoire, victoire, victoire. »

A présent, la voix de Guerre n'était plus qu'un murmure vague et douloureux.

— Tiens bon, murmura Strider. Je t'offrirai la victoire, je te le promets.

En dépit du tremblement qui agitait à présent ses deux bras, il parvint à se draper dans la cape et à passer la capuche. Aussitôt, son corps devint invisible. Lui-même ne pouvait plus le voir. Etrange sensation.

Les chasseurs le cherchaient fébrilement du regard parmi la foule. Ils s'étaient de nouveau rassemblés et ne couraient plus.

— Où a-t-il bien pu aller ? demanda l'un d'eux.

— Il a dû se glisser sous la Cape, grommela un autre. Bon sang ! On ne le trouvera plus, à présent.

— Tu crois qu'il s'est enfui, ou qu'il nous surveille ?

« Victoire ! » s'exclama Guerre.

— C'est un démon, un lâche. Il a pris la fuite.

— On ne peut pas en être certains. Mieux vaut ne pas retourner au quartier général.

— On ne devrait pas parler, fit remarquer un autre.

Ils n'avaient pas regardé du côté de leurs pieds, et heureusement, parce qu'ils auraient remarqué la traînée de sang qui, une fois hors de la cape, se matérialisait sur la pierre et trahissait Strider. Celui-ci s'éloigna discrètement vers une zone en terre battue, où la trace serait absorbée, en prenant soin de ne heurter personne.

— Qu'est-ce que tu proposes ? demanda la femme qui ouvrait la bouche pour la première fois.

Elle avait une voix étrangement rauque. Comme enrouée par le froid.

— Nous devons nous séparer, répondit le plus grand, qui paraissait être le chef.

Il était brun aux yeux noirs, avec une peau sombre. Il ressemblait tant à Amun que Strider en resta saisi et se demanda s'il n'avait pas des hallucinations.

— Fouillez la ville sans relâche, jusqu'à ce que je vous fasse signe. Mais dépêchez-vous. Le démon est blessé, il n'a sûrement pas l'intention de traîner dans le coin.

Ils acquiescèrent en silence et les deux hommes filèrent aussitôt. La femme s'attarda quelques secondes et échangea avec le chef un regard lourd de sens. Puis ils s'embrassèrent fougueusement et se séparèrent sans un mot.

Intéressant. Ces deux-là étaient amants. L'homme ferait sûrement n'importe quoi pour retrouver sa femelle saine et sauve.

Plutôt que de chercher un abri, Strider décida de la suivre.

— Nouveau défi, annonça-t-il à son démon.

« La victoire », grommela seulement Guerre.

— Mais oui, tu l'auras, ta victoire.

La femme avait un joli petit corps tout en courbes, avec des cheveux blonds méchés de rose qui lui arrivaient aux épaules. Elle portait un haut sans manches et un jean déchiré, vêtements sous lesquels elle dissimulait probablement des armes. Elle avait un piercing au sourcil, et l'un de ses bras était couvert de tatouages jusqu'au poignet, à la manière d'une manche.

Elle dégageait quelque chose de familier… Quelque chose qui déclencha chez Strider une vague de haine.

Oui, c'était bien de la haine qu'elle lui inspirait… Il en fut surpris. Il ne lui semblait pas l'avoir rencontrée, ni combattue. Mais peut-être était-ce tout de même le cas, sans qu'il s'en souvienne précisément.

Mais pourquoi cette haine ?

« La victoire ! La victoire ! »

En dépit de sa petite taille, la femme avançait vite. Plus vite que Strider, qui continuait à perdre du sang et à s'affaiblir. Elle n'allait pas tarder à le semer.

« Victoire ! »

— Je t'ai dit que j'y travaillais. Cesse de pleurnicher.

Elle s'apprêtait à entrer dans un grand immeuble quand il la saisit par les cheveux. Elle tomba à la renverse en poussant un cri de surprise, mais se releva aussitôt, un poignard dans chaque main.

— Salaud, murmura-t-elle. Je me doutais que ce serait moi que tu suivrais. Tu m'as prise pour le maillon faible, n'est-ce pas ? Malheureusement pour toi, tu t'es trompé.

Quelques passants se retournèrent sur elle, en se demandant visiblement à qui elle s'adressait.

Strider ne répondit pas. Il passa derrière elle et referma ses mains sur sa carotide, pour empêcher le sang de circuler jusqu'à son cerveau. Bon sang ! Elle était froide. Un vrai bloc de glace. Il en fut tellement surpris qu'il faillit la lâcher de saisissement.

Elle se débattit et tenta de lui faire face puis, brusquement, il la sentit céder. Ses genoux se dérobèrent. Ses yeux se révulsèrent.

Elle s'était évanouie.

« Victoire ! Victoire ! »

Victoire un peu facile, mais qui arracha tout de même un frisson de plaisir à Strider. Il eut un sourire satisfait, tout en glissant la fille sous la cape pour l'emporter avec lui.

*
* *

Sienna se leva lentement, en faisant tinter ses chaînes. Elle se redressa et prit le temps de se camper sur ses jambes mal assurées. Puis elle voulut avancer, mais ses chaînes l'en empêchèrent.

Elle avait devant les yeux un voile rouge et tout était rouge dans la pièce. Rouge comme le sang de Cronos. Du sang… Du sang… Il lui fallait du sang ! Elle ne pensait plus qu'à ça. Du sang sur les rideaux de velours, du sang sur les fleurs qui surgissaient du mur, du sang sur le bois bien lisse, du sang sur les statues d'albâtre représentant deux hommes grands et musclés.

Du sang…

« Ça suffit ! Il faut que je rejoigne Paris. »

Elle se demanda si l'idée venait d'elle ou du démon Colère, l'entité démoniaque qui vivait désormais en elle, l'ennemi qu'elle aurait dû mépriser et ignorer, mais qu'elle était bien obligée de prendre en compte car il représentait son unique lien avec la vengeance et le salut.

« Paris t'aidera. »

Cette fois, pas de doute, c'était bien le démon qui avait parlé.

« Paris veillera sur toi jusqu'à ce que tu te sentes assez forte pour affronter Cronos. »

Il avait peut-être raison, mais elle se méfiait tout de même de Paris. Juste avant de mourir, elle lui avait dit à quel point elle le haïssait. Et c'était vrai. Elle le haïssait. Du moins lui semblait-il qu'elle le haïssait. Elle ne savait plus. Elle se sentait confuse. Plus le démon lui parlait de Paris, plus elle songeait à lui avec tendresse.

« Paris t'aidera. »

— J'ai entendu, répondit-elle sèchement.

Le chasseur en elle rêvait secrètement de tuer le guerrier

Paris, mais la femme songeait surtout à embrasser son beau visage. Les deux étaient d'accord pour le retrouver et l'utiliser, comme le suggérait Colère. Paris était possédé par un démon depuis des milliers d'années. Il lui apprendrait à contrôler cette partie sombre d'elle-même.

« Et ensuite, je me chargerai de Cronos… »

Elle tenta encore un pas en avant, mais, de nouveau, les chaînes l'en empêchèrent. Son corps brûlait de rage et de haine. Les ailes qui poussaient dans son dos battaient fébrilement entre ses omoplates.

Les émotions lui insufflaient de l'énergie. Elle tira sauvagement sur ses chaînes. Encore. Encore. Le métal lui entama la peau, fit éclater des vaisseaux. Cette douleur… Cette douleur…

« Paris », appela-t-elle pour se donner des forces.

Et, enfin, l'une de ses chaînes céda.

Amun entra en trébuchant dans la grotte enfumée et, une fois de plus, William et Aeron durent le soutenir. Ils avaient affronté des milliers de démons subalternes pour arriver jusqu'ici, dans cette vallée de la mort oubliée de tous. Ils étaient blessés.

Amun s'en voulut d'être pour eux un fardeau.

Il était en sueur, vidé de son eau et de son sang. Sa peau était aussi entaillée qu'un jambon de Noël, mais ce n'était pas son pire tourment. Il était submergé par les affreux secrets qui flottaient dans cet endroit. Des viols, des tortures, des meurtres.

Les âmes qui pourrissaient dans cette grotte avaient tué leurs compagnons de la manière la plus horrible qui fût, en jouissant de chaque seconde de leur souffrance. A présent, c'était au tour des démons de leur infliger d'atroces souffrances et d'en jouir.

Les démons n'avaient pas de secrets ; ils étaient au contraire ravis de partager les écœurants détails de leurs activités. Amun entendait leurs pensées et sentait leur désir de tuer, de voler, de faire souffrir. Et, malheureusement, il voyait aussi le résultat de leurs actions.

Il songea avec désespoir qu'il ne se remettrait jamais de cette visite aux enfers. Secret, lui, au contraire, paraissait grandement apprécier. Il gémissait de plaisir et dégustait chaque nouvelle révélation, chaque idée, chaque image, comme un gourmand aurait dégusté un chocolat chaud.

— Toujours rien à propos de Legion ? demanda Aeron pour la centième fois.

Amun secoua la tête, et la douleur provoquée par ce simple geste le fit grimacer.

— Nous ne pouvons pas continuer à errer en enfer sans savoir où nous allons, protesta William. Notre dernière altercation avec les démons subalternes nous a amochés ; nous sommes en sang. Ils sont petits, mais agressifs. J'ai cru que j'allais y laisser mes organes génitaux…

Aeron se tourna vers Amun.

— Il va falloir que tu voles ses souvenirs à un démon, dit-il d'un air désolé. C'est le seul moyen. Pour une fois, William a raison. Plus nous passons de temps ici, plus nous sommes amenés à nous battre et à nous affaiblir.

Amun s'était douté qu'ils en viendraient là, même s'il avait espéré le contraire. Il était déjà très éprouvé par l'ambiance de l'enfer ; s'il volait les souvenirs d'un démon, ce serait la fin.

Il acquiesça, la mort dans l'âme, tout en s'en voulant de se sacrifier sans protester.

« Tu as droit au bonheur. »

Mais pour Aeron, il était prêt à y renoncer.

« Trouvez-moi un démon supérieur, gesticula-t-il.

Plus il sera élevé dans la hiérarchie de l'enfer et plus il en saura long. »

— Tu veux un démon supérieur ? demanda William d'un ton incrédule.

Amun fit signe que oui. Si possible. Parce qu'il ne serait pas aisé d'en capturer un.

Aeron et William l'installèrent dans une grotte à l'écart et l'adossèrent à une paroi. Il soupira de soulagement et ferma les yeux. Enfin, il allait pouvoir reposer ses muscles douloureux.

Il sentit qu'on lui tapait sur l'épaule, puis qu'on plaçait un revolver dans sa main, puis il entendit des pas qui s'éloignaient.

Il n'aurait pas su dire combien de temps il était resté là, sans bouger, avec l'arme qui glissait peu à peu de sa main, mais, quand il ouvrit les yeux, ses compagnons étaient de retour.

Ils se tenaient devant lui, haletants, et tentaient de maîtriser une créature aussi grande qu'eux, couverte par endroits d'écailles vertes, avec un squelette à la place du visage. Des cornes étaient plantées le long de sa colonne vertébrale et sur le dessus de ses pieds.

— C'est ce que nous avons trouvé de plus proche d'un démon supérieur, annonça Aeron.

Il avait une entaille au front et le sang coulait dans son œil gauche.

— Vas-y, fais ton truc, dit William. Avant qu'il ne nous échappe.

Amun établit le contact mental avec la créature, et une éternité de haine et de torture déferla en lui. Ce démon avait été le second de Douleur, le démon de Reyes. Quand celui-ci avait fui l'enfer, il avait pris sa place. Faire souffrir les autres lui procurait un immense plaisir. Il avait en la matière une imagination sans limites.

Amun lui prit tout. Puis il coupa le contact et vomit.

William et Aeron lâchèrent leur fardeau qui s'effondra au sol, vidé.

Une main se posa sur la tête d'Amun pour la caresser et glissa sur sa nuque. Il comprit qu'Aeron cherchait à le soulager. Mais à présent, plus rien ne pouvait le soulager.

— Tu sais où se trouve Legion ? demanda Aeron.

Amun acquiesça, les larmes aux yeux.

« Tant de sang. De cris. »

La main qui le massait se crispa sur sa nuque.

— Où est-elle ? Dis-le-moi, je t'en prie…

Amun leva les yeux vers son compagnon, en luttant de nouveau contre l'envie de vomir.

« Tous les jours, un nouveau démon se charge d'elle, expliqua-t-il par gestes. Elle est battue, torturée… Et bien pire encore. De temps en temps, on l'envoie auprès de Lucifer et ses cris servent à distraire les subalternes qui entourent le Maître. Aujourd'hui, elle est près de lui. Il… Il sait que tu es là, Aeron. Il t'attend. Il a prévu de te tuer sous ses yeux. »

18

Scarlet ne protesta pas quand Gideon lui ôta lentement ses bottes, puis ses chaussettes, puis son jean. Après tout, elle avait besoin d'un moment de tendresse, d'un peu de douceur dans sa vie — dans cette éternité de chagrin, de regrets et de solitude qui était la sienne.

Gideon ne lui avait jamais rien fait de mal, alors pourquoi lui refuser ce qu'il semblait tant désirer ? Il méritait une récompense.

Mais rien qu'une fois. Ensuite, elle s'éloignerait de lui. Pour ne pas le mettre en danger.

— Tu es si laide..., murmura-t-il en suivant du bout des doigts les contours de ses cuisses.

Puis il leva vers elle un regard inquiet.

— J'ai compris ce que tu voulais dire, dit-elle doucement. Ne t'inquiète pas.

Il se détendit.

— Je ne suis pas en admiration devant toi, ma démone, dit-il.

Son pouce lui caressait l'arrière du genou.

— Ne me dis pas que tu ne le sais pas, supplia-t-il.

Elle fut émue de sa gentillesse et de sa délicatesse. Après tout ce qu'il venait d'apprendre, il aurait dû se détourner d'elle.

— Tu n'es pas obligé de me faire l'amour, murmura-t-elle.

Elle avait envie de lui appartenir, mais elle tenait à lui laisser le choix. Elle ne voulait pas de sa pitié. Elle se sentait suffisamment mortifiée ainsi.

— Tu n'es pas mon mari, rappela-t-elle.

— Continue à parler, répondit-il seulement, tout en faisant remonter son T-shirt pour se pencher sur son nombril.

Un frisson la traversa quand il la fouilla de sa langue. « Continue à parler… » Il lui demandait de se taire. Qui aurait cru qu'elle serait un jour flattée qu'on lui demande de se taire ?

— Je tiens simplement à te dire que tu ne me dois rien, insista-t-elle.

Elle reconnut à peine sa voix, tant elle haletait.

— C'est plutôt moi qui ai une dette envers toi, ajouta-t-elle.

Il se raidit et leva la tête pour la contempler fixement.

— Tu me dois beaucoup, répondit-il d'un ton furieux. Et je te demande justement de me rétribuer.

Ah bon…

— Je n'ai pas envie de toi, poursuivit-il. Tu ne comprends donc pas ? Mon corps n'appelle pas le tien. Je ne brûle pas du désir de te posséder. Le passé compte.

Elle laissa échapper quelques larmes qui roulèrent sur ses joues. De nouveau, elle eut honte. Le passé ne comptait donc pas pour lui ?

— Vraiment ? demanda-t-elle, tout en s'en voulant d'espérer.

Il acquiesça, la transperçant de son regard bleu.

— Tu ne m'appartiens pas, dit-il.

Elle lui appartenait, il avait raison et, brusquement, toute sa résistance céda. Il ne resta plus en elle que le désir qu'il lui inspirait. Oui, elle serait à lui. Entièrement. Sans aucune retenue. Juste pour cette fois.

Son cœur risquait de ne pas y survivre, mais elle s'en

inquiéterait plus tard. Pour l'instant, elle était avec Gideon, il la désirait, rien d'autre ne comptait.

Jusque-là, elle s'était retenue de prendre l'initiative avec lui. Par fierté. Et aussi parce qu'elle le croyait responsable de ses malheurs. Mais aujourd'hui, ce serait différent.

Elle se redressa et s'installa à califourchon sur lui. Ses longs cheveux se déployèrent sur ses épaules nues.

Il poussa un soupir étouffé.

— Cessons, murmura-t-il.

— Pas encore. Je veux te voir.

Elle saisit le rebord de sa chemise et la lui ôta.

Cette fois, ce fut elle qui poussa un soupir étouffé. Il était superbe. Parfait. Sa peau était dorée, les muscles de son ventre bien dessinés et parfaitement parallèles. Les tatouages sur son buste et sa poitrine attirèrent son regard et elle les suivit du bout des doigts. Puis elle traça un papillon imaginaire sur son épaule, le même que le sien, en enfonçant ses ongles de façon à laisser une traînée rougeâtre. Ils n'étaient pas mariés, mais ils étaient tous deux tatoués d'un papillon et ce symbole créait un lien entre eux.

— C'est glacé…, haleta-t-il. C'est désagréable.

Il voulait dire que c'était chaud et agréable.

Elle fit voyager lentement ses doigts vers l'anneau bleu indigo de son sein, puis vers le saphir de son nombril.

— Le bleu est vraiment ta couleur préférée, on dirait, murmura-t-elle avant de plonger vers l'anneau pour y glisser sa langue. J'aimerais savoir pourquoi.

Le métal était froid. La peau de Gideon tiède. C'était délicieux.

Il laissa échapper un gémissement.

— C'est le moment de parler de ça, fit-il remarquer en refermant sa main sur son sexe en érection qui battait sous le tissu de son pantalon. Nous n'avons rien de mieux à faire.

Il se comportait en guerrier qui savait ce qu'il voulait et qui était bien décidé à l'obtenir.

— Peu importe, je veux tout de même que tu me dises pourquoi le bleu est ta couleur préférée, répondit-elle.

— Comme tu ne voudras pas, dit-il en lâchant son sexe.

Elle fut émue de constater qu'il prenait son désir en compte.

Il s'humecta les lèvres.

— Je n'ai pas rencontré un jour à Tartarus un gamin très laid qui ne m'a pas demandé de lui procurer un jeu. Je n'ai pas réussi à lui trouver un papier et un crayon. Ce crayon n'était pas bleu. Quand il ne l'a pas vu, le gamin ne m'a pas remercié d'un grand sourire en me disant que le bleu était la plus affreuse couleur du monde, parce que c'était celle du ciel qu'il n'avait jamais eu le malheur de contempler. A compter de ce jour, le bleu n'a pas été pour moi le symbole de la liberté.

Scarlet l'avait écouté sans un mot, le souffle court.

— Ce garçon, il n'avait pas la tête rasée et les yeux noirs ? demanda-t-elle d'une voix douce.

Gideon fronça les sourcils.

— Non. Mais comment le sais-tu… ?

Il se figea et contempla fixement son visage.

— Ce garçon…, murmura-t-il. Ce n'était pas toi… Mais pourtant tu…

— J'avais la tête rasée, comme un garçon, oui.

Ainsi, il se souvenait d'elle enfant. Elle en fut émue.

— Ma mère me rasait pour me protéger, reprit-elle. La plupart des prisonniers savaient que j'étais une fille, mais mieux valait ne pas le leur rappeler et, surtout, mieux valait paraître le moins attirante possible.

— Est-ce que certains ont… ?

Elle haussa un sourcil.

— Tartarus était rempli de dieux et de déesses sans

scrupules, habitués à satisfaire leurs moindres désirs, frustrés par leur emprisonnement… Qu'est-ce que tu crois ?

Elle aurait pu lui mentir. Le rassurer. Lui dire que personne ne l'avait souillée. Mais elle tenait à se montrer honnête avec lui.

Un muscle tressaillit sous l'œil de Gideon.

— Je ne me suis pas présenté devant Zeus pour demander que ce garçon soit libéré, dit-il d'une voix dure. Et il n'a pas refusé.

— Je te remercie tout de même, répliqua-t-elle avec un pauvre sourire. C'était gentil de ta part.

Ils s'étaient donc tout de même rencontrés à Tartarus. Ils avaient au moins un vrai souvenir à partager…

— Je crois que j'ai assez parlé pour l'instant, dit-elle. Et toi ?

— Oui, répondit-il.

Ce « oui » signifiait « non », et elle comprit qu'elle l'avait replongé dans le passé, d'où son air sombre. Il était furieux quand il songeait à ce qu'elle avait enduré.

— Gideon ?

— Mmm…

— Je veux que tu me prennes.

Il soupira, mais la regarda défaire la braguette de son pantalon sans sourciller. Son sexe en érection tendait le tissu de son slip noir. Elle en saliva. Avant la fin de la nuit, elle prendrait ce pénis dans sa bouche et l'accueillerait en elle. Elle ne laisserait pas partir Gideon tant qu'ils n'auraient pas eu ensemble une douzaine d'orgasmes. Ils allaient profiter de chaque seconde de leur unique nuit d'amour.

Pour gagner du temps, elle fit descendre son slip en même temps que son pantalon, en constatant au passage qu'il s'était déjà débarrassé de ses bottes et de ses chaussettes — mais peut-être ne les avait-il pas mises aujourd'hui. Elle ne parvenait plus à s'en souvenir. Bref, il était nu. Tout à elle.

Elle resta assise à hauteur de ses chevilles, pour l'admirer tout à loisir. Il avait de longues jambes, fines et musclées, d'épaisses touffes de poils au niveau des mollets, qui se raréfiaient au niveau des cuisses et s'épaississaient de nouveau sur son pubis. Ses testicules étaient lourds et tendus.

— Ne me caresse pas, gémit-il. Ta façon de me regarder ne me fait pas mourir de désir.

Il croyait mourir de désir ? Il n'avait rien vu.

— Désolée, mais je n'ai pas encore commencé à te torturer, dit-elle.

Il poussa un geignement rauque. De plaisir anticipé ? Elle l'espéra.

Elle caressa du bout de la langue son papillon, puis se dirigea lentement vers ses bourses, en s'arrêtant de temps en temps pour souffler de l'air chaud sur la traînée humide qu'elle laissait. De nouveau, il gémit, puis se cambra, pour chercher le contact avec sa bouche.

— Attrape la tête de lit et ne la lâche plus, ordonna-t-elle.

La première fois, il avait fait tout le travail. A présent, c'était à elle de s'occuper de lui.

— Tu as compris ?

Il se raidit et elle crut un instant qu'il était mécontent qu'elle prenne l'initiative. Il la contempla fixement, sans un mot, avec un regard indécis. Puis ses bras s'élevèrent et il referma les doigts sur le bois de la tête de lit.

Il n'était pas mécontent, juste surpris et ravi.

Il acceptait donc de perdre le contrôle. De s'abandonner. De se perdre dans ses sensations. Elle songea que les mortelles qu'il avait eues pour maîtresses n'avaient pas su le satisfaire, car elles ne pouvaient pas le comprendre.

Mais elle eut tout de même envie de les tuer pour avoir osé poser leurs mains sur lui.

— Reconnais que tu aimes obéir, dit-elle.

Elle voulait le lui entendre dire. Elle voulait qu'il sache qu'elle seule était capable de décrypter son langage.

— Dis-le. A ta manière.

— Je… Je…

Il s'interrompit pour s'humecter les lèvres. Ses yeux ne la quittaient plus. Ils n'exprimaient aucune gêne, rien que de l'impatience et du désir.

— Je ne comprends pas ce que tu attends de moi, murmura-t-il.

Il comprenait. Bien sûr qu'il comprenait.

— Dis-le, Gideon, ou je quitte cette pièce.

Elle se demanda si elle aurait le courage de mettre sa menace à exécution.

Elle était déjà humide de désir.

Serait-il l'amant qu'elle avait imaginé ? Ou quelqu'un de tout à fait différent ?

— Je ne veux pas que tu prennes les choses en main, souffla-t-il enfin d'un ton prudent, comme s'il craignait qu'elle ne le prenne au mot.

— C'est un bon début, approuva-t-elle. Parce que dans ce lit j'ai l'intention de prendre les choses en main. De payer ma dette.

Le visage de Gideon exprima un soulagement intense. Elle songea qu'elle n'oublierait jamais cette expression.

Elle décida donc de passer au niveau supérieur.

— Si tu hésites à m'obéir, ne serait-ce qu'une seule fois, tu seras privé d'orgasme et condamné à me regarder me satisfaire. C'est bien compris ?

Il acquiesça d'un air gourmand et son sexe tressauta.

Elle n'avait jamais joué les dominatrices et elle découvrait que ça lui plaisait.

— Ne bouge pas, ordonna-t-elle en approchant ses lèvres du pénis de Gideon. Pas du tout.

Elle ne le prit pas dans sa bouche — pas tout de suite — et se contenta de le caresser avec son souffle. Il se montra très obéissant et ne remua pas d'un pouce. Elle ne le sentait même plus respirer.

— Ma démone…, gémit-il.

Mais toujours sans bouger.

— Je peux attendre. Ne me fais rien de plus. Surtout pas.

Mais elle le fit attendre, parce que tel était son bon vouloir. Jusqu'à ce qu'il tremble. Jusqu'à ce qu'elle sente en elle les ténèbres et les cris tourbillonner. Alors seulement, elle se pencha pour lui donner un grand coup de langue, de la base jusqu'à la pointe.

Il hurla son nom, puis il jura, tout en la suppliant de s'arrêter. Elle ne s'arrêta pas, au contraire ; sa langue s'enroula lentement autour de son sexe, se glissa dans la fente de son prépuce, gouttant la semence qui y perlait. Puis elle ouvrit la bouche et l'avala, jusqu'à le sentir heurter le fond de sa gorge.

Quand elle se mit à pomper, il demeura stoïque, obéissant et immobile. Il se retenait d'aller à sa rencontre, elle le devinait à la tension qui le raidissait. Il n'était pas son mari, mais à cet instant précis, il lui appartenait. Il se donnait à elle et, rien que pour ça, elle ne voulait pas le décevoir.

Elle pressa son pénis à la base, en serrant aussi fort que possible, et il poussa un cri, non pas de douleur, mais de plaisir. De l'autre main, elle saisit ses bourses.

— Tu as le droit de bouger, maintenant, dit-elle.

Ce fut comme si elle avait brisé une digue. Il eut un long frisson, puis se mit à aller et venir, comme s'il cherchait à arracher son sexe à la main qui le tenait fermement. Mais elle ne le lâcha pas et ne le laissa pas même coulisser, l'empêchant d'atteindre l'orgasme.

— C'est bien, dit-elle d'une voix rauque. Tu es un bon garçon et tu mérites une récompense.

Il répondit par une sorte de protestation rageuse et étouffée. Son corps était trempé de sueur ; elle s'en rendit compte en remontant jusqu'à son nombril qu'elle couvrit de petits baisers. Elle s'y arrêta quelques minutes, puis poursuivit son chemin jusqu'à ses seins, qu'elle suça l'un après l'autre. A présent, il frissonnait si fort que les ressorts du matelas en grinçaient et que le lit en tremblait.

Cauchemar ronronna.

Quand Gideon se cambra pour tenter de pousser son sexe en elle à travers sa culotte, elle mordit l'anneau de son sein et tira. Il gémit et la tête de lit craqua, mais il reposa ses hanches sur le matelas en haletant.

Elle se redressa et enleva lentement son T-shirt, qu'elle fit passer par-dessus sa tête. Les yeux de Gideon ne quittaient plus ses seins. Elle les prit, les soupesa, en titilla l'aréole.

Il ne put résister et souleva la tête pour tenter de les atteindre.

— Non !

« Oui », protesta Cauchemar.

Son corps aussi protesta, mais elle secoua la tête.

— Reste allongé, ordonna-t-elle à Gideon.

Il obéit, mais à regret.

Il avait envie de ses seins et elle les lui aurait volontiers donnés. Mais il lui avait fait comprendre qu'il aimait être dominé. Pour une fois. Parce que ça ne lui était jamais arrivé. Elle ne devait lui laisser aucune initiative.

— Ma démone, gémit-il de nouveau.

— Glisse une de tes mains entre mes jambes.

Il lâcha la tête de lit avec tant de précipitation qu'elle se brisa. Elle ne lui avait réclamé qu'une main, mais il se servit des deux. Il plaça la première entre ses jambes, en poussant un gémissement qu'on aurait pu prendre pour un cri de douleur, et la seconde sur sa cuisse, en poussant un autre gémissement qui ressemblait à un cri d'agonie.

Il avait agi d'instinct, sans intention de désobéir, et donc elle ne le réprimanda pas.

— A présent, donne-moi du plaisir, ordonna-t-elle.

Ses doigts se glissèrent aussitôt sous la barrière du slip pour atteindre son clitoris. Cette fois, ce fut elle qui gémit. En même temps que Cauchemar. « C'est trop bon. » Les spectres et les cris s'échappèrent, les enveloppant d'une brume sombre.

Gideon ne parut pas s'en inquiéter et la caressa longuement, jusqu'à ce qu'elle se mette à remuer pour tenter de l'obliger à glisser ses doigts en elle. Et au point où elle en était, quand l'un de ses doigts se fraya un chemin à l'intérieur, elle eut instantanément un orgasme et renversa la tête en arrière, transportée par la vague de plaisir qui l'emmenait au ciel, tandis que des étoiles dansaient devant ses yeux. Combien de temps dura son extase, elle n'aurait pu le dire, mais quand elle revint à elle, Gideon la contemplait fixement, immobile, attendant ses ordres, le corps si tendu qu'elle aurait pu le briser en deux.

Mais elle jugea que le moment n'était pas encore venu pour lui. Elle voulait qu'il perde la tête, qu'il la supplie.

— Encore ! dit-elle d'une voix dure. Tu dois me donner un deuxième orgasme avant d'avoir droit à ta récompense. Ça, c'est pour t'apprendre à ne pas avoir suivi mes ordres à la lettre. Tâche de t'en souvenir pour la prochaine fois.

Puis elle songea qu'il n'y aurait pas de prochaine fois et elle en fut vaguement attristée. Vaguement. Parce qu'en cet instant rien ne pouvait gâcher son plaisir.

— Désolé, bredouilla-t-il. Désolé.

Il n'était donc pas désolé du tout.

Un second doigt vint rejoindre le premier, qui n'avait pas quitté son logement, et les deux se mirent à aller et venir, tandis que son pouce titillait le point le plus sensible. Bon sang ! Double stimulation ! Les cris et les spectres accélérèrent leur danse macabre.

— Ne viens pas, ma démone… Ne viens pas.

Il l'encourageait en rythme, décuplant son plaisir.

Et, de nouveau, elle se retrouva au ciel, libre, tourbillonnante, avec la sensation qu'elle ne serait sans doute plus jamais la même.

— Ne me laisse pas te posséder, ne me laisse pas te posséder…

Mais elle n'était pas encore décidée à lui donner ce qu'il réclamait. Pas tout de suite.

— Tu peux arracher ma culotte, mais pas me pénétrer, dit-elle.

Il s'exécuta sur-le-champ, puis lui saisit les hanches en la serrant si fort qu'elle songea qu'il allait lui laisser des marques. Des marques qu'elle acceptait d'avance.

— Pas maintenant ? gémit-il.

Il la supplia du regard et se mordit si fort la lèvre inférieure qu'un filet de sang coula sur son menton. La tension de l'attente le faisait terriblement souffrir et, pourtant, il n'osa pas désobéir.

Elle en retira un plaisir intense.

— Que fantasmais-tu, avec les autres filles ? demanda-t-elle.

— Les autres filles ? Je me souviens parfaitement des autres filles.

Il avait oublié les autres. Elle en fut émue et décida qu'il avait assez attendu.

— Pénètre-moi, ordonna-t-elle.

Elle n'avait pas fini de prononcer la dernière syllabe qu'il la soulevait pour entrer en elle en poussant un long rugissement.

Elle jouit aussitôt et son orgasme fut bien plus intense

que les deux précédents. Les cris et les spectres hurlèrent. Cauchemar gémit.

Gideon ne tarda pas à la rejoindre, criant son nom, jetant en elle sa semence tiède. Il la marquait, il la possédait. Elle aurait voulu que ça dure toujours, être à jamais sienne. Elle ne faisait désormais plus qu'un avec lui. Pour l'éternité.

Enfin, presque…

Parce que la porte de la chambre s'ouvrit à la volée, laissant entrer deux Seigneurs de l'Ombre armés jusqu'aux dents.

19

En entendant un fracas de bottes contre le battant, Gideon avait compris qu'on venait de défoncer la porte. Mais il fut incapable de bouger.

— Qu'est-ce que c'est que ça ? fit la voix de Kane.

— Merde ! murmura la voix de Lucien.

Il y avait de quoi être surpris. Les ombres épaisses et vacillantes de Scarlet emplissaient la chambre, accompagnées comme toujours de cris terribles.

— Qu'est-ce qu'on fait ? demanda Kane. Je n'y vois rien.

Gideon songea qu'il avait intérêt à se manifester avant qu'ils ne décident d'attaquer à l'aveugle.

— Ce n'est pas moi ! hurla-t-il en s'efforçant de couvrir les cris.

Il fit rouler Scarlet près de lui et tira les couvertures sur son corps nu. Heureusement, elle ne chercha pas à résister et il put satisfaire le besoin impérieux qu'il avait de la protéger. Et aussi de la posséder.

Personne d'autre que lui ne devait la voir nue.

— Qui est là ? demanda Lucien.

— Pas Gideon. Et je vais très mal.

— Gideon ? s'étonna Kane. D'après Strider, tu avais quitté le château.

— Je ne suis pas revenu.

— Mais qu'est-ce qui se passe, dans cette chambre ? demanda de nouveau Lucien.

— Ne me donne pas une minute, le temps de ne pas régler tout ça. Toi, ne rappelle pas tes ombres, ajouta-t-il en levant un sourcil à l'intention de Scarlet.

Il aurait bien voulu dissimuler à ses compagnons la présence d'une femme dans son lit, mais d'un autre côté, il fallait qu'ils sachent, qu'ils voient le regard qu'il posait sur elle, qu'ils comprennent qu'elle était à lui, qu'ils comprennent qu'il n'hésiterait pas à les tuer s'ils osaient s'en prendre à elle.

— Pardon ? dit-elle en tirant le drap sur elle et en se redressant pour s'adosser à la tête de lit.

Elle était rouge d'émotion, mais s'efforçait d'afficher un air indifférent. Ses longs cheveux noirs encadraient son visage et elle les caressa posément, d'une main qui ne tremblait pas.

Et pourquoi donc ne tremblait-elle pas ?

Ce calme lui déplut. Lui, il avait l'impression qu'un tremblement de terre le secouait à l'intérieur.

— Tu n'as pas compris ce que je voulais dire, reprit-il sèchement.

— Tu veux que je rappelle les ténèbres. Tu veux des spectateurs. Tu veux que tes amis assistent à ton triomphe. Tu vas être servi.

Elle ferma les yeux, les traits durcis par la détermination. Peu à peu, les spectres et les cris se concentrèrent autour d'elle, puis ils parurent se dissoudre, et ce qu'il en restait fut aspiré en elle.

Il la regarda faire, tout en songeant qu'il avait tout oublié pendant qu'elle le chevauchait, jusqu'à l'endroit où ils se trouvaient. Il n'avait été conscient que du plaisir qu'elle lui donnait.

Et du plaisir, elle lui en avait donné. Jamais il n'en avait pris autant. Ce besoin de soumission n'était probablement pas courant chez un guerrier, et il découvrait lui-même avec stupeur à quel point il était ancré en lui.

De toute façon, les femmes n'avaient jamais compris son langage. Quand il leur demandait de ne pas leur dire ce qu'elles voulaient — pour que, justement, elles le lui disent —, elles se taisaient, et lui, il n'avait plus qu'à deviner. Mais il se trompait souvent et il avait déçu bien des partenaires. Hélas, son orgueil de mâle en avait pris un coup.

Mais ce soir, Scarlet avait mené la danse à la perfection.

Evidemment, il avait éjaculé un peu vite, aussitôt qu'il l'avait pénétrée, comme un jeune puceau. Mais cela prouvait à quel point elle l'avait excité en prenant ce qu'elle voulait, en exigeant, en lui donnant des ordres.

Leurs corps s'accordaient parfaitement. Son odeur l'enivrait plus que l'ambroisie. Elle avait la peau douce, des cheveux longs que l'on pouvait aisément saisir, elle était chaude et humide à l'intérieur.

Mais la prochaine fois, ce serait à lui de prendre le dessus et d'exiger qu'elle lui révèle tous ses fantasmes. Il était prêt à les satisfaire. Même les plus pervers. Surtout les plus pervers.

Kane se racla la gorge pour attirer son attention, en se dandinant d'un air gêné. Gideon sursauta et se rendit compte qu'il fixait Scarlet comme un benêt depuis quelques minutes. Il tenta de ne pas rougir, mais trop tard, la chaleur lui montait déjà aux joues. Tant pis.

— Qui est cette femelle ? demanda Kane avec un éclair amusé dans le regard, tout en rengainant ses deux S.I.G.

Sans doute n'avait-il jamais vu Scarlet dans la cellule du donjon.

Kane était le gardien de Désastre, démon qui prenait un malin plaisir à lui attirer des ennuis quand il n'avait rien de mieux à faire. En ce moment, par exemple, une grande écharde de bois provenant du battant de la porte était plantée dans son flanc. Il saignait abondamment.

— C'est ma femme, répondit Gideon.

Il mentait, bien sûr, puisqu'elle n'était justement pas sa femme, mais il se sentit tout de même fier de cette déclaration.

— Je ne suis personne, corrigea Scarlet d'un ton morne. Je ne suis rien.

Il lui lança un regard mauvais. Mais qu'est-ce qu'elle racontait ? Rien ? Au contraire… Elle était tout pour lui.

Tout… Il plissa le front… Tout… Non, il ne fallait pas exagérer… Il l'appréciait, il avait envisagé sérieusement le fait d'être marié avec elle, il se sentait lié à elle et prêt à tuer pour la protéger. Mais de là à dire qu'elle était tout pour lui…

Pourtant, il avait beau réfléchir, il ne voyait rien qui comptait plus qu'elle. Sa cause ? Non, sa cause n'était pas plus importante que Scarlet. Ses compagnons ? Non. Il n'aurait pas fait passer ses compagnons avant elle. Alors, peut-être que…

— Cette femme est Cauchemar, dit Lucien en pointant ses poignards vers Scarlet. Et elle est aussi la première à avoir quitté vivante les cachots de notre château, ajouta-t-il avec un éclat amusé dans le regard.

L'un de ses yeux était bleu et lui donnait accès au monde spirituel ; l'autre, le marron, lui permettait de contempler la terre. Il était le gardien de la Mort et pouvait mettre une âme en pièces en quelques secondes. Il n'avait pas besoin de poignard pour se battre.

— Je ne te suggère pas d'abaisser tes poignards, gronda Gideon. Je suis certain que tu apprécierais grandement que je menace Annie comme tu menaces en ce moment Scarlet.

Il parlait d'Anya, la fiancée de Lucien.

Lucien se passa la langue sur les dents, ce qui rendit encore plus terrible son visage couvert de cicatrices. Mais Gideon n'en fut pas effrayé. Il avait confiance en Lucien, qui s'était toujours distingué par sa droiture et sa fidélité envers ceux qu'il aimait.

— Je vois que tu as la délicatesse de suggérer et non pas d'exiger, ironisa Lucien. Donc je garde mes armes à la main, si tu permets.

— Tu as raison. Je suis délicat et je me contente de suggérer.

« Dépêche-toi de ranger tes poignards avant que je ne m'énerve pour de bon », se retint-il de hurler.

Lucien était son ami et il préférait ne pas avoir à l'attaquer. Mais pour Scarlet, il le ferait. Elle avait assez souffert ainsi.

Lucien rengaina ses poignards sans un mot, avec une évidente réticence.

— Je ne vous demande pas ce que vous venez faire dans ma chambre, poursuivit Gideon. Et je ne vous demande pas non plus de sortir.

Ils avaient vu Scarlet. Ils avaient compris qu'elle était importante pour lui. A présent, ils pouvaient partir.

Lucien se massa la nuque d'un air préoccupé.

— Kane m'a envoyé un texto pour me prévenir qu'il se passait quelque chose de bizarre dans ta chambre et, comme il ne reste plus que Torin et Cameo pour protéger le château, je suis revenu aussitôt.

— Et où ne sont pas les autres ?

— Nous en parlerons dans une minute. Je ne m'attendais pas à te trouver ici. Strider m'a annoncé que tu avais quitté le château avec Cauchemar, en mettant tout le monde en danger, je te le fais remarquer au passage. Imagine qu'elle se soit enfuie ?

— Cauchemar n'a pas un prénom, répondit sèchement Gideon. Et ce prénom n'est pas Scarlet.

Il tenait à ce qu'elle soit traitée correctement. Avec respect. Pas comme une ennemie. Et il veillerait à sa sécurité dans ce château.

— J'aurais pu m'enfuir, ricana Scarlet. Et me voilà ! ajouta-t-elle d'un ton triomphant en ouvrant les bras. Mais pas longtemps. J'avais justement l'intention de repartir.

Elle se redressa en repoussant les draps et posa ses pieds à terre, ce qui eut pour effet de découvrir ses magnifiques seins, dont les mamelons rouges et durs ressemblaient à des cerises congelées.

— A part ça, je suis ravie de vous voir, croyez-le bien…

Lucien et Kane fixèrent les seins de Scarlet avec des yeux écarquillés, avant de se détourner pudiquement.

— Pas de problème, dit Gideon. Je vais te laisser repartir.

Il la saisit par la nuque et l'allongea de nouveau sur le lit, en se dépêchant de la couvrir avec le drap. Puis il posa son bras en travers sur elle, pour l'empêcher de bouger. Lucien et Kane n'avaient pas à se rincer l'œil. Scarlet avait un corps parfait, rien à cacher, mais justement…

— J'ai quelque chose d'important à faire, protesta-t-elle. Et toi aussi. Le moment est venu de nous séparer.

— Bien sûr, répondit-il du tac au tac. Nous ne nous étions pas mis d'accord pour que je t'aide à propos de ce quelque chose.

Elle se passa la langue sur les dents, comme Lucien.

— Je n'ai jamais dit que j'étais d'accord. Tu as mal compris.

Il n'aurait pas su dire si elle mentait ou non. Mais oui, au fait, c'était étrange… Il n'avait pas été son époux autrefois, pas même son amant. Qu'est-ce qui empêchait donc Tromperie de savoir si elle était sincère ?

— On peut se retourner, à présent ? demanda Kane avec une pointe d'ironie dans la voix.

— Non, répondit Gideon.

— Pas la peine, intervint Scarlet en même temps. Il n'y a plus rien d'intéressant à voir.

Ils pivotèrent tous deux sur leurs talons. Lucien tira sur son col de chemise, comme s'il manquait d'air. Kane se retint de sourire.

— Nous devons parler sérieusement, déclara Lucien.

Puis il jeta un regard appuyé du côté de Scarlet, pour signifier qu'elle était de trop.

— Il s'est passé pas mal de choses pendant ton absence.

— J'ai compris, marmonna Scarlet.

Elle repoussa Gideon et se leva.

— Je vais vous laisser entre vous.

Il la retint.

— Elle ne peut rien entendre de ce que vous ne me direz pas, déclara-t-il d'un ton ferme.

Elle ne lui résista pas et il en fut soulagé. Sauf que sa peau effleurait la sienne et que… Il espéra que personne n'avait remarqué la bosse qui se formait sous le drap.

Tout en rougissant, il se hâta de faire asseoir Scarlet devant lui pour cacher son sexe en érection. Grave erreur. Parce que ce sexe se trouva du même coup collé à ses fesses. Il retint un gémissement.

Elle poussa un cri, comme s'il venait de la brûler, et tenta de lui échapper.

— Gideon ! protesta-t-elle.

Mais il l'avait déjà saisie et bloquait ses jambes avec les siennes.

— Ne te mets pas à l'aise, murmura-t-il. Ne te détends pas.

— Gideon, répéta-t-elle.

Mais le ton avait changé.

— Scar…

— Très bien, espèce de crétin borné, soupira-t-elle.

Et elle s'abandonna contre lui et appuya même sa tête au creux de son épaule.

Incapable de résister, il lui embrassa la tempe.

— Eh bien, dit-elle en agitant une main impérieuse en direction de Kane et de Lucien. Qu'est-ce que vous attendez ? Plus vite vous commencerez, plus vite vous partirez.

Mais Lucien et Kane étaient bouche bée devant le spectacle auquel ils assistaient, et ils n'arrivaient plus à parler.

Gideon se sentit vaguement inquiet en se souvenant que Lucien était revenu au château. Pourquoi était-il revenu ? Et pourquoi avait-il dit qu'il ne restait ici que Torin et Cameo ?

— Ta femelle ne devrait pas d'abord s'habiller ? demanda Kane d'un ton plein de regret et d'espoir mêlés.

— Oui, répondit Gideon à la place de Scarlet. Elle va s'habiller.

Il avait hâte d'entendre Lucien et pas envie que Scarlet se relève pour enfiler un jean et un T-shirt — en donnant à Lucien et à Kane l'occasion de la reluquer une seconde fois. De plus, il tenait à ce qu'elle reste dans ses bras, bien contre lui.

Il se sentit vaguement égoïste d'infliger au pauvre Kane le spectacle de leur couple enlacé. Kane n'avait pas eu de maîtresse depuis des siècles. Il craignait que ses partenaires ne soient blessées par les manifestations de son démon, peur qui n'avait rien d'irrationnel, car la chose s'était produite plusieurs fois.

Mais tant pis pour Kane. Scarlet ne bougerait pas.

— Ne parlez pas, insista-t-il. Vous ne pouvez pas lui faire confiance.

Scarlet ne le trahirait pas. Il en était certain.

Lucien acquiesça en silence.

— Commençons par le plus simple, dit-il. Tu l'ignores sans doute, mais Aeron, Amun et William séjournent en ce moment en enfer. Ils sont partis à la recherche de Legion et nous avons perdu le contact avec eux.

La nouvelle n'arrangeait pas les affaires de Gideon, qui ne pouvait quitter le château avant d'avoir vu Amun.

De son côté, Scarlet avait promis à Rhéa de l'empêcher de prévenir Cronos de l'arrivée d'Amun…

Pour lui éviter la colère de Rhéa, Gideon était prêt à la laisser avoir le dernier mot dans ce conflit d'intérêts. Mais pour ça aussi, il fallait attendre le retour d'Amun. Attendre…

Et Gideon n'était pas patient. Il voulait se sentir libre de régler son compte à Mnémosyne. Ensuite, seulement, il pourrait s'occuper de Scarlet, lui faire la cour, prendre le temps de lui prouver que tout était possible entre eux. Et ça, c'était pour lui une urgence.

— Tu es prêt à entendre la suite ? demanda Lucien en retenant un sourire. Tu m'as l'air un peu distrait.

Il se concentra pour ne pas rougir. Il s'était suffisamment ridiculisé comme ça.

— Ne poursuis pas, répondit-il en agitant la main, comme Scarlet tout à l'heure.

Le sourire de Lucien s'élargit. Il n'arrivait plus à conserver son sérieux.

— Le château était entouré de chasseurs qui projetaient de nous voler nos objets de pouvoir. Nous nous sommes séparés pour les mettre à l'abri. Anya et moi, nous sommes partis avec la Cage. Reyes est parti avec Danika, Strider avec la Cape. Paris est en voyage.

— Nous ne sommes plus encerclés par les chasseurs ? demanda Gideon, tout en jetant un regard en coin du côté du dressing où il rangeait une caisse remplie d'armes.

— Strider a tué la plupart d'entre eux en partant, répondit Kane d'un ton admiratif. Il leur a bouffé la trachée. Il emploie les méthodes de Gwen.

Strider était un chanceux…

— Et nos autres compagnons, où ne sont-ils pas ? demanda Gideon.

— Maddox ne voulait pas qu'Ashlyn séjourne dans le château tant qu'il y avait du danger, il l'a donc éloignée, expliqua Lucien. Sabin et Gwen se sont chargés de mettre Gilly à l'abri.

Il ne restait donc plus que Kane, Torin et Cameo. Tiendraient-ils le coup si les chasseurs attaquaient ? Bien sûr, d'éventuels agresseurs auraient d'abord à affronter les mines, les barrières électrifiées, les tirs qui se déclencheraient sur leur passage, les pièges qui se refermeraient sur leurs chevilles s'ils mettaient les pieds au mauvais endroit. Tout dépendait de leur nombre. S'ils étaient nombreux, on pouvait supposer que certains s'en sortiraient tout de même.

— Je peux compter sur toi pour rester ici et nous seconder ? demanda Kane.

La présence de Gideon ne réglerait pas tous les problèmes, mais cela faisait toujours un homme de plus.

Gideon s'adossa à la tête de lit — du moins à ce qu'il en restait — et ferma les yeux. Bon sang ! Pas le choix. Il n'hésita que quelques secondes.

— Non, dit-il. Tu ne peux pas compter sur moi.

Scarlet ne fit aucun commentaire.

— Je le savais, répondit Kane. Merci.

— A présent, installez-vous dans ma chambre, je vous en prie. Je n'ai pas besoin d'un peu d'intimité avec Scarlet.

— Amuse-toi bien, ironisa Lucien.

— Et essaye un peu de contrôler le truc sur lequel nous sommes tombés en entrant ici, renchérit Kane. Parce que c'était carrément flippant.

Puis ils sortirent tous deux de la pièce. Lucien s'attarda devant le seuil, côté couloir, pour tenter de remettre la porte dans ses gonds. Comme il n'y arrivait pas, il se contenta de caler le battant dans l'embrasure pour boucher l'entrée.

Gideon soupira. Enfin, ils étaient seuls.

— Ne reste pas près de moi au château, commença-t-il en se tournant vers Scarlet, tout en maudissant une fois de plus ce démon qui l'obligeait à dire le contraire de ce qu'il pensait.

Il voulait que Scarlet reste et, pour cela, il était prêt à la supplier.

— Je n'ai pas besoin de toi, insista-t-il. Rien n'est possible entre nous. Je le sais.

— Pourquoi aurais-tu besoin de moi ? rétorqua Scarlet d'un ton provocateur.

Elle se leva d'un bond et se tourna vers lui pour le fixer avec des yeux brillants. Par tous les dieux, qu'elle était belle ainsi, complètement nue, avec sa peau rosée, ses seins dressés, ses longues jambes, son ventre plat et son nombril bien dessiné !

— Pourquoi faudrait-il que ça marche entre nous ? insista-t-elle.

« Laisse-la partir », supplia Tromperie.

« J'essaye de la convaincre de rester, au cas où tu n'aurais pas remarqué. Mais pourquoi veux-tu qu'elle reste, au fait ? »

« Elle n'est pas à moi. »

« C'est vrai. Elle n'est pas à toi. Elle est à moi. »

Il appliquait avec son démon l'humiliante technique que Scarlet avait appliquée avec lui : il le prenait au pied de la lettre. Scarlet n'était pas la femelle de Tromperie, mais la sienne, et il fallait que celui-ci l'accepte.

— Tu n'as pas promis à ta mère de m'empêcher d'aider

Cronos, dit-il à Scarlet. Tu n'es donc pas obligée de rester ici pour…

Elle eut un rire amer.

— J'ai menti à ma chère mère, figure-toi. Nous sommes attirés l'un par l'autre, je ne le nie pas, mais cette attirance finira par disparaître, et le mieux est de ne pas en tenir compte. Je suis ton nouveau joujou, j'ai compris ce que tu recherchais sexuellement ; tu veux me garder près de toi, je le comprends. Mais nous poursuivons des buts différents. Je me suis juré de tuer ma mère et ma tante, même si je dois y passer une éternité. Et toi, il faut que tu protèges tes compagnons.

Son « nouveau joujou » ? Ah ça, non ! Il n'allait pas lui laisser dire une chose pareille. Il se redressa sur les genoux. Le drap glissa sur son ventre, et son sexe en érection pointa vers elle, impudique. Elle recula d'un pas, mais il ne se couvrit pas. Il fallait qu'elle sache à quel point son nouveau joujou lui faisait de l'effet.

« Ne la prends pas dans tes bras », ordonna Tromperie.

La prendre dans ses bras ? De force ? Il n'avait pas envie de redevenir manchot !

« Ce n'est pas le moment », répondit-il.

— Tu as raison, Scarlet, reprit-il. Foule aux pieds la promesse faite à Rhéa et tu vivras longtemps.

Pour les immortels, ne pas tenir une promesse était fatal. Avoir brisé des promesses avait mené bien des Grecs en prison.

— Et puis, c'est une bonne idée de te présenter devant ta tante, poursuivit-il. Elle ne te farcira pas le crâne d'un nouveau lot de faux souvenirs. Tu ne seras pas à sa merci.

— Je sais de quoi elle est capable, à présent. Je me protégerai de ses maléfices.

Vraiment ? Elle était bien présomptueuse…

— Ne te souviens surtout pas de ce qui s'est passé avec elle aujourd'hui.

Elle se redressa, le menton fier.

— Je t'ai dit que j'étais prête à l'affronter.

— Je n'en doute pas.

Elle croyait savoir à quoi s'attendre, mais cela ne ferait aucune différence. Pourquoi ne le comprenait-elle pas ?

— De plus, je suis prête à prendre le risque d'échouer, dit-elle.

Mais lui n'était pas prêt à la laisser prendre un tel risque.

— Ne reste pas près de moi et je ne t'aiderai pas à vaincre ta tante. Liés, nous sommes plus faibles.

Elle croisa les bras sur la poitrine, et ses yeux lancèrent des éclairs.

— Et il faudrait que je patiente ici combien de temps ?

Il ne répondit pas ; il n'en savait rien. Cela dépendait du retour d'Amun, pas de lui.

— C'est bien ce que je pensais, dit-elle en se détournant.

La courbe élégante du bas de son dos le fit transpirer. Et ces tatouages… Il ne leur avait pas accordé toute l'attention qu'ils méritaient, et se promit d'y passer toute une nuit, la prochaine fois. Si elle l'y autorisait, bien entendu.

— Tu veux me garder ici indéfiniment et je ne suis pas d'accord. Je pars.

« Oui. Oui. Laisse-la partir. »

— Scar…

— Je pars, répéta-t-elle.

Mais elle resta.

— Oui, je pars.

Elle fit un pas hésitant. Puis un deuxième. Comme si elle luttait contre elle-même. Ou contre son démon.

Tromperie poussa un gémissement.

Encore un pas. Elle s'arrêta de nouveau. Gideon crut qu'il l'avait convaincue. Puis elle serra les poings et avança d'un pas résolu en direction du dressing. Il entendit qu'elle remuait des vêtements et gronda tout bas.

« Ne la laisse pas partir », supplia Tromperie.

C'était la première fois que Gideon l'entendait dire ce qu'il pensait vraiment. Il eut le temps de tressaillir de surprise, puis une douleur fulgurante le transperça. Il poussa un hurlement. Il avait l'impression que ses muscles se détachaient de ses os, que ses os perçaient sa peau.

— Non ! gémit-il. Non !

— Gideon ?

« Ne… la… laisse… pas… »

Un voile noir tomba devant les yeux de Gideon.

« Tais-toi ! Nous ne devons pas nous affaiblir ! »

« Ne… la… »

Il transpirait à grosses gouttes et la sueur coulait en rigoles sur sa peau.

— Ne m'accorde pas… quelques jours… le temps que je ne réfléchisse pas à… ce que je ne dois pas faire… je ne voudrais pas… partir la conscience… tranquille…

Intriguée par cet étrange débit de paroles, Scarlet passa sa tête dans l'embrasure de la porte.

— Qu'est-ce qui t'arrive ? demanda-t-elle d'un air méfiant.

— Rien.

Elle attendit la suite et, comme il ne disait plus rien, elle insista.

— Tu as mal quelque part ?

— Non.

De nouveau, elle attendit des détails. Mais il se tut, parce qu'il ne voulait pas de sa pitié. Ni qu'elle reste pour s'occuper de lui. Il était un guerrier. Il devait se comporter en guerrier. Lui montrer sa force.

Elle détourna le regard.

— Nous savons tous deux la vérité, soupira-t-elle.

Tu ne pourrais pas partir d'ici la conscience tranquille, même si je t'accordais du temps. Je ne cherche pas à te faire souffrir, ni à me montrer cruelle, crois-moi, ajouta-t-elle d'une voix douce.

Puis elle disparut de nouveau à l'intérieur.

« Ne… la… »

« Tais-toi », ordonna Gideon à son démon.

Il haletait tant qu'il avait du mal à parler, mais il fit encore un effort.

— J'ai eu… très peu de maîtresses…

Il en avait eu un certain nombre.

— Et elles m'ont toujours satisfait au-delà de ce que j'avais espéré.

Elles lui avaient toujours laissé un goût amer de solitude.

— Mais avec toi… ce n'est que physique…

Ce n'était pas qu'une question d'attirance physique, avec elle.

— Je n'admire pas ton pouvoir et ta force… Ni ton courage… Et puis… Je n'ai pas envie de contempler chaque jour ton sourire…

Il voulait contempler chaque jour son sourire. Il le voulait plus que tout.

— Tu me connais à peine, répondit-elle de loin.

Il remarqua que sa voix avait tremblé. Elle commençait à flancher.

— Je ne veux pas… mieux te connaître…

Il n'allait pas tarder à sombrer. Déjà, il avait à peine la force de tenir debout.

— Ça suffit ! dit-elle avec agacement. Je dois partir. C'est tout.

Elle se tut et soupira.

— Je le dois, murmura-t-elle plus calmement.

« Non ! » hurla Tromperie.

Gideon poussa de nouveau un rugissement de douleur.

— Il ne va pas faire… bientôt jour, gémit-il. N'attends pas… au moins… vingt-quatre heures.

— Bon sang, Gideon ! Mais qu'est-ce qui t'arrive ? Dis-le-moi, à la fin !

Elle se montra. Elle tenait à la main un vêtement de soie noir.

— Je t'en prie, insista-t-elle.

— Il m'arrive que je ne veux pas que tu restes !

Elle soupira.

— La lune est encore haute ; ça me laisse quelques heures pour trouver un endroit sûr où dormir. Je saurai me débrouiller ; il ne m'arrivera rien. Tu n'as donc pas à t'en faire pour ma sécurité, si c'est ça qui te tracasse.

Il devait absolument temporiser. Lui parler jusqu'au lever du soleil, pour l'obliger au moins à s'endormir ici.

— Comment ton démon a-t-il su que je craignais les araignées ? demanda-t-il.

La question n'était pas pertinente, mais c'était la première qui lui était venue à l'esprit.

— Il sait. C'est tout. Et justement, je voulais te demander : pourquoi les araignées ?

Il fut touché qu'elle s'intéresse à lui.

— Avant d'être possédé, il m'est parfois arrivé de sentir des araignées grimper sur moi. Je n'essayais pas de les repousser, elles partaient.

Depuis qu'il était possédé, il souffrait parfois d'hallucinations au cours desquelles il sentait grimper sur lui des araignées.

Elle disparut de nouveau à l'intérieur du dressing. Il entendit un bruit métallique. Puis un juron.

— Et pourquoi… ?

Il n'avait plus d'idées. Zut !

— Est-ce que… ?

— C'est bon, coupa Scarlet. Ne me prends pas pour une

idiote. Tu es anormalement bavard et je vois parfaitement où tu veux en venir. Ça ne marche pas.

Il identifia un cliquetis d'armes, le frottement du métal contre le cuir — elle glissait l'arme dans un fourreau —, et, enfin, elle apparut.

Elle avait noué ses cheveux en une queue-de-cheval basse, elle avait enfilé un T-shirt et un bas de survêtement qu'elle avait dû retrousser à la taille et aux extrémités. Sous le tissu, il remarqua plusieurs excroissances douteuses. Elle lui avait volé des armes. Quatre. Pas grave.

Il eut envie de la prendre dans ses bras et de la serrer fort, pour lui rappeler à quel point c'était bon entre eux. Mais il était trop faible et ne parvint même pas jusqu'à elle. A mi-chemin, ses genoux le trahirent et il s'effondra.

Elle poussa un cri étouffé et se précipita vers lui. Puis elle s'arrêta net, comme si elle se ravisait, et recula d'un pas.

— Essaye de me comprendre, Gideon, murmura-t-elle.

Le ton était glacial.

— Ça ne peut pas se passer autrement. Rester près de toi me fait souffrir. Il y a trop d'obstacles entre nous. Ce n'est pas ta faute, je le sais, mais ça n'y change rien.

Il voulut lui hurler qu'elle se trompait, qu'il n'y avait pas d'obstacles entre eux, mais il se retint. Rester près de lui la faisait souffrir ? Il ne voulait pas qu'elle souffre.

— De plus…

Elle s'interrompit pour se frotter la tempe, comme si elle avait la migraine. Il se demanda une fois de plus si Cauchemar ne tentait pas de la convaincre de rester.

— Comme je te l'ai dit, j'ai l'intention de faire la lumière sur mon passé, reprit-elle. Même s'il faut pour cela que j'entre dans Tartarus et que j'enlève le dieu grec de la mémoire. Une fois que j'aurai remis de l'ordre dans mon esprit, je ne me souviendrai plus de toi. Il n'y a donc aucune raison d'accorder de l'importance à notre relation, car elle n'aura bientôt plus de passé et plus d'avenir.

Résigné, Gideon désigna la porte d'un geste, tout en grimaçant de douleur.

Elle avait droit au bonheur, il ne la retenait pas. Mais quand il serait guéri, quand le château ne serait plus menacé, il partirait à sa recherche. Et il lui prouverait qu'il était capable de la rendre heureuse.

— Au revoir, Gideon, dit-elle.

Elle parut hésiter quelques secondes, mais elle tourna les talons et quitta la chambre d'un pas résolu.

« Non ! Non ! hurla Tromperie. Elle est à moi ! Je la veux ! Je veux qu'elle revienne ! »

Ensuite, Gideon n'entendit plus rien.

20

Les ressorts du vieux matelas grincèrent quand la femme se débattit, perdue dans ce qui devait être un cauchemar violent et sanglant. Strider songea qu'il remercierait plus tard la femelle de Gideon.

Il avait longuement observé sa prisonnière tandis qu'elle dormait. Il lui avait même ôté ses vêtements pour une véritable fouille au corps. Après tout, elle pouvait cacher des armes n'importe où. Le procédé était discutable, mais il s'en fichait. Il n'allait tout de même pas se montrer délicat avec cette femme.

Il savait maintenant qui elle était. Elle ne méritait pas sa clémence, ni son indulgence. Elle méritait de périr de sa lame.

Car la femme allongée sur le lit de cette petite chambre de motel n'était autre qu'Hadiee, la femelle qui avait trahi la confiance de Baden, gardien de Méfiance. « C'est à cause d'elle qu'il est mort. »

Baden avait été décapité des milliers d'années plus tôt et Hadiee était toujours là. Elle était donc devenue immortelle. Comment, Strider n'en savait rien : il ne pouvait que constater le fait. Mais il ne tarderait pas à l'apprendre. Cette chienne allait parler ; il en faisait son affaire.

Il ne l'avait pas reconnue tout de suite, à cause des tatouages, des piercings, des mèches roses dans ses cheveux. Autrefois, elle avait eu les cheveux plus clairs, la peau plus foncée. Elle avait porté un costume de servante.

C'était un tatouage dans son dos qui lui avait permis de l'identifier. « Seigneurs de l'Ombre : IIII. Hadiee : I. » Il s'agissait d'une sorte de tableau des scores. La moitié de son dos pour les Seigneurs de l'Ombre, l'autre pour elle-même. Il savait exactement ce que cela signifiait parce que Baden avait eu le même.

« Seigneurs de l'Ombre : IIII » désignait quatre hommes tués par Baden. Lesquels, Strider l'ignorait. D'ailleurs, quelle importance ? Baden avait été le meilleur des guerriers, le meilleur des hommes, le meilleur des compagnons.

Bien sûr, comme eux, il avait traversé une mauvaise passe quand il avait accueilli en lui un démon de la boîte de Pandore. Mais il avait été le premier à se ressaisir, à tenter de s'amender, à leur montrer à tous le chemin vers la lumière.

Plus que les autres, il avait souffert d'être devenu un monstre, de se méfier de tout et de tous, y compris de ses compagnons. Strider s'était promis de l'aider, mais il n'en avait pas eu le temps.

Strider reporta son attention sur elle. Elle continuait à se débattre et ses membres agités tiraient sur les liens qui la retenaient au lit. Elle avait les yeux fermés. Elle était en sueur.

Un téléphone sonna.

Strider sourit. Il avait attendu cet appel et savait déjà qu'il s'agissait du petit ami de madame, le chef du groupe.

Il prit le téléphone qu'il avait posé sur la table de nuit et l'ouvrit.

— Désolé, dit-il. Ta copine est attachée ; elle ne peut pas répondre.

Il y eut un temps de silence. Puis un soupir rageur et un grésillement.

— Si tu touches à un seul de ses cheveux, espèce de salaud…

Oui, c'était bien le petit ami…

— « Si » ? demanda Strider en éclatant de rire. Tu es un grand naïf, toi.

Cette fois, l'homme poussa un rugissement de désespoir et de colère.

— De quel démon es-tu le gardien ? demanda-t-il.

— Aucune importance. Ce qui compte, c'est que ta femelle est à ma merci. Je te la rendrai, sans doute, mais en pièces détachées.

Il y eut de nouveau de la friture, puis un bruit sourd et un juron. L'amoureux transi avait dû donner un coup de poing dans le mur.

— Que demandes-tu en échange de sa liberté ?

— Je t'aurais bien réclamé le cœur de cent chasseurs, mais les chasseurs n'ont pas de cœur. C'est bête… Tu n'as rien à me donner en échange de sa liberté.

— Tu n'es qu'un salaud, une ordure, un…

Il se tut. Il venait sans doute de se souvenir que sa femelle était à la merci de Strider.

Il essaya alors une autre tactique.

— C'est une femme bien, supplia-t-il. Elle a une famille, des amis, des gens qui l'aiment…

— Je suis un homme très convenable, moi aussi, riposta Strider. Et mes compagnons m'aiment. Pourtant, elle m'aurait tranché la tête sans hésiter si elle en avait eu l'occasion. Il est donc normal que je ne me montre pas clément avec elle.

— Tu es le mal incarné. Tu es un être vil et égoïste. Un être détruit. Ta place est en enfer.

Vil et égoïste, peut-être. Mais sûrement pas détruit.

— Je ne fais que chercher à me protéger.

— Oui, en tuant mes compagnons ! ricana le chasseur.

— L'un des nôtres est mort par la faute de ta femelle, riposta Strider.

Il envoya son poing dans une table basse qui se trouvait malencontreusement à sa portée. Elle se fendit en deux avec un craquement épouvantable.

Un cri étouffé le fit sursauter et il se tourna vers la femme. Elle avait ouvert les yeux et le fixait d'un regard encore vague.

— Et crois-moi, ajouta-t-il à l'intention de l'homme, elle va payer pour ça.

Hadiee ne réagit pas, comme si elle n'avait pas entendu. Mais l'homme, lui, avait parfaitement entendu et compris.

— Elle n'a tué personne. Moi, j'ai tué tes compagnons. Prends-moi et libère-la.

Il prétendait ne pas être au courant des exploits d'Hadiee ? Strider eut du mal à y croire. Cette femme avait aidé à décapiter un Seigneur de l'Ombre. Elle était sûrement entrée dans la légende.

— Non, merci, fit-il. Je n'ai pas l'intention de l'échanger.

L'homme s'affola et en oublia toute prudence.

— Je te trouverai et je te tuerai de mes mains, espèce d'ordure.

Strider eut un lent sourire qui découvrit ses dents.

— On dirait un défi, ricana-t-il. Ça tombe bien, j'adore les défis.

A l'intérieur de son crâne, Guerre trépigna.

— Trouve-moi et je te promets une petite fête que tu ne regretteras pas, lança Strider avant de raccrocher.

Puis il se leva et emporta le téléphone dans la salle de bains où il le réduisit en miettes, tout en sifflotant joyeusement, avant de jeter les débris dans les toilettes. Voilà. Si on les localisait, ce ne serait pas avec ça.

Il retourna ensuite dans la chambre, tira son fauteuil inclinable près du lit, et s'y installa en se plaçant en position semi-allongée, les bras derrière la tête. Hadiee était réveillée, à présent, et elle posait sur lui un regard chargé de haine.

— Tu as bien dormi, Hadiee ?

Les yeux gris et froids d'Hadiee s'agrandirent de surprise.

— Tu sais qui je suis, murmura-t-elle.

Il ne s'agissait pas d'une question, mais il répondit tout de même.

— Oui.

— Plus personne ne m'appelle Hadiee. Je suis désormais Haidee. Je n'ai changé que quelques lettres, mais c'est beaucoup plus moderne, tu ne trouves pas, Guerre ?

Elle aussi savait qui il était.

— Mais tu peux m'appeler le bourreau, si tu veux, ajouta-t-elle avec un sourire mauvais.

Il s'agissait d'une provocation, mais il n'y réagit pas, et se contenta de hausser un sourcil.

— J'aimerais mieux un diminutif, puisque nous allons devenir intimes. Didi, ce serait pas mal.

Furieuse, elle se remit à gigoter sur le lit et à tirer sur ses liens, tout en lui montrant les dents et en ahanant de rage.

— Si tu oses me toucher, je t'arrache la peau, dit-elle.

— Je ne faisais pas allusion à des relations sexuelles, fit-il remarquer d'un ton écœuré.

Il frissonna. Il n'était pas attiré par elle le moins du monde.

— Je ne te crois pas, démon, rétorqua-t-elle. Je ne suis pas stupide.

— Tu as été assez stupide pour tuer Baden, dit-il.

Elle ne manifesta ni honte ni regrets. Elle se contenta de lui adresser un petit sourire mauvais.

— Pour moi, tuer un Seigneur de l'Ombre est un acte de bravoure, déclara-t-elle.

Il n’avait pas l’intention de s’engager dans cette polémique. Il voulait surtout l’intimider. Pour qu’elle parle.

— C’est à travers mes armes que j’entends partager avec toi une intimité.

Etrangement, la menace parut la calmer.

— Tu peux essayer, si ça t’amuse, murmura-t-elle posément.

— Je ne me contenterai pas d’essayer.

Il la contempla fixement.

— Tu as beaucoup changé, dit-il.

Elle le balaya du regard, avec une grimace de mépris.

— Pas toi, rétorqua-t-elle.

— Merci, dit-il, la main sur le cœur. Le compliment me touche beaucoup.

— Je ne l’entendais pas comme un compliment.

— Je suis pourtant un beau mec, ricana-t-il.

— Tu es surtout un lâche, lança-t-elle d’un ton mauvais. Un homme digne de ce nom ne se serait pas attaqué à une femme.

Il se retint de sourire. Les insultes ne l’atteignaient pas.

— Tu n’y comprends rien. Je suis un guerrier avisé. Je m’attaque en premier au maillon faible, mais je vais m’occuper du reste de la chaîne, ne t’en fais pas. Quand ils apprendront ta mort, tes compagnons seront déstabilisés. Ils commettront des erreurs. Je n’aurai qu’à attendre pour les cueillir et les tuer.

Elle n’eut pas un tressaillement, et ses menaces ne parurent pas l’inquiéter. Il se demanda si elle ne le croyait pas capable d’exécuter une femme — ce qui aurait été stupide de sa part — ou si elle le croyait indestructible — ce qui était possible ; après tout, il n’en savait rien.

— Je sais que tu n’es pas une simple femme, déclara-t-il en parcourant du regard son petit corps compact. Par contre, j'ignore comment tu as pu gagner l'immortalité et je n'arrive pas à déterminer la nature exacte de ton être.

— Et tu n'y arriveras jamais, répliqua-t-elle.

— Aucune importance. On peut tuer un immortel.

Elle lui répondit avec un petit sourire suffisant et provocateur. Et cette fois, ses yeux sourirent aussi.

— Je sais, dit-elle seulement.

Ces simples mots réveillèrent la haine de Strider. Ce fut comme si un feu ravageur se répandait en lui. Il fut tenté de se lever et de l'étrangler sur-le-champ.

« Je vais t'aider », proposa Guerre.

Guerre exigeait sa part du butin ; il l'aurait. Mais il fallait d'abord faire parler la prisonnière.

Strider s'efforça d'afficher une expression calme et neutre, mais ses yeux durent le trahir — sans doute y décelait-on la lueur rouge qui signalait le réveil de son démon — parce qu'Hadiee, ou plutôt Haidee, pâlit, au point que ses veines devinrent visibles sous sa peau.

Il avait réussi à l'intimider cette fois, ce qui déclencha l'hilarité de Guerre.

— Te capturer a été pour moi un jeu d'enfant, dit-il. Tu n'es pas ce qu'on appelle un bon guerrier. Je me demande pourquoi les chasseurs te gardent avec eux. Pour t'utiliser en tant que femelle ? Ou parce que tu as aidé autrefois à tuer un Seigneur de l'Ombre ?

Elle plissa les yeux.

— Je te trouve bien présomptueux. As-tu songé un seul instant que j'avais pu te laisser me capturer ? Qu'est-ce qui te dit que je ne suis pas plutôt un appât et que tu es tombé dans mon piège ? Quant à servir de femelle à tout un groupe d'hommes… Non, sûrement pas, ce n'est pas mon genre, et tu seras puni pour m'avoir traitée de pute à soldats. Tu as ma parole.

— La parole d'un chasseur n'a aucune valeur.

— J'aurai le dessus sur toi, assura-t-elle.

— Essaye donc.

Elle sourit et il vit briller ses dents.

— Je ferai plus qu'essayer. J'ai l'intention d'offrir ta tête sur un plateau à mon amant. Comme cadeau d'anniversaire.

La plupart des femmes se seraient déjà mises à pleurer. Strider dut reconnaître que celle-ci était courageuse.

— Si tu crois que tu seras encore vivante pour l'anniversaire de ton amant, c'est que tu me connais mal, ricana-t-il. Ou que tu ne sais pas te servir de ton cerveau. Mais je ne devrais pas en être surpris… Après tout, tu es du côté des chasseurs…

Des filaments de brume s'échappaient à présent des narines de Haidee, et Strider se demanda ce que ça pouvait bien signifier.

— Je te connais mieux que tu ne le penses, dit-elle. Tu es Strider, gardien de Guerre, et j'ai longuement entendu parler de tes exploits. Tu as incendié des villes, torturé des innocents, détruit des familles entières.

Le souvenir fit tressaillir un muscle sous l'œil de Strider.

— C'était il y a bien longtemps, protesta-t-il.

— Tu ne peux pas t'empêcher de relever un défi, poursuivit-elle. Chaque fois que tu es placé en position de perdant, quel que soit l'enjeu, tu souffres physiquement. Tu sais quoi ? Tu n'es même pas capable de m'empêcher de sortir de cette pièce, et c'est pour ça que tu m'as attachée.

La salope ! Elle le mettait au défi ! Elle n'allait pas tarder à comprendre qu'elle commettait une erreur. Il se leva d'un bond et marcha jusqu'à elle en tirant un poignard de sa ceinture. Elle n'eut pas un battement de cils quand il se pencha sur elle, elle ne trembla pas non plus. Au contraire, elle afficha un air ravi, comme si elle avait hâte de mourir.

Quelle étrange réaction !

Il coupa ses liens avec des gestes sûrs et rapides. Aussitôt, elle tenta de bondir du côté de la porte, mais il la rattrapa par la taille et la ramena sur le lit.

Elle poussa un cri étouffé et tenta de se débattre, mais c'était trop tard : il était déjà sur elle et la clouait au matelas de tout son poids. Elle se démena comme une furie, en se servant de ses dents, de ses poings, de ses genoux. Quand elle lui écrasa les testicules, il hurla, mais il tint bon, luttant contre la douleur et la nausée. Peu à peu, elle parut se fatiguer. Elle était en sueur. Le brouillard qui s'échappait de ses narines sembla s'épaissir.

Ce truc sentait… Il sentait une odeur fleurie et entêtante. Il sentait l'ambroisie. Bon sang… Ce que c'était agréable…

— Tu devrais réfléchir avant de lancer des défis à tort et à travers, dit-il. Tu n'as pas bu, pas mangé, tu es très affaiblie.

Quand elle cessa complètement de lutter, il la prit par les poignets et lui bloqua les mains au-dessus de la tête. Puis il coinça ses jambes entre les siennes.

Elle avait un corps doux et pétillant, comme du champagne bien frais, et elle embaumait l'ambroisie. Bon sang ! Le mélange avait sûrement des propriétés aphrodisiaques parce que Strider sentit son sexe gonfler et s'allonger, se dresser. Il gémit, furieux contre lui-même.

— Tu as vu, je n'ai eu aucun mal à te maîtriser, dit-il.

Des yeux gris le jaugèrent froidement pendant quelques minutes.

Il aurait dû se réjouir d'avoir eu le dessus, mais il était furieux que son corps réagisse à celui de cette femelle et cela gâchait son plaisir.

— Que comptes-tu faire, à présent ? demanda-t-elle de son étrange voix calme et détachée.

— Ce que je compte faire ? Envoyer un petit morceau de toi à ton copain et le reste à mes compagnons.

*
* *

Quand ils atteignirent le palais de Lucifer, Amun n'était plus qu'une loque. Cela faisait déjà un moment qu'il ralentissait ses compagnons, lesquels avaient dû plusieurs fois affronter des démons, tout en le protégeant. Tous deux étaient couverts de blessures.

Ils s'en seraient mieux sortis sans lui.

Et ces nouvelles voix dans son crâne… Par tous les dieux… Elles étaient plus épouvantables que tout ce qu'il avait connu jusque-là… Elles ne cessaient de réclamer des victimes, des gens à torturer, à détruire. Cela lui rappelait le début de son existence en tant que gardien de Secret. Toutes les horreurs qu'il avait accomplies… Les innombrables mémoires qui s'étaient mêlées à la sienne…

Il ferma les yeux.

Il était obsédé depuis quelques minutes par les visions de trois âmes humaines, nues et enchaînées, tremblant, pleurant, suppliant qu'on les épargne. Celui qui les torturait n'avait pas envie de les épargner et sortit ses griffes aiguës et imprégnées d'acide qu'il abattit sur les deux hommes, entaillant leur peau profondément, jusqu'aux os. La femme, elle, regardait, terrorisée à l'idée que ce serait ensuite son tour. Les deux hommes poussaient des hurlements effroyables.

« Non ! protesta Amun. Non ! Je ne veux plus. »

Il se pencha en avant et vomit de la bile.

Des mains réconfortantes lui tapotèrent le dos.

— C'est bien, fit la voix d'Aeron. Libère-toi.

Une fois son estomac vidé, il voulut se redresser, mais ses genoux le trahirent et il s'effondra tout à fait. William et Aeron tentèrent de le retenir, mais il était devenu un poids mort et ils eurent toutes les peines du monde à le traîner jusqu'à un arbre noueux pour l'adosser au tronc.

A travers le brouillard qui flottait dans son esprit, il se demanda qui avait eu l'idée saugrenue de planter des arbres en enfer…

— Qu'est-ce que je peux faire pour toi ? demanda Aeron en s'accroupissant près de lui.

Amun lui fit signe qu'il ne pouvait rien pour lui et tenta de conserver les yeux ouverts. La nouvelle voix dans son crâne continuait à hurler, à chercher à se manifester. Plus il refusait de fermer les yeux pour l'écouter, plus il avait mal au crâne. Mais il préférait souffrir plutôt que d'assister à une nouvelle scène de torture.

Il jeta un coup œil autour de lui, en quête d'une distraction qui le tiendrait éveillé. Les arbres de la forêt étaient calcinés. Il n'y avait pas un brin de verdure, pas une fleur, rien qu'une mer noire et grise encore chargée de la souffrance des âmes qui recevaient ici la juste rétribution de leur vie passée.

Des âmes que son démon avait aidé autrefois à torturer. Ici même.

— Prends un peu de temps pour rassembler tes forces, dit William en désignant la colline au sommet de laquelle se trouvait le palais de Lucifer. Nous y sommes presque.

Amun suivit la direction de son regard. Une construction de briques noires s'élevait, surmontée de deux tours en ruines reliées à mi-hauteur pour représenter un crâne géant. Un escalier bordé de piques — piques sur lesquelles on avait planté des têtes — s'enfonçait dans la bouche de ce crâne dont l'entrée était surmontée par des dents jaunies faisant office de lustres. Il songea qu'il n'aurait jamais le courage et la force de gravir les marches de cet escalier.

« Laissez-moi ici », essaya-t-il de gesticuler.

En dépit de ses gestes hésitants, William comprit.

— Tu dois venir avec nous. Nous aurons peut-être besoin de toi pour trouver la cachette de Legion.

Il sous-entendait qu'il lui faudrait fouiller la mémoire de Lucifer ? Amun frissonna. Il n'avait peut-être pas encore vécu le pire…

— Tu es déjà venu ici, n'est-ce pas ? demanda Aeron à William. D'après Anya, Lucifer te craint…

— Anya raconte n'importe quoi, rétorqua William.

Mais Amun remarqua qu'il s'était empressé de vider son esprit pour l'empêcher de lire la réponse.

— Ça m'étonnerait, contesta posément Aeron. Tu connais cet endroit, et ça peut nous être très utile.

Il soupira.

— Surtout dans l'état où nous sommes, ajouta-t-il en désignant Amun.

Il était visiblement à bout de nerfs, prêt à éclater.

— Peu importe, répondit sèchement William. Il n'hésitera pas à se battre avec moi.

Se disputer ne résoudrait pas leurs problèmes. Amun fit signe qu'il voulait se lever et ils se précipitèrent pour l'aider. Ses genoux flageolèrent, mais deux bras puissants le soutenaient et il parvint à rester debout.

Une fois de plus, ils se remirent à marcher. Quand ils atteignirent le sommet de la colline, ils étaient en sueur et à bout de souffle. Aucun démon ne gardait l'entrée de l'escalier, mais ils n'en furent pas surpris. Lucifer les attendait.

Ils grimpèrent lentement les marches couvertes de cendre et trouvèrent au bout la porte du palais ouverte. Ils s'arrêtèrent quelques secondes sur le seuil, puis franchirent l'entrée qui donnait sur un grand hall qui était en même temps un ossuaire. Ou une salle de torture ? Le sol était taché de sang et encombré de débris poisseux qu'ils ne cherchèrent pas à identifier.

Amun repoussa les mains qui l'aidaient. A présent, il devait se débrouiller seul. Il ne pouvait plus se permettre d'affaiblir encore ses compagnons. Il était un guerrier, bon sang !

— Tenez-vous sur vos gardes ! murmura Aeron, qui avait déjà saisi ses poignards.

— Ne t'en fais pas pour ça, répondit William en serrant un peu plus fort les siens.

Ils étaient à court de munitions et avaient dû abandonner leurs revolvers.

Ils avancèrent lentement, de front, droit devant eux. Amun ne cessait de trébucher, mais il progressait tout de même, et c'était le plus important. Enfin, ils atteignirent une grande salle aux murs léchés par les flammes. Une véritable fournaise.

Le démon d'Amun soupira et il crut l'entendre murmurer le mot « maison ». Il eut la nausée. Cet endroit maudit n'était pas sa maison. Il ne voulait pas y vivre.

« Concentre-toi. »

Au centre de la pièce trônait un piédestal de soufre, et au sommet de ce piédestal trônait un large fauteuil de métal et d'ossements.

Le Prince des ténèbres y était assis et les regardait posément. Il ne paraissait pas le moins du monde surpris de leur arrivée.

— Enfin ! s'exclama-t-il en portant à ses lèvres une timbale sertie de joyaux.

Il était grand, avec des cheveux noirs et des yeux d'un orange doré. Son visage aurait pu être séduisant — et certaines femmes l'auraient sûrement jugé ainsi — sans ce terrible regard qui trahissait la noirceur de son être.

— Vous en avez mis du temps, commenta-t-il.

— Où est Legion ? demanda Aeron.

Lucifer ricana.

— Comment vas-tu ? dit-il en s'adressant à William.

— Très bien, répondit William d'un ton égal. Mais qu'est-ce que ça peut te faire ?

Lucifer parut accuser le coup, mais il se contenta d'acquiescer.

— J'ai été étonné d'apprendre que tu étais revenu.

— Dis à cet homme ce qu'il veut savoir, et nous partirons, déclara William. Nous ne cherchons pas à verser le sang inutilement. Ne me remercie pas, c'est avec plaisir que je t'épargnerai.

Amun se concentra sur l'esprit de Lucifer et tenta d'établir un lien avec lui. Au début, il ne perçut rien. Mais il insista, poussa plus loin et, brusquement, il dut franchir une sorte de barrière car une immense vague de haine le submergea. De haine et de peur, comme l'avait prévu Anya.

« Je ne vous laisserai pas prendre ce qui m'appartient ! »

— Je suis désolé si mes serviteurs ne t'ont pas bien traité, répondit Lucifer en s'adressant à William.

Il parlait d'un ton dégagé, mais Amun ne fut pas dupe. Il avait peur. Le Prince des ténèbres avait peur de William.

— Bien entendu, je les punirai. Mais je serai plus clément que tu ne l'étais autrefois.

Une veine se mit à battre à la tempe de William.

Amun tenta de sonder son esprit, mais William évitait soigneusement de penser à ce qui l'aurait intéressé et il n'osa pas trop insister, de peur d'affaiblir le lien qu'il venait d'établir avec Lucifer.

Lucifer inclina la tête et sourit, en posant son regard sur Aeron.

— Tu as changé, Colère, murmura-t-il d'un air songeur en se tapotant le menton.

Puis il émit un petit sifflement étonné.

— Je comprends… Tu n'es plus Colère. On t'a libéré de ton démon. Tu n'es plus possédé ? Tu voudrais que je remédie à ce problème ?

— Dis-nous où se trouve la fille, ou nous serons obligés de nous battre, intervint William. Je commence à m'impatienter ; je n'ai pas que ça à faire.

Lucifer plissa les yeux.

— Oh ! ricana-t-il. Je sais ce que tu as de plus important à faire… Tu dois séduire l'adorable Gilly. Ton désir pour elle ne cesse de grandir… N'est-ce pas, mon frère ? A propos, je suis étonné que tu n'aies pas songé à rendre visite aux trois autres cavaliers, tes compagnons. Tu leur manques, tu sais…

« Mon frère ? Trois autres cavaliers ? Quatre cavaliers ? Les Quatre Cavaliers de l'Apocalypse ? »

Aeron se raidit et lança à William un regard mauvais.

Amun entendit Lucifer éclater intérieurement de rire. Il paraissait ravi de son petit effet.

« Il tente de nous diviser », gesticula-t-il à l'intention d'Aeron.

Il avait déjà compris que Lucifer disait vrai à propos de Gilly et des cavaliers. Mais pour le lien de parenté, il avait encore des doutes…

— Il ment, dit posément William.

Mais sa voix trembla un peu.

— Je n'ai jamais touché Gilly et je ne la toucherai jamais. Je n'oublie pas qu'elle est mineure. Quant à l'allusion à propos des cavaliers, elle ne mérite pas d'être relevée.

Lucifer haussa un sourcil amusé.

— Si tu le dis… A présent, si nous commencions la fête ? Je sens que vous vous ennuyez.

Il frappa dans ses mains et le bruit résonna dans la grande salle.

Deux démons majeurs apparurent à sa gauche et, à en juger par leur sourire, ils attendaient le signal depuis un moment. Legion avançait entre eux, les épaules voûtées, ses longs cheveux blonds emmêlés et poisseux de sang.

Elle était nue et enchaînée ; ses cuisses étaient marbrées de coups de fouet.

Amun se concentra aussitôt pour ne pas lire dans son esprit, mais il eut tout de même le temps d'entrevoir ce qu'elle avait subi.

Il songea qu'elle ne s'en remettrait sans doute jamais.

Ses yeux trahissaient un désespoir et une résignation sans fond. Mais une lueur parut les animer quand elle reconnut Aeron, et elle s'agita.

— Aeron ! hurla-t-elle. Aeron !

Les démons la maîtrisèrent, tandis que William retenait Aeron, qui tentait de s'élancer vers elle.

— Ne bouge pas. Ne joue pas son jeu.

Lucifer contempla Aeron avec une expression de jubilation sur le visage.

— Qu'en dis-tu, guerrier ?

— Je dis que je te tuerai pour ça, gronda Aeron.

— C'est tout ?

Aeron acquiesça d'un bref hochement de tête.

Amun sentit la déception envahir le Prince des ténèbres, qui aurait voulu qu'Aeron hurle et se déchaîne.

— Je crois que nous pouvons commencer les festivités, dit-il d'un ton doucereux.

21

Scarlet ne savait plus où elle en était. Tout allait de travers.

Elle avait abandonné Gideon dans un état de faiblesse extrême et se sentait coupable.

Sa garce de mère ne lui répondait pas, et elle n'avait aucun moyen de retourner dans le palais de Cronos pour s'occuper de Mnémosyne.

Elle oscillait entre la colère, le désespoir et la résignation.

Des larmes lui brûlèrent les yeux, qu'elle essuya précipitamment du revers de la main. Vingt-quatre heures seulement s'étaient écoulées depuis qu'elle avait claqué la porte de la chambre de Gideon, et il lui manquait déjà affreusement. Elle était restée à Budapest, pour ne pas trop s'éloigner de lui. Elle était parfois tentée de revenir vers lui, de franchir la barrière électrifiée qui protégeait le château : elle frapperait à l'entrée de la grande bâtisse de pierre, il viendrait lui ouvrir et elle se jetterait dans ses bras.

Mais elle n'était pas certaine d'avoir la force de le quitter une deuxième fois.

Idiote…

Elle se serait bien adressée à un autre dieu que Rhéa pour accéder à Titania, mais là-haut, personne ne l'appréciait. Ou, si quelqu'un l'appréciait, Mnémosyne s'était chargée de le lui faire oublier.

« Retourne auprès de Gideon », supplia Cauchemar.

Lui aussi passait par tous les états de la souffrance.

— Tu ne cesses de plaider la cause de Gideon. Pourquoi ?

« Parce qu'il m'appartient. »

Cauchemar se trompait, Gideon ne leur appartenait pas.

— Je ne peux rien lui apporter de bon, murmura-t-elle d'un ton désolé.

Elle aurait bien voulu se tromper…

Gideon n'était pas son époux, mais elle avait appris à l'apprécier, au cours de ces dernières semaines. Et lui aussi, il l'appréciait. Elle n'en doutait pas. Il lui avait demandé de rester. Il lui avait dit qu'il voulait vivre près d'elle. Et elle avait failli lui céder.

Mais elle était tout de même partie. Parce que c'était la seule chose à faire. Elle avait pris soin de couper les ponts avec lui pour qu'il ne cherche pas à la suivre. Tant que Rhéa et Mnémosyne étaient en vie, ils étaient tous deux vulnérables, et mieux valait qu'ils se séparent.

Rhéa était en guerre contre les Seigneurs de l'Ombre, et cette chienne de Mnémosyne avait le pouvoir de la convaincre de tuer Gideon.

Gideon était un homme bon et droit ; elle avait causé assez de dégâts comme ça dans sa vie.

Une vague de désespoir la submergea à l'idée de ne plus revoir Gideon et, de nouveau, elle se prit à rêver… Une fois qu'elle aurait réglé leur compte à Rhéa et à Mnémosyne… Si Gideon avait toujours envie de tenter l'aventure avec elle… Pourquoi pas ? Mais il n'en aurait sûrement plus envie. Elle l'avait abandonné. Il ne le lui pardonnerait jamais.

En sortant du château, elle avait pleuré. En descendant l'escalier menant à la crypte où elle s'était réfugiée, elle avait sangloté. Ensuite, elle avait fermé ses yeux pleins de larmes et c'était avec des larmes qu'elle était entrée au royaume des rêves.

Avec la ferme intention de s'occuper de Mnémosyne.

Elle avait attendu des heures à la porte de cette garce, mais le battant ne s'était pas ouvert. A la fin, comme Cauchemar criait famine, elle l'avait laissé se nourrir à sa guise, ailleurs. Il avait envahi les rêves de milliers de personnes. Et, entre autres, ceux de Rhéa.

La reine des dieux avait eu droit au traitement spécial qu'elle méritait : elle avait vécu sa défaite dans la guerre qu'elle menait contre son époux.

A présent, Scarlet était de nouveau endormie et, de nouveau, elle s'était postée devant la porte de Mnémosyne. Elle patienta des heures, puis, enfin, le battant s'entrouvrit, à peine… Pour se refermer aussitôt d'un coup sec. Apparemment, Mnémosyne luttait férocement contre le sommeil. Mais elle finirait bien par craquer. Ils finissaient tous par craquer.

Cauchemar ne tarda pas à se plaindre de la faim.

— Encore un peu de patience, lui dit-elle.

Le démon gémit, en même temps que les ombres et les spectres. Il s'impatientait.

Et enfin, l'attente se révéla payante.

La porte s'ouvrit lentement, signe que Mnémosyne s'assoupissait, et, cette fois, Scarlet parvint à en franchir le seuil avant qu'elle se referme. Elle s'empressa de consolider le rêve merveilleux qui se formait déjà dans l'esprit de sa tante, afin de la plonger dans un profond sommeil.

Mnémosyne se voyait sur un trône, au milieu des nuages, déjà reine des dieux et des mortels. Quand elle donnait un ordre, on lui obéissait sur-le-champ. On composait des odes à sa beauté. L'homme qui se tenait près d'elle n'était pas Cronos, mais Atlas, le Titan, l'homme qu'elle aimait.

Il était grand et brun, séduisant, avec des yeux bleus un peu plus sombres que ceux de Gideon. Il se penchait vers elle. L'adoration se peignait sur son visage.

Scarlet eut envie de hurler. Même en rêve, sa tante ne méritait pas le bonheur.

Elle leva les mains et commença par effacer Atlas, puis le trône d'or, puis le palais dans les nuages. A la place, elle planta un décor de buissons épineux et de flammes, et transporta sa tante au cœur du brasier. Mnémosyne hurla de douleur et de terreur. Demain, elle se réveillerait avec la peau brûlée, défigurée, monstrueuse. Il faudrait un peu de temps avant que cette peau se régénère. Et en attendant…

Scarlet ricana. Mnémosyne allait passer quelques mauvais moments.

Cauchemar dansa de joie dans sa tête. « Encore ! »

— Avec plaisir…

Par le seul pouvoir de sa volonté, Scarlet congédia les flammes.

Mnémosyne se laissa tomber en gémissant sur le sol. Scarlet avança lentement vers elle, tout en construisant posément la nouvelle scène. Les murs gris de Tartarus s'élevèrent autour de la déesse, puis ce furent les paillasses de leur ancienne cellule. Enfin, Cronos et Rhéa se matérialisèrent dans un coin, en train de se disputer. Puis, en dernier, elle s'inséra dans le tableau sous la forme d'une jeune femme dépenaillée, portant un collier d'esclave. Sa longue chevelure lui arrivait à la taille ; elle était dans un état indescriptible de saleté. Quand elle avait atteint l'adolescence, sa mère n'avait plus cherché à la protéger de la lubricité des hommes et ne lui avait plus rasé la tête. Les gardiens ne s'en étaient pas mêlés, elle-même n'avait jamais réussi à se procurer un rasoir… Elle avait donc laissé pousser ses cheveux. Les couper avait été un de ses premiers luxes de femme libre.

Dans le rêve, elle s'adossa aux barreaux de la cellule, tout en fixant sa tante.

— Tu te souviens des années que nous avons passées en prison, n'est-ce pas ? lui dit-elle.

Mnémosyne eut tout juste la force de lever vers elle un regard chargé de haine. Chaque inspiration lui coûtait un effort visible, et des larmes roulaient sur la chair à vif de ses joues. Scarlet songea avec plaisir que le sel des larmes devait lui causer d'atroces souffrances.

Elle allongea le bras vers Mnémosyne et lui prit d'autorité le menton.

— Si tu ne viens pas à moi, je te harcèlerai dans tes rêves. Et si tu crois que le feu était atroce, attends de voir ce que je t'ai réservé pour la prochaine fois.

— Salope ! cracha Mnémosyne.

Ses cheveux avaient brûlé ; il n'en restait que quelques mèches collées à son crâne. Ses joues avaient fondu. On voyait les os de ses pommettes.

— Cronos te tuera quand il verra ce que tu m'as fait.

Scarlet sourit.

— Excellent. J'avais justement besoin de le voir et je ne savais pas comment le joindre. En attendant, je te souhaite un bon réveil.

Gideon avait mis trois jours à se rétablir. Une fois sur pied, il avait aidé à fortifier les défenses du château, puis il s'était rendu en ville à plusieurs reprises pour traquer des chasseurs. Il en avait trouvé quelques-uns ; il les avait interrogés et tués.

Il avait accompli son devoir, et pouvait maintenant partir à la recherche de Scarlet.

Il l'aimait. Il l'aimait de tout son cœur, de toute son âme, de tout son corps.

Il l'aimait parce qu'elle le comprenait quand il parlait.

Il l'aimait parce qu'elle était belle et courageuse.

Il l'aimait parce qu'elle avait souffert pour lui.

Loin d'elle, il n'arrivait plus à aligner deux idées correctes. Il ne cessait de penser à elle, de se demander où elle était, ce qu'elle faisait, si elle avait besoin de lui, s'il lui manquait. Et il ne cessait de penser au plaisir qu'ils s'étaient donné et qu'ils auraient pu se donner encore.

Il devait absolument la retrouver.

« Non, dit Tromperie en poussant un soupir de soulagement. Je ne te remercie pas. »

« Pas besoin de me remercier. C'est pour moi que je le fais. »

Il se massa la nuque tout en réfléchissant. Par où devait-il commencer ? Scarlet voulait tuer la déesse de la mémoire, laquelle vivait sur l'Olympe… Il lui avait donc fallu chercher de l'aide pour parvenir jusqu'au palais de Cronos…

Elle ne s'était probablement pas adressée au roi des dieux. A sa mère, peut-être… Mais Rhéa savait maintenant qu'elle risquait sa vie en se montrant à Scarlet. Elle n'avait certainement pas répondu à son appel.

Vers qui Scarlet avait-elle pu se tourner ? Elle n'avait pas d'amis. Du moins, pas à sa connaissance.

Peu importait, il la chercherait, même s'il devait pour cela remuer ciel et terre. Bon sang ! Il y avait dans ce château quelqu'un qui pouvait l'aider. Torin, avec ses caméras, avait des yeux partout. Les caméras de surveillance ! Pourquoi n'y avait-il pas pensé plus tôt ?

Il fila droit vers la chambre de Torin. Il n'eut pas à frapper. Torin lui cria d'entrer dès qu'il se présenta devant le battant.

— Je me doutais bien que tu finirais par t'adresser à moi, dit ce dernier en pivotant sur son fauteuil.

Il avait les joues rouges, le regard vague, le souffle court.

Derrière lui, sur l'un de ses écrans, Gideon remarqua un groupe de femmes qui dansaient en petite tenue, tout en sirotant du champagne. L'une d'elles, une jolie brune aux yeux verts, ôta son soutien-gorge en éclatant d'un rire sonore.

— Zut ! s'exclama Torin en se tournant vers l'écran. Je croyais avoir fermé la page.

Il tapota sur son clavier et l'écran devint noir.

Gideon décida de faire comme s'il n'avait rien remarqué.

— Comment ne vont pas les autres, aujourd'hui ?

Il commençait par la question de routine, par diplomatie, avant d'annoncer qu'il s'apprêtait à partir.

— Ils sont vivants, je n'en sais pas plus, à part que Strider ne va pas tarder à rentrer avec un cadeau pour tout le monde, d'après le message qu'il m'a envoyé.

Un cadeau ? Cette déclaration piqua la curiosité de Gideon, mais il n'avait pas le temps d'approfondir la question et se contenta d'acquiescer.

— Je n'ai rien d'important à te dire concernant…

— Stop ! coupa Torin en levant la main. Inutile de me brouiller l'esprit avec tes formules alambiquées. Je sais pourquoi tu es là. J'ai entendu parler de ta femelle et je suis même surpris que tu aies attendu si longtemps pour venir me trouver. Tu peux partir. En quittant le château, Strider a arraché la trachée de quelques chasseurs — il s'inspire des méthodes de Gwen qu'il admire par-dessus tout. Nos ennemis ont déserté la colline, à mon avis pour un bon moment. Va donc chercher ta femelle. Ça m'arrangerait que tu arrives à la convaincre de se joindre à nous. J'en ai un peu marre que tout le monde vienne me tanner en me demandant de te convaincre de l'enfermer.

Je n'ai rien contre elle. Après tout, elle n'a jamais cherché à nous attaquer.

Gideon fut tellement soulagé qu'il dut se retenir pour ne pas prendre Torin dans ses bras.

— Je te hais, mon salaud, soupira-t-il.

Le sourire de Torin découvrit ses dents blanches et bien alignées.

— Message reçu, dit-il. Moi aussi, je te hais. Mais ne t'avise surtout pas de me donner l'accolade.

Son sourire s'élargit devant l'air ébahi de Gideon.

— Oui, oui, il m'arrive de deviner les pensées. Enfin, sache que je ne suis pas le genre de copain qu'on serre dans ses bras. Tu le sais.

— Mais je n'en meurs pas d'envie, rétorqua Gideon. Et je ne suis pas prêt à prendre le risque de t'embrasser.

Après tout, il était immortel, il ne risquait rien. Et il se fichait de déclencher une pandémie parmi les humains. Si tous les humains mouraient, Scarlet cesserait de fantasmer sur les acteurs blonds.

— Dans ce cas, ne te gêne pas, ironisa Torin. Ça fait un bail que personne ne m'a embrassé. Je ne ferai pas le difficile.

Gideon se retint de sourire. Il soupçonnait Torin d'être puceau et de n'avoir même jamais embrassé une femme.

— Tu es… !

— Tromperie ! appela une voix sortant des haut-parleurs de Torin. Tromperie ! Je sais que tu es là ! Sors et montre-toi, espèce de lâche !

Torin se tourna aussitôt vers ses écrans. Gideon s'approcha pour regarder par-dessus son épaule. Et ce qu'il découvrit le laissa sans voix.

Galen, gardien d'Espoir, chef des chasseurs, survolait le château en agitant frénétiquement ses ailes blanches.

La belle tunique blanche destinée à le faire passer

pour un ange aux yeux de ses troupes était souillée de suie et de sang.

— Viens te battre ! hurla de nouveau Galen en écartant les bras. Je ne te laisserai pas me décapiter.

Dans ses mains, il tenait deux poignards qui brillaient au soleil. Il avait les cheveux dressés sur la tête, les yeux écarquillés.

Incroyable ! D'ordinaire, Galen œuvrait dans l'ombre et envoyait les humains en première ligne. Jamais il n'avait défié ouvertement un Seigneur de l'Ombre.

— Il a toute sa tête, c'est évident, murmura Gideon.

Il était en plein délire, c'était la seule explication.

— Je ne comprends pas, répondit Torin en tapant fébrilement sur son clavier. Je viens de vérifier, il n'y a aucun chasseur pour le couvrir. Du moins je n'en vois pas. Mais mieux vaut se méfier, avec lui.

— Tromperie ! Viens te battre ! Viens ou je mets le feu au château !

— C'est un piège, insista Torin. Sinon, il aurait déjà mis le feu. Il n'aurait pas pris la peine de nous prévenir.

Piège ou pas, Gideon ne pouvait pas laisser passer une telle occasion. Capturer Galen signifiait mettre fin à la guerre avec les chasseurs.

— Je pourrais tirer sur lui, proposa Torin. Et toi, pendant ce temps…

— Oui, coupa Gideon.

Si Torin le ratait, Galen risquait de s'enfuir.

— Ne me laisse pas tirer à ta place, je ne vise pas mieux que toi.

— Tromperie ! hurla de nouveau Galen.

— Tu as raison, acquiesça Torin. Mais je vais tout de même envoyer un texto à Cameo et Kane. Je veux qu'ils vérifient que la forêt n'est pas infestée de chasseurs.

— Mauvaise idée, approuva Gideon. Et ne leur dis pas que je me charge de Galen.

Torin acquiesça de nouveau, tandis que Gideon filait en courant dans sa chambre. Il était déjà armé — un guerrier n'est jamais trop prudent —, mais il voulait son lance-grenades, celui que Sabin avait trafiqué et dont il ne se servait que dans les grandes occasions.

Il le prit, le sourire aux lèvres.

Puis il alla se poster à une fenêtre du château, au-dessus de Galen qui planait en surveillant la porte d'entrée, s'attendant sans doute à le voir sortir. Gideon ouvrit silencieusement la fenêtre et glissa le canon de son arme à travers la fente des rideaux.

— Tromperie ! Tu n'es qu'un lâche ! Sors de là !

Il n'était pas un lâche. Il était malin. Nuance. Il chargea la grenade. Cala le fusil sur son épaule. Sourit en voyant apparaître Galen dans son viseur. Appuya sur la détente.

Le recul secoua Gideon, mais il se redressa et tenta de voir le résultat de son tir à travers la fumée.

Il avait atteint sa cible. Le choc avait propulsé Galen très haut dans le ciel, et un humain n'y aurait pas survécu, mais Galen n'était que blessé. Il avait perdu une main — ça, c'était pour les deux mains que les chasseurs avaient coupées à Gideon. Mais il n'était pas hors d'état de nuire.

Et il était fou de rage.

Il poussa un terrible rugissement et se jeta sur la fenêtre située au-dessus de celle de Gideon. Il y eut un fracas de verre brisé, un grognement de douleur, des bruits de pas. Gideon prit deux poignards, tout en se mettant à courir dans le couloir qui devint flou autour de lui.

Il le rencontra à mi-chemin et ils se jetèrent l'un sur l'autre, tout en échangeant coups de poing, coups de pied, coups de poignard. Galen avait les ailes brisées et le flot de sang qui giclait de son moignon trempait les vêtements de Gideon. Il avait un énorme trou à l'épaule, qui fumait encore, là où la grenade avait dû frapper, et pourtant il n'avait rien perdu de sa force. Sans doute était-il particulièrement déterminé.

— Je vais te décapiter, rugit le gardien d'Espoir.

De sa main valide, il tenait fermement son poignard qu'il abattit sur le visage de Gideon, lui entaillant profondément la joue.

Gideon rugit à son tour, et planta ses poignards en avant, à l'aveugle. L'un d'eux atteignit la nuque de Galen, l'autre son épaule, celle qui n'était pas blessée. Cet homme avait été le compagnon de Gideon pendant des siècles, mais son ennemi pendant bien plus longtemps encore. Il ne restait plus d'amitié entre eux. Plus de respect. Plus d'amour.

L'un d'entre eux devait y passer.

Galen ne bougeait plus. Il tenait sa nuque blessée et Gideon comprit qu'il avait dû lui sectionner la colonne vertébrale. Il s'écarta de lui et se redressa, haletant, en sueur, ensanglanté.

Sans Galen, jamais il n'aurait ouvert la boîte de Pandore. Il serait resté un guerrier de l'Olympe, au service de Zeus. Il aurait peut-être fini par remarquer Scarlet, par obtenir sa liberté, par vivre heureux avec elle pour l'éternité.

Peut-être aussi l'aurait-on enfermé dans Tartarus en même temps que les dieux grecs, quand les Titans avaient repris leur place sur l'Olympe.

Mais s'ils n'avaient pas ouvert la boîte, Tartarus ne serait pas tombé en ruines et les Titans n'auraient pu s'échapper…

Bref, ce qui était fait était fait, on ne pouvait pas revenir en arrière. Le plus important était de réparer les dégâts.

Gideon entendit au bout du couloir deux paires de bottes résonner sur le sol : Kane et Cameo venaient à son secours. Il éclata de rire. Ç'avait été si facile… Il ne lui avait fallu que quelques minutes pour réduire à néant cet homme qui avait gâché leurs vies pendant des milliers d'années.

Il éleva lentement son poignard. S'il frappait encore une fois, Galen serait immobilisé pour un moment, ce qui laisserait aux Seigneurs de l'Ombre le temps de réfléchir à ce qu'ils devaient faire de lui.

Mais il n'eut pas le temps de frapper. Un éclair bleu azur zébra dans la pièce et Rhéa apparut. Elle était pâle et elle tremblait. Gideon se demanda si elle avait surveillé leur combat depuis le début.

— Comment oses-tu ? hurla-t-elle. Galen est mon guerrier. Il m'appartient. Tu vas payer pour ce que tu lui as fait !

A peine eut-elle fini de prononcer le dernier mot que Gideon se retrouva entre les barreaux d'une cage, au beau milieu d'une chambre du palais de Cronos. L'air sentait l'ambroisie. Des portraits de dieux étaient peints sur les murs. Il y avait un lit à baldaquin, avec des tentures de dentelle rose ; un grand lustre pendait au dôme transparent qui servait de plafond et donnait sur le ciel bleu.

Il s'était fait piéger. Adieu la victoire ! Elle lui avait échappé de peu et c'était d'autant plus rageant. Il aurait bien voulu que tout cela ne soit qu'un rêve, un cauchemar orchestré par Scarlet. Malheureusement, Scarlet ne lui aurait jamais inspiré un tel cauchemar. Tout cela était bien réel. Il avait perdu la partie.

Il avait espéré que quelqu'un le ramènerait sur l'Olympe, et il était exaucé. Sauf qu'il se trouvait maintenant à la merci de la reine des dieux.

22

Gideon demeura de longues heures seul dans sa cage. Rhéa était sûrement au chevet de son précieux guerrier, et ne se montrerait pas tout de suite.

Mais quand elle se montrerait…

Un détail l'inquiétait terriblement. Cette cage ressemblait à s'y méprendre à la Cage de force, et il se demanda si celui qui y était enfermé se trouvait contraint d'obéir aux ordres qu'on lui donnait. Il ne voulait pas devenir l'esclave de Rhéa.

Il voulait sa tête sur un plateau. Plateau qu'il projetait d'offrir à Scarlet en gage de son affection.

Scarlet…

Où était-elle ? Que faisait-elle ? Elle était de taille à se défendre, aussi n'était-il pas inquiet sur son sort, mais elle lui manquait. A présent, elle faisait partie de sa vie. Partie de lui.

Il voulait construire peu à peu un passé avec elle. Un passé fait de souvenirs réels. Il serait là pour elle ; il lui ferait oublier toutes ces années où il l'avait ignorée tandis qu'elle pourrissait dans une cellule de Tartarus.

Mais d'abord, il lui fallait sortir de cette maudite cage.

— Rhéa ! hurla-t-il en secouant les barreaux. Rhéa !

Il se démenait comme un diable et songea qu'il devait

avoir l'air d'un fou. Comme Galen quand il était venu le provoquer au château.

Un éclair bleu zébra dans la pièce. Gideon battit des paupières. Il dut rester à genoux, hélas, car la cage n'était pas assez haute pour qu'il y tienne debout.

Rhéa apparut au centre de la pièce. Son beau visage paraissait tendu. Ses cheveux noirs étaient en bataille. Elle n'avait plus un cheveu gris, au passage… Sa tunique était tachée de sang et de suie. Elle avait donc passé son temps au chevet de Galen.

— Tu m'as sonnée ? demanda Rhéa avec un ton si plein de haine et de morgue que Gideon en eut les oreilles écorchées. Tu es pressé de recevoir ta punition ?

Il savait qu'il ne pouvait lui échapper et que personne ne viendrait à son secours. Il avait essayé d'ôter son pendentif, pour se placer sous la protection de Cronos, mais le bijou se comportait comme s'il était incrusté dans sa peau et refusait de s'en décoller.

Encore un sortilège de Rhéa, sans doute. Elle n'avait pas intérêt à ce que Cronos trouve Tromperie dans sa chambre.

Elle agita une main dans les airs et ce fut comme si elle effaçait les barreaux qui entouraient Gideon : ils disparurent en un clin d'œil. Comme il s'y était adossé, il tomba en arrière, mais se releva d'un bond, prêt à se battre. Il n'était plus armé, car Rhéa y avait veillé, mais il lui restait ses poings et son courage.

— C'est très intelligent de ta part de me faire sortir de cette cage, fit-il remarquer.

Elle était aussi sotte que Galen.

— Attaque-moi, si tu l'oses, rétorqua-t-elle en découvrant ses dents, comme si elle avait hâte de se mesurer à lui.

Il aurait volontiers relevé le défi — après tout, il voulait sa tête sur un plateau —, mais il n'était pas Strider. Il ignorait tout des pouvoirs de Rhéa. Elle était la reine des dieux et… Il frissonna. Si elle était aussi puissante que son mari, il avait perdu d'avance. Et son empressement à se battre avec lui ne lui disait rien de bon.

— Alors, espèce de lâche ? Tu restes là, à me regarder, les bras ballants ?

— Oui, répondit-il.

Il lui tourna le dos, tandis qu'elle lui débitait une volée d'insultes, et alla se réfugier à l'autre bout de la pièce, comme s'il ne faisait aucun cas de sa personne. Au passage, il s'arrêta devant une coiffeuse et prit dans sa main un flacon de parfum qu'il renifla. Bon sang ! Quelle épouvantable odeur ! Un mélange d'aile de chauve-souris et d'œil de crapaud. Elle se parfumait vraiment avec ça ?

— J'ai fait disparaître toutes les issues de cette pièce. Aussi, n'espère pas t'enfuir, lança Rhéa. Tu n'es pas plus libre que dans la cage.

— Oh, mais c'est merveilleux ! s'exclama Gideon.

Il reposa le flacon de parfum et s'empara d'une brosse. Pouah, qu'elle était sale ! Cette Rhéa était une vraie souillon.

— Merveilleux ? Tu veux dire que c'est atroce, je suppose.

Elle savait qu'il était le gardien de Tromperie, mais elle ignorait sans doute qu'il lui était interdit de proférer une seule vérité. Il songea qu'il pouvait en profiter pour la faire marcher un peu et ne put s'empêcher de sourire.

— Je n'ai aucune envie de savoir pourquoi tu m'as emmené ici et ce que tu veux faire de moi, annonça-t-il posément.

— Ça m'étonnerait. Tu meurs d'envie de le savoir, au contraire.

Il haussa vaguement les épaules, tout en reposant la brosse près d'un pot contenant une sorte d'onguent verdâtre. Rhéa n'était pas une souillon, mais une coquette sale, qui prenait soin de son apparence.

— Pas du tout. En ce moment, je m'inquiète uniquement de Galen. Dis-moi qu'il va mieux, sublime reine.

— Menteur ! hurla-t-elle.

Et, la seconde d'après, sans qu'il ait eu le temps de la voir bouger, elle était près de lui et plantait ses ongles griffus dans sa nuque, tout en l'obligeant à se tourner vers elle.

— Tu ne te soucies pas de Galen ! Tu as tenté de le tuer ! Mais tu as échoué. Il est vivant. Et bien vivant. Il va guérir.

— Quelle bonne nouvelle !

Le visage de Rhéa se ferma.

— Il m'a supplié de te tuer, mais je lui ai répondu que j'avais d'autres projets pour toi, dit-elle en le regardant droit dans les yeux.

— J'ai décidément beaucoup de chance.

Elle le lâcha, quelques secondes, puis replanta de nouveau ses ongles dans sa nuque, calmement, mais fermement.

— Tu te crois au-dessus de tout, on dirait, commenta-t-elle. Très bien. Je vais voir ce que je peux faire pour toi. Si tu te mettais à l'aise ?

Elle avait pris une voix rauque, presque sensuelle, et son regard cloua Gideon au sol, littéralement. Il ne pouvait plus bouger.

« Détends-toi. Ne lui montre pas que tu es déstabilisé. »

Elle effleura son T-shirt du bout de l'index et le tissu fut réduit en cendres en quelques secondes. Il était maintenant torse nu. Elle n'avait pas brûlé sa peau. Oh oui, elle était décidément puissante.

— Merci beaucoup, murmura-t-il posément. Je me sens beaucoup mieux.

Elle recula et le fixa d'un air méfiant.

— Je croyais que tu étais amoureux de ma fille ?

— Tu te trompais.

Elle plissa les yeux.

— Quel jeu joues-tu ?

— Je ne joue pas, répondit-il avec un grand sourire.

Elle le fixa longuement en silence, puis elle sourit, elle aussi.

— Tu mens. Tu l'aimes, je le vois, je le sais. Mais voyons un peu si cela va durer…

Tout en parlant, elle posa la main sur le décolleté de sa tunique et tira. Le tissu se fendit en deux, jusqu'en bas, la laissant nue.

Gideon serra les dents. Il cherchait déjà les mots pour raconter la scène à Scarlet avec diplomatie. Parce qu'il n'était pas question qu'il garde pour lui une tentative de séduction de Rhéa. Il ne voulait pas de secrets entre eux. De plus, il valait mieux qu'elle entende sa version des faits avant celle de Rhéa, qui ne se gênerait pas pour tout déformer.

« Ma démone, ta mère ne s'est pas mise nue devant moi pour m'offrir son… »

Non, pas comme ça. Scarlet allait encore lui planter une fourchette dans la poitrine.

— Je suis belle, n'est-ce pas ? murmura Rhéa en caressant de ses paumes le tatouage en forme de papillon qui se déployait sur ses seins.

Puis elle descendit le long de ses flancs, de ses hanches aux courbes parfaites, jusqu'à la touffe de poils sombres entre ses cuisses qu'elle effleura légèrement, comme distraitement.

En bon lâche qu'il était — puisqu'elle prétendait qu'il était lâche —, il se conduisit lâchement et leva pudiquement les yeux vers le dôme transparent du plafond, tâchant de s'absorber dans la contemplation des gros nuages joufflus qui le traversaient. Il était tétanisé. Mort de peur. Il voyait très bien comment tout cela risquait de finir.

— Alors ? insista-t-elle. Qu'en dis-tu ?

— Tu es belle, oui.

— D'après le ton, j'ai l'impression que tu ne penses pas ce que tu dis. Mais tu me désires tout de même, nous le savons tous les deux, et Scarlet ne va pas tarder à le savoir aussi.

La salope ! Il ne s'était donc pas trompé, elle avait l'intention de le violer. Et ensuite, elle raconterait à sa fille qu'ils avaient fait l'amour. Décidément, comme mère, elle était vraiment en dessous de tout.

Une fois de plus, elle allongea le bras vers lui. Cette fois, ses doigts voletèrent au-dessus de la ceinture de son pantalon, lequel prit feu et se consuma en quelques secondes, toujours en laissant sa peau indemne.

— N'est-ce pas mieux ainsi ? murmura-t-elle.

Puis elle grogna de mécontentement et il en déduisit qu'elle venait probablement de remarquer son sexe mou. Il faillit éclater de rire devant sa mine déconfite.

— J'espère que tu es fière de toi, dit-il. Tu n'as pas assez fait souffrir Scarlet et elle méritait probablement tout ce que tu lui as fait. Elle ne t'aimait pas. Tu ne l'as pas atrocement déçue.

La reine l'avait écouté avec un visage fermé.

— Tu as fini de dire des bêtises ? demanda-t-elle en lui griffant lentement le torse, d'un doigt appuyé.

Une lueur rouge brilla dans ses yeux, celle de son démon, probablement.

— Oui, dit-il.

Depuis quelques semaines, les Seigneurs de l'Ombre savaient que Rhéa était possédée d'un démon de la boîte de Pandore. Elle était la gardienne de Conflit et, visiblement, elle ne cherchait pas à le dominer ; elle se délectait même à lui obéir.

Elle aurait eu pourtant le choix. Les Seigneurs de

l'Ombre, eux, avaient trouvé un moyen de canaliser l'agressivité de leurs démons.

Reyes se mutilait pour satisfaire les besoins de Douleur sans avoir à s'en prendre aux autres.

Maddox avait appris à calmer les ardeurs de Passion.

Lucien interdisait à son démon de prendre l'âme des vivants.

Ses compagnons avaient lutté contre leur moitié démoniaque, tandis que Rhéa l'avait nourrie et encouragée, semant la discorde partout, y compris parmi les siens.

— Je comprends, dit-elle avec un petit sourire. Tu es obligé de dire le contraire de ce que tu penses… Pour toi, Scarlet est innocente et je devrais l'aimer et la protéger. Ce que tu ignores, c'est qu'elle n'a cessé de comploter contre moi pour me voler ma couronne. Elle a même couché avec mon mari.

Elle mentait ! Gideon lutta contre la colère qui l'envahissait. Cette mégère osait s'en prendre à Scarlet ! Il fut tenté de lui dire franchement tout ce qu'il pensait d'elle, mais il se retint, pour ne pas être affaibli par son démon. Il avait besoin de toute son énergie pour retrouver Scarlet.

Rhéa inclina la tête d'un air pensif, tout en effleurant du bout des doigts les contours du visage de Gideon, lui laissant au passage une profonde entaille.

— Je vois que tu ne me crois pas et que tu penses le plus grand bien de cette sale gamine. Tant pis pour toi. Tu t'exposes à de graves déceptions. Enfin, le jour où tu comprendras, tu te tourneras vers moi.

— Je n'en doute pas.

Elle l'enlaça et pressa son corps nu contre le sien. Il n'eut aucune réaction, mais cela ne la découragea pas. Elle lui mordit la lèvre inférieure et se servit de son genou pour lui caresser la cuisse.

— En ce moment, ma fille tente de me détruire en

s'insinuant dans mes rêves. Je la sens toutes les nuits qui guette à la porte de mon esprit. Mais je vais lui faire passer l'envie de me défier. Tu veux savoir comment, mon chéri ?

Non, oh non, il n'avait pas envie de savoir.

— Chaque fois qu'elle entrera dans mes rêves, tu me feras l'amour, poursuivit Rhéa sans attendre sa réponse.

Elle eut un petit sourire satisfait.

— Tu es persuadé que c'est impossible, mais tu te trompes, crois-moi.

Il se raidit.

— Je ne préférerais pas mourir, dit-il.

— C'est bête, parce que je n'ai pas le droit de tuer un Seigneur de l'Ombre. En revanche, je connais un moyen de m'assurer ta coopération…

Tant pis, il ne pouvait plus se retenir…

Il se jeta sur elle, de toute la force de son poids, et voulut refermer ses mains sur son cou, mais elles rencontrèrent une barrière invisible.

Elle eut un petit rire sonore.

— Tu es vraiment naïf, démon. Il ne peut rien m'arriver dans cette pièce, sinon je ne m'y serais pas enfermée avec toi. A présent, laisse-moi te montrer pourquoi tu me feras l'amour…

Elle recula, l'obligeant à se redresser.

Puis elle sourit et se mit à tourner lentement sur elle-même. Il eut envie de rire — qu'est-ce que c'était que cette danse grotesque ? —, mais quand elle lui fit de nouveau face, elle n'était plus Rhéa, mais Scarlet, et le choc lui fit l'effet d'un coup de poing dans le ventre.

Il avait soudain devant lui le beau visage de Scarlet, ses yeux noirs, ses lèvres rouge sang, sa peau blanche, son corps mince et élancé. Et cette vision déclencha aussitôt une érection.

Horreur !

Il étudia de plus près la fausse Scarlet, à la recherche d'un défaut ou d'une différence qui ferait comprendre à son sexe qu'il se trompait. Mais non, il n'y avait rien. Sauf… Les tatouages… Rhéa avait oublié les tatouages. Les magnifiques tatouages qu'il rêvait de lécher. Alors non, il n'y avait pas à s'y méprendre. Cette femme n'était pas Scarlet. Elle n'était pas Scarlet. Il ne ferait pas l'amour avec elle.

— Alors ? demanda Rhéa. Je te plais ?

Sa voix rauque et sensuelle était aussi celle de Scarlet.

— Non ! répondit-il d'un air bougon.

Mais bon sang ! Il avait tant désiré Scarlet… Elle lui avait tant manqué. Et maintenant, elle était là, devant lui. Sauf que ce n'était pas Scarlet.

— Même quand je fais ça ? insista Rhéa tout en se caressant le ventre, puis les seins, dont les deux mamelons devinrent durs et ronds comme des perles.

« Pas de tatouages. Ce n'est pas Scarlet. »

Malheureusement, son pénis n'avait pas l'air de le comprendre.

« Ce n'est pas Scarlet. Pas Scarlet. Pas Scarlet. »

Tromperie était ravi. L'idée de coucher avec une fausse Scarlet le mettait au comble de l'excitation.

« Tu voulais qu'elle reste, et maintenant tu serais prêt à la trahir ? » s'étonna Gideon.

« Oui, parce que c'est Scarlet que j'aime », répondit le démon.

« Mais qu'est-ce que tu racontes ? Tu n'arrêtais pas de gémir qu'elle était ta femelle. »

« Oui, c'est vrai, elle est ma femelle. »

Tromperie avait changé d'avis ? Mais qu'est-ce que cela signifiait ? Est-ce que tout le monde s'était ligué contre lui ?

— Je t'avais bien dit que tu ne pourrais pas résister, reprit la fausse Scarlet avec un éclat mauvais dans les yeux.

Gideon songea que sa Scarlet ne l'aurait jamais regardé avec tant de méchanceté.

— Si nous commencions la fête ? proposa Rhéa.

Elle agita la main dans les airs, un geste que Gideon commençait à redouter. Il n'avait pas tort, car il se retrouva aussitôt sur le lit, paralysé, à la merci des assauts de cette hystérique. Bon sang, elle allait se servir de lui et il ne pouvait rien faire ! Il en eut la nausée.

— Mon amour…, commença-t-il.

Il poussa un cri étouffé. Elle venait de sauter sur son ventre, et ses genoux lui enserraient la taille. Mais elle avait repris le corps de Rhéa et le sexe de Gideon redevint aussitôt tout mou.

Rhéa ne s'offusqua pas de cette défection.

— On va bien s'amuser, mon Gideon, murmura-t-elle en souriant. Regarde, ajouta-t-elle en montrant un point sur sa droite.

La peur au ventre, Gideon tourna la tête pour regarder dans la direction qu'elle lui désignait. Tout d'abord, il ne vit rien. Puis… Oui… Il distinguait des points lumineux qui se multipliaient, s'assemblaient, formaient une silhouette, celle de… Celle de Scarlet ? Puis ce fut Scarlet, la vraie, devant eux, vêtue de noir — pantalon de cuir noir, T-shirt noir, bottes noires, bracelets de cuir noir. Elle avait rassemblé ses cheveux en queue-de-cheval, coiffure qui mettait en valeur la finesse de son long cou. Lequel ne portait pas de pendentif. Elle avait ôté son pendentif !

En apercevant Rhéa et Gideon, elle poussa un cri horrifié.

— Ma démone ! bredouilla Gideon. Je ne vais pas t'expl…

Mais elle avait déjà disparu.

— Salope ! hurla Gideon à Rhéa.

Tromperie lui fit aussitôt payer cher cet écart de conduite et la douleur explosa en lui d'une manière fulgurante.

« Ah non ! Ça ne va pas recommencer… »

Mais pour que ça ne recommence pas, il aurait fallu qu'il se taise et il ne voulait pas se taire : il était plein de haine, les mots coulaient d'eux-mêmes, et il ne pouvait pas les retenir.

— Je te tuerai, Rhéa. Je te ferai regretter tout ce que tu as fait subir à ta fille.

Il ponctua cette déclaration d'un hurlement de douleur.

Comprenant qu'il ne mentait plus, Rhéa demeura interdite, sans doute sous le coup de la surprise.

— Nous avons à parler, ma chère femme, tonna soudain une voix grave.

Rhéa sursauta et fit volte-face, tandis que Gideon fouillait la pièce du regard. Cronos venait d'apparaître. Avec une femelle… Une femelle au corps carbonisé.

Il dut pousser un cri de surprise car Cronos se tourna vers lui et resta bouche bée en le découvrant sur le lit.

— Eh bien, dit sèchement Cronos. Il était temps que j'arrive. Je vois que tu avais l'intention de t'occuper de l'un de mes guerriers. Il me semblait pourtant que nous avions conclu un accord à ce sujet.

Rhéa releva fièrement la tête, tandis qu'une cape blanche se matérialisait pour l'envelopper et cacher sa nudité.

— Ce n'est pas ce que tu crois, rétorqua-t-elle. Il a apprécié chaque seconde passée avec moi.

— Ah oui ? C'est pour ça qu'il est pâle comme un mort et qu'il paraît sur le point de s'évanouir ?

— Tu es mal placé pour me faire la morale, rétorqua Rhéa. Toi, tu couches avec ma sœur et tu oses te présenter chez moi avec elle.

Elle balaya du regard la femelle carbonisée.

— Pourquoi l'avoir brûlée ? demanda-t-elle posément, sans la moindre trace d'émotion.

La sœur de Rhéa ? Cette chose était Mnémosyne ?

Gideon jubila intérieurement. La journée n'était donc pas totalement pourrie ! Il se jeta à bas du lit, et rampa vers la créature avec l'intention de ne plus la lâcher et de trouver ensuite un moyen de la ramener au château.

— Je ne l'ai pas brûlée ! déclara Cronos avec exaspération. C'est ta fille, la responsable.

Il se tourna vers Gideon.

— Gideon, je te charge de garder Mnémosyne jusqu'à ce que je vienne la réclamer pour la rétribuer comme il se doit.

Il jeta un regard appuyé du côté de Rhéa.

— Et ne t'en fais pas, elle n'est pas en état de chercher à te violer.

Gideon entendit vaguement le hurlement de protestation de Rhéa, puis il se retrouva sur son lit, dans sa chambre. Mnémosyne était allongée au sol. Elle portait autour du cou un collier d'esclave.

— Merci ! hurla-t-il en espérant que Cronos l'entendrait. Et aussi qu'il planterait un poignard dans le cœur noir de son épouse.

De nouveau, une vague de douleur le submergea, mais il trouva tout de même suffisamment d'énergie pour ramper vers Mnémosyne.

Elle poussa un gémissement et tenta de reculer.

— Tu n'as aucune raison d'avoir peur, chérie, dit-il. Je vais prendre soin de toi.

Il lui saisit le bras et la traîna dans le couloir. Puis il prit la direction du donjon.

23

« Salope ! »

Scarlet ouvrit les yeux et se redressa d'un bond. Cette garce de Rhéa avait fini par se manifester, mais ç'avait été pour la transporter quelques secondes dans sa chambre, le temps de se montrer en train de chevaucher Gideon. Ensuite, elle l'avait envoyée sans transition dans un endroit où il faisait jour, et ce brusque passage des ténèbres à la lumière avait perturbé Cauchemar.

Elle avait à peine eu le temps d'entrevoir des voitures, des tours… Puis ses yeux s'étaient fermés et elle avait sombré dans un profond sommeil.

En regardant autour d'elle, elle se rendit compte qu'elle se trouvait à présent dans un hôpital. Elle avait probablement perdu conscience parmi la foule et quelqu'un avait appelé les secours.

Un moniteur cardiaque fonctionnait à côté d'elle. On lui avait posé des électrodes sur la poitrine, ainsi qu'une perfusion. On l'avait déshabillée, bien entendu, et on lui avait aussi confisqué ses armes. Elle portait maintenant une blouse en papier tissé, et la police ne tarderait pas à venir l'interroger au sujet des armes. Comme si elle avait besoin de ça !

Elle arracha l'aiguille et les électrodes. L'alarme du moniteur se déclencha.

Des pas précipités résonnèrent, puis une petite femme rondelette entra dans la chambre en courant. En apercevant Scarlet sur le point de se lever, elle parut soulagée, mais elle avança les bras pour la repousser sur le lit.

— Vous ne devez pas quitter votre lit, madame, dit-elle gentiment.

Elle s'exprimait en anglais, avec l'accent américain, et Scarlet en déduisit qu'elle se trouvait aux Etats-Unis.

— Nous ne savons pas encore ce qui vous est arrivé et…

— Je me sens parfaitement bien, rétorqua Scarlet en repoussant la femme. Je pars.

Elle se hissa sur ses jambes. Ses genoux flageolèrent, mais elle tint bon et planta ses talons dans le sol, en luttant contre le vertige.

Que lui avaient-ils donc injecté ?

Des mains appuyèrent fermement sur ses épaules, pour la faire asseoir, mais elle les repoussa tout aussi fermement.

Le pendentif en forme de papillon qui la protégeait du regard des dieux se trouvait dans l'une de ses poches. Elle voulait le récupérer.

— Où sont mes vêtements ? demanda-t-elle.

La femme, qui n'avait manifestement pas l'habitude de se battre avec les patients, recula. Elle avait pâli.

— Vos vêtements sont rangés avec votre arsenal.

Les armes avaient attiré l'attention, comme prévu.

— Et où est donc rangé mon arsenal ?

La femme plissa ses yeux bruns.

— La police l'a confisqué, répondit-elle d'une voix ferme. Un agent attend ici pour vous interroger, aussi je vous conseille de vous allonger sagement. De plus, nous n'avons pas encore vos résultats d'analyses, et il n'est pas prudent de vous lever.

Si ses vêtements se trouvaient quelque part dans un bureau de police, il allait lui falloir du temps pour les récupérer. Du temps et de l'énergie. Et elle n'en avait pas à revendre.

— A part qu'on m'a volé mes vêtements et mes armes, tout va très bien pour moi, protesta-t-elle. Où sommes-nous ?

— A l'hôpital Memorial.

— Non, je voulais dire, dans quelle ville ?

L'infirmière battit des paupières.

— A Chicago.

Pourquoi Rhéa l'avait-elle envoyée à Chicago ?

— Je dois appeler le médecin pour qu'il signe votre sortie, insista l'infirmière.

Elle mentait, évidemment. Elle avait l'intention de prévenir l'agent qui était sûrement posté dans le couloir.

Scarlet la laissa quitter la chambre, puis, dès qu'elle se trouva seule, elle s'enveloppa dans un nuage de ténèbres. A présent, plus personne ne pouvait la voir. Elle, en revanche, y voyait distinctement.

Elle alla s'adosser au mur, tout près de la porte. L'agent, un homme d'une trentaine d'années, grand et bien bâti, apparut dans le couloir, suivi de l'infirmière. Il brandissait une arme.

Scarlet poussa un cri étouffé en apercevant sur son poignet le signe de l'infini. « Un chasseur ! »

Voilà pourquoi Rhéa avait choisi Chicago. Il y avait probablement dans cette ville une importante faction de chasseurs.

Scarlet eut un pincement au cœur, puis elle se consola en se disant que Rhéa ne l'avait pas transportée dans le quartier général des chasseurs, ce qui prouvait qu'elle n'était pas tout à fait une mère indigne.

Mais peut-être avait-elle fait une erreur d'appréciation sur le lieu d'arrivée…

L'agent entra dans la chambre, avec une expression tout

aussi résolue que celle de l'infirmière quelques minutes plus tôt.

En découvrant la pièce vide, il s'arrêta net et poussa un grognement de fureur.

— Où a-t-elle bien pu passer ? vociféra-t-il.

Les infirmières qui lui avaient emboîté le pas n'osèrent ni répondre ni entrer.

Est-ce que Rhéa avait eu le temps de révéler à ce chasseur qu'elle était la gardienne de Cauchemar ? Probablement pas, sinon il n'aurait pas quitté sa chambre.

Mais des témoins avaient dû raconter qu'elle avait surgi de nulle part et il avait voulu en savoir plus.

Une vague de colère submergea Scarlet : elle avait perdu conscience au milieu d'une foule, et il aurait pu lui arriver n'importe quoi… Rhéa allait le payer cher.

Tandis que l'agent appelait des renforts par radio, tout en hurlant au personnel de bloquer les sorties, Scarlet se glissa dans le couloir, prenant soin de rester dans l'ombre pour qu'on ne remarque pas le nuage sombre qui la protégeait des regards.

Elle n'eut aucun mal à sortir, car il était impossible de bloquer l'entrée des urgences par où passaient les chariots des blessés. Le ciel était mauve du coucher de soleil, l'air de la nuit charriait des odeurs d'été, le chant des criquets était à peine couvert par le vrombissement des moteurs de voitures. Une ambulance entra dans le parking en faisant hurler sa sirène.

Scarlet avait déjà décidé de voler une voiture. Mais où aller ? Mnémosyne ne se montrerait pas de sitôt. Seule, elle n'avait aucune chance de rejoindre l'Olympe. Et aucune chance non plus d'échapper à la surveillance des dieux, sans son pendentif.

Gideon n'était pas au château et elle ne pouvait pas compter sur…

Gideon…

Elle serra les poings. Est-ce que ses compagnons savaient qu'il était en train de se payer du bon temps avec Rhéa ?

« Calme-toi, intervint Cauchemar. Gideon n'avait pas l'air de se payer du bon temps. »

Elle fronça les sourcils et tenta de se remémorer la scène. Oui, elle avait surpris Gideon et sa mère dans un lit. Et oui, sa mère était assise sur le ventre de Gideon.

De plus, elle avait quitté Gideon en lui annonçant que tout était fini entre eux. Il se sentait peut-être libre de folâtrer avec une autre femme.

Et pourtant…

Cauchemar avait raison. Il l'avait appelée « ma démone » et il paraissait au bord du malaise.

Et s'il n'était pas entré de son plein gré dans la chambre de Rhéa ?

Elle déglutit péniblement. Elle s'en voulut d'espérer qu'il soit le prisonnier de Rhéa, plutôt que son amant consentant, mais plus elle y réfléchissait, plus il lui paraissait probable que Rhéa s'était arrangée pour la faire apparaître au bon moment, juste quelques secondes, pour ne pas laisser à Gideon le temps de s'expliquer. Tout cela ressemblait à une mise en scène.

D'un autre côté… Rhéa avait le pouvoir de séduire Gideon. Elle n'en doutait pas.

Si Gideon était devenu l'amant de Rhéa, elle… Elle aurait le choix : les tuer tous les deux ou tenter de convaincre Gideon qu'il faisait erreur, qu'ils étaient faits l'un pour l'autre, qu'entre eux ç'avait été merveilleux.

Non ! Elle ne devait pas chercher à le récupérer. Il avait le droit de vivre heureux.

Sa décision était prise.

*
* *

Gideon était assis devant la cellule de Mnémosyne. Les cheveux de la déesse avaient commencé à repousser et sa peau se régénérait progressivement, par plaques. Elle se remettait lentement, sans doute à cause du collier d'esclave qui amoindrissait son pouvoir.

Lui ne portait pas de collier, et pourtant il ne récupérait pas vite non plus. Au bout de deux jours, il se sentait encore très affaibli. Il avait eu tout juste la force de traîner Mnémosyne jusqu'ici, puis il n'avait pas bougé.

Il attendait.

Il voulait interroger cette chienne.

Pour Scarlet.

— Tu ne vas pas répondre à mes questions, ou je ne brûlerai pas les lambeaux de peau saine qui sont en train de repousser, menaça-t-il.

Il espéra qu'elle avait compris. Dieu, que c'était agaçant de ne pas pouvoir s'exprimer normalement…

— Oui, gémit Mnémosyne.

Elle était allongée sur un lit de camp, sur le ventre, les poings sous les joues. Elle ouvrit les yeux, et le blanc de ses orbites forma un saisissant contraste avec ses cernes noirs.

— Je vais te répondre.

Il s'était attendu à devoir la torturer, aussi fut-il surpris qu'elle cède aussi aisément, et un peu déçu d'être privé du plaisir de l'entendre hurler de douleur. Mais il n'allait tout de même pas se plaindre…

— Pourquoi ne t'es-tu pas acharnée sur Scarlet ? demanda-t-il.

— Mais qu'est-ce que ça peut te faire ? cracha-t-elle de sa voix râpeuse. Tu n'as jamais été son mari.

« Je le serai un jour. »

— Ne réponds pas à la question, insista-t-il d'un ton mauvais.

— Je m'ennuyais, il fallait bien que je m'occupe. De plus, ma sœur me l'avait demandé comme un service.

Il s'en voulut de ne pas avoir aidé Scarlet à ce moment-là. Il était entré si souvent dans Tartarus sans même la remarquer. Et pendant ce temps, elle avait souffert.

Il aurait pu soulager son martyre en lui attribuant une cellule pour elle seule. Ou bien tuer Rhéa et Mnémosyne. Mais il n'avait rien soupçonné, il n'avait pas levé le petit doigt.

Comment avait-il pu être aussi aveugle ?

Il ne méritait pas Scarlet, mais cela ne l'empêcherait pas de la chercher.

— Est-ce qu'il existe un moyen de ne pas défaire ce que tu n'as pas fait ?

— Oui, ce moyen existe. Je peux effacer ses faux souvenirs.

Il aurait préféré une autre solution, pour que Scarlet se considère toujours comme sa femme. Mais elle voulait retrouver son passé. Il fallait d'abord penser à elle. Il s'était promis de la rendre heureuse.

Et après, il avait l'intention de la séduire, qu'elle se souvienne de lui ou pas.

— Mais je ne le ferai pas, reprit Mnémosyne d'une voix plus ferme. Parce que j'aime mieux avoir Scarlet comme ennemie plutôt que Rhéa.

Elle craignait Rhéa, mais cela ne l'avait pas empêchée de devenir la maîtresse de son mari. L'idée le traversa que c'était peut-être sur ordre de Rhéa elle-même. La reine avait très bien pu charger sa sœur de soutirer des confidences au roi des dieux. Elle en était capable.

— De plus, après ce que m'a fait Scarlet, je préférerais mourir plutôt que de lui venir en aide, ajouta Mnémosyne.

Si elle voulait mourir, elle risquait fort d'être exaucée. Elle commençait à l'agacer sérieusement, mais il ne s'inquiéta pas de sa résistance. Elle changerait probablement d'avis quand il s'approcherait d'elle avec un briquet et un bidon d'essence.

— Pourquoi sa mère ne la déteste-t-elle pas ? demanda-t-il de nouveau.

Mnémosyne roula sur le dos en poussant un soupir de douleur.

— C'est plus fort qu'elle. Le père de Scarlet était marié et il a quitté Rhéa quand il a su qu'elle était enceinte. Elle voulait se venger, mais les Grecs ont vaincu les Titans ; elle s'est retrouvée en prison, elle n'a rien pu faire.

— Et elle ne s'est pas vengée sur Scarlet, c'est ça ? demanda-t-il tout en jouant avec la flamme de son briquet.

— Pas tout de suite. Au début, elle l'a aimée. Du moins, autant qu'elle en était capable. Mais en grandissant, Scarlet s'est mise à ressembler de plus en plus à son père. Rhéa n'a pas supporté qu'elle la surpasse en beauté.

Ainsi, c'était par stupide vanité que Rhéa avait livré sa fille à la haine des monstres qui partageaient leur cellule. Il n'y avait décidément pas de mot assez grossier pour qualifier cette femme. Il avait hâte d'aller lui planter un poignard dans la gorge et de cracher ensuite sur son cadavre.

— Ne continue pas, dit-il à Mnémosyne.

— Quand Rhéa est devenue la gardienne de Conflit, ses défauts se sont accentués, poursuivit Mnémosyne d'une voix tremblante. Elle n'était plus que haine et jalousie. Elle ne songeait qu'à provoquer des conflits, évidemment.

— Tu es la gardienne d'un démon, toi aussi, dit-il.

Il savait déjà qu'elle n'était pas possédée. Il n'avait jamais surpris de lueur rouge dans ses yeux et elle n'était pas tatouée. Mais cela ne l'empêchait pas d'être démoniaque.

— Non, en effet, on ne m'a pas liée à un démon, répondit-elle.

— Je ne te demande pas pourquoi, murmura-t-il en accélérant la cadence avec la flamme du briquet.

— C'est Zeus qui a choisi les candidats. Je n'avais jamais rien tenté contre lui.

Elle prit un air suffisant.

— Ou, du moins, rien dont il se souvienne. Il m'a épargnée.

Zeus avait expliqué à certains des Seigneurs de l'Ombre pourquoi il leur avait attribué tel démon plutôt que tel autre. Lucien avait hérité de la Mort parce que c'était lui qui avait soulevé le couvercle et qu'il avait failli causer la mort de tous les êtres vivants. Maddox avait eu Passion parce que c'était lui qui avait tué le plus de gardes. Paris, qui avait séduit Pandore pour la distraire pendant que ses compagnons volaient la précieuse boîte, avait tout naturellement écopé de Luxure.

Mais Gideon ignorait pourquoi le roi l'avait associé à Tromperie, lui qui avait toujours été le plus fidèle des guerriers, sauf en ce funeste jour où il avait prêté main-forte à ses compagnons pour dérober la boîte. Et encore… Avec une terrible culpabilité.

Et Scarlet, pourquoi était-elle devenue la gardienne de Cauchemar ?

Tromperie se mit à ronronner.

Gideon fronça les sourcils. Voilà que Tromperie recommençait à ronronner quand il pensait à Scarlet ?

« Je croyais que tu ne voulais plus d'elle, espèce de salaud ! »

« Elle n'est pas à moi », gémit Tromperie.

« Il faudrait savoir ! »

« Elle n'est pas à moi. »

« Je devrais demander à son démon de… »

« Elle n'est pas à moi. Pas plus que son démon. »

Son démon ? Gideon comprit brusquement. Tromperie et Cauchemar avaient dû être amants, autrefois, dans la boîte de Pandore, ou bien en enfer.

Tromperie ronronna de plus belle. Il confirmait ! Gideon n'en revenait pas. Jamais il ne s'était douté que des démons pouvaient nouer entre eux des liens amoureux. Et pourtant c'était bien le cas.

Cela expliquait pourquoi Tromperie semblait tenir à Scarlet, pourquoi il était allé jusqu'à dire ce qu'il pensait pour l'empêcher de partir. Et quand Rhéa avait pris l'apparence de Scarlet, Tromperie ne s'était sans doute pas rendu compte que Cauchemar n'était pas à l'intérieur.

Zeus avait peut-être su que ces deux démons s'aimaient. Et su aussi que Scarlet était attirée par Gideon. Ainsi, il leur avait attribué respectivement Cauchemar et Tromperie pour qu'ils puissent se retrouver un jour.

« Et dire que tu avais l'intention de le tuer… » Zeus méritait au contraire un grand merci pour ce cadeau inestimable.

Gideon se demanda comment réagirait Scarlet quand il lui annoncerait la nouvelle.

Et au fait, où était-elle ? Et comment l'accueillerait-elle quand il se montrerait ? Avait-elle décidé de lui trancher la gorge pour le punir d'avoir couché avec sa mère, ou bien tout simplement de l'éviter ?

Même si elle voulait l'éviter, il ne s'inquiétait pas trop : il tenait Mnémosyne, que Scarlet était probablement en train de chercher. Telle qu'il la connaissait, elle finirait bien par retrouver sa trace. Ils étaient donc amenés à se revoir. Il ne lui restait plus qu'à croiser les doigts pour qu'elle lui laisse le temps de s'expliquer et qu'elle ne le tue pas pendant son sommeil.

— A propos de trous de mémoire…, dit soudain

Mnémosyne. Je trouve vraiment comique que Scarlet et toi vous vous retrouviez.

Il haussa un sourcil.

— Qu'on ne se retrouve pas ?

— Vous vous êtes rencontrés deux fois. La première fois, tu l'avais prise pour un garçon. La deuxième, elle avait grandi, c'était une jeune fille. Tu as eu l'air d'apprécier.

Ce fut comme si un brasier dévorait le cœur et les poumons de Gideon. Tromperie se déchaînait. Qu'est-ce qui lui arrivait encore ?

— Ça te revient ? demanda la déesse.

Il se souvenait du garçon, mais pas de Scarlet jeune fille.

— Et ensuite, tu ne t'es plus montré. Je n'ai jamais compris pourquoi.

Elle eut un mauvais sourire.

— Quel dommage, n'est-ce pas ?

Il comprit, au ton railleur, qu'elle s'était chargée à l'époque d'effacer de sa mémoire le souvenir de Scarlet jeune fille. Elle allait le payer. Il se défoula sur son briquet.

— Si tu veux t'en souvenir, donne-moi la main. Même avec mon collier d'esclave, je peux faire quelque chose pour toi.

— Un de ces jours…, gronda-t-il en secouant les barreaux de métal.

— Oui ?

— Je… Je…

Mais rien ne lui semblait assez violent pour cette chienne.

— Tu vas me tuer ? Me torturer ? Me dire que tu me trouves moche ? Vas-y, ne te gêne pas, tu verras ce que je ferai à ta Scarlet. Je peux la convaincre de te haïr, de te tuer. Lui suggérer de coucher avec le premier venu. Je peux même la pousser au suicide. Et rien ne m'empêchera…

Un formidable rugissement l'interrompit. Tromperie

tournait depuis un moment dans l'esprit de Gideon comme un lion en cage, mais là, c'en était trop.

Un monstre affreux, couvert d'écailles et muni de cornes, jaillit hors de Gideon.

Mnémosyne poussa un hurlement de terreur quand il avança pour se fondre en elle et disparaître, tandis que Gideon assistait impuissant à la scène.

Mnémosyne se plia en deux et gémit, puis de grosses larmes se mirent à couler sur ses joues.

— Je suis laide… Je n'ai aucun pouvoir. Je me sens inutile. Tellement inutile…

Elle croyait aux mensonges de Tromperie, et cela la détruisait.

Gideon était sous le choc. Tromperie avait quitté son corps et se déchaînait dans celui de Mnémosyne, déesse de la mémoire, sans que celle-ci puisse lui résister. C'était incompréhensible. N'étaient-ils pas liés ? Le démon n'aurait pas dû pouvoir vivre en dehors de lui. Et lui sans le démon.

Quelques minutes plus tard, Tromperie reprit tranquillement sa place en ronronnant, laissant Mnémosyne en sanglots, recroquevillée sur son lit de camp.

« Comment as-tu réussi ce prodige ? » demanda Gideon.

« Je le sais. »

Il n'en savait rien.

« Pourquoi es-tu revenu ? Tu aurais pu rester dans le corps de Mnémosyne. »

« Je ne suis pas attaché à toi. »

Il ne manquait plus que ça.

« Tu pourrais recommencer ? »

« Je sais. »

Il n'en savait rien non plus. Eh bien, ils allaient vérifier ça tout de suite.

— Je te conseille d'attacher ta ceinture, dit-il à Mnémosyne. Je crois que ça va secouer.

24

Les branches sèches giflaient les joues de Strider, écorchant sa peau et son humeur. Il tenait Hadiee, alias Haidee, alias Ex, au bout d'une corde. C'était elle qui ouvrait la marche. Elle ne cessait de se plaindre et de le traiter d'un chapelet de noms dont « salaud » était le moins agressif.

Tout à l'heure, à l'hôtel, il avait été sur le point de la découper en menus morceaux, mais il ne l'avait pas fait. Et à présent, il s'en voulait.

Quand il avait brandi son poignard avec l'intention de lui prendre un doigt — elle le méritait, pour avoir tué Baden —, elle l'avait fixé avec un regard plein de courage et de défi qui l'avait fait douter. On aurait dit qu'elle n'espérait que ça. Pas question de lui donner ce qu'elle attendait.

— Tu aurais dû me tuer, espèce de crétin ! lui cria-t-elle par-dessus son épaule.

Lisait-elle dans ses pensées ? Possible. Elle était désormais immortelle, il le savait, mais il ignorait qui elle était, ce qu'elle était, quels étaient ses pouvoirs.

Ses yeux gris luisaient, sa peau était couverte de sueur — sueur qui paraissait se transformer en petits cristaux de glace —, des mèches roses étaient collées sur ses tempes.

Elle était belle, pas de doute… Heureusement pour lui, le genre « belle garce » ne l'avait jamais attiré.

— Te tuer ? Pour mettre fin à tes souffrances ? Sûrement pas. Avance et tais-toi.

— C'est toi qui vas souffrir, rétorqua-t-elle. Et si tu crois que je vais me taire, tu es encore plus bête que je ne le pensais, ce qui n'est pas peu dire. J'ai l'intention de me plaindre de tout ce qui me dérange, à commencer par ces insectes qui sont en train de me dévorer. Je vais te pourrir le voyage.

Ça, sûrement. Il avait déjà la migraine.

— On marche depuis des heures, j'ai besoin de me reposer, déclara-t-elle.

— On se reposera quand je le dirai.

— Tu as si peur d'être rattrapé que tu n'oses même pas t'arrêter quelques minutes ? ironisa-t-elle.

Peur ? Elle le mettait au défi ? Il s'arrêta net. Ex, qui ne s'en était pas aperçue, continua à marcher. Mais la corde ne lui permit pas d'aller bien loin. Elle trébucha et tomba en avant, face contre terre.

Elle jeta un regard interrogateur du côté de Strider, qui lui sourit de toutes ses dents.

— Très bien, dit-il en lâchant son sac à dos au pied d'un arbre. On s'arrête.

Elle demeura à l'endroit où elle était et ramena ses genoux contre sa poitrine.

— Ordure, murmura-t-elle.

— Si tu tentes de te détacher, je te coupe les mains, c'est clair ?

Il n'avait pas l'intention de mettre sa menace à exécution, mais elle ne pouvait pas le savoir.

— Et je te préviens, la prochaine fois que tu me lanceras un défi, je l'interpréterai comme une invitation à baiser.

Il était certain que l'argument serait dissuasif. De toute évidence, il la dégoûtait.

Elle pâlit.

— Compris.

Tant mieux. Et puisqu'ils faisaient une halte, autant en profiter pour se restaurer.

— Tu as faim ?

— Oui.

Il ouvrit son sac et en sortit une boîte de Red Hots, qu'elle fixa avec des yeux ronds comme des soucoupes.

— C'est tout ce que tu as emporté ? Des bonbons ? Mais tu es complètement demeuré ! On ne tiendra jamais le coup, avec des bonbons…

— Parle pour toi, répondit-il.

Il en prit une pleine poignée dans la bouche et ferma les yeux de bonheur. C'était délicieux. Il faillit en gémir de plaisir.

Quand il ouvrit les paupières, elle fronçait les sourcils et tendait la main.

— Tu es sûre que tu en veux ? C'est pour les demeurés qui ne savent pas ce qu'on emporte pour une longue marche.

— Donne et tais-toi.

Il laissa tomber quelques bonbons dans sa main glacée — anormalement glacée — et se remplit de nouveau la bouche. La cannelle ! Dieu, que c'était bon ! Meilleur qu'un sexe de femelle !

— Où allons-nous ? grommela Ex.

Il prit le temps d'avaler les bonbons.

— Tu le découvriras en temps utile, dit-il d'un ton dénué d'agressivité, mais qui n'admettait pas de réplique.

Ils allaient à Budapest, bien sûr, mais pas par le chemin le plus court. Il avait l'intention de lui faire traverser des forêts et des déserts, d'emprunter tous les détours qui le tenteraient. Il espérait l'affaiblir, l'user, la briser. Et aussi semer son petit copain, bien entendu.

En attendant, ils se trouvaient sur l'île de Ceux dont On ne Prononce pas le Nom et ils se dirigeaient vers le temple, en évitant les villes et les villages.

Après tout, c'était là qu'il cherchait à se rendre quand Ex et ses compagnons l'avaient contraint à dévier de sa route. Il devait parler aux divinités du temple. De plus, il était ravi d'avoir l'occasion de montrer à cette femelle ce qu'était un monstre.

Ex serait terrifiée en découvrant Ceux dont On ne Prononce pas le Nom et, du coup, elle se tournerait vers lui pour réclamer sa protection. Elle lui dirait tout ce qu'elle savait sur les chasseurs. Puisqu'il n'avait pas le courage de la tuer — ou plutôt de la tuer tout de suite —, il allait l'utiliser avant de l'éliminer.

Mais ils n'en étaient pas là. Il lui fallait d'abord gagner sa confiance et, pour cela, il ne devait pas se montrer trop gentil et trop empressé, sous peine d'éveiller sa méfiance. D'autant qu'il n'était pas bon comédien.

— Tu as de l'eau ? demanda-t-elle d'une voix geignarde.

— Oui.

Il sortit de son sac une bouteille d'eau, l'ouvrit, but à grandes gorgées, en faisant craquer le plastique.

— Tu vas m'en laisser un peu, oui ou non ?

Il haussa les épaules et lui tendit le peu qui restait.

— Si tu n'as pas peur des microbes, ricana-t-il.

— Mes vaccins sont à jour, rétorqua-t-elle sur le même ton.

Elle vida les quelques gouttes qu'il lui avait laissées, tout en lui jetant un regard de reproche.

— Tu devrais me remercier de te donner à boire, fit-il remarquer.

— Salaud !

— Traîtresse !

« Ce n'est pas comme ça que tu vas l'amadouer. Dire que tu craignais d'éveiller sa méfiance en te montrant trop gentil… Tu en es loin. Tu dois l'amadouer, insista Guerre. L'amadouer. L'amadouer. »

Si son démon l'exigeait, il ne lui restait plus qu'à se montrer charmant pour plaire à la demoiselle. Bon sang ! Il se retint de grogner de rage.

Il plongea la main dans son sac et en sortit un sachet de nourriture déshydratée et une autre bouteille d'eau, puis lui lança le tout qu'elle attrapa au vol, en levant vers lui des yeux surpris.

— Merci, dit-elle.

— De rien, c'est tout naturel.

La formule lui laissa un goût amer dans la bouche. Non, ça n'était pas *tout naturel*. Il aurait préféré l'affamer.

Il profita de ce qu'elle mangeait pour l'observer. Son visage était égratigné et souillé de terre. Des insectes l'avaient piquée au cou, lui laissant des marques rondes et boursouflées. Ses vêtements étaient trempés de sueur et presque aussi sales que son visage.

Mais rien de tout cela ne l'enlaidissait.

Elle avait dû conclure un pacte avec le diable, comme Legion.

Mais lui, il n'était pas comme Aeron et il ne donnerait pas sa vie pour la sauver des griffes du Prince des ténèbres.

— Tu le fréquentes depuis combien de temps, ton petit copain ? demanda-t-il à brûle-pourpoint.

Les longs cils de l'immortelle battirent, puis des yeux gris et froids comme le métal plongèrent dans les siens.

— Pourquoi me poses-tu cette question ?

— Simple curiosité.

— Je te répondrai si tu acceptes de répondre toi aussi à une question.

— Je t'en prie…

Il n'avait pas promis d'y répondre franchement.

— Est-ce que tu as une petite amie ?

— Non.

Il avait dit la vérité, n'ayant aucune raison de lui mentir sur un sujet aussi anodin.

— Je m'en doutais, dit-elle d'un ton suffisant qui l'agaça.

Elle le jugeait donc incapable de séduire une femelle ? Elle se trompait. S'il n'avait pas de compagne, c'était parce qu'il n'en voulait pas. Son démon aimait courtiser les femmes parce que cela représentait pour lui un défi de gagner leur cœur, mais une fois que c'était fait, il s'en désintéressait.

— A toi, maintenant, dit-il. Depuis combien de temps sors-tu avec ce chasseur ?

— Depuis sept mois.

— Sept mois ?

Sept mois, c'était beaucoup pour un humain.

— Et pourquoi n'êtes-vous pas mariés ?

Elle haussa les épaules, tout en prenant la dernière bouchée de sa ration.

— Tu voulais, mais lui non ? C'est ça ? insista-t-il.

— Il voulait, mais moi non, corrigea-t-elle sèchement.

— Et pourquoi ? Tu ne t'intéresses donc qu'au sexe ?

Elle rougit et son visage en fut encore embelli. Plus vulnérable, plus doux.

— Quelque chose comme ça, murmura-t-elle.

Il eut un pincement au cœur et tâcha de l'ignorer. « Cette femme ne m'attire pas. »

— Tu te souviens de m'avoir tuée autrefois ? demanda-t-elle brusquement, sans doute pour changer de sujet.

— Oui.

Il lui avait planté un poignard dans le ventre, pour venger Baden. Puis il lui avait tranché la tête.

— Comment se fait-il que tu sois en vie ?

Elle ignora la question.

— Et tu ne te sens pas coupable ? demanda-t-elle.

— Pas le moins du monde. Et toi ? Tu te sens coupable pour ce que tu as fait à Baden ?

— Pas le moins du monde.

La réponse l'agaça et il préféra ne pas la commenter. Il se leva et referma son sac.

— Il est temps de repartir, dit-il.

Elle ne bougea pas et le fixa en silence, tout en se massant les mollets.

— Lève-toi, ordonna-t-il d'une voix plus douce.

Il tira sur la corde pour la faire lever, mais ne sentit aucune résistance. Qu'est-ce que… ? Bon sang ! Il contempla d'un air incrédule le bout qui pendait dans sa main. Elle avait donc réussi à couper la corde ! Mais quand ? Elle n'avait même pas de poignard.

— D'accord ! répondit-elle.

Et elle envoya ses jambes en avant.

Il n'eut pas le temps de réagir et s'effondra au sol, pendant qu'elle se levait avec une détente formidable pour prendre la fuite.

« Vas-y, cours, gagne ! » hurla Guerre tandis que Strider se lançait à la poursuite de l'immortelle.

Alors qu'il la poursuivait, il chercha la cape qu'il avait dissimulée dans une de ses poches. Elle n'était plus là. Cette chienne la lui avait volée. Une fois de plus, il se demanda comment elle avait accompli ce prodige. Puis il ne songea plus qu'à la rattraper, avant qu'elle ne rejoigne ses compagnons.

Amun luttait pour rester debout, les doigts crispés sur le poignard qu'il tenait à la main. William et Aeron l'encadraient pour le protéger. Une horde de démons les attaquaient à coups de griffes et de dents, tout en éclatant d'un rire mauvais.

La bataille durait depuis des heures. Ou des jours. Peut-être même des années. William et Aeron étaient en sang, couverts de blessures. Quand ils tuaient un monstre, trois autres le remplaçaient. Mais ils tenaient bon.

Amun tentait de les aider, mais chaque fois qu'il touchait de son poignard l'une des créatures, une nouvelle voix entrait en lui, accompagnée d'images de torture qui lui donnaient la nausée et le vertige.

Lucifer n'avait pas bougé de son trône. Il assistait tranquillement au spectacle, affichant un grand sourire satisfait. Legion était couchée à ses pieds et il lui flattait la tête, comme on fait à un bon chien. Quand elle tentait de se lever pour leur venir en aide, il lui plantait ses griffes dans le crâne, jusqu'à ce qu'elle se recouche. Elle avait le cuir chevelu en sang.

— Je suis à bout de forces ! cria Aeron.

— Mes bras ne tiennent plus qu'à un fil…, gémit William.

Et ce n'était pas une image.

« Je dois me battre, songea Amun. Il le faut. »

La chaleur infernale de la pièce le faisait souffrir. Et cette fumée… Il toussait tant qu'il en crachait ses poumons. L'odeur de la mort collait à ses narines. La mort… Il en était presque à la souhaiter.

« Tiens bon. Ignore les voix et les visions. »

Il ne put s'empêcher d'admirer ses compagnons. Comment étaient-ils encore debout, avec le poison que leur avaient déjà inoculé les démons en les mordant ? Sans doute le devaient-ils au peu d'Eau de la Vie qu'ils avaient bue avant de venir.

Mais bientôt, l'eau ne les protégerait plus. Et plus rien ne les sauverait.

« Tu ne peux pas les abandonner. »

Il acceptait de mourir, mais pas de laisser mourir Aeron et William. Il rassembla ce qui lui restait de forces et poussa un rugissement terrible, tout en levant les bras. Et il frappa. A l'aveugle. Les voix se firent plus nombreuses et plus fortes. Les images plus atroces. Mais cette fois, elles ne parvinrent pas à l'arrêter. Il se jeta en avant, au milieu du groupe des démons, frappa de nouveau, encore et encore, tandis que les monstres s'effondraient autour de lui en gémissant.

Il était maintenant couvert de leurs sécrétions, ses yeux le brûlaient, il avait à la bouche un goût de pourriture, mais il continua à frapper. Il ne songeait plus qu'à tuer. Tuer.

Il coupa le bras d'un démon et sourit. Il trancha une jambe et éclata de rire. Il fit sauter des yeux de leurs orbites, arracha des langues, des bourses, et rit de plus belle.

Ça devenait amusant.

Les démons, effrayés par sa hargne, commençaient à reculer. Ah non, pas question ! Il n'en avait pas terminé. A présent, il était surexcité. Il allait les faire pleurer, supplier, gémir.

— Arrêtez-le ! hurla Lucifer, qui n'avait plus l'air d'apprécier le spectacle. Coupez-lui la tête.

— Et si on prenait plutôt la tienne, de tête ? lança une voix. Elle serait très bien dans ma vitrine de trophées.

Amun avait reconnu la voix, mais il continua à se battre, trancha une gorge, transperça un cœur. Un liquide chaud et sucré lui éclaboussa le visage et il le lécha avec délice.

— Lysander ! siffla Lucifer.

— Aeron ! hurla une voix de femme. Aeron ! Mais dans quel état es-tu ?

— Olivia ! cria Aeron. Sors d'ici tout de suite.

— Je ne partirai pas sans toi, rétorqua Olivia. Si tu savais le mal que je me suis donné pour convaincre le Très Haut Conseil d'envoyer une armée pour te secourir, tu me remercierais !

L'armée des anges était donc là… Amun aurait dû s'en réjouir, mais les démons quittaient la salle du trône en hurlant de terreur et il se sentit frustré. Il n'avait plus personne à tuer. Ce n'était pas drôle.

A présent, un groupe d'anges en tuniques blanches encerclaient le trône de Lucifer. L'un d'eux tenait dans ses bras Legion, qui avait perdu conscience, un autre soutenait William ; Olivia avait passé son bras autour de la taille d'Aeron.

Amun songea que, puisqu'il ne pouvait plus tuer de démons, il lui restait au moins les anges. « Oui ! Les anges ! » Ils faisaient une cible bien plus intéressante !

Il se précipita vers leur cercle, le poignard en avant. Il allait en frapper un dans le dos, entre les ailes, quand une main ferme arrêta son poignet.

Il poussa un rugissement de fureur. Cela faisait longtemps qu'il n'avait pas proféré un son et sa voix était rauque.

— Qu'est-ce que tu fais, Secret ? demanda Lysander en le secouant. Ces anges sont venus pour te secourir. Je t'interdis de les attaquer.

Du coin de l'œil, Amun vit qu'Aeron tentait de repousser Olivia.

— Laisse-le, Lysander, supplia-t-il. Tu vois bien qu'il n'est plus lui-même.

— Aeron, ne l'approche pas, intervint Olivia. Regarde ses yeux. Il a succombé à son démon. Ne le touche pas, il risquerait de t'infecter.

L'infecter ? Mais qu'est-ce qu'elle racontait ? Il n'était pas malade. Jamais il ne s'était senti aussi bien.

— Laisse-moi lui parler, supplia Aeron. C'est ma faute s'il est dans cet état.

— Tu n'as aucune chance de le raisonner, répondit Lysander, tout en plongeant ses yeux dans ceux d'Amun pour sonder son âme. N'est-ce pas, démon ?

Amun se débattit et tenta de frapper Lysander. Tiens, il avait dans la main un bras de démon et ne se souvenait même pas l'avoir arraché. Mais Lysander avait prévu l'attaque et para le coup sans difficulté, d'une main, tout en faisant apparaître dans son autre main une épée de feu.

— Non ! hurlèrent William et Aeron.

Il était trop tard. Amun était déjà à genoux, la tête courbée, prêt à recevoir l'épée de Lysander.

Mais Lysander ne lui trancha pas la tête. Il plongea l'épée de feu dans son cœur, laissant un trou fumant au niveau de son torse.

Amun contempla ce trou d'un air hébété. Puis une douleur fulgurante le transperça, tandis que les voix et les images de Secret refluaient quelque part au fond de son esprit. Il tomba en avant, face contre terre, secoué de spasmes.

Lysander vint s'agenouiller près de lui.

— Il vaudrait mieux pour toi que tu meures, dit-il. Parce que si tu survis, tu souffriras pour l'éternité, enfermé entre les quatre murs d'une cellule.

25

Scarlet s'était réfugiée dans une crypte, mais une force surnaturelle l'en avait arrachée au bout de quelques heures.

Elle avait volé un bateau, pour se perdre dans l'immensité de la mer, mais la force l'avait retrouvée.

Elle était partie se cacher en Sibérie. La force l'avait poursuivie.

Elle était sans cesse ramenée dans le château de Budapest, dans le couloir de la chambre de Gideon. Là où elle se trouvait en ce moment.

Mais à présent, elle en avait assez de fuir. Apparemment, quelqu'un ou quelque chose considérait qu'elle avait à faire ici. Elle allait donc régler une fois pour toutes son problème avec Gideon, avant de s'exiler pour l'éternité.

Cela valait mieux pour tout le monde.

Elle ne voulait plus faire souffrir celui qu'elle aimait, pas plus qu'elle ne voulait risquer de souffrir en le découvrant au lit avec sa mère. Ou avec une autre.

Elle serra les poings et accéléra le pas. Elle traversait en ce moment le couloir menant à la chambre de Gideon. Elle avait pris soin de s'envelopper des ténèbres de son démon, mais elle n'était pas certaine que cela empêcherait les Seigneurs de l'Ombre de la repérer. Ils risquaient d'entendre les hurlements des spectres. A moins qu'ils ne les confondent avec ceux du vent. Mais ça, elle n'y croyait pas trop.

Elle n'avait donc pas l'intention de traîner. Les Seigneurs de l'Ombre frappaient d'abord, et ensuite seulement ils posaient des questions. Elle préférait donc ne pas les rencontrer. La chambre de Gideon n'était pas loin, juste au bout et…

Elle eut soudain envie de se mettre à courir pour se jeter dans ses bras et le couvrir de baisers, mais elle se retint. Surtout, ne pas courir, sans quoi elle risquait de se faire remarquer.

« Scarlet, fit soudain une voix d'homme qui semblait sortie de nulle part. Je sais que tu es là et je viens d'envoyer un texto à Gideon pour le prévenir de ton arrivée. »

— Scar ! hurla presque aussitôt la voix de Gideon.

Le cœur de Scarlet faillit exploser quand elle le vit apparaître au détour du couloir.

— Torin ne t'as pas vue approcher le château et nous ne savons pas que…

Il s'arrêta à quelques mètres d'elle, haletant, comme s'il n'osait pas l'approcher.

— tu es là, acheva-t-il.

Cauchemar soupira de contentement.

Bon sang ! Elle aussi avait du mal à résister. Gideon était si beau… Elle dévora du regard son visage, sa peau si blanche, ses yeux trop bleus, ses cheveux, sa bouche… Ses mains brûlaient de le caresser, sa langue de le goûter. La dernière fois qu'ils avaient fait l'amour, elle n'avait pas eu le temps de s'intéresser à ses tatouages. Elle allait se rattraper quand…

Quand quoi ?

Elle ne ferait plus l'amour avec lui. C'était fini.

— Je ne vais pas t'expliquer, enchaîna-t-il précipitamment. Ta mère ne m'a pas enlevé et enfermé dans une cage. Ensuite, elle m'a libéré et elle n'a pas brûlé mes vêtements. Puis elle ne m'a pas allongé sur son lit, je pouvais m'enfuir, mais je ne l'ai pas fait, et elle ne s'est pas installée sur mon ventre, avec mon accord.

Il prit un air suppliant.

— Je ne voulais pas faire l'amour avec elle, je te le jure.

Cette dernière phrase lui fut fatale et il chancela.

Bon sang ! Il avait dit la vérité et son démon n'appréciait pas. Emue, Scarlet congédia les ombres et vint le soutenir.

— Idiot, lui dit-elle d'un ton de tendre reproche. J'avais déjà compris. Tu ne devrais pas t'affaiblir inutilement.

— Mais je… Je t'aime…

Aussitôt, il se tordit de douleur.

Scarlet le lâcha de saisissement et il retomba en poussant un gémissement.

— Désolée, dit-elle en se penchant sur lui.

Il venait de dire… De dire… Mais non, c'était impossible…

Il ne pouvait pas l'aimer. Personne ne l'avait jamais aimée. Elle était trop dure, trop têtue, trop violente. Gideon avait besoin d'une femme douce et tendre.

— Je…, bredouilla-t-elle.

Elle dut avaler sa salive.

— Tu n'es pas obligée de me dire que tu m'aimes aussi, gémit-il. Ta tante est ici, au château, Cronos me l'a confiée.

Sa tante était au château !

Elle conduisit sans un mot Gideon dans sa chambre. Il était lourd ; elle eut toutes les peines du monde à le soutenir jusque-là.

— Où est-elle, exactement ? demanda-t-elle après l'avoir allongé.

— Enfermée dans le donjon.

— Bon sang, Gideon, parle correctement. C'est idiot, ce que tu fais !

— Désolé.

— Mais non, ne t'excuse pas. Tais-toi. Tu vas encore mettre des jours à récupérer.

— C'est trop important, je ne peux pas mentir, gémit-il.

— Mais tais-toi, à la fin !

Il ne répondit pas et ferma les yeux.

— Ne pars pas, supplia-t-il en allongeant le bras pour la chercher à tâtons.

— Je reste là, murmura-t-elle doucement. A présent, tais-toi, je t'en supplie.

Elle lui prit la main et s'installa près de lui sans un mot, les larmes aux yeux, incapable de l'abandonner, pas même pour descendre au donjon régler son compte à Mnémosyne.

Le contact de sa main avait calmé Gideon. Il ne bougeait plus. Elle contempla son visage caressé par un rayon de lune et soupira. Dieu, comme il lui avait manqué !

Il avait gâché toutes ses bonnes résolutions en lui disant qu'il l'aimait. A présent, elle ne pouvait plus le quitter. Elle suivit d'un doigt tremblant la courbe d'un de ses sourcils et il soupira de soulagement en se tournant vers elle. Il l'aimait…

Mais comment était-ce possible ?

Non, en vérité, ce n'était pas possible. Il se trompait sur ses sentiments. Il avait l'esprit confus, en ce moment. Sans doute lui était-il reconnaissant du plaisir qu'elle lui avait donné. Sans doute avait-il envie de recommencer. Mais quand il serait lassé d'elle, il se rendrait compte que tout les séparait, et il la quitterait pour une autre.

Les ongles de Scarlet s'allongèrent pour devenir des griffes. Elle ne supportait pas l'idée que son beau guerrier en embrasse une autre. Elle ne supportait pas qu'il puisse en caresser une autre. Elle ne supportait pas…

Il dut sentir son agitation, car il se remit à bouger.

Elle fit l'effort de se calmer et l'effleura de nouveau d'un doigt léger.

Il soupira en souriant.

Elle resta donc à son chevet et le réconforta en silence pendant un long moment. Il finit par s'endormir tout à fait et elle se sentit immensément soulagée. Il lui était pénible de le voir souffrir. Il méritait de vivre en paix.

« Galen est venu ici le provoquer », fit une voix.

Elle leva les yeux et chercha du regard dans la pièce, mais il n'y avait personne, comme tout à l'heure dans le couloir. Elle comprit que cette voix sortait des haut-parleurs. Celui qui s'adressait à elle la voyait, probablement. Il surveillait chacun de ses mouvements.

— Galen aussi se trouve dans le donjon ? demanda-t-elle.

Si c'était le cas, elle s'occuperait de lui dès qu'elle en aurait fini avec sa tante. En espérant qu'elle parviendrait, cette fois, à déjouer les tours de cette furie.

« Non. Il nous a échappé. Gideon était sur le point de le capturer quand la reine des dieux est apparue. Elle les a emportés tous les deux sans que nous ayons le temps de réagir. Galen était comme fou. Il ne cessait de répéter qu'il ne laisserait pas Gideon lui trancher la tête. »

Scarlet se sentit soudain vidée de ses forces. Ainsi, Galen était venu à cause du cauchemar qu'elle lui avait fait vivre. Pour empêcher Gideon de lui trancher la tête lors d'une future bataille. Une fois de plus, elle avait attiré le malheur sur celui qu'elle aimait. Elle en eut la nausée. Non, décidément, elle ne lui apportait rien de bon.

Elle devait s'éloigner de lui.

Elle se leva doucement et sortit de la chambre sur la pointe des pieds. Elle se souvenait parfaitement du chemin qui menait au donjon.

Et elle y allait de ce pas.

« Je ne te permettrai pas de tuer Mnémosyne », reprit la voix.

— Qui es-tu ? demanda-t-elle tout en continuant à avancer.

Elle admira au passage les fenêtres garnies de vitraux, traversées de rayons de lune qui jetaient des rayons arc-en-ciel sur les murs.

« Je suis Torin, gardien de Maladie et de l'Univers. »

Elle continuait à marcher, mais le volume de la voix ne faiblissait pas.

« Enfin… gardien de ce château », corrigea-t-il.

— Je n'ai jamais entendu parler de toi.

« Pas même quand tu étais prisonnière à Tartarus ? Mes exploits étaient pourtant légendaires. »

— Non. Désolée.

Un soupir de déception sortit des haut-parleurs.

« Peu importe. Gideon n'a pas fini d'interroger cette femme, aussi je ne t'autorise pas à la tuer. »

Torin était donc un loyal compagnon. Elle se réjouit de constater que Gideon était si bien entouré. Elle aussi aurait voulu avoir quelqu'un sur qui compter…

— Ce que tu ignores, c'est qu'il la gardait pour moi, déclara-t-elle posément.

Elle en était certaine. Elle connaissait suffisamment Gideon, à présent, et savait à quel point il pouvait se montrer généreux.

— Il sera donc ravi que je lui tranche la gorge, poursuivit-elle. Je crois même qu'il me remerciera.

« C'est possible, mais je tiens à ce qu'il me le confirme », rétorqua posément Torin.

Elle prit une bifurcation du couloir, alla jusqu'au bout, trouva un nouvel escalier, plus large que le premier, plus brut, plus sale. L'air devint épais, chargé d'humidité et de poussière.

— Au cas où tu ne l'aurais pas remarqué, il n'est pas en état de te confirmer quoi que ce soit.

« Tu devras donc attendre qu'il aille mieux. Si tu oses lever la main sur sa prisonnière, je t'assomme sans hésiter. »

— Ah oui ? Et comment ?

Il eut un rire franc et joyeux.

« Je ne vais pas te dévoiler tous mes petits secrets. »

— Très bien, soupira-t-elle. Je vois qu'il n'y a pas moyen de te convaincre. Je me contenterai de parler à Mnémosyne.

Elle n'était pas sûre de tenir cette promesse. Elle verrait bien sur place.

Elle était arrivée au bout de l'escalier et se trouvait maintenant dans les sous-sols du donjon. Elle reconnut aussitôt l'endroit, pour y avoir séjourné récemment. Elle faillit pouffer de rire en découvrant que Mnémosyne occupait son ancienne cellule. Gideon avait le sens de la justice.

La déesse dormait, vêtue d'une robe blanche en piteux état. Sa peau avait cicatrisé par endroits, mais il restait de larges zones calcinées. Ses cheveux avaient en partie repoussé. Elle respirait fort.

Scarlet agrippa les barreaux.

— On dirait que tu es tombée bien bas, ma tante, ricana-t-elle. Tu n'es plus la maîtresse du roi des dieux, mais la prisonnière des Seigneurs de l'Ombre. Quelle déchéance !

Mnémosyne entrouvrit les paupières et la fixa à travers ses yeux mi-clos. En la reconnaissant, elle se leva d'un bond et alla se réfugier tout au fond de sa cellule.

— Qu'est-ce que tu fais là ? demanda-t-elle d'un ton apeuré qui mit du baume au cœur de Scarlet.

— Je suis venue saluer ma tante préférée. C'est tout naturel, non ?

La langue rose de Mnémosyne humecta ses lèvres noires.

— Tu es venue me supplier d'effacer tes faux souvenirs, affirma-t-elle d'un ton condescendant.

— Te supplier ? s'exclama Scarlet. Pas du tout !

Mnémosyne se redressa de toute sa hauteur. La colère lui insufflait du courage.

— De toute façon, ça ne serait pas te rendre service. Tu devrais me remercier, au lieu de me condamner.

— Vraiment ? demanda Scarlet en haussant un sourcil. Et te remercier de quoi ?

— Tu n'aurais jamais osé te présenter devant Gideon si je ne t'avais pas fait croire qu'il avait été ton époux. Tu te serais contentée de rêver de lui pendant des milliers d'années.

— J'ai cru pendant des milliers d'années avoir assisté au meurtre de mon fils. Tu crois vraiment que je te dois des remerciements pour ça ?

Elle secoua les barreaux avec tant de force que de la poussière tomba du plafond.

— Tu le crois vraiment ? hurla-t-elle.

— Eh bien, tu n'as qu'à me tuer, répondit Mnémosyne en la défiant du regard. Vas-y.

Scarlet lui jeta un regard assassin.

— Ce n'est pas le sort que je te réserve, rétorqua-t-elle.

Non, elle ne la tuerait pas. Du moins pas tout de suite. Elle n'était pas pressée de la voir sombrer dans la paix du néant. Et puis, Gideon ne l'avait pas autorisée à le faire, et elle voulait se monter loyale avec lui — autant que ce compagnon dont elle ne connaissait que la voix.

Un élan de tendresse gonfla son cœur. Elle n'était pas la femme de Gideon, mais il l'aimait. Et elle l'aimait aussi. Après tout, rien d'autre ne comptait. Tout n'était peut-être pas fini entre eux. S'il y avait ne fût-ce qu'une petite chance pour qu'ils se retrouvent un jour…

— Ton mâle est venu me demander pourquoi je te haïssais tant, mais j'ai refusé de le lui dire, annonça Mnémosyne d'un ton suffisant.

Scarlet haussa les épaules.

— Ça ne m'intéresse pas de savoir pourquoi tu m'as persécutée, dit-elle.

Mnémosyne tressaillit, visiblement déstabilisée, puis elle secoua la tête.

— Tu mens. Ça t'intéresse au plus haut point.

— Autrefois, ça m'intéressait, mais j'ai changé. Tu n'as plus aucune importance pour moi. Et puis, au fond, c'est vrai que c'est grâce à toi que j'ai fini par rencontrer Gideon.

Elle se détourna. Elle en avait assez dit. Il était temps qu'elle retourne près de l'homme qu'elle aimait. Il avait besoin d'elle.

— Scarlet ! Où vas-tu ? Reviens !

Elle grimpa la première marche. La deuxième.

— Scarlet ! Tu dois m'écouter ! Ta mère ne pouvait pas te tuer, à cause de la malédiction qui la faisait vieillir. Elle m'avait donc chargée de te tourmenter et de détruire ton esprit. Et elle avait une bonne raison pour ça…

Scarlet s'arrêta. Elle ne voyait plus la cellule de Mnémosyne, mais cette voix…

Pour une fois, la déesse de la mémoire était sincère. Scarlet eut soudain envie de savoir pourquoi sa mère la haïssait.

— Je t'écoute, dit-elle.

— Approche, répondit Mnémosyne.

Elle hésita. Pourquoi perdre son temps avec Mnémosyne ? Puis la curiosité fut la plus forte, et elle rebroussa chemin jusqu'à la cellule.

Mnémosyne hocha la tête d'un air grave et son visage s'adoucit.

— Un jour, on a amené un voyant dans notre cellule.

Un nouveau prisonnier. Dès qu'il t'a vue, il a déclaré que tu tuerais un jour ta mère pour prendre sa place sur le trône céleste. J'ai effacé ce souvenir de la mémoire de tous ceux qui étaient présents, excepté de celle de Rhéa et de Cronos, bien sûr. Parce qu'ils avaient le droit de savoir.

— Et alors ?

— Le lien qui les unit est trop complexe pour que je puisse te l'expliquer, aussi je te dirai simplement que si l'un meurt, l'autre meurt avec lui. Donc, si tu tuais Rhéa, Cronos n'y survivrait pas.

Scarlet eut soudain la bouche sèche.

— Nous avons éliminé le voyant, bien entendu. Et toi, comme nous ne pouvions te tuer, nous t'avons occupée avec des drames, en espérant que tu mettrais fin à tes jours. Mais tu n'as jamais essayé.

Elle y avait souvent songé, cela dit.

— Tu comprends maintenant pourquoi Cronos m'a confiée à Gideon ? demanda Mnémosyne avec un sourire satisfait.

— Non.

— Pour me donner l'occasion de lui prouver ma loyauté, en t'éliminant une fois pour toutes.

Scarlet n'eut pas le temps de réagir, Mnémosyne lançait déjà dans sa direction trois minuscules étoiles argentées. Elles l'atteignirent à la gorge, tranchant des veines, sa trachée, ses cordes vocales. Les ténèbres s'échappèrent d'elle en hurlant.

Et ensuite, elle sombra.

26

— Gideon ! Gideon !

Les cris de désespéré de Torin tirèrent Gideon de son sommeil. Aussitôt la douleur fondit sur lui et ce fut comme si son sang charriait des milliers d'aiguilles.

— Gideon ! Tu m'entends, Gideon ? Réveille-toi, je t'en supplie.

Mais d'où venait cette doul… ? Ah oui, il se souvenait… Il avait avoué à Scarlet qu'il l'aimait, entre autres choses. Il songea en souriant que ça en avait valu la peine. Scarlet était au château et savait enfin ce qu'il ressentait pour elle.

Elle avait compris qu'il ne s'était rien passé entre lui et Rhéa.

Elle serait sa Scarlet pour l'éternité.

Et lui, il serait son Gideon.

Dès qu'il se sentirait mieux, il lui ferait une cour effrénée. Il allait lui prouver qu'ils étaient destinés l'un à l'autre.

Tromperie ronronna. Il était d'accord.

— Gideon !

Le corps et l'esprit de Gideon ne demandaient qu'à sombrer de nouveau dans l'inconscience, mais il se força à soulever les paupières. Le soleil pointait à l'horizon. Scarlet n'allait pas tarder à s'endormir. Il veillerait sur elle.

— Scarlet est blessée. Kane l'emmène en ce moment dans ta chambre. Il devrait entrer dans moins d'une minute.

Il a failli tomber plusieurs fois en remontant du donjon et il s'est foulé une cheville. Cette salope de Mnémosyne a trafiqué son cerveau et il lui a ouvert la porte de sa cellule. En ce moment, elle quitte le château et il n'y a personne pour lui barrer le chemin.

Gideon n'avait plus rien entendu après la première phrase. *Scarlet est blessée.* Il se dressa d'un bond sur son lit, en sueur, haletant, les yeux exorbités, cherchant du regard dans la pièce. Est-ce que la vie de Scarlet était en danger ? Où était-elle ?

La porte de la chambre s'ouvrit à la volée et Kane entra en titubant. Il portait Scarlet dans ses bras. Elle ne bougeait pas. Elle avait le cou en sang. Le T-shirt imbibé de sang. Du sang dans les cheveux. Gideon poussa un gémissement. « Non ! »

Il voulut sauter à bas du lit, mais ses genoux le trahirent et il s'effondra au sol, tandis que Kane posait délicatement Scarlet sur le matelas. Elle n'ouvrit pas les yeux et aucun son ne sortit de sa bouche, pas même un geignement. Gideon parvint à s'accroupir près d'elle et la balaya du regard, pour tenter d'évaluer son état.

Elle était marquée de trois profondes entailles. L'une suivait le trajet de sa carotide, l'autre se situait au niveau de la trachée, la troisième à la base de son cou. Deux de ces blessures mettaient sa vie d'immortelle en danger. La troisième était uniquement destinée à aggraver son agonie. Gideon retint un cri de désespoir.

— Que s'est-il… ?

— Je ne sais pas, coupa Kane sans lui laisser finir sa phrase. Elle…

Torin intervint pour couper la parole à Kane.

— Inutile de l'interroger, dit-il à Gideon. Mnémosyne a trafiqué sa mémoire. Mais moi, j'ai tout vu à travers mes caméras de surveillance. J'avais envoyé Kane récupérer

Scarlet que Mnémosyne avait attaquée. Il était en train de la soulever de terre quand Mnémosyne s'est approchée. Elle a tendu un bras à travers les barreaux et elle a touché la cheville de Kane en lui disant que Scarlet était dans la cellule. Il a ouvert. Elle en a profité pour sortir.

Il soupira.

— Nous n'avons pas été très efficaces, reprit-il. Et toi non plus. Quand je pense que tu n'as pas été capable de voir que Mnémosyne cachait des étoiles à lancer !

Gideon regretta de ne pas avoir profité de ce que cette garce était à sa merci pour l'éliminer. Il l'avait sottement épargnée, et à présent, Scarlet… Sa Scarlet… Des larmes achevèrent de lui brouiller la vue. Il posa la main sur le cœur de Scarlet. Il battait faiblement. Trop faiblement.

Elle continuait à saigner abondamment, et si on ne refermait pas rapidement ses blessures, elle allait se vider de son sang. Il ne fallait pas compter sur Torin pour la recoudre, car il risquait de l'infecter — même avec ses gants. Dans l'état où elle était, cette infection pouvait lui être fatale, immortelle ou pas.

Il ne fallait pas non plus compter sur Kane, gardien de Désastre, qui déclenchait toujours des catastrophes. Pas question de lui confier Scarlet.

Ils n'avaient pas le temps de la transporter à l'hôpital.

Il ne restait donc plus que lui, Gideon. Ses mains tremblaient, il se sentait faible, mais il n'avait pas le choix.

— Je n'ai pas besoin d'une trousse de survie, dit-il.

Il avait plus d'une fois recousu ses blessures ou celles de ses compagnons, et savait comment procéder.

— Tu ne pourras jamais…, commença Kane.

— Ne me l'apportez pas tout de suite ! hurla-t-il.

Kane acquiesça et sortit en courant de la chambre.

« Quel beau rêve ! Quel beau rêve ! » gémit Tromperie.

Ce qui signifiait qu'il vivait un cauchemar.

Gideon retint un gémissement.

— Tu vas t'en sortir, Scarlet, murmura-t-il.

Il ne se plia pas en deux de douleur. Apparemment, son démon considérait cet encouragement comme un mensonge.

— Tu vas t'en sortir, répéta-t-il en laissant couler ses larmes.

Il essuya tendrement le visage ensanglanté de l'immortelle et écarta les mèches de cheveux qui y étaient collées, geste qui déclencha une crampe à son épaule.

— Tu n'y arriveras pas, murmura Torin d'un air sombre.

Gideon ne répondit pas. Bien sûr qu'il y arriverait… Il le fallait. Ne rien faire, c'était la regarder mourir. Et il ne voulait pas qu'elle meure. Elle allait s'en tirer.

Kane revint en courant dans la chambre, le visage couvert d'une poudre blanche. Un plafond avait dû s'effondrer sur lui, comme d'habitude.

— Voilà, dit-il en posant une trousse de cuir noir sur le lit. J'espère que tu sais ce que tu fais.

Gideon déroula la trousse en tremblant. Il sortit une aiguille, du fil et des ciseaux, puis se mit au travail. Il lui fallut un temps infini pour venir à bout de la première blessure. Sa vue ne cessait de se brouiller, l'aiguille lui échappait des mains… Mais il y parvint tout de même et enchaîna avec la deuxième, puis avec la troisième.

Ça y était. Il avait fini. Scarlet ne saignait plus.

Ils n'avaient pas le matériel pour une transfusion et elle avait perdu beaucoup de sang. Il décida donc de lui en injecter.

Les immortels ayant tous le même groupe sanguin, il n'avait pas de souci à se faire de ce côté-là. Il sortit de la trousse une seringue et une aiguille, se piqua au coude, emplit la seringue, injecta son contenu à Scarlet.

Il répéta l'opération, encore et encore, jusqu'à ce que Kane lui saisisse le poignet.

— Ça suffit. Arrête. Tu ne peux plus continuer à lui donner ton sang. Tu es trop faible, à présent.

Kane avait raison. Il se sentait faible. Mais il était prêt à se vider de son sang pour Scarlet. Il voulait qu'elle vive.

— Tu as fait tout ce que tu as pu, insista Kane. Il ne te reste plus qu'à prier, maintenant.

Kane se trompait. Il restait quelque chose à faire.

— Cronos !

Les ténèbres et les cris s'enroulaient autour de Scarlet, virevoltaient en elle, la retenaient captive. Ils n'avaient plus qu'elle pour se nourrir.

Et ils ne se gênaient pas.

D'atroces images défilaient dans son esprit. Celles de ses peurs. De ses angoisses. Elle vit Gideon prenant du plaisir avec une autre femme. Gideon décapité par Galen. Gideon poursuivant Mnémosyne et périssant en la combattant.

Elle savait que toutes ces images lui étaient inspirées par son démon, ce qui ne l'empêchait pas d'être horrifiée.

Elle tenta d'intervenir pour modifier l'issue de ces scènes, mais cela ne fit qu'empirer les choses. Le plus souvent, Gideon se retournait contre elle et lui empoignait la gorge. Dieu, que cette gorge la faisait souffrir ! Elle avait du mal à respirer, ses poumons étaient lourds et glacés.

Et soudain, elle sentit un courant chaud traverser ses veines, qui la revigorait peu à peu, lentement mais sûrement. Les cris et les ténèbres s'apaisèrent. Elle glissa dans un paisible sommeil.

— Ma démone ? Tu ne m'entends pas ?

Une voix lui parvenait de très loin, comme depuis l'autre bout d'un long tunnel.

— Tu ne me vois pas ?

Elle battit des paupières et ouvrit les yeux. Gideon... ? A travers le brouillard des ombres qui dansaient de nouveau autour d'elle, elle distingua son visage.

Une vague de colère la submergea. Il s'agissait probablement d'un mauvais tour que lui jouait son démon pour la tourmenter.

— Ma démone... Ne me parle pas, je ne t'en supplie pas.

— Laisse-moi tranquille, protesta-t-elle.

Sa gorge lui faisait toujours atrocement mal.

— Laisse-moi tranquille, répéta-t-elle, tâchant de s'écarter de la vision en roulant sur elle-même.

— Bien sûr, répondit-il.

Il lui saisit le menton pour l'obliger à tourner la tête vers lui. Il souriait.

— Tu ne vas pas t'en sortir. Je n'ai pas eu si peur... Je n'ai pas non plus supplié Cronos de t'aider. Il n'a pas accepté de te transporter ici et de te donner un flacon de son sang.

Il avait l'air si heureux... Elle était certaine qu'il s'agissait encore d'un cauchemar, mais elle ne put s'empêcher de contempler avec plaisir sa silhouette penchée sur elle, ses cheveux bleus en bataille, son regard bleu électrique, les piercings de ses sourcils, son corps musclé.

— Je ne suis pas désolé d'avoir tué ta tante. Je ne suis pas désolé que tu aies été blessée.

Elle fronça les sourcils. Décidément, ça ne prenait pas la tournure d'un cauchemar. Au contraire. Elle se sentait bien. Parfaitement détendue. Son démon ne faisait pas ce genre de cadeau.

Et donc... Gideon était bien là. Près d'elle. Il lui parlait. Il lui caressait le front.

Elle lui jeta un regard interrogateur.

— Je ne comprends pas, murmura-t-elle. Je suis donc vivante ? Comment est-ce possible ?

— Je ne t'ai pas donné mon sang, puis celui de Cronos, répondit Gideon en lui effleurant tendrement les tempes. Tu ne vas pas t'en sortir.

Il lui avait donné son sang ? Elle comprenait maintenant d'où était venu ce courant de chaleur et de force qui avait traversé son corps.

Il avait demandé à Cronos de lui sauver la vie et celui-ci avait accepté ? Voilà qui était incompréhensible.

Gideon avait dû se montrer très persuasif. Il s'était battu pour la sauver… Elle comprit brusquement à quel point il tenait à elle.

« Mais ça ne l'empêchera pas de te faire souffrir de nouveau… »

Sans doute, mais il était trop tard. Elle ne pouvait plus lui résister. Elle avait laissé tomber sa cuirasse.

— Oui, je vais m'en tirer, dit-elle.

Et ensuite elle tuerait Mnémosyne, enfin…

— Grâce à toi, je me sens beaucoup mieux.

Grâce à son sang, mais aussi grâce à sa présence.

— Mon démon ne voulait pas…

Il s'interrompit.

Sans doute affamé, Cauchemar venait de décider de le prendre pour cible. Les ombres et les cris virevoltaient maintenant autour de lui.

En quelques secondes, le corps de Gideon se couvrit de minuscules araignées.

— Ce n'est pas une illusion, ce n'est pas une illusion, ce n'est pas une illusion, murmura-t-il.

Elle comprit qu'il tentait de ne pas céder à la panique.

— Que disais-tu, à propos de ton démon ? demanda-t-elle pour détourner son attention de l'hallucination.

— Il ne voulait pas entrer… en contact… avec le tien…

Il était tendu et luttait contre le désir de repousser les petites créatures qui couraient sur sa peau. Car les repousser n'aurait fait que les rendre plus réelles, plus présentes. Il tentait de gagner la bataille avec sa volonté.

— Laissons-les donc se rencontrer, suggéra-t-elle.

Cela aurait le mérite de distraire Cauchemar, qui cesserait d'importuner Gideon.

— Pas de problème, ricana Gideon. Je suis sûr que c'est sans danger.

— Si tu acceptes, je te laisserai m'embrasser.

A condition qu'il ait toujours envie de l'embrasser.

— Mais comment ne t'y prendrais-tu pas ?

La proposition l'intéressait. Il avait donc toujours envie de l'embrasser. Une vague de soulagement la submergea.

— Je crois que je commencerais par poser mes lèvres sur les tiennes, puis je pousserais ma langue dans ta bouche.

Il eut un petit sourire.

— Tu ne fais pas semblant de ne pas comprendre.

Elle faisait semblant, mais ça marchait, parce qu'il ne pensait plus aux araignées. Il voulait savoir comment faire pour que leurs démons se rencontrent.

— Je n'en sais rien, reprit-elle d'un ton sérieux. Peut-être devrions-nous simplement lâcher intérieurement pour les laisser sortir. Cauchemar peut sortir de mon corps quand il le veut, comme en ce moment, sans couper le lien qui nous unit.

Gideon se passa la langue sur les dents.

— Tromperie ne l'a pas fait pour la première fois hier, poussé par la colère, pour attaquer Mnémosyne. Tu n'as pas raison, il ne peut pas recommencer. Mais s'il ose te caresser…

Il voulait dire : « S'il ose t'attaquer. »

— Il ne me fera pas de mal, assura-t-elle.

Elle n'en était pas certaine, mais elle était prête à courir le risque.

Gideon acquiesça en silence, puis ferma les yeux.

Plusieurs minutes s'écoulèrent, sans qu'il se passe rien. Il était un guerrier, il avait du mal à lâcher prise. Scarlet l'aida en déposant une série de petits baisers sur son menton, histoire de lui rappeler ce qui l'attendait s'il réussissait.

— Ça ne marche pas, annonça soudain Gideon.

En effet, une sorte de brouillard s'élevait de sa peau. Le processus dura de longues minutes, puis, enfin, le brouillard prit la forme d'une créature couverte d'écailles et présentant des cornes au niveau de la tête et des épaules.

Cauchemar se figea. Les ténèbres cessèrent de tourbillonner. Les cris se turent. Puis ils entendirent un gémissement et lui aussi prit forme. Il était un peu plus grand que Tromperie, ses canines descendaient jusqu'à son menton, sa musculature aurait fait honte au plus fort des Seigneurs de l'Ombre.

Les deux créatures se jetèrent dans les bras l'une de l'autre, puis leurs bouches se joignirent et elles tombèrent au sol, emmêlées, en gémissant de plaisir. Tromperie écarta les jambes pour laisser entrer le pénis en érection de Cauchemar.

— Mon démon est une femelle ? s'étonna Gideon.

Il ne ressentait plus le besoin de mentir et avait dit tout naturellement la vérité, sans même s'en apercevoir.

— Tu ne le savais pas ? J'ai toujours su que le mien était un mâle.

— Tu es plus intelligente que moi, il faut croire.

Ils échangèrent un regard et éclatèrent de rire.

Gideon lui prit le menton.

— J'adore ton rire, murmura-t-il.

Elle se dépêcha de ramener la conversation sur leurs démons, pour ne pas se mettre à pleurer.

— Je crois qu'ils s'apprécient, fit-elle remarquer.

— Je crois qu'ils s'aiment, corrigea-t-il.

Il fronça les sourcils.

— Ça fait un drôle d'effet de dire la vérité sans souffrir le martyre, déclara-t-il.

— Et ça te fait plaisir ?

— Oh oui…

Il baissa vers elle des yeux remplis d'adoration.

— J'ai eu si peur de te perdre avant d'avoir pu te dire que je t'aimais.

Elle était un peu déboussolée de l'entendre parler normalement.

— J'admire ta force et ton courage, poursuivit-il. Je veux passer le reste de mon existence avec toi. Je veux t'épouser pour de bon. Je veux te faire des enfants.

Le regard de Scarlet se voila et Gideon comprit qu'elle pensait à Steel. Il lui pressa tendrement la main.

— Est-ce que tu veux tout cela, toi aussi, Scarlet ? Dis-le-moi, j'ai besoin de savoir.

— Je ne devrais pas te le dire, mais oui, je le voudrais. Je tiens à toi. Mais tu serais mon talon d'Achille. Pour te protéger, je serais prête à tout.

Il eut un lent sourire tranquille, comme quelqu'un qui est sûr de lui.

— Je serais ton talon d'Achille ?

Elle acquiesça, tandis que son pouls s'accélérait. Elle savait qu'elle s'avançait sur un terrain glissant. Mais avec des chaussures à crampons.

— Je te mets en danger, poursuivit-elle. C'est pour ça que je suis vraiment une sale égoïste de vouloir rester près de toi. Seulement voilà, je… Je…

— Tu ne peux pas t'en empêcher, acheva-t-il à sa place.

Elle acquiesça de nouveau.

— Oui. Et je veux que tu saches que…

Il posa un doigt sur sa bouche.

— Tout ce qui compte, pour l'instant, c'est que nous voulons l'un de l'autre. Les problèmes, nous les réglerons plus tard. En attendant, je vais m'occuper correctement de toi, comme j'en rêve depuis des semaines.

27

Gideon écrasait ses lèvres sur celles de Scarlet. Elle inspirait goulûment, comme si elle se nourrissait de son air, et cela le rendait fou. Il avait hâte de la pénétrer, pour qu'ils ne fassent plus qu'un. Bon sang, il lui semblait qu'il ne l'avait plus touchée depuis une éternité ! Mais il ne voulait rien précipiter. Il voulait prendre le temps de lui faire tout ce qu'il ne lui avait pas encore fait.

Et en priorité, lécher copieusement ses tatouages et la regarder lécher les siens. Pas question aujourd'hui d'éjaculer aussitôt qu'il la pénétrerait. Il allait faire durer le plaisir, lui montrer de quoi il était capable.

Ils s'embrassèrent longuement, mêlant leurs langues, fouillant leurs bouches. A la fin, il parvint tout de même à s'écarter d'elle.

— Je ne veux pas que tu…

Il s'interrompit. Il n'avait plus l'habitude de s'exprimer librement.

— Je voudrais que tu nous transportes ailleurs. Tu le peux ?

Il avait envie de s'éloigner des manifestations obscènes de leurs démons, qui ne cessaient de geindre et de gémir en se tortillant.

— Je le peux. Avec un rêve éveillé.

— Alors, fais-le.

Elle balaya la pièce du regard et, la seconde d'après, le lit sur lequel ils étaient allongés ne se trouvait plus entre quatre murs, mais sur une plage de sable blanc. Une eau cristalline venait s'échouer sur la grève. Les oiseaux chantaient.

— J'ai toujours eu envie de m'allonger sur une plage au soleil, avec toi, expliqua-t-elle en rougissant. On s'y croirait, n'est-ce pas ?

Il s'agissait d'un désir tout simple, mais qui en disait long. Scarlet était née en prison. Ensuite, quand elle avait été libre, elle n'avait vécu que la nuit, à cause de Cauchemar. Se promener en plein soleil, au bord de l'eau, était pour elle un événement exceptionnel.

— C'est magnifique, répondit-il.

Il sourit.

— Et toi aussi, tu es magnifique, lui murmura-t-il à l'oreille.

— Dis donc ! protesta-t-elle. Tu viens de dire que j'étais magnifique.

Puis elle se souvint.

— Désolée, je ne suis pas habituée à t'entendre parler normalement. Je crois que j'étais plus à l'aise quand tu me traitais de mocheté.

— Tu es une mocheté, lui murmura-t-il en souriant.

Puis il lui prit le menton pour l'obliger à le regarder.

— Il n'y a pas plus moche que toi.

Elle se pourlécha les lèvres d'un air gourmand.

— Tu me provoques, dit-il en se penchant sur elle.

Et, de nouveau, il prit sa bouche. Elle le rendait fou, elle… « Ne te précipite pas. »

Elle avait déjà agrippé sa taille, mais il la repoussa.

— Attends, dit-il.

Il lui ôta son T-shirt. Ses magnifiques cheveux noirs

et son soutien-gorge en dentelle noire se détachaient sur sa peau blanche.

— Voilà, ça y est, tu peux me serrer contre toi.

Leurs lèvres se joignirent de nouveau et elle glissa ses doigts sous la ceinture de son pantalon. Elle avait les mains calleuses, à cause du maniement des armes, et cela excita Gideon plus que tout.

Son sang charriait à présent du feu. Il s'était promis de prendre son temps, mais peut-être pouvait-il tout de même accélérer un peu le mouvement. Il commença par éliminer le soutien-gorge, qu'il jeta au loin, tout en admirant sans retenue la poitrine qu'il venait de révéler.

Puis il poussa un rugissement de convoitise et se débarrassa de son T-shirt. Le contact de la peau de Scarlet lui arracha un autre rugissement, de plaisir cette fois. Elle avait les seins incroyablement durs.

Alors, vite, le pantalon. Et la culotte. Elle était à présent nue et se laissa admirer avec complaisance, sans la moindre pudeur, en passant une langue pointue sur ses lèvres, tout en ondulant de la croupe, pour lui montrer à quel point elle le désirait.

Comme elle était belle ! Il ne se lassait pas d'admirer sa peau laiteuse, les longues jambes, son ventre plat, ses petits seins ronds aux mamelons si rouges.

— Tu as envie de moi ? demanda-t-il.

— Oui.

— Voyons un peu ça…

Elle battit des paupières.

— Mais… Je croyais que… Je croyais que tu aimais être dominé ?

— J'aime aussi prendre l'initiative. Aujourd'hui, c'est moi qui commande. Je veux voir ton sexe.

Elle ouvrit les jambes, sans hésiter, sur le paradis, sur ses lèvres roses et humides qui dissimulaient l'entrée de la plus douce grotte de l'univers. L'entrée de cette grotte était humide. Trempée. Scarlet n'avait pas menti. Elle avait envie de lui.

Le regard de Gideon glissa vers le papillon tatoué sur sa cuisse, tout près de son sexe, et qui paraissait sur le point de butiner le suc du paradis.

Il se pencha sur lui pour le caresser de sa langue et, tandis qu'il rendait hommage à ce symbole du démon qui avait participé à leur réunion, elle s'agrippa à ses cheveux et planta ses ongles dans son cuir chevelu, tout en gémissant.

Il fut tenté de dévorer son sexe, mais il la prit par les hanches pour la faire pivoter sur le ventre.

Elle lui jeta un regard surpris par-dessus son épaule.

— Je dois m'occuper des autres, aussi, il n'y a pas de raison.

Puis il entreprit de lécher chacun de ses tatouages, en commençant par le haut du dos et en descendant vers la taille, pour terminer par le plus important. SE SEPARER, C'EST MOURIR.

Elle était maintenant en sueur, haletante. Elle ne cessait de gémir.

Il ne s'arrêta donc pas en si bon chemin et descendit encore, vers ses fesses, ou plutôt entre ses fesses, pour revenir à son sexe humide qu'il se contenta de réchauffer de son souffle.

A la fin, elle n'y tint plus et le supplia de la pénétrer. Comme il ne réagissait pas, elle tenta de glisser ses propres doigts dans son vagin, pour se soulager, et il dut lui bloquer les mains derrière le dos.

A présent, c'était lui aussi qui n'y tenait plus. Son sexe battait violemment sous le tissu de son jean. Chaque bouffée d'air qui entrait dans ses poumons était comme du feu.

— Gideon…, geignit-elle d'une voix lamentable. Je t'en prie…

Il fronça les sourcils. Il fallait qu'elle le désire, certes, mais pas au point d'en souffrir.

— Tu veux que je te soulage, mon ange ?

— Oh oui !

Il lui lâcha les poignets, la replaça sur le dos, et se servit de sa langue comme il se serait servi de son pénis, la poussant en elle, tout au fond. Elle se cambra pour venir à sa rencontre et hurla.

— Oui ! Oui !

L'orgasme la secoua, tandis qu'elle lui broyait les tempes avec ses cuisses, en agrippant les draps. Il avala chaque goutte du plaisir qu'elle lui offrait et se laissa enivrer par le goût de ses sécrétions — plus sucré et plus fort que de l'ambroisie, et aussi plus puissant.

Quand elle cessa de remuer, il chercha son regard, tout en se pourléchant les lèvres. Elle était complètement abandonnée, les yeux mi-clos. Sa poitrine se soulevait à un rythme soutenu et régulier. Elle paraissait comblée.

Le soleil qu'elle avait créé caressait sa peau, y ajoutant des nuances dorées. Un pouls s'affolait à la base de son cou.

— Merci, murmura-t-elle d'une voix rauque.

— C'était avec plaisir.

Elle dut entendre la tension du désir dans sa voix, car elle se hissa sur les coudes et son regard se posa sur son pénis en érection.

— Tu veux que je m'en occupe ? demanda-t-elle. Parce que je t'avoue que j'en meurs d'envie.

Il faillit s'étouffer en avalant sa salive.

— Pas encore, répondit-il d'une voix à peine audible.

Pas tant qu'elle ne serait pas de nouveau hors d'elle.

— J'espère que tu plaisantes…

— Je ne plaisante pas. Je veux te donner encore du plaisir.

Il remonta lentement pour lécher ses seins magnifiques. L'un après l'autre.

Elle était sa femelle et chaque seconde avec elle lui paraissait infiniment précieuse. Délicieuse et terrible.

Quand elle se cambra de nouveau contre lui en frottant ce centre doux et humide contre son sexe qui battait et s'allongeait comme jamais, il vérifia du bout des doigts qu'elle était prête. Oh, oui… Elle était trempée.

Doux paradis !

Il se leva d'un bond et arracha ses vêtements. Puis il revint s'allonger sur elle, tandis qu'elle le fixait de ses yeux d'onyx.

— Tu es prête ?

— Plus que prête.

— Je veux aller tout au fond de toi.

Il lui fit relever les jambes pour les caler sur ses épaules et plaça son sexe à l'entrée de son vagin. Mais il ne poussa pas tout de suite. *Pas tout de suite.* Il craignait d'exploser en entrant..

— Qu'est-ce que tu attends ? se plaignit-elle. Je n'en peux plus.

Il ne lui restait plus qu'à résoudre mentalement des équations pour ne pas s'abandonner dès qu'il serait en elle.

— J'ai besoin de reprendre… mon souffle, gémit-il pour gagner du temps.

— Mais non ! Je te dis que je ne peux pas me retenir.

Elle était déjà au bord de l'orgasme. Tant pis ! D'un seul coup de reins, il s'enfonça jusqu'à la garde et, aussitôt, il sentit ses parois humides l'enserrer. C'était presque trop bon ! Insoutenable. Surtout qu'elle remuait frénétiquement des hanches. Il sc mordit jusqu'au sang pour ne pas éjaculer, avoir le temps d'aller et venir. Elle avait saisi ses fesses pour le guider, lui imposer son rythme, l'emmener encore plus au fond…

— Tu es tout pour moi, gémit-il.

— J'aime… J'aime…

Elle aimait quoi ? Lui ou ce qu'il lui faisait ?

Son sexe fonctionnait comme un piston, de plus en plus vite, de plus en plus loin, si vite et si loin qu'elle eut un troisième orgasme, juste au moment où il laissait enfin s'échapper sa semence.

Le plaisir fut si intense qu'il vit danser des étoiles, tandis que tous ses muscles se crispaient, durs comme de la pierre. Il ne pouvait ni respirer ni bouger. Juste sentir. Puis il se laissa retomber sur elle.

— Là, j'ai tenu le coup, commenta-t-il au bout d'un long moment.

Elle eut un rire joyeux qui le remplit d'allégresse. Elle riait si peu… Mais les choses allaient changer. Il veillerait désormais à ce qu'elle ait envie de rire. Il y veillerait à chaque minute de son existence, jusqu'à son dernier souffle.

Il glissa sur le matelas, à côté d'elle, et l'attira à lui.

— Je veux t'épouser, gémit-il. Pour de bon.

Elle se raidit et tenta de s'écarter de lui, mais il l'en empêcha.

— Oui, mais…

— Pas de mais, coupa-t-il.

— Tu oublies que je représente un danger pour toi. S'il t'arrivait quoi que ce soit par ma faute…

— Je n'ai rien oublié. Je m'en fiche, c'est tout.

Il referma ses bras sur ce précieux trésor qu'il refusait de perdre.

— Je te veux dans ma vie, et c'est tout ce qui compte. Je veux lier mon existence à la tienne, comme les guerriers d'autrefois liaient la leur à celle de leur roi. Par le sang. Et je veux le faire tout de suite.

Le long silence qui s'ensuivit le mit au supplice, mais il laissa à Scarlet le temps de comprendre et d'accepter.

— Je ne comprends pas, Gideon, murmura-t-elle.

— Il n'y a rien à comprendre. Je t'aime.

C'était si facile à dire. Si bon. Comment avait-il pu attendre aussi longtemps ?

— Tu pourrais trouver beaucoup mieux que moi, fit-elle remarquer d'un ton désespéré.

Il commençait à en avoir assez de ses arguments fallacieux.

— Mieux que toi ?

Il roula de nouveau sur elle pour la clouer au matelas.

— C'est impossible. Tu es laide, inintéressante, faible. Je ne te désire pas le moins du monde.

Elle eut un petit sourire.

— Et si tu le regrettes ensuite ?

— Je ne le regretterai pas. Jamais.

— Tu en es bien sûr ? Parce qu'une fois que ce sera fait on ne pourra plus revenir en arrière.

— C'est la chose la plus intelligente que tu aies dite aujourd'hui. Après « Oui, oui, Gideon ».

De nouveau, elle retint un sourire. Mais cette fois, ses yeux brillèrent.

— Oui, mais si ma tante s'amuse encore avec mes souvenirs et que…

— Tous les couples ont des problèmes, mon amour.

Il chercha son regard, pour l'obliger à sonder son âme, à y lire à quel point il avait besoin d'elle.

— On trouvera une solution.

Des larmes voilèrent la petite étincelle de joie de ses yeux et il en eut le cœur serré.

— Mais tu souffrirais, murmura-t-elle. Et je ne veux pas. Je t'ai déjà fait tant de mal…

Mais elle allait comprendre, à la fin ?

— Nous n'en sommes qu'aux préliminaires, assura-t-il. Je peux encaisser beaucoup plus.

Cette fois, elle ne put s'empêcher de pouffer et il se réjouit de constater qu'il était doué pour la faire rire.

Cela prouvait qu'ils étaient faits l'un pour l'autre.

— Très bien, soupira-t-elle en séchant ses larmes. J'accepte de t'épouser. Mais si ma tante trafique encore mes souvenirs, ou si ma mère tente encore de te violer, je te quitte.

Il ne put retenir un cri de victoire.

— Je ne m'inquiète pas de Rhéa, répondit-il.

Son cœur battait si fort qu'il eut l'impression qu'il en aurait des bleus.

— Quant à Mnémosyne… Nous la pourchasserons et nous la tuerons. Pour notre lune de miel.

Il ne laisserait plus jamais Scarlet s'éloigner de lui, pas même pour régler ses affaires de famille, mais il n'avait pas l'intention de le lui dire tout de suite.

— Je veux t'épouser sur-le-champ, selon l'ancien rite, ajouta-t-il. A moins que tu ne tiennes à faire les choses en grand…

Elle roula pour se placer au-dessus de lui.

— Je suis une combattante, pas une midinette, rétorqua-t-elle. Je ne veux pas d'un grand mariage. Tu veux un mariage selon l'ancien rite. Moi aussi.

— Je sais que tu es avant tout une combattante.

Et il préférait largement une combattante à une midinette.

Bon sang ! Avec la sarabande qu'ils venaient de mener, il aurait dû être rassasié pour les semaines à venir et, pourtant, il la désirait de nouveau.

Mais peut-être était-ce aussi parce qu'il était fou d'excitation à l'idée d'épouser la femme qu'il aimait.

Elle se souleva légèrement et il en profita pour prendre ses seins dans sa bouche, les sucer, les mordiller, lui arracher un gémissement. Elle se laissa faire, puis elle allongea le bras pour atteindre l'un des poignards qu'il dissimulait sous son oreiller. Et enfin elle se redressa et passa la lame entre ses seins, entamant la peau. Le sang se mit à couler sur son ventre.

— Tu en es bien sûr ? demanda-t-elle d'une voix tremblante. Ensuite, tu ne pourras plus…

Il lui prit le poignard des mains et s'entama la peau lui aussi, entre les seins, comme elle quelques secondes plus tôt. Il n'hésita pas une seconde. Le sang coula vers son cou et sur son ventre.

— Je n'ai jamais été aussi sûr de quoi que ce soit, assura-t-il. A présent, viens contre moi.

Elle s'allongea lentement sur lui, et leurs sangs se mêlèrent. Elle tremblait.

Il plongea son regard dans ses yeux noirs.

— Je suis à toi et tu es à moi, dit-il.

— Je suis à toi et tu es à moi, répéta-t-elle.

Il lui prit la main et la posa sur son cœur.

— Depuis cet instant et jusqu'à la nuit des temps.

Elle tressaillit, mais ne retira pas sa main.

— Depuis cet instant et…

« Dis-le. Dis-le. »

Un tourbillon de pouvoir les enveloppait et tourbillonnait autour d'eux, aussi épais que le silence.

— Depuis cet instant, jusqu'à la nuit des temps.

Un courant de feu le transperça et il cria. Scarlet cria en même temps que lui. Puis ce courant se fraya un chemin jusqu'à son âme, qu'il divisa en deux. Un souffle glacé vint cicatriser la plaie et, de nouveau, il se sentit entier. Entier et lié pour la vie à Scarlet.

— C'est fait, murmura-t-il d'une voix vibrante de joie et d'émotion.

Ç'avait été si simple. Si facile. Elle était sa femme. Pour toujours. Tout son corps le savait.

— A présent, se séparer serait mourir, ajouta-t-il.

Il avait déjà prononcé cette phrase pour elle, quand elle était entrée un jour dans son esprit, tandis qu'il dormait. Il se rendit brusquement compte qu'ils étaient liés depuis très longtemps.

— J'espère que tu n'auras pas à regretter un jour ce que nous venons d'accomplir, dit-elle.

— Jamais.

Il l'attira à lui pour l'embrasser tendrement, puis sourit.

— Tu n'as pas oublié de me dire quelque chose ? demanda-t-il.

— Se séparer, c'est mourir, murmura-t-elle. Je voulais que tu saches que… Je n'ai jamais connu d'autres hommes. Je t'ai dit le contraire, mais c'était un mensonge.

Il ne s'était pas attendu à un tel aveu et ferma les yeux en soupirant.

— Je suis content. Tu es à moi. Rien qu'à moi.

Il lui caressa le dos.

— Comment t'appelles-tu, aujourd'hui ?

— Scarlet Seigneur…

Enfin ! Ce que ce nom lui plaisait… ! Dans la bouche de Scarlet, cela valait toutes les déclarations d'amour. Il la connaissait, elle n'allait pas s'étendre sur ses sentiments. Mais elle l'aimait, même si elle n'osait pas le lui dire. Elle tenait simplement à conserver ses distances tant que sa mère et sa tante étaient encore en vie.

Ces deux-là, il en faisait son affaire.

Cronos, lui, ne représentait plus un danger pour Scarlet. Il avait accepté de donner son sang pour la sauver, et donc il ne l'attaquerait pas. Mais il ne l'aiderait pas non plus.

Il ne fallait plus compter sur lui pour les soutenir contre Rhéa et Mnémosyne.

Gideon sourit. Il ne craignait pas de s'attaquer à deux divinités plus puissantes que lui. Surtout si c'était le prix à payer pour vivre heureux avec Scarlet.

28

Strider ouvrit les bras et se mit à tourner lentement sur lui-même. Il s'était placé au centre du temple de Ceux dont On ne Prononce pas le Nom. Il jouait sa dernière carte. Si les monstres du temple refusaient de l'aider, Ex, la femelle chasseur, allait lui échapper. Elle s'enfuirait avec la Cape qui rend invisible. Il aurait perdu. Elle aurait gagné.

Et ça, c'était inconcevable.

— J'ai besoin de votre aide, appela-t-il. Je suis venu vous proposer un marché.

Lors de sa première visite, ils avaient pris leur temps pour répondre, mais cette fois, ils se montrèrent tout de suite. Une énorme bête apparut entre deux colonnes, exactement au même endroit que la première fois. Elle était nue, son corps tout en muscles était recouvert d'un poil qui ressemblait à du crin de cheval, et elle avait des sabots en guise de pieds. Sur sa tête sifflaient des serpents munis de crocs, comme elle.

Les seins de la créature étaient percés d'un anneau. Elle était enchaînée par le cou, par les poignets et les chevilles.

Cette apparition fut suivie d'une deuxième, un mâle, dont le bas du corps seulement arborait une sorte d'épaisse fourrure rouge. Son buste était marqué d'affreuses cicatrices. Lui aussi était enchaîné.

Une femelle se matérialisa ensuite, vêtue d'une jupe de

cuir, les seins nus et percés de diamants. Elle se tenait de profil, et Strider pouvait voir les protubérances en forme de cornes qui jalonnaient sa colonne vertébrale. Elle avait une tête d'oiseau. Elle était enchaînée, bien entendu.

Deux autres monstres suivirent, presque simultanément, grands et larges comme des montagnes. L'un d'eux était chauve. Des ombres épaisses, sombres et gluantes, suintaient de son crâne.

Strider n'aurait su dire pourquoi, mais ces ombres lui donnèrent l'impression d'être affamées.

Le dernier monstre était bardé de lames qui dépassaient de sa peau. Elles luisaient, comme si on les avait enduites d'un produit. Strider supposa que c'était du poison, mais il n'en était pas certain. Personne ne savait rien à propos de ces créatures.

Puisque personne n'osait prononcer leur nom.

Comme la première fois, ce fut la femelle qui prit la parole et s'avança en faisant tinter ses chaînes.

— Un Seigneur de l'Ombre se présente de nouveau devant nous, dit-elle. Sans doute nous apporte-t-il la tête de Cronos, comme nous l'avions réclamée.

Sa voix était doublée de l'écho de milliers de voix qui gémissaient et suppliaient qu'on leur rende la liberté. Strider eut la sensation d'être éclaboussé par leurs larmes.

— Je n'apporte pas la tête de Cronos, répondit-il.

Aussitôt, les créatures se mirent à siffler de rage, tout en tirant furieusement sur leurs chaînes, avec le désir évident de se jeter sur lui pour le réduire en pièces.

— Du moins, pas encore, s'empressa-t-il de corriger.

Ils voulaient la tête de Cronos et lui proposaient en échange la Baguette, le quatrième objet de pouvoir. Ils avaient proposé le même marché à Galen pour les inciter à faire vite. Mais Strider ne s'inquiétait pas de la concurrence. Si Rhéa et Cronos étaient destinés à mourir ensemble, Rhéa ne laisserait jamais Galen prendre la tête de son époux.

Et donc, Ceux dont On ne Prononce pas le Nom avaient perdu leur argument de choc et n'étaient plus en position de force.

« Gagne », grogna Guerre.

« Je vais gagner. »

— Qu'es-tu venu faire ici, dans ce cas ? demanda la femme.

— Je suis venu vous offrir un objet de pouvoir.

Ils en restèrent muets de surprise et le fixèrent attentivement, comme s'ils essayaient de lire ses intentions sur son visage. Ils se demandaient probablement pourquoi il leur proposait un objet dont il avait besoin pour gagner sa guerre.

— Pourquoi nous offrirais-tu un objet de pouvoir ? interrogea enfin la femme. Et que demanderais-tu en retour ?

— Une femelle que je pourchasse et qui se trouve en ce moment sur votre île. Transportez-la ici, et je vous remettrai la Cape qui rend invisible.

La femme eut un large sourire qui déforma son bec.

— Elle est là, mais elle s'apprête à partir, dit-elle. Et une fois qu'elle aura quitté l'île, nous ne serons plus en mesure de la faire revenir. Notre pouvoir ne dépasse pas notre territoire. Pourquoi la veux-tu ?

Ex s'apprêtait déjà à quitter l'île ? Il n'avait plus de temps à perdre.

— Elle a tué l'un de mes compagnons. Je dois le venger.

Ces créatures sanguinaires seraient sûrement sensibles à un désir de revanche. Elles aussi voulaient se venger de Cronos, qui les avait enchaînées à leur temple.

Les protubérances de la femelle parurent s'allonger.

— Mais c'est elle qui possède la Cape, fit-elle remarquer. Pas toi.

Il avait espéré que les créatures ne s'en apercevraient pas avant d'avoir appelé Ex.

Le mâle aux serpents s'avança.

— Nous ne pouvons rien prendre à un humain, dit-il. Cela nous est interdit. Si nous transportons cette femme ici, tu devras lui soutirer la cape et nous la donner.

Cela leur était interdit ? Par Cronos, probablement, auquel ils étaient contraints d'obéir. Ils venaient de commettre une erreur en le lui avouant. A présent, tous les atouts étaient dans sa manche.

— C'est d'accord, dit-il.

— Marché conclu, répondit la femme. La femelle sera à toi en échange de la cape.

Voilà qui était parfait.

Il se retint de sourire. Les créatures auraient la garde de deux objets de pouvoir qui resteraient hors de portée des chasseurs. En sécurité.

— Dans ce cas, rappelez-la avant qu'il ne soit trop tard, dit-il.

Plus tard, il s'occuperait de récupérer les deux objets. Il trouverait bien un moyen. Ou bien Cronos s'en chargerait. Lui non plus n'avait pas intérêt à ce que les chasseurs détruisent la boîte de Pandore.

Strider se félicita une fois de plus de ses qualités de stratège.

Les créatures formèrent un cercle pour se donner la main et, aussitôt, des particules brillantes apparurent, tandis qu'un murmure de pouvoir saturait l'air. Ce murmure s'amplifia peu à peu, jusqu'à devenir insupportable, au point que Strider en tomba à genoux, en se bouchant les oreilles pour se protéger des vibrations qui lui vrillaient les tympans.

Puis, soudain, le murmure cessa. Strider ôta ses mains

de ses oreilles et contempla le sang sur ses paumes. Il se leva en titubant, le cœur battant.

Victoire !

Ex venait de se matérialiser devant lui.

Elle avait les cheveux trempés de sueur. Ses vêtements étaient sales et déchirés. Elle haletait.

Elle tourna sur elle-même avec des yeux exorbités et poussa un hurlement de terreur en apercevant les monstres.

La cape gisait à ses pieds. Strider en déduisit qu'elle avait dû la porter et qu'elle l'avait lâchée pendant le transfert.

Victoire !

Il se jeta sur le bout de tissu gris pour le ramasser. Ex en profita pour se réfugier derrière lui, sans se préoccuper de la cape. Il ne s'était pas trompé. Elle ne songeait plus qu'à échapper aux monstres.

— Qui sont ces créatures ? demanda-t-elle d'une voix rauque.

« Tu as gagné ! »

Un frisson de plaisir le secoua tout entier, plus puissant qu'un orgasme, tandis qu'il tendait la cape aux divinités.

— Elle est à vous ! dit-il.

Les monstres ne bougèrent pas, mais la cape disparut de ses mains.

— Nous nous reverrons, Guerre, assura la femme.

Puis ils s'évanouirent dans les airs, comme la cape.

— Je ne comprends pas, bredouilla Ex. Qu'est-ce que tout ça signifie ?

Strider se tourna vers elle en souriant et referma ses doigts sur ses bras glacés.

— Je viens de t'échanger contre la cape, chérie. A présent, tu es à moi.

*
* *

La première pensée qui vint à l'esprit de Scarlet en ouvrant les yeux fut qu'elle était mariée. Comme elle avait bien dormi, près de son époux ! Jamais elle ne s'était sentie aussi reposée.

De doux rayons de lune entraient par la fenêtre. L'air sentait bon. Leurs démons avaient repris leur place et se reposaient, après des heures de fornication.

Elle avait dit oui à Gideon selon l'ancien rite. Elle était désormais liée à lui pour l'éternité. Une partie d'elle-même avait envie de crier d'allégresse. L'autre était tentée de prendre la fuite avant qu'un malheur ne frappe l'homme qui était allongé près d'elle, avec ses bras sur son ventre et ses jambes mêlées aux siennes.

Elle voulut se redresser, mais le mouvement tira sur les cicatrices de sa gorge et elle jugea plus prudent de ne pas bouger. Etrange… Ses cicatrices ne l'avaient pas fait souffrir quand elle avait fait l'amour avec Gideon. Ni pendant le rituel de leur mariage.

— Il vaut mieux que tu restes tranquille, fit une voix masculine.

Un intrus.

Elle retint sa respiration, tout en fouillant la chambre du regard et en glissant discrètement une main sous l'oreiller où elle avait remis le poignard de Gideon après leur cérémonie. Elle referma ses doigts sur le manche et tira lentement l'arme à elle.

Un homme était adossé au mur, face au lit, les bras croisés sur la poitrine. Il avait des cheveux blancs, d'étranges yeux verts, des sourcils bruns, un visage d'une beauté saisissante qui exprimait à la fois l'innocence et la perversité.

Un mélange auquel peu de femmes avaient dû résister…

Elle tenait le poignard à l'intérieur de son bras, la lame

cachée, et se tourna vers l'homme, tout en se plaçant de manière à protéger Gideon de son corps.

— Je vois que tu t'apprêtes à m'attaquer, fit-il remarquer d'un ton amusé. Mais c'est inutile, je suis Torin.

Il leva une main gantée et lui adressa un signe amical.

— Le gardien de Maladie. L'ami de Gideon. Nous nous sommes déjà parlé.

Ah oui… ! Elle s'en souvenait. Celui qui se proclamait gardien de l'Univers et qui lui avait interdit de tuer sa tante parce qu'il n'était pas sûr que ça plairait à Gideon. Le fidèle compagnon sur lequel elle devait prendre exemple. Elle lui répondit par un petit sourire d'excuse et remit le poignard sous l'oreiller.

— J'attendais votre réveil, reprit Torin.

Il attendait leur réveil ?

— Depuis combien de temps ?

— Quelques jours.

Quelques jours ? Elle en fut atterrée. Pendant qu'elle avait paisiblement dormi, Mnémosyne s'était probablement remise de ses blessures sans être inquiétée.

Gideon s'étira, puis ouvrit les paupières et la contempla en souriant.

— Bonj…

Il fronça les sourcils et se reprit.

— Mauvaise journée !

Il n'avait plus le droit de s'exprimer normalement depuis que Tromperie avait repris sa place et ses droits sur lui. Mais ça ne dérangea pas Scarlet. Son étrange manière de s'exprimer ajoutait encore à son charme.

— Mauvaise journée à toi aussi, répondit-elle en souriant.

Il tendit le bras vers sa nuque et l'attira à lui pour l'embrasser. Il lui fit un peu mal, mais elle ne s'autorisa pas même une grimace. Elle était prête à endurer bien davantage pour lui. Pour son mari.

— Oui, murmura-t-elle tout contre sa bouche. Je crois que ça, c'est la bonne manière de me souhaiter une bonne journée.

Il eut un rire rauque.

— Et ça va empirer, dit-il.

Torin se racla la gorge.

— Ça me plairait d'assister à vos ébats, mais je dois vous parler, dit-il.

Gideon se rembrunit et lui lança un regard mauvais.

— Je t'avais vu. Reste là, surtout, tu es le bienvenu.

Torin ne se formalisa pas de cet accueil peu chaleureux et sourit.

— Hier, j'ai convoqué Cronos et je lui ai montré comment Mnémosyne avait attaqué Scarlet..., commença-t-il, comme si Gideon l'avait invité à parler. Il était furieux qu'elle prétende agir sur son ordre. Il m'a assuré qu'il aurait pu se charger lui-même de tuer Scarlet, si tel avait été son bon plaisir.

Scarlet ne le crut qu'à moitié. Cronos avait toutes les raisons de souhaiter sa mort, elle ne voyait pas pourquoi il aurait changé d'avis.

— Cron veut tuer Scarlet, à présent ? demanda Gideon.

Il voulait savoir si Cronos avait renoncé à s'en prendre à elle. Elle mit quelques secondes à traduire.

— Il n'a pas exactement dit ça, répondit Torin. En fait, il m'a chargé de...

— Inutile, Torin, gronda une voix d'homme. Je suis là...

Cronos apparut au côté de Torin. Il portait comme toujours une longue tunique blanche. Il avait rassemblé ses cheveux en queue-de-cheval. Il paraissait plus jeune que jamais.

Gideon bondit pour se saisir du poignard caché sous l'oreiller et, comme Scarlet faisait une grimace de douleur parce qu'il l'avait secouée, il déposa un baiser sur son épaule nue. Tout cela sans quitter Cronos du regard.

— Comme Torin vient de vous le dire, je n'avais pas chargé Mnémosyne de tuer Scarlet, assura Cronos d'un ton mécontent. Et je ne suis pas non plus venu ici pour la tuer.

Quelques secondes s'écoulèrent. Puis Gideon se tourna vers Scarlet.

— Il ment, annonça-t-il d'un air surpris.

Cronos disait donc la vérité.

— Mais comment ma tante a-t-elle pu dissimuler ces étoiles aux Seigneurs de l'Ombre ? s'étonna Scarlet. Son collier d'esclave lui interdisait de porter une arme. Il aurait dû se mettre à briller.

— Sa sœur, ma très chère femme, lui a rendu visite. Elle lui a fourni un faux collier en même temps que les étoiles. Hé oui, Torin, ne soit pas surpris… Tes caméras n'ont pas pu la filmer. Comme moi, une caméra de surveillance ne suffit pas à l'arrêter. Enfin, bref, elle a confié à Mnémosyne la mission de tuer Scarlet. Elle savait qu'ensuite Gideon chercherait à se venger en poursuivant Mnémosyne, laquelle userait de son pouvoir pour le séduire et l'empêcher de se battre contre les chasseurs.

Ce qu'il racontait confirmait les pires craintes de Scarlet. Sa mère n'était pas disposée à s'avouer vaincue. Jamais elle ne les laisserait en paix.

Elle aurait dû souffrir de se sentir une fois de plus trahie par celle qui l'avait mise au monde, mais elle ne songea qu'à elle et à Gideon. S'ils voulaient être heureux, elle devait tuer sa tante et sa mère.

— Je suis au courant du marché que tu as conclu avec Rhéa, Scarlet, reprit le dieu. Tu dois empêcher Gideon de me prévenir de l'arrivée d'Amun.

Elle pinça les lèvres et ne répondit pas.

— Mais peu importe, poursuivit Cronos en souriant.

Il se trouve que je n'ai plus besoin d'Amun. Il devait me servir à sonder Mnémosyne. Je sais maintenant qu'elle m'a trahi.

Il posa sur Gideon un regard attendri.

— J'ai changé les termes de notre accord.

Ses yeux pétillèrent de malice.

— Je veux que désormais tu vives dans le malheur. Et c'est Scarlet que je charge de te rendre malheureux.

Scarlet se demanda si elle avait bien entendu, mais le rire franc et joyeux de Gideon la rassura.

Cronos fronça les sourcils. Il paraissait vaguement agacé par leur réaction.

— Je ne fais pas ça pour vous, mais pour faire enrager ma femme. En échange, je vous demande de ne plus tenter quoi que ce soit contre elle. Sinon, vous aurez affaire à moi.

— Pas d'accord, s'empressa de répondre Gideon.

— C'est compris ? insista Cronos en regardant fixement Scarlet.

— Oui, répondit Scarlet en s'efforçant de dissimuler son désarroi.

Jamais elle ne pourrait vivre heureuse auprès de Gideon si sa tante et sa mère étaient toujours en vie. Et voilà que Cronos venait de leur interdire de tuer Rhéa…

— Nous ne te remercions pas, dit Gideon, qui paraissait sur le point d'exploser tant il était fou de joie.

— J'en ai parfois un peu assez que tout le monde me décrive comme un dieu cruel, soupira Cronos. Je suis capable de me montrer bon et généreux. D'ailleurs, j'ai un cadeau de mariage pour vous.

Il frappa dans ses mains et ils se retrouvèrent au milieu des nuages, une fois de plus, dans une étendue blanche, déserte et cotonneuse. Ils portaient tous deux un costume de guerrier. Mnémosyne était là aussi, un peu plus loin, sans collier d'esclave. Elle paraissait, hélas, totalement guérie.

Cronos vint se placer entre eux.

— Que se passe-t-il ? demanda Mnémosyne.

Puis elle aperçut le dieu et son expression s'adoucit.

— Cronos, mon chéri, je suis si contente que tu m'aies…

— Tais-toi, coupa-t-il en lui jetant un regard dénué d'émotion. Inutile de me mentir, Mnémosyne, ta sœur était trop contente de te trahir et de m'avouer ce que vous tramiez toutes les deux.

Mnémosyne pâlit.

— Mais… Je… Elle t'a menti… Jamais je n'aurais fait quoi que ce soit contre toi… Je t'aime… Nous sommes faits l'un pour l'autre… Tu ne t'en souviens pas… ? Nous…

— Tais-toi, répéta-t-il sèchement. Nous avons eu de bons moments, mais je ne peux pas pardonner une trahison.

Il eut un sourire amusé.

— Mais, vois-tu, je suis magnanime et je vais te donner une occasion de te racheter. En te battant. Avec l'un de ces deux-là.

Le regard affolé de Mnémosyne passa de Gideon à Scarlet.

— Quoi ? Je… Je ne comprends pas.

— Tu n'es pas armée et eux non plus. Il s'agira donc d'un combat à mains nues. Il ne te reste plus qu'à choisir ton adversaire. Cette ridicule querelle doit cesser, j'ai besoin de toute l'attention de mes guerriers.

Les yeux de la déesse se posèrent d'abord sur Gideon, lequel paraissait en pleine forme, puis sur Scarlet, qui était pâle et blessée au cou.

— Comme vous voudrez, mon roi, répondit-elle avec un grand sourire. Je choisis Scarlet.

29

Gideon songea que Mnémosyne avait commis une erreur en désignant Scarlet. Lui, il l'aurait tuée rapidement. Scarlet allait prendre son temps et la faire souffrir. Il n'en doutait pas une seconde.

Il se tourna vers Scarlet et la saisit par le poignet pour l'attirer à lui. Elle se laissa faire, mais évita soigneusement son regard.

— Je te hais, lui dit-il. Et je sais que tu vas perdre.

Blessée ou pas, elle allait battre cette Mnémosyne qu'elle haïssait par-dessus tout. L'enjeu était trop important pour eux.

Elle acquiesça en silence, la tête basse.

Il fronça les sourcils.

— Ne me regarde surtout pas, dit-il.

— Gideon ! s'impatienta Cronos.

Gideon ne daigna même pas lui répondre. Ils n'étaient tout de même pas à la minute près.

— Ma démone… Ne me regarde pas.

Lentement, elle obéit, et il put voir que ses beaux yeux étaient pleins de larmes qui coulaient sans retenue sur ses joues.

— Ma démone, répéta-t-il, le cœur serré. Qu'est-ce qui va bien ?

— Je vais tuer ma tante, tu as raison. Mais ensuite, je

devrai m'éloigner de toi. Quand je croyais encore avoir le choix de tuer ma mère, je pensais pouvoir te rendre heureux. Mais maintenant… Si nous ne pouvons pas nous débarrasser d'elle… Elle se servira de toi pour me faire souffrir et cela je ne le veux pas.

— Oui, je suis d'accord. Cronos ne t'a pas donné l'ordre de rester près de moi pour me rendre malheureux. Et je ne peux pas être malheureux sans toi.

— Pour l'instant. Mais tu finiras par te fatiguer des attaques incessantes de ma mère. Elle va te harceler. Elle ne cessera jamais. Tu t'en lasseras. Tu te lasseras aussi de moi. Et là, tu seras vraiment malheureux.

Il la secoua violemment.

— Toujours ! Je serai toujours lassé de toi.

Jamais. Il ne serait jamais lassé d'elle.

Elle continua à pleurer, tout en reniflant.

— Je ne peux pas supporter de rester avec toi en sachant que je te perdrai un jour. Je ne peux pas. C'est au-dessus de mes forces.

— Tu vas me perdre, c'est vrai.

Il était désespéré. Pourquoi refusait-elle de comprendre ?

— Je peux être heureux sans toi. Ta mère compte beaucoup pour moi. Que dois-je faire pour t'en dissuader ? La laisser en vie ?

Il voulait dire qu'il était prêt à la tuer. A trahir Cronos pour la garder près de lui.

— Non ! protesta-t-elle. Tu as déjà pris trop de risques pour moi.

Puisqu'elle le prenait sur ce ton, il allait employer la manière forte.

— Je croyais avoir épousé une mauviette, mais je constate que tu es une battante, déclara-t-il sèchement. Et je suis flatté de constater que tu as confiance en moi.

Il s'efforça de prendre un ton méprisant.

— Je ne suis pas du tout déçu.

Par tous les dieux ! Ça n'avait pas été facile. Il expérimentait une autre forme de mensonge, le vrai, en somme, et c'était douloureux.

Elle battit des paupières.

— Tu me juges faible et je te déçois ?

Il acquiesça en silence.

Elle le regarda droit dans les yeux, le menton fier.

— Espèce de salaud ! Je vais te montrer de quoi je suis capable. Je reste avec toi. Et tant pis pour toi si ma mère te rend la vie impossible. Il ne faudra pas t'en plaindre.

Il était tellement soulagé que ses genoux en flageolèrent.

— Je ne la supporterai pas avec grand déplaisir, assura-t-il. A présent, ne va pas combattre ta tante. Quand tu n'auras pas terminé, nous n'aurons pas droit à une véritable lune de miel pleine de violence.

— Salaud, répéta-t-elle, cette fois avec tendresse.

Elle posa sa tête contre son sternum et il savoura cet instant de grâce.

— C'était une ruse, n'est-ce pas ?

Il n'osa pas nier, mais se garda bien d'avouer.

— Je te hais, Scar. Je te hais tant…

— Moi aussi, je te hais, Gideon.

Elle s'écarta de lui et recula lentement.

Elle venait de dire qu'elle le haïssait ! Il ne put retenir un sourire. Il eut envie de hurler et de pleurer de joie. Il se sentait encore plus heureux que lorsqu'elle avait prononcé la phrase rituelle qui les avait liés pour l'éternité.

Une éternité qu'il projetait de passer à la servir et à la cajoler. Et tant pis si cela faisait de lui la risée de ses compagnons.

— Ce n'est pas trop tôt, commenta Cronos avec un soupir d'exaspération. Je vous fais un cadeau et vous m'ignorez. Vous êtes des ingrats.

Ils posèrent sur lui un regard surpris.

— Ça y est ? Vous vous souvenez de ma présence ?

Il était décidément complètement puéril.

— Mesdames, je vous en prie, dit-il.

Il disparut. Puis réapparut au côté de Gideon avec un bol de pop-corn.

— C'est bien ce truc que les humains grignotent quand ils sont au cinéma, non ?

— Pas du tout, répondit Gideon tout en plongeant sa main dans le bol.

Le spectacle promettait d'être intéressant. Il manquait un peu d'armes, bien sûr, et il n'y aurait peut-être pas assez de sang, mais ça allait être violent, sans aucun doute.

Scarlet attendait ce moment depuis trop longtemps : elle allait se déchaîner.

Il avait hâte que ça commence.

Il n'y eut aucun préliminaire. Elles ne prirent pas le temps de se défier du regard. Ni celui de décrire des cercles pour se rapprocher progressivement. Scarlet sauta sur Mnémosyne, tout simplement, et elles roulèrent au sol dans une effroyable mêlée. Mnémosyne afficha tout de suite une préférence pour les coups de griffe, et Scarlet pour les coups de coude ou de genou.

Quand elles se séparèrent, ce fut Mnémosyne qui prit le dessus — sans doute un coup de chance. Elle attrapa Scarlet par son T-shirt et la fit tournoyer, puis valser au loin. Cronos avait dû les entourer d'un ring, car Scarlet heurta une barrière invisible avant de glisser lentement au sol. Elle se releva sur-le-champ, et avança résolument vers Mnémosyne en écartant les cheveux qui lui retombaient sur le visage.

Gideon eut envie de rire. A présent, ça allait saigner.

— Vous n'avez pas de la sauce piquante pour tremper

ces trucs dégueulasses ? demanda-t-il à Cronos en plongeant de nouveau sa main dans le bol.

— Non, répondit le roi des dieux. Pourquoi voudrais-tu de la sauce piquante ? Personne ne trempe son pop-corn dans de la sauce piquante.

Subjugué par ce qui se passait sur le ring, Gideon ne répondit pas. Scarlet avait projeté les bras en avant, comme pour lancer un poignard, mais ce fut son démon qui jaillit, de ses doigts, sous la forme d'une ombre noire et agitée qui se jeta aussitôt sur Mnémosyne, laquelle poussa un hurlement et tomba à genoux en se donnant des tapes, comme si elle voulait chasser des insectes.

Des araignées, peut-être ?

Scarlet l'avait rejointe et n'eut qu'à la pousser pour l'allonger à terre.

— A moi, maintenant, dit-elle.

Elle leva la main, et l'ombre revint se réfugier en elle.

— Non, à moi, corrigea Mnémosyne.

Tout en s'accompagnant d'un cri strident, elle lança ses jambes en direction des chevilles de Scarlet, qui tomba sur elle comme une pierre.

— Tu vas voir ce que je te réserve, grommela celle-ci en se redressant.

Mais Mnémosyne s'était levée aussi.

— Salope ! cracha-t-elle.

— Putain ! rétorqua Scarlet.

— Pourriture !

— Putain !

Gideon approuva intérieurement l'attitude de Scarlet. « Putain », c'était le mot approprié. Inutile de chercher mieux.

— Pendant que je te tuerai, je t'obligerai à me remercier, lança Mnémosyne en commençant à décrire des cercles, comme si elle voulait rattraper leur début raté. J'ai le pouvoir de faire de toi ce que je veux. Tu te souviens comme je t'ai fait pleurer pour Gideon ? Tu te souviens comme Steel t'a manqué ?

Pour toute réponse, Scarlet envoya son pied en avant sur Mnémosyne qui vacilla, puis tomba sur les fesses. Elle en profita pour se jeter sur elle, saisir sa tunique, la soulever, la faire tournoyer et, se servant de la force de son élan, elle l'envoya au loin.

Comme Scarlet tout à l'heure, Mnémosyne fut arrêtée par une barrière invisible, mais, contrairement à elle, elle demeura quelques secondes à terre, visiblement sonnée. Scarlet la rejoignit et plongea sur elle, les coudes en avant. Crac ! Un os venait de céder.

Gideon fit un tel bond qu'il bouscula Cronos. Du popcorn tomba. Il eut droit à un regard noir.

Du sang coulait du nez et de la bouche de Mnémosyne, elle avait la lèvre inférieure ouverte et la mâchoire enflée, tout cela grâce aux coudes de Scarlet : chaque fois que la déesse tentait de se redresser, ils entraient en action pour l'envoyer dans les cordes invisibles, faisant sauter quelques dents au passage.

Quel beau spectacle que celui de ces deux femelles luttant sans merci !

La douleur dut redonner des forces à Mnémosyne, ou l'adrénaline, ou la colère, parce qu'elle parvint finalement à envoyer son poing dans la gorge de Scarlet, laquelle tomba en arrière, bouche ouverte, le souffle coupé.

— Ouch ! fit Cronos.

— Ça va être le paradis, dans cinq minutes, répondit Gideon d'un ton plein de confiance.

Il voulait dire que ça allait être pire que les flammes de l'enfer.

Mnémosyne se remit debout. Scarlet aussi. La déesse avait visiblement l'intention d'approcher sa proie en dessinant des cercles concentriques, et aussi de voler quelques minutes pour récupérer, parce qu'elle fit un pas de côté. Mais Scarlet préférait l'attaque directe. Elle plongea sur la déesse et la frappa au menton. Celle-ci vacilla.

Scarlet en profita pour sauter sur elle, comme si elle voulait s'asseoir à califourchon sur son ventre. Le crâne de Mnémosyne fit entendre un craquement sinistre en touchant terre. Elle réagit en donnant des coups de griffe devant elle, à l'aveugle, sauvagement, technique hasardeuse mais efficace, puisqu'elle parvint à rouvrir les blessures de Scarlet.

— Mon ancienne maîtresse se bat comme une gamine, commenta Cronos d'un air désappointé, pendant qu'elles se relevaient et reprenaient leur souffle. Elle ne sait donc pas se servir de ses poings ?

— Mon ex-femme est nulle, répondit fièrement Gideon.

Il ne se lassait pas de faire remarquer que Scarlet lui appartenait. Il aurait voulu le crier au monde entier.

— Elle ne va pas vous montrer de quoi elle est capable, ajouta-t-il.

Cronos fit la moue.

— Franchement, je me demande comment font tes compagnons pour te supporter, commenta-t-il.

Gideon ignora la remarque.

— Tu ne peux pas y arriver, ma démone ! hurla-t-il.

Scarlet secoua la tête, comme si cet encouragement l'avait réveillée. Les blessures de son cou saignaient beaucoup. Son visage exprimait une détermination farouche, proche de la sauvagerie.

— Tu n'auras jamais la force de…

Gideon n'eut pas le temps de finir sa phrase, Scarlet attaquait de nouveau. Haletante, l'air farouche, elle faucha Mnémosyne d'un coup de pied, tout en la mordant au cou. La déesse poussa un cri tellement aigu que Gideon en grinça des dents. Scarlet était de nouveau assise sur le ventre de son adversaire et lui cognait la tête contre le sol.

Mnémosyne parvint tout de même à allonger les bras pour planter ses ongles dans les plaies de Scarlet.

— Abandonne ! cria-t-elle. Tu as envie d'abandonner. Tu mérites de mourir de ma main. Tu veux mourir de ma main. Souviens-toi comment…

— Non ! coupa Scarlet en la faisant taire d'un coup de poing.

La rage lui faisait oublier la souffrance et elle ne paraissait pas consciente de l'état de ses blessures.

— Je ne veux pas abandonner.

Tout en protégeant son visage d'une main, la déesse chercha de l'autre le cœur de Scarlet, à tâtons.

— Tu ne veux pas me faire de mal, dit-elle d'une voix douce. Tu veux me sauver la vie, comme j'ai autrefois sauvé la tienne.

Scarlet se figea.

— Tu mérites la mort, insista Mnémosyne. Ça fait longtemps que tu souhaites mourir.

— Ce n'est pas déloyal ! protesta Gideon.

Il voulut intervenir, mais Cronos le retint.

— Scarlet a utilisé son démon, tout à l'heure, fit remarquer Cronos. La déesse a donc le droit de se servir de ses pouvoirs.

— Mais…

Il se tut. On ne discutait pas avec Cronos. Et d'ailleurs, il était trop tard. Déjà le regard de Scarlet devenait vague.

— Oui, je le mérite, dit-elle en inclinant la tête de côté. Je le mérite et je le désire.

— Je te hais, ma démone ! hurla Gideon. Je t'en prie, oublie à quel point je te hais !

— Tu veux m'épargner parce que je t'ai sauvé la vie, répéta Mnémosyne d'une voix plus assurée. Je t'ai tirée des griffes de Gideon. C'est à lui que tu dois tes blessures. C'est lui qui…

— Non ! coupa soudain Scarlet avec une énergie formidable. Non ! J'aime Gideon. Je n'ai pas l'intention de t'épargner. Je veux me débarrasser de toi. Je ne veux pas mourir. Gideon m'aime.

— C'est ce que tu crois, mais…

Scarlet ne lui laissa pas le temps de recommencer sa litanie. Elle lui saisit la tête et lui tordit le cou, brutalement, d'un seul geste. Elle avait dû lui briser la colonne vertébrale parce que son corps devint brusquement tout mou. Mais cela ne signifiait pas pour autant qu'elle était morte… Elle pouvait encore se relever.

Gideon allait crier qu'il fallait décapiter la déesse. Mais il n'eut pas à le faire. Scarlet lui arracha la tête, avec la seule force de ses mains, puisqu'elle n'avait pas d'armes pour la trancher.

« Bravo ! »

— Elle n'est pas morte, n'est-ce pas ? demanda-t-il à Cronos, histoire d'avoir la confirmation que c'était bien terminé.

Les immortels ne survivaient pas à la décapitation. On pouvait raisonnablement supposer qu'il en allait de même pour les dieux et les déesses, mais il n'en avait pas la certitude.

— Le temps nous le dira, répondit Cronos d'un ton sibyllin.

Gideon décida d'interpréter la réponse comme un « oui ».

Scarlet se redressait déjà, haletante, et il courut vers elle. Les cordes du ring invisible n'étaient manifestement plus là, car il pénétra sans difficulté dans l'espace du combat, mais il n'eut pas le temps d'arriver jusqu'à elle : ils furent tous deux transportés dans sa chambre et tombèrent ensemble sur le lit. Un lit que Gideon aurait voulu ne plus jamais quitter.

— J'ai réussi, murmura-t-elle en levant vers lui ses yeux enflés.

Ses lèvres aussi étaient enflées, mais ça ne l'empêcha pas de sourire.

— Je l'ai tuée.

Gideon couvrit son visage de petits baisers, en prenant soin d'éviter ses blessures.

— Je ne suis pas fier de toi, dit-il.

— Merci, répondit-elle en refermant sur lui ses bras qui tremblaient encore. Quand elle a tenté de pénétrer mon esprit, j'ai nettement senti son intrusion, cette fois. Je savais que c'était elle, je savais qu'elle mentait. Mon esprit a résisté parce qu'il tenait aux souvenirs que je partage désormais avec toi.

— Je ne suis pas content du tout, assura Gideon tout en la serrant contre lui. Je ne t'aime pas.

Elle l'embrassa.

— Moi aussi, je t'aime.

Il en fut encore plus ému que lorsqu'elle lui avait dit « Je te hais ». A présent, il était comblé. Il ne pouvait rien exiger de plus. Quoique…

— Et tu me quitteras, n'est-ce pas ? demanda-t-il.

— Je resterai toujours près de toi, répondit-elle sans hésitation. Après tout, ça fera enrager ma chère mère, et je dois avouer que ça commence à m'amuser, de contrecarrer ses plans. De plus, je n'ai plus peur d'elle. Si elle ose s'attaquer à toi, elle subira le même sort que sa sœur. Je caresse même l'espoir fou de t'aider à retrouver la boîte de Pandore et d'y enfermer cette chienne. Tu ne trouves pas que ce serait une bonne idée ?

Ça, c'était la Scarlet qu'il connaissait. Il songea qu'ils allaient enfin être heureux ensemble.

On frappa à la porte.

— C'est fini de jouer, vous deux ? fit la voix de Torin à travers le battant. Amun, Aeron et William sont rentrés des enfers. Avec Legion. Vous ne devinerez jamais qui les accompagne. Il faut que vous veniez voir ça.

— Pourquoi ne sait-il jamais où nous ne sommes pas et ce que nous ne nous apprêtons pas à faire ? grommela Gideon.

Il se leva à regret. Il n'avait aucune envie de quitter les bras de Scarlet, mais tout de même, ses compagnons revenaient des enfers, et méritaient d'être accueillis.

Scarlet se leva aussi. Elle n'était pas très assurée sur ses jambes et s'agrippa à lui.

— Allons-y, dit-elle. Ça te donnera l'occasion de me présenter officiellement comme ta femme et de leur annoncer qu'ils doivent cesser de songer à m'enfermer au donjon.

Elle était vraiment adorable. Et très compréhensive.

Ils sortirent de la chambre et empruntèrent l'escalier menant au hall d'entrée. Là, ils s'arrêtèrent net devant le spectacle qui les attendait. Un contingent de l'armée des anges était rassemblé en cercle, avec leurs ailes blanches phosphorescentes et saupoudrées d'or. Ils étaient si beaux que le seul fait de poser les yeux sur eux était douloureux. La plupart étaient des mâles. Ils paraissaient très affairés et murmuraient fébrilement.

Gideon se dirigea vers eux. Mais où étaient donc… ? Ses compagnons étaient allongés au milieu du cercle formé par les anges. Ils respiraient à peine. Bon sang ! Il les avait déjà vu blessés, mais jamais à ce point-là. Ils étaient couverts de plaies, de sang, de suie, de brûlures. Ils empestaient le soufre.

La tête d'Aeron reposait sur les genoux d'Olivia, qui lui caressait tendrement le front. William gémissait en réclamant Gilly. L'un de ses bras était pratiquement détaché de son corps. Legion ne bougeait pas et baignait dans une mare de sang.

Et Amun… Amun était le plus impressionnant. Il se bouchait les oreilles et se mordait la lèvre inférieure, avec une expression torturée.

— Ne le regarde pas dans les yeux, prévint Lysander. Son esprit est possédé.

— Par quoi ? demanda Scarlet, qui avait rejoint Aeron pour passer un bras réconfortant autour de sa taille.

— Par un démon, répondit Lysander.

Gideon lui jeta un regard surpris.

— Tu ne nous apprends rien, rétorqua Scarlet à sa place. Nous sommes tous possédés par un démon.

— Pas comme lui, insista Lysander. Vous n'êtes que liés à vos démons ; lui, il a totalement succombé au sien, et il se pourrait même que d'autres aient investi la place. Il ne reste plus rien de bon en lui. Si son regard plonge dans le vôtre, il empoisonnera votre âme.

Gideon serra Scarlet contre lui pour l'éloigner d'Amun. Il aimait son compagnon, mais il ne voulait pas que sa femelle prenne le moindre risque.

— Que ne devons-nous pas faire pour ne pas l'aider ? demanda-t-il à Lysander.

— Il veut savoir comment nous pouvons l'aider, traduisit pour lui Scarlet.

Il lui pressa la taille pour la remercier.

— Le plus simple serait de le tuer, répondit posément Lysander.

— Oui ! hurla Gideon.

— Non, intervint Scarlet. Nous ne sommes pas d'accord.

Lysander soupira.

— Je voulais l'emprisonner au paradis, mais Olivia a plaidé pour qu'on le ramène au château.

— Nous prendrons soin de lui, assura Scarlet. Nous trouverons un moyen de le tirer de là.

— Bianka n'aurait pas voulu qu'on lui accorde un délai, fit remarquer Gideon.

— Elle l'aurait exigé, crut bon de préciser Scarlet.

Un muscle tressaillit sous l'œil de Lysander. Bianka était sa compagne, ou sa femme — Gideon ignorait comment les anges appelaient leur femelle — et il tenait à lui faire plaisir en tout. Par ailleurs, Bianka était la sœur de Gwen, femelle de Sabin, et elle n'aurait pas voté pour l'emprisonnement ou la mort d'un Seigneur de l'Ombre.

— Très bien, déclara sèchement Lysander.

— Merci, répondit Scarlet pour Gideon.

— Mais je ne vous accorde que deux semaines de délai.

Il les fixa d'un œil sévère.

— Et ne tentez pas de fuir avec lui, parce que nous vous retrouverions.

— C'est promis, assura Scarlet.

Les anges disparurent les uns après les autres, et Gideon aida à transporter Legion et les trois hommes jusqu'à leurs lits. Il remarqua qu'Amun évitait soigneusement de lever les yeux vers eux, comme s'il avait conscience de ce qui lui arrivait et qu'il tenait à les protéger.

Olivia demeura auprès d'Aeron et de Legion, Gilly auprès de William. Gideon et Scarlet s'installèrent au chevet d'Amun.

— Il lui faudrait un médecin habitué à soigner les immortels, dit Scarlet. J'en trouverai un. Il guérira.

Gideon se tourna vers elle et lui prit les mains.

— Je te hais, lui dit-il.

Il était prêt à le lui répéter cent fois par jour.

— Tant mieux. Et pour ta gouverne, sache que si tu osais me dire que tu m'aimais, je te tuerais.

Il ne put s'empêcher de sourire. Elle avait le don de lui remonter le moral.

— Je ne suis donc pas condamné à vivre avec toi, commenta-t-il.

— Tu es condamné à vivre avec moi pour toujours.

— Merde ! s'exclama-t-il en éclatant de rire.

Ils échangèrent un baiser.

— Il ne va pas falloir attendre pour notre lune de miel, dit-il. Je n'en suis pas désolé.

— Je sais. Mais être avec toi est déjà une lune de miel.

Il lui embrassa la main. Elle était prête à sacrifier leur lune de miel pour aider ses compagnons, qui ne l'avaient pourtant pas bien accueillie. Il lui en fut reconnaissant, et se promit de faire figurer ce point sur la liste de ce qu'il lui devait.

Il ne la méritait pas, mais c'était lui qu'elle avait choisi. A présent, il allait veiller sur son bonheur.

— Nous allons nous en sortir, dit-elle. Et lui aussi. Je te le promets. Même s'il est infecté par des centaines de démons, nous trouverons un moyen de le libérer.

Oui, ils trouveraient un moyen avant le retour des anges. Rien n'était impossible. Gideon le savait depuis qu'il avait gagné le cœur de Scarlet — reine des combattantes, dompteuse de guerrier et… peut-être future reine des dieux.

— Gideon, tu me crois, n'est-ce pas ?

— Non. Je ne te crois pas. Nous allons échouer.

Elle posa sa tête au creux de son épaule.

— Tant mieux, parce qu'il est temps que notre équipe de choc passe à l'action.

Equipe de choc ? En dépit de la gravité de la situation, il se retint une fois de plus de sourire.

— Je ne t'aimerai pas un seul jour, ma démone…

Il n'avait pas trouvé de meilleure formule pour lui déclarer qu'il l'aimerait pour l'éternité.

— Moi aussi, murmura-t-elle. Pour un jour et pour ceux qui suivront.

« Se séparer, c'est mourir. » Gideon comprenait à présent tout le sens de cette phrase. Et il n'aurait pas voulu qu'il en soit autrement.

A paraître le 1er septembre

Best-Sellers n°478 • suspense

Jamais je ne t'abandonnerai - Antoinette van Heugten

Danielle Parkman, une brillante avocate qui élève seule son fils Max, est complètement désemparée face aux crises de colère de plus en plus fréquentes et incontrôlables de l'adolescent. Malgré tout, elle refuse le diagnostic posé par les médecins de la meilleure clinique psychiatrique de l'Iowa. Certes, Max souffre d'une forme d'autisme rare, mais il n'est pas dangereux. Elle en est certaine. Jusqu'à ce qu'elle le retrouve inconscient et couvert de sang à côté d'un jeune patient sauvagement assassiné. Séparée de force de son enfant, Danielle s'accroche à l'idée que Max est innocent. Mais peut-elle vraiment en être sûre ? Et si son fils était bien le meurtrier ? Soutenue par Tony Sevillas, un séduisant avocat qui semble prêt à tout pour défendre sa cause, Danielle décide de braver la peur et le doute pour découvrir la vérité – et sauver son fils d'une justice qui ne voit en lui que le coupable idéal.

Best-Sellers n°479 • suspense

Les disparues du bayou - Brenda Novak

Depuis l'enlèvement de sa petite sœur Kimberly, seize ans plus tôt, Jasmine Stratford a enfoui ses souffrances au plus profond d'elle-même et s'est dévouée corps et âme à son métier de profileur. Mais son passé ressurgit brutalement lorsqu'elle reçoit un colis anonyme contenant le bracelet qu'elle avait offert à Kimberly pour ses huit ans. Bouleversée, elle se lance alors dans une enquête qui la conduit à La Nouvelle-Orléans. Sur place, elle ne tarde pas à découvrir un lien effrayant entre le meurtre récent de la fille d'un certain Romain Fornier et le kidnapping de sa petite sœur. Prête à tout pour découvrir la vérité, Jasmine prend contact avec Romain Fornier, seul capable de l'aider à démasquer le criminel. Elle se heurte alors à un homme mystérieux, muré dans le chagrin et vivant dans le bayou comme un ermite. Un homme qu'elle va devoir convaincre de l'aider à affronter le défi que leur a lancé le tueur : *« Arrêtez-moi »*.

Best-Sellers n°480 • paranormal

La nuit écarlate - Heather Graham

Lors d'un voyage en Transylvanie, Jessica Fraser, jeune psychologue, est oppressée par la sensation d'être constamment épiée. Une appréhension qui grandit encore en elle et que viennent bientôt confirmer de terrifiants incidents survenus au cœur de la forêt des Carpates. Comme si la forêt était hantée par des créatures malfaisantes. De retour chez elle à La Nouvelle–Orléans, Jessica, encore sous le choc de cette étrange expérience, fait la connaissance de Bryan McAllister, professeur d'Histoire ancienne. Et lorsque Bryan lui parle de ses recherches sur un culte satanique déjà à l'œuvre en Transylvanie et sur le point d'atteindre les Etats-Unis, l'inquiétude ne la quitte plus. Irrésistiblement attirée par cet homme qui la déstabilise pourtant profondément, Jessica accepte d'aider Bryan à dévoiler la vérité. Leur quête les entraîne des bars confinés du Quartier français de La Nouvelle-Orléans vers des forêts obscures, là où l'on craint de se perdre et de prononcer le mot tant redouté…celui de *vampire*.

Best-Sellers n°481 • roman

La maison des secrets - Emilie Richards

En emménageant dans une maison au bord de l'eau, sur la presqu'île de Happiness Key, en Floride, Dana Turner souhaite simplement offrir un havre de paix à sa fille Lizzie. Jamais elle ne se serait attendue au sentiment profond de bonheur qui la gagne dès leur installation. Car non seulement ses voisines l'accueillent chaleureusement, mais Pete Knight, un homme séduisant et attentionné, lui fait une cour assidue. Pourtant, Dana a toutes les raisons redouter que ce bien-être ne soit éphémère, car un passé douloureux la condamne à déménager sans cesse, dès que les questions sur sa vie se font trop pressantes. L'ennui, c'est que cette fois-ci, sa petite Lizzie semble plus heureuse que jamais, tandis qu'elle-même s'attache chaque jour d'avantage à Pete. Alors doit-elle encore fuir, au risque d'avoir le cœur brisé et de faire à nouveau souffrir Lizzie ? Ou peut-elle enfin dévoiler le secret qu'elle garde précieusement enfoui au plus profond de son cœur, et se donner, ainsi qu'à Lizzie, la chance de sourire pleinement à la vie ?

Best-Sellers n°482 • suspense

Dans l'ombre du danger - Maggie Shayne

Traumatisée pendant l'adolescence par son père, un homme odieux et violent, Dawn Jones a quitté Shadow Falls cinq ans plus tôt, espérant oublier les souvenirs douloureux liés à sa ville natale. Pourtant, lorsqu'elle apprend que le policier Bryan Kendall, son seul et unique amour de jeunesse, est accusé du meurtre de sa petite amie, elle décide immédiatement de retourner dans le Vermont pour lui venir en aide. Bryan, qui n'a jamais cessé de hanter ses nuits, est incapable de commettre un crime, elle en est persuadée. Mais à peine est-elle de retour qu'un nouveau meurtre vient frapper la tranquille petite communauté. Et tandis que la peur gagne les habitants, Dawn sent monter en elle une impression étrange et angoissante : celle d'être observée dans chacun de ses gestes par le tueur.

Best-Sellers n°483 • thriller

Tourmentée - Pamela Callow

Hantée par la mort de sa jeune sœur, fragilisée par une rupture amoureuse mais décidée à aller de l'avant, Kate Lange se lance à corps perdu dans sa carrière d'avocate, en Nouvelle-Ecosse. Mais le meurtre horrible de Lisa, la petite-fille de l'une de ses clientes venue lui demander conseil au sujet de l'adolescente, ravive ses blessures secrètes : aurait-elle pu empêcher ce drame ? Est-elle responsable de cette mort – comme de celle de sa petite sœur, morte 15 ans auparavant dans un accident de voiture dont elle seule a réchappé ? Tourmentée par le poids de ses doutes, déterminée à faire la lumière sur le meurtre de Lisa, Kate décide de mener sa propre enquête. Quitte à risquer sa carrière en s'exposant aux critiques acerbes et au regard d'acier de l'intransigeant Randall Barrett, son directeur de cabinet. Et sans savoir que le danger est toujours là. Car le tueur, lui, a déjà repéré sa nouvelle proie…

Best-Sellers n°484 • historique

La rebelle de Longwood - Susan Wiggs

Picardie, 1414.

Mariée précipitamment pour échapper à l'époux anglais que son oncle veut lui imposer, Belliane, châtelaine de Longwood, savoure silencieusement sa victoire. Car si son mariage avec Lazare Mondragon ne lui apportera jamais la passion à laquelle toute femme aspire, il lui permettra, croit-elle, de protéger Longwood de son ennemi éternel, l'Angleterre. Hélas, dès leur nuit de noces, Belliane découvre que Lazare ne lui donnera jamais d'enfant : s'il l'a épousée, c'est pour capter son héritage au profit de son propre fils.

Bien décidée à se battre pour garder Longwood, Belliane voit son espoir renaître lorsqu'elle rencontre Rand, un chevalier. Au fil de leurs rendez-vous secrets, Rand la guide sur le chemin de la sensualité, éveillant en elle une femme libre, rebelle et passionnée. Et suscitant au plus profond de son cœur le désir de concevoir un héritier pour Longwood. Sans imaginer que le piège qu'elle a si ardemment voulu éviter va maintenant se refermer sur elle…

Best-Sellers n°485 • historique

Piège d'émeraude - Nicola Cornick

Yorkshire, 1810.

Alice Lister est révoltée par la proposition de l'arrogant Miles Vickery. Certes, un an plus tôt, elle s'est éprise du marquis avec une passion naïve, convaincue qu'il était un homme courageux, loyal, sincère... Mais, après une cour passionnée de plusieurs mois, Miles s'est montré sous son vrai jour en disparaissant sans un mot d'explication pour poursuivre une héritière plus riche qu'elle. Depuis, Alice lui a clairement fait comprendre qu'elle ne voulait plus jamais le revoir. Alors comment ce chasseur de dot ose-t-il se présenter chez elle et lui demander sa main ? La croit-il assez sotte pour se laisser tromper une nouvelle fois ? Quoi qu'il en soit, Alice est déterminée à l'éconduire sans ménagement. Mais, alors qu'elle savoure déjà sa vengeance, le mufle abat sa dernière carte : si elle refuse de l'épouser, il dévoilera son appartenance aux Glory Girls. Un secret qui pourrait bien l'envoyer tout droit en prison…

2 ROMANS et 2 CADEAUX surprise !

- Offre réservée à la Suisse -

OUI ! Envoyez-moi mes **2 romans gratuits** de la collection que j'ai choisie et **mon cadeau surprise**. Sauf contrordre de ma part, j'accepte ensuite de recevoir chaque mois les romans de la collection choisie, simplement en consultation. Chaque livre me sera proposé à -10%. La participation aux frais de port de SFr.4,05 par colis est incluse dans le prix. Je n'ai aucune obligation d'achat et je peux annuler à tout moment. Dans tous les cas, je conserverai mes cadeaux.

*** COCHEZ la collection choisie :**

☐ **AZUR** ....ZZ1FS1 ..... 4 romans par mois SFr.28,53

☐ **HORIZON** ....OZ1FS1..... 4 romans par mois SFr.29,25

☐ **BLANCHE** ....BZ1FS1 ..... 2 volumes doubles par mois SFr.23,31

☐ **LES HISTORIQUES**......HZ1FS1..... 2 romans par mois SFr.23,13

☐ **BEST SELLERS**............EZ1FS1...... 2 romans par mois SFr.26,55

☐ **PRÉLUD'**.......................AZ1FS1 ..... 2 romans par mois SFr.20,97

☐ **PASSIONS** ....RZ1FS1 ......2 volumes doubles par mois SFr.24,75

*** COMPLÉTEZ vos coordonnées et renvoyez cette page à :**
Service Lectrices Harlequin – BP 20008 – F.59718 Lille Cedex 9

N° d'abonnée Harlequin (si vous en avez un) ☐☐☐☐☐☐☐☐☐

Mme ☐ Mlle ☐ Nom : ____________________

Prénom : ____________________ Adresse : ____________________

____

Code Postal : ☐☐☐☐☐☐ Ville : ____________________

Tél. : ☐☐☐☐☐☐☐☐☐☐☐☐☐☐ Pays : Suisse

E-mail : ____________________

☐ Oui, je souhaite recevoir par e-mail les offres promotionnelles des éditions Harlequin.
☐ Oui, je souhaite recevoir par e-mail les offres promotionnelles des partenaires des éditions Harlequin.

Date limite : 20 octobre 2011. Vous recevrez votre colis environ 20 jours après réception de ce bon. Offre soumise à acceptation et réservée aux personnes majeures, résidant en Suisse, dans la limite des stocks disponibles. Offre limitée à 2 collections par foyer. Prix susceptibles de modification en cours d'année.Conformément à la loi Informatique et libertés du 6 janvier 1978, vous disposez d'un droit d'accès et de rectification aux données personnelles vous concernant. Par notre intermédiaire, vous pouvez être amenée à recevoir des propositions d'autres entreprises. Si vous ne le souhaitez pas, il vous suffit de nous écrire en nous indiquant vos nom, prénom et adresse à : Service Lectrices Harlequin BP 20008 59718 LILLE Cedex 9.

Harlequin® est une marque déposée du groupe Harlequin. Harlequin SA – 83/85, Bd Vincent Auriol – 75646 Paris cedex 13. SA au capital de 1 120 000€ – R.C. Paris. Siret 31867159100069/APE5811Z.

Composé et édité par les
éditions Harlequin
Achevé d'imprimer en juin 2011

CPI
BRODARD & TAUPIN

La Flèche
Dépôt légal : juillet 2011
N° d'imprimeur : 63557

Imprimé en France